Lust und Gefahr

EROTISCHE PHANTASIEN

CATE NOBLE
E. C. SHEEDY
SHANNON MCKENNA

Aus dem Amerikanischen
von Tine Mey

KNAUR TASCHENBUCH VERLAG

Die amerikanische Originalausgabe erschien 2008
unter dem Titel »Baddest Bad Boys« bei BRAVA BOOKS,
Kensington Publishing Corp., New York, NY, USA.

Gerne empfehlen wir Ihnen weiteren sinnlichen Lesestoff
aus unserem Programm. Schreiben Sie einfach mit dem Stichwort
LUST UND GEFAHR an: leidenschaft@droemer-knaur.de

Besuchen Sie uns im Internet:
www.knaur.de

Deutsche Erstausgabe Juni 2010

Umschlaggestaltung: ZERO Werbeagentur, München
Umschlagabbildung: Corbis / Joel Brodsky
Satz: Adobe InDesign im Verlag
Druck und Bindung: CPI – Clausen & Bosse, Leck
Printed in Germany
ISBN 978-3-426-50689-9

2 4 5 3 1

Inhalt

Cate Noble

Mein unmoralisches Angebot

1. Kapitel

Max DeLuca trat aus dem Privataufzug und ging durch den schwach beleuchteten Salon des Firmenpenthouses in Boston. Es war nach Mitternacht, aber trotzdem schaltete er keine zusätzlichen Lampen ein. Ellie lag im Gästezimmer, und er wollte sie nicht aufwecken.

Oder doch?

Er hielt kurz an und sog den leichten Duft von Parfüm ein, der in der Luft hing. Die Wut, die in ihm brodelte und die ihn gequält hatte, seit er vor zwölf Stunden Rom verlassen hatte, verschwand. An ihre Stelle trat eine andere, eine elementare Empfindung: ein heftiges, fast schmerzliches Feuer, das ihn plötzlich erregte. Das schlagartige Verlangen durchfuhr ihn ebenso heftig wie zuvor der Zorn.

Oh, es gab eine Menge Dinge, die er mit seiner Schwägerin – seiner *ehemaligen* Schwägerin – tun wollte, aber all diese Dinge erforderten ihre volle Aufmerksamkeit. Im Moment war Dornröschen also sicher.

Missmutig machte er einen Abstecher an die Bar. Es war ganz gut so, dass sie nicht wach war. Er hatte miserable Laune und den ganzen Tag über Streit gesucht – aus Gründen, die nur bedingt etwas mit Ellie zu tun hatten.

Was nicht bedeutete, dass er keinen guten Grund hatte, im Augenblick so mies gelaunt zu sein. Wenn es um Ellie ging …

Er schob den Gedanken beiseite. Die Vergangenheit war wie Treibsand: Sie wartete nur auf den ersten gedanklichen Fehltritt, um einen herunterzuziehen. »Tu dir selbst einen Gefallen und kümmere dich um das gerade anstehende Problem«, murmelte er.

Und das Problem, das im Augenblick anstand, war rein geschäftlich. Max wollte, dass Ellie eine Vereinbarung unterzeichnete, um die Dauer der Regelungen auszudehnen, die sein Halbbruder in seinem Testament verfügt hatte. Diese Abmachung würde ihm auch weiterhin die uneingeschränkte Kontrolle über ihre Aktienanteile an seiner Firma garantieren. Vom finanziellen Standpunkt aus gesehen war sein Angebot vernünftig. In den drei Jahren seit Stefans Tod war Max strategisch kluge geschäftliche Partnerschaften eingegangen, und dadurch hatte *DeLuca Shipping International* sein Geschäftsvolumen fast verdoppelt. Den neuen Verträgen zuzustimmen war eine Routineangelegenheit, die eigentlich schon vor Monaten hätte erledigt werden sollen.

Unglücklicherweise war zwischen Ellie und ihm noch nie irgendetwas *Routine* gewesen. Ihre jeweiligen Anwälte hatten sich von Anfang an nicht gut verstanden. Dann hatte die Presse die Story ausgeschlachtet und öffentlich die ethischen und moralischen Grundsätze von Max' Firmenpolitik hinterfragt. Zu dem Zeitpunkt hatte Ellie sich aus den Verhandlungen zurückgezogen und war wochenlang nicht erreichbar gewesen.

Bis vor zwei Tagen. Sie hatte eine E-Mail an Max' private Adresse geschickt. Ihre Nachricht war rätselhaft gewesen:

Ich möchte Dir einen privaten Deal vorschlagen. Einen Deal, der uns beide befriedigen wird.

Seine Neugierde hatte ihn fast wahnsinnig gemacht. Genau wie seine Lust. Er war bereit gewesen, alles Mögliche zu versprechen, um sie wieder an den Verhandlungstisch zurückzuholen. Doch sie hatte sich geweigert, Details mit ihm zu besprechen, und stattdessen auf einem persönlichen Treffen von Angesicht zu Angesicht bestanden: *nur wir beide*.

Weil ihre erstaunliche E-Mail ihm eine ziemlich hartnäckige Erektion beschert hatte, war er drauf und dran gewesen, heute Abend einen Vertreter zu schicken. Aber er hatte befürchtet, dass sie das verärgern und die Verhandlungen dauerhaft erschweren und schädigen würde.

Komisch, wie all diese Sorgen während des Fluges verblasst waren. Eine kleine Dosis Wut – oder, um ehrlich zu sein, eine ziemlich große Dosis – hatte ihren Zweck erfüllt. Vielleicht sogar ein bisschen zu gut. Bevor er sich mit Ellie treffen würde, musste er sich beruhigen und über alles nachdenken.

Er warf seinen Aktenkoffer auf einen Ledersessel und wandte sich der Hausbar zu. Die kunstvoll verzierte Karaffe aus Ebenholz enthielt sein Lieblingsstärkungsmittel für angespannte Nerven: einen ausgesprochen seltenen, vierzig Jahre alten Single Malt Scotch. Er füllte genau zwei Finger breit in ein Glas und schenkte sich dann noch etwas nach. Das hatte er sich verdient.

Bevor er einen Schluck nahm, erhob er das Glas zu einem stummen Toast in Richtung der Ahnengalerie an der Wand. Noch eine Familientradition, die Max nicht vorhatte fortzuführen.

Nach sechs Generationen patriarchalischer Maßlosigkeit und legendärer Ausschweifungen hatte *DeLuca Shipping International* schon am Rande des Bankrotts gestanden, als Max vor sieben Jahren vollkommen unerwartet die Zügel übernommen hatte. Im Alleingang hatte er das Blatt gewendet und die Firma von Grund auf neu strukturiert. *Sie* schuldeten eigentlich *ihm* ein wohlwollendes Nicken. Vor allem sein Halbbruder.

Max strich über die Narbe über seinem linken Auge. Die Schuldgefühle, die ihn wegen Stefans Tod geplagt hatten, waren während der gerichtlichen Auseinandersetzungen verschwunden, die um das Vermögen seines Bruders entbrannt waren. Stefan hatte ihrem Vater nachgeeifert – leider vor allem, was dessen schlechte Seiten betraf. Und dazu hatte auch gehört, dass er im wahrsten Sinne des Wortes in jedem Hafen eine andere Frau gehabt hatte – und zu Hause eine Ehefrau, die von alldem nichts geahnt hatte. Wenn Max etwas besser gelaunt und etwas wohlwollender gestimmt gewesen wäre, hätte er Ellie bedauert. Doch es war schließlich nicht so, als hätte er sie nicht gewarnt. *Du heiratest den falschen Mann …*

Er fühlte sich rastlos und nahm seinen Drink mit nach draußen auf den Balkon. Das Hochhaus bot einen Ausblick auf die funkelnden Lichter des Bostoner Hafens. Für gewöhnlich genoss er diese Aussicht. Doch heute Abend war es der Horizont, der seine Aufmerksamkeit fesselte. Unablässig zuckten heftige Blitze hinter kilometerhohen Gewitterwolken – ein kleiner Vorgeschmack auf einen Sturm, der sich über dem Meer zusammenbraute. Die drückend heiße Julinacht, perfekt für das drohende Unwetter, spiegelte genau seine Stimmung wider.

Der Tag war anstrengend gewesen, sein Transatlantikflug der reinste Marathon von unerfreulichen Geschäftstelefonaten und Videokonferenzen. Alles, was schiefgehen konnte, war schiefgegangen. Begonnen hatte es damit, dass in letzter Minute Neuverhandlungen wegen einer wichtigen Fusion anberaumt worden waren, die dringend benötigtes Kapital in Max' Kassen gespült hätte. Eigentlich hatte dadurch *DSIs* Topposition auf dem globalen Schifffahrtsmarkt untermauert werden sollen. Aber der Deal war gescheitert, als Haru Mizuno, der Besitzer eines japanischen Reederei-Konglomerates, plötzlich versucht hatte, aus den Verhandlungen auszusteigen. Er hatte persönliche Gründe vorgeschoben.

Doch einige schnelle Recherchen von Max' Leuten hatten ans Licht gebracht, was wirklich hinter Mizunos sogenannter Krise steckte: Spielschulden bei keinem Geringeren als Peter Fourakis, dem Besitzer einer konkurrierenden griechischen Reederei.

Das war nicht Fourakis' erster Versuch gewesen, Max zu schwächen. Und es war auch nicht die schlimmste Attacke des Griechen gewesen.

Seit die Nachricht durchgesickert war, dass Ellie McMann DeLuca – von der Boulevardpresse als *umwerfend schön, stinkreich und noch zu haben* beschrieben – demnächst die volle Kontrolle über ihre beträchtlichen Anteile an *DSI* erhalten würde, kreiste Fourakis wie ein Geier über ihnen. Ein Foto, auf dem Ellie und Fourakis beim gemeinsamen Dinner zu sehen waren, hatte die Spekulationen über eine mögliche Romanze zwischen den beiden angeheizt. Es hatte Max Magenschmerzen verursacht. Genau wie die Geschichten, die besagten, dass Fourakis der Grund war,

warum sie ihre Vereinbarung und die Zusammenarbeit mit Max nicht verlängern wollte.
Zu wissen, dass solche Geschichten meist erfunden waren, half ihm nicht. Er war es gewohnt, seinen eigenen Namen in den Boulevardmagazinen zu lesen. Doch private Details über Ellies finanzielle Situation in solch billigen Schundblättern sehen zu müssen machte Max wütend. Vor allem angesichts der Sicherheitsanweisung, die er vor kurzem erhalten hatte …
Sein Blick verfinsterte sich, als er sich die Einzelheiten ins Gedächtnis rief. Laut des Berichtes wurde Ellie von einem Cyber-Stalker verfolgt. Erst kürzlich hatte sie ihn angezeigt, obwohl er sie schon seit Wochen belästigte. Seit Wochen. Diese Information machte Max noch immer zornig. Ein Teil von ihm wollte sie aus dem Bett zerren und sie schütteln, weil sie nicht umsichtiger gewesen war. Der andere Teil von ihm wurde *hart*.
Wieder konnte Max nicht verhindern, dass seine Gedanken zu der Frau im Gästezimmer am anderen Ende des Flures wanderten. Und zu den Dingen, die er wirklich gern mit ihr tun würde, wenn er sie aus dem Bett zerrte.
Er trank seinen Scotch aus und starrte zum Mond hinauf, der zwischen Wolkenfetzen hindurchfunkelte. Heute Abend, in einer solch gefährlichen Stimmung hierherzukommen war ein Fehler gewesen. Nicht, dass wegzubleiben eine denkbare Alternative gewesen wäre. Vielleicht sollte er sich umziehen und nach unten in den Fitnessraum gehen. Ganz sicher würde es helfen, sich am Sandsack auszupowern und dann eine Dusche zu nehmen.
Er machte sich auf den Weg in sein Schlafzimmer. Kurz vor dem Zimmer hielt er plötzlich an. Die Tür stand einen

Spaltbreit offen, doch was ihn tatsächlich zurückhielt, war der Duft von Parfüm. Er war noch stärker geworden.

War Ellie in seinem Zimmer?

Er schloss die Augen, als ein Bild in seinem Kopf Gestalt annahm: die nackte Ellie. Bei dem Gedanken daran, dass sie in seinem Bett lag, schoss ihm das Blut in den Schwanz. *Ruhig, Junge.* Er erinnerte sich an ihre Nachricht: *Ich möchte Dir einen privaten Deal vorschlagen.* Genau wie er – von Angesicht zu Angesicht, echt und direkt, in ihr. Privater konnte es gar nicht sein. Vielleicht war es an der Zeit, dass Ellie und er den Streit austrugen – reinen Tisch machten, ein für alle Mal.

Er schob die Tür auf und ging ins Zimmer. Ein Gentleman hätte wahrscheinlich angeklopft, aber im Augenblick war Höflichkeit das Letzte, wonach ihm der Sinn stand. Im Übrigen war es sein Zimmer, und die offene Tür wirkte außerdem wie eine Einladung.

Hier im Zimmer war der Duft des Parfüms noch stärker. Und irgendwie falsch. Das Parfüm war zu schwer. Er blieb stehen, alle Sinne in Alarmbereitschaft.

»Hallo, Max. Hast du mich vermisst?«

Als Max die Worte hörte, die ihm aus einer dunklen Ecke des Zimmers zugeflüstert wurden, musste er unwillkürlich an eine Schlange denken.

Er erkannte die Stimme der Frau und wusste, warum sie so feindselig klang. Bridgette St. Regis war die bereits dreimal geschiedene Tochter des Ölmagnaten Arnaud St. Regis. Max hatte sich ein paarmal mit ihr getroffen, aber ihre Affäre vor zwei Monaten schließlich endgültig beendet. Die Trennung war nicht freundschaftlich verlaufen – sie beide waren Kontrollfreaks.

Was tat sie hier? Und wo war Ellie?

Max stellte Bridgettes genaue Position im Zimmer fest, bevor er das Licht einschaltete. Sein Blick fiel auf das zerwühlte Bett. Hatte sie darin gelegen?

»Wie bist du hier hereingekommen?« Er bemühte sich, ruhig zu klingen.

Sie trat aus den Schatten hervor. Die Diamanten an ihrem Hals funkelten, als sie die Schultern zuckte. »Der Portier hat mich wiedererkannt.«

Er presste die Kiefer aufeinander. »Vielleicht hätte ich eher fragen sollen, warum du verdammt noch mal hier bist. Denn ich bin nicht in der Stimmung, um mich mit dir zu unterhalten.«

»Da bin ich aber erleichtert.« Mit übertriebener Geste erhob sie ihr Brandyglas und verlagerte unsicher ihr Gewicht von einem Bein auf das andere. Es bestand kein Zweifel daran, dass es nicht ihr erster Drink war. »Reden war nie unsere Stärke. Wir sollten uns einfach wieder vertragen.«

»Zwischen uns ist nichts mehr, Bridgette.«

»Sag das nicht!« Sie senkte die Stimme und gab sich zerknirscht. »Ich weiß, warum du böse bist. Du hast recht – vielleicht hätte ich nicht mit dem Reporter sprechen sollen.«

Einen Moment lang wusste Max nicht, wovon sie redete. Doch dann erinnerte er sich an das Interview, das sie einem dieser Klatschreporter gegeben hatte. »Das ist Schnee von gestern. Vergiss es.«

»Wie soll ich das? Der Reporter war ein Idiot. Er hat mir die Worte im Mund umgedreht – genau wie die Information, dass wir verlobt wären. Offensichtlich hat er der Tatsache, dass ich dich verteidigt habe, eine ziemliche Bedeutung beigemessen.«

»Ich kann mich selbst verteidigen.«
»Tja, ich konnte doch schließlich nicht tatenlos zusehen, wie er unterstellte, dass *Il Diavolo* kein Herz hat.«
Der Teufel. Wenn sie nüchtern gewesen wäre, hätte sie wahrscheinlich daran gedacht, dass Max diesen Spitznamen, den die Boulevardpresse ihm gegeben hatte, verabscheute und dass er es ebenso verabscheute, im Rampenlicht zu stehen. Und sie hätte sich daran erinnert, dass er ihre Affäre bereits Wochen zuvor beendet hatte – lange bevor sie diesem Reporter ein paar pikante Details aufgetischt hatte.
Bridgette trat näher an ihn heran und drang in seinen persönlichen Bereich ein. »Ich habe dich vermisst, Darling. Und ich vermisse das hier.« Ihre Hand wanderte zwischen seine Beine, und sie griff zu. Sie blickte ihn mit geweiteten Augen an, die vor Vorfreude glänzten. »Wir können noch mal von vorn anfangen. Es kann wieder so werden wie am Anfang. Keine Verpflichtungen. Keine Bedingungen. Nur Sex.«
Das Magazin hatte mit diesem Aufmacher seinen ganz großen Tag gehabt. Max' Motto: *Keine Verpflichtungen. Keine Bedingungen. Nur Sex.* Mit einem Mal hasste er es, hasste er sich. Er löste sich aus ihrem Griff.
»Es ist vorbei, Bridgette. Du musst gehen. Ich habe Besuch und …«
Sie unterbrach ihn, als sie sich abrupt umdrehte. »Du *hattest* Besuch – obwohl ich Stefans kleines Flittchen nicht unbedingt als Gast bezeichnen würde.«
»Was meinst du mit ›hattest‹?« Sein Blick ging zur Tür.
»Sieh mich an! Ich bin heute Abend hierhergekommen, um zu Kreuze zu kriechen, und was muss ich sehen? Sie –

halbnackt in deinem Bett, die Klauen schon nach dir ausgestreckt.«

»Ich bezweifle, dass das …«

Bridgette stampfte mit dem Fuß auf. »Wage es nicht, diese Hexe zu verteidigen! Die Nachricht, die sie hinterlassen hat und die sie ganz beiläufig an die Tiffany-Lampe im Foyer geklebt hat – sehr klischeehaft, Max, wirklich –, hat eindeutig gezeigt, was sie vorhatte.«

Was sie vorhatte: Ein Deal, der sie beide befriedigen würde. Hitze und Wut durchzuckten ihn gleichzeitig. »Wo ist die Nachricht?«

»Weg. Genau wie sie.«

Max hatte genug gehört. Er nahm das Telefon von seinem Nachttischchen und tippte eine Nummer ein, während er über die Schulter hinweg sagte: »Du kannst entweder allein gehen, Bridgette, oder in Begleitung meines Sicherheitspersonals. Auf jeden Fall wird schon ein Taxi auf dich warten, wenn du die Lobby erreichst.«

»So hast du dir das also vorgestellt? Gut, ich werde dir noch etwas mehr Zeit geben, um zur Besinnung zu kommen.« Kalt lachend erhob sie ihr Glas und kippte es über dem Perserteppich aus. »Lass mich nur nicht zu lange warten, Max. Du wirst es bereuen.«

»Ich bin die falsche Person für irgendwelche Drohungen. Lass mich einfach in Ruhe, Bridgette. Mach noch einmal so etwas Wahnsinniges wie das hier und ich werde dich festnehmen lassen.«

»Wir wissen beide, dass du das nicht ernst meinst.« Sie ging zur Tür. *»Arrivederci.«*

Max sah ihr nach, um sicherzugehen, dass sie auch tatsächlich im Aufzug verschwand. Dann rief er den Portier an. »Bridgette St. Regis ist auf dem Weg nach unten. Wer auch immer sie raufgelassen hat, hat einen großen Fehler gemacht. Wenn so etwas noch einmal vorkommen sollte, kann sich dieser Jemand nach einem neuen Job umsehen. Habe ich mich klar ausgedrückt?«

»Ja, Sir«, stammelte der Mann. »Aber ich habe gerade erst meine Schicht begonnen.«

»Dann stellen Sie sicher, dass die entsprechende Person meine Nachricht erhält.« Max massierte sich müde die Nasenwurzel. »Ms. DeLuca war heute Abend hier. Ich muss wissen, wann und wie sie verschwunden ist.«

»Ich werde mich sofort darum kümmern, Sir!«

Nachdem er aufgelegt hatte, lief Max rastlos in der Suite auf und ab. Wie viel von dem, was Bridgette erzählt hatte, entsprach der Wahrheit? Die Vorstellung, dass Ellie halbnackt in seinem Bett gelegen hatte, machte ihn fast wahnsinnig – auch wenn es ziemlich unwahrscheinlich war. Und dasselbe galt für die zweideutige Nachricht. Ganz offensichtlich war etwas zwischen den beiden Frauen vorgefallen. Warum sonst hätte Ellie verschwinden sollen? Sie war schließlich sein Gast gewesen, während Bridgette ungebeten aufgetaucht war.

Ein nagender Verdacht beschlich ihn, und er verlangsamte seine Schritte. Das war das dritte Mal innerhalb einer Woche, dass er Bridgette in die Arme gelaufen war. Da die ersten beiden Begegnungen jeweils in einem Restaurant in Rom stattgefunden hatten, hatte er es als Zufall abgetan. Doch das hier? Wie hatte sie wissen können, dass er heute Abend in Boston war?

Vor kurzem erst hatte Max den Sicherheitschef seiner Firma ersetzt, nachdem eine Reihe von Sicherheitslücken aufgetaucht war. Gerard, der neue Securitychef, der auch den Bericht über Ellie vorbereitet hatte, hatte davor gewarnt, dass es eine Menge solcher Lücken gab. War das hier ein Beispiel dafür?

Das Telefon klingelte. »*Ace Limo* hat Ms. DeLuca vor etwa einer Stunde abgeholt«, sagte der Portier. »Sie haben sie die Küste hinauf nach Rockport gefahren.«

Sofort erkannte Max die Adresse wieder, die der Portier nun ablas. Es war das Strandhaus, das Ellie von ihren Großeltern geerbt hatte. Er hätte wissen müssen, dass sie dorthin flüchten würde.

»Mr. DeLuca?« Der Portier räusperte sich. »Kann ich sonst noch etwas für Sie tun?«

»Ja. Lassen Sie meinen Wagen vorfahren. Ich bin gleich unten.«

Kurz dachte er darüber nach, Ellie zuerst anzurufen. Aber wenn sie tatsächlich eine Auseinandersetzung mit Bridgette gehabt hatte, würde sie seinen Anruf vermutlich nicht entgegennehmen. In letzter Zeit war zwischen ihnen nicht alles eitel Sonnenschein gewesen. Verdammt, er hätte es zwischen sich und Ellie niemals so weit kommen lassen dürfen.

Als der Aufzug kam, trat er hinein und drückte ungeduldig auf den Knopf mit der Aufschrift »Lobby«. Die Türen begannen gerade, sich zu schließen, als sein Blick auf eine zusammengeknüllte Kugel aus pinkfarbenem Papier fiel, die auf dem Boden unter dem Sofa lag. Fluchend drückte er den Knopf, die Türen des Lifts glitten wieder auf, und er verließ den Fahrstuhl.

Hatte Ellie wirklich eine Nachricht hinterlassen? War sie das? Er rief sich Bridgettes Worte ins Gedächtnis: *»Die*

Nachricht, die sie hinterlassen hat … hat eindeutig gezeigt, was sie vorhatte.«
Er nahm den zusammengeknüllten Zettel, strich ihn hastig glatt und erkannte Ellies elegante Handschrift.

Hier ist mein Preis für die Verlängerung unserer Abmachung: Eine Nacht … wie in alten Zeiten. Keine Verpflichtungen, keine Bedingungen, nur Sex. Abgemacht?

2. Kapitel

Ein Geräusch weckte Ellie. Verwirrt fuhr sie hoch. Ihr Verstand war noch immer gefangen im diffusen Nebel zwischen ihrem erotischen Traum und dem Erwachen. *Traumus interruptus.*

Ihr Atem ging stoßweise, hallte im Zimmer wider. Sie schob sich eine Haarsträhne aus dem Gesicht und betrachtete die fremden Schatten. Draußen grollte tief und weit entfernt der Donner. Das Gefühl von Panik ebbte ab, als ihr klarwurde, was sie geweckt hatte und wo sie war. Das Strandhaus. Der Sturm.

Sie sank auf ihr Kissen zurück und schloss die Augen, suchte Ruhe. Sofort wurde sie in ihren Traum zurückgeholt. Max … nackt … seine Erektion drängte sich gegen ihren Oberschenkel, als er sich aufrichtete, um in sie zu dringen …

Sie stöhnte. Mit brennenden Wangen drehte sie sich auf den Bauch und vergrub ihr Gesicht in den Laken. Wie konnte sie nach der katastrophalen Szene im Penthouse überhaupt noch an ihn denken?

Es hatte sie so viel Mut gekostet, Max die E-Mail überhaupt zu schicken. »Ich möchte dir einen privaten Deal vorschlagen.«

Schon so lange hatten sie nur über ihre Anwälte miteinander kommuniziert, dass sie nicht sicher gewesen war, ob er persönlich antworten würde. Doch er hatte es getan. Seine Antwort war schnell gekommen und war genauso provokativ gewesen wie ihre Anfrage.

Nenn Deinen Preis. Jederzeit. Egal wo.

Seine Worte hatten sie ermutigt. *Ich kann es tun.* Sie hatte sich geziert und hatte nur zugestimmt, was Ort und Zeit betraf. Aber dieser schwer erkämpfte Mut war in dem Augenblick verschwunden, als sie im Penthouse das leise *Pling* des Aufzugs gehört hatte. Zu dem Zeitpunkt war sie bereits dutzende Male in Max' Bett geklettert – und ebenso oft wieder heraus. Und sie hatte alles noch einmal überdacht: die Auswahl ihrer Unterwäsche, ihr Motiv, ihre Absichten. Doch schließlich hatte es kein Zurück mehr gegeben. Also hatte sie sich in sein Bett gelegt und sich nervös vorgestellt, wie er die verführerische Einladung las, die sie an der Bar hinterlassen hatte.

Nenn Deinen Preis. Das hatte sie getan.

Mit seinen eigenen Worten, seinem Motto, hatte sie angeboten, für eine Nacht in seinen Armen ihre Seele an den Teufel zu verkaufen. Lange bevor sie Stefan geheiratet hatte, war sie mit Max zusammen gewesen. Und sie hatte nie aufgehört, sich zu fragen … *was wäre wenn?* Wenn sie noch eine Nacht miteinander verbringen würden, könnte sie ihn dann vergessen und ihr Leben weiterleben?

Sie unterdrückte ein weiteres Stöhnen. Gott, hatte sie wirklich geglaubt, das würde ausreichen, um ihn vollkommen zu vergessen? Eine Nacht?

Ja, das hatte sie. Wie ein Katerbier oder so etwas. Früher einmal hatten sie und Max allem Anschein nach perfekt zusammengepasst. Aber vielleicht war es auch nie so gewesen. Vielleicht täuschte ihre Erinnerung sie, und sie sah statt der Realität nur ein paar schöne Phantasiebilder. Ganz sicher jedenfalls hatten diese Vorstellungen – ob nun wirklich oder nicht – ihr Urteilsvermögen beeinträchtigt. Da Max es offensichtlich vermied, mit ihr allein zu sein, hatte sie sich entschlossen, die Vereinbarung wegen der Aktienanteile als Druckmittel zu verwenden. Auf diese Weise wollte sie ihn dazu zwingen, sich persönlich mit ihr zu treffen.

Großer Fehler.

Sie würde niemals vergessen, wie Bridgette St. Regis ins Zimmer gestürmt war und geschrien hatte: *»Was machen Sie in Max' Bett? Wie können Sie es wagen, meinen Verlobten verführen zu wollen? Sie glauben doch nicht ernsthaft, dass er an den abgelegten Frauen seines kleinen Bruders interessiert ist, oder?«*

Gedemütigt war Ellie aus dem Penthouse geflüchtet.

Max war verlobt. Die Nachricht hatte sie schockiert. Wie hatte sie alles so falsch verstehen können? Sicher, die Boulevardpresse hatte Bridgette und Max eine Affäre unterstellt, aber dem unersättlichen *Il Diavolo* wurde beinahe jede Woche eine Liaison mit einer anderen Frau angedichtet. Ellies Quelle jedoch – der sie von nun an nie mehr vertrauen würde – hatte ihr versichert, dass Max in keiner ernsthaften Beziehung mit einer Frau steckte.

Nicht zum ersten Mal hatte Ellie die Hinweise falsch gedeutet. Die extremen Maßnahmen, die die unschönen Gerichtsverhandlungen um Stefans Nachlass möglichst schnell hatten beenden sollen, hatte Max nicht um ihretwillen ergriffen. Als nach Stefans Tod die Skandale kein Ende zu nehmen schienen, hatte Max die Führung übernommen und alle Kläger abgefunden. Sie musste annehmen, dass er seine Anteile an *DSI* beliehen hatte, um das erforderliche Geld aufzutreiben, damit er alles noch vor der Hochzeit mit Bridgette regeln konnte. Was bedeutete, dass er ihre Vereinbarung nur verlängern wollte, um seine finanztechnische Position zu sichern.

Ellie schlug die Hände vors Gesicht. Am Morgen würde sie Max' Vereinbarung wie gesehen unterzeichnen. Das wäre ihre Entschuldigung. *Mea culpa.* Und dann würde sie ihren Anwalt damit beauftragen, eine Überschreibung der Aktien zu Max' Gunsten auszuarbeiten. Das wäre ihr Hochzeitsgeschenk.

Max verdiente es, sämtliche Anteile an der Firma zu besitzen. Das war für sie nie ein Thema gewesen. Alles, was sie aus Stefans Nachlass forderte, war das, was sie in die Ehe mit eingebracht hatte: das Erbe ihrer Großeltern und ihren Mädchennamen. Das würde es ihr erlauben, noch einmal von vorn zu beginnen und ihre ehemals aufstrebende Design-Firma wiederzubeleben. Unglücklicherweise war ihr nie aufgefallen, wie sehr sich ihre und Stefans Finanzen verwickelt hatten und wie kompliziert dieses Geflecht geworden war. Verdammt, ihr waren so viele Dinge an ihrer Ehe nicht aufgefallen.

Ellie setzte sich auf. Sie konnte nicht schlafen. Im Haus war es warm. Auf ihren Armen funkelten Schweißperlen. Wieder grollte der Donner, lauter und unheilverkündend. Nachdem er verklungen war, wirkte das Haus ungewöhnlich still. Mit einem Blick auf den Radiowecker stellte Ellie fest, dass der Strom ausgefallen war.

»Großartig«, murmelte sie. Was konnte heute Nacht sonst noch schiefgehen?

Sie schob die zerwühlten Laken zur Seite und kletterte aus dem Bett. Während sie den Morgenmantel, den sie vom Stuhl genommen hatte, über ihr kurzes Nachthemd zog, ging sie in Richtung Tür. Wenn sie sowieso schon wach war, konnte sie ebenso gut …

Ein Geräusch ließ sie erstarren. Glas war zerbrochen. *Unten.*

Instinktiv nahm sie das schnurlose Telefon vom Nachttisch. Aber ohne Strom konnte sie auch das Telefon nicht benutzen. Und ihr Handy war unten an die Ladestation angeschlossen.

Der Gedanke an die unheimlichen E-Mails, die sie die letzten Wochen hindurch erhalten hatte, schoss ihr durch den Kopf. Zuerst hatte sie sie einfach gelöscht und war davon überzeugt gewesen, dass sie ein dummer Scherz waren, inszeniert von einem übereifrigen Paparazzo. Doch dann hatte sie ein paar Fotos erhalten, die sie beim Einkaufen, beim Essen und beim Verlassen ihres Apartments in Manhattan zeigten. Die Polizei hatte den Mann, der die E-Mails geschickt hatte, als »Cyber-Stalker« bezeichnet. Zu dem Zeitpunkt hatte der Begriff unwirklich geklungen. Fremd, schwer zu fassen.

Aber jetzt fiel ihr seine letzte Nachricht ein: *Ich will zusehen, wie Du träumst.*

»Hör auf!«, wisperte sie. Wenn sie nachgab und sich von ihm einschüchtern ließ, hätte er schon gewonnen. Im Übrigen konnte der Cyber-Mistkerl unmöglich wissen, wo sie sich befand. Sie hatte New York erst am Nachmittag verlassen, um nach Boston zu reisen, und war von dort bereits wieder geflohen.

Im Haus war es still, und sie fasste Mut. *Statt dir die schreck-*

lichsten Dinge auszumalen, solltest du lieber einmal logisch nachdenken. Eine Sturmfront war im Anzug. Der Wind hatte vermutlich bloß irgendetwas gegen das Haus geschleudert. Die Tatsache, dass die Alarmanlage nicht losgegangen war, war der entscheidende Beweis. Denn selbst bei einem Stromausfall lief das System über Batterie weiter. Es war also höchst unwahrscheinlich, dass jemand ins Haus eingedrungen war.

»Siehst du? Alles ist in Ordnung.« Sie würde nach unten gehen, alles überprüfen und sich vielleicht ihren Laptop schnappen. Sie machte eine Schleife in den Gürtel ihres Morgenmantels und ging zur Tür.

Als sie gerade die Hand um den Türknauf schloss, ertönte ein anderes Geräusch. Näher diesmal, im Flur. *Da!* Jetzt wiederholte sich das Geräusch, klar und eindeutig. Das Knarren der Stufen.

Jemand ist im Haus. Und er kam die Treppe hinauf.

Panik und Entsetzen prallten in ihrem Kopf aufeinander und ließen nur einen Gedanken zu: *Raus hier! Vergiss die Kleider, vergiss die Schuhe, verschwinde einfach!* Sie schlich durchs Zimmer zum Fenster und öffnete es leise.

Das alte Strandhaus im Stil der sechziger Jahre hatte einen schmalen Balkon, der beinahe das gesamte obere Stockwerk säumte. Sie würde runterklettern, zu den Nachbarn rennen und um Hilfe bitten. Auf dem Balkon wandte sie sich noch einmal um, um hinter sich das Fenster wieder zu schließen. Wenn jemand in ihr Schlafzimmer kam, wollte sie ihn nicht unbedingt sofort auf ihre Spur bringen.

Keine Wolke verdeckte den Mond, der fast voll war und alles in ein gespenstisches blaugraues Licht tauchte. Ihr weißer Morgenmantel schien in der Dunkelheit geradezu zu leuchten. Sie drückte sich in die Schatten unter dem schmalen Dachüberstand. Eine Windböe wehte Sandkörner gegen ihre nackten Beine, als sie sich zur anderen Seite des Hauses, an der Stufen hinunterführten, vorantastete. Sie stürzte die Treppe beinahe runter. Wieder grollte Donner. Gleichzeitig setzte mit dicken, schweren Tropfen der Regen ein.

Als ihr Fuß den Boden berührte, bemerkte sie aus dem Augenwinkel eine Bewegung. Bevor sie irgendetwas tun konnte, legte sich ihr eine Hand über den Mund. Ein starker Arm schob sich unterhalb ihrer Brüste um ihren Bauch und zog sie an einen durchtrainierten männlichen Körper.

Außer sich vor Angst trat sie um sich und versuchte, sich freizukämpfen, doch ihr Angreifer war ihr körperlich überlegen, größer und stärker. Angst kroch ihr in die Knochen und machte ihr das Atmen schwer, als ihr klarwurde, dass es zwei Angreifer gab. Einer befand sich im Haus, der andere hier draußen bei ihr. Der Gedanke daran, was sie mit ihr vorhatten, bereitete ihr Übelkeit. Vergewaltigung. Mord. Sie musste kämpfen, musste fliehen …

»Ellie, ich bin es.«

Beim Klang der Stimme – dem rauhen Flüstern, das sie aus ihren Träumen kannte – schossen ihr Tränen der Erleichterung in die Augen. *Max*. Sie schmiegte sich an ihn. Was machte er hier?

»Du musst ganz leise sein«, flüsterte er ihr ins Ohr. »Wir sind nicht allein.« Ermutigend drückte er sie an sich. »Nick kurz mit dem Kopf, wenn du verstanden hast, und ich lass dich los.«

Sie nickte. Als er sie losgelassen hatte, wandte sie sich zu ihm um. Er hatte sie in eine versteckte Ecke gezogen. Wie immer berührte sie schon seine bloße Anwesenheit. Dieser Mann hatte eine beeindruckende Präsenz, schien alle physikalischen Gesetze außer Kraft zu setzen. Mit seinen eins zweiundneunzig ragte er über ihr auf. Sein längeres, dunkles Haar, das er normalerweise zurückgebunden hatte, war offen. Nass vom Regen umrahmte es sein Gesicht. Im fahlen Mondschein gab ihm die glänzende Narbe über dem Auge ein finsteres Aussehen. Er wirkte wie ein düsterer Racheengel. *Il Diavolo.*

»Bist du in Ordnung?«, raunte er. »Hat er dir weh getan?«

»Nein.«

»Ist er noch da drin?«

Wieder nickte sie und deutete nach oben. »Er ist im oberen Stockwerk.«

Blitz und Donner zogen Max' Aufmerksamkeit auf sich, und er blickte kurz in den Himmel. Dann drückte er ihr einen Autoschlüssel in die Hand. »Vor dem Tor steht ein schwarzer Geländewagen. Schließ dich ein. Meine Sicherheitsleute sind unterwegs.«

Sie packte seinen Arm. »Wohin gehst du?«

Zuerst hatte sie den Eindruck, dass er ihr nicht antworten würde, doch schließlich umfasste er ihr Kinn. »Ich will nicht, dass der Kerl – wer immer er auch ist – ungeschoren davonkommt.«

»Aber was ist, wenn er bewaffnet ist? Oder wenn er nicht allein ist?«

»Ich komme schon klar.« Er ließ seinen Arm sinken und wich einen Schritt zurück. »Und jetzt geh. Der Sturm wird noch sehr viel schlimmer werden.«

Als wäre das eine Aufforderung gewesen, wurde der Regen stärker. Ellie ging los und drehte sich dann noch einmal um. Eigentlich wollte sie Max bitten, vorsichtig zu sein, doch er war schon verschwunden. Fest umklammerte sie den Schlüssel in ihrer Hand. In gebückter Haltung, um sich vor dem peitschenden Regen zu schützen, rannte sie zur Auffahrt.

Gerade als sie das Tor erreicht hatte, hörte sie, wie jemand ihren Namen rief. Sie verlangsamte ihre Schritte und drehte sich um. Eine große Person – ein Mann – brach aus dem Dunkel hervor und lief direkt auf sie zu. Zu spät stellte sie fest, dass es nicht Max war.

Entsetzt rannte sie los. Der Mann überquerte den Hof und sprang vor sie. Sie kam zum Stehen. Sogar in der Dunkelheit konnte sie erkennen, dass eine schwarze Skimaske sein Gesicht verbarg. Sie traf seinen unheimlichen Blick, und in dem kurzen Moment blitzten seine Zähne auf, und sein Mund verzog sich zu einem dämonischen Lächeln.

»Nicht so schnell, Ella-Baby.« Er machte einen Satz nach vorn, und seine Finger berührten ihre Schulter.

Unfähig, den Blick abzuwenden, taumelte sie zurück. *Ella-Baby* war der Kosename, den ihr Cyber-Stalker benutzte.

Wieder wollte er ihren Arm packen. Sie wandte sich scheinbar nach links und rannte dann blitzschnell in die entgegengesetzte Richtung los. Sie musste zurück zum Haus. Der eiskalte Regen prasselte herab und schmerzte auf ihrer Haut. Sie konnte kaum etwas sehen und stürmte quer durch die Blumenbeete. Atemlos stieß sie eine Vogeltränke aus Stein um, in der Hoffnung, ihren Verfolger dadurch zu behindern. Sie hörte, wie der Mann fluchte, als er stolperte.

Ohne sich umzublicken, hastete sie weiter und baute ihren Vorsprung aus. Wo war Max? War er noch immer im Haus? War er verletzt? Plötzlich rutschte sie im Schlamm aus. Hilflos ruderte sie mit den Armen, und es gelang ihr, das Gleichgewicht wiederzufinden, doch durch diese kurze Verzögerung holte ihr Verfolger wieder auf. Er erwischte das Rückenteil ihres Morgenmantels.

»Hab dich!«, knurrte er.

»Nein!« Verzweifelt zerrte Ellie am Gürtel des Morgenmantels. Und tatsächlich schaffte sie es hinauszuschlüpfen. Sie hastete zur Garage. Es gab keine Möglichkeit, diesem Mann zu entkommen. Sie musste sich verstecken.

Max kam um die Ecke des Hauses gelaufen und prallte beinahe mit ihr zusammen. »Ellie! Hier bin ich!«

Vor Erleichterung wurden ihre Knie weich. Sie warf einen Blick über ihre Schulter, konnte ihren Verfolger jedoch nicht entdecken. »Er ist da draußen!«

»Ich kümmere mich darum. Lauf!« Max gab ihr einen kleinen Stoß und verschwand.

Ellie rannte um die Garage herum. Mit einem Mal durchzuckte sie ein höllischer Schmerz, als irgendetwas Scharfes sich in ihre nackte Fußsohle bohrte. Sie unterdrückte einen Aufschrei und lehnte sich vollkommen außer Atem an die Garagenwand. Sie versuchte, ihre Ferse zu belasten, aber sie konnte es nicht. In was auch immer sie getreten war, es steckte noch in ihrem Fuß.

Am Himmel zuckten Blitze, und in der kurzen Helligkeit, die entstand, konnte sie die Szene überblicken. Ihr Angreifer lief die lange Auffahrt entlang, gefolgt von Max. Die Dunkelheit verschluckte sie schließlich.

Ihr Herz schlug ihr bis zum Hals. Wenn Max etwas passierte ... Fieberhaft sah sie sich um. Über ihr war ein kleines Garagenfenster. Wenn sie hineinklettern könnte, würde sie vielleicht etwas finden, das sich als Waffe eignete. Hinter den Büschen schob sie sich näher an das Fenster heran, konnte es aber noch immer nicht erreichen. Eiskaltes Regenwasser strömte vom Dach und rann ihr über den Rücken. Frustriert zog sie sich zurück. Plötzlich hörte sie, wie Max ihren Namen schrie. Sie wandte sich wieder der Auffahrt zu.

»Hier!«, rief sie. Doch sie merkte schnell, dass er sie nicht sehen und auch nicht hören konnte.

Sie winkte ihm zu, wollte einen Schritt machen und schrie auf. Sogar die leichteste Belastung ihres verletzten Fußes war extrem schmerzhaft.

Im nächsten Moment tauchte Max neben ihr auf. Er packte sie am Oberarm und stützte sie beim Gehen. »Du bist verletzt!«

»Ich glaube nicht, dass es schlimm ist.« Sie hüpfte auf einem Bein. »Nur ein Schnitt. Hast du ihn erwischt?«

»Nein. Der Mistkerl hat es bis zu seinem Wagen geschafft und ist abgehauen.«

Ellie erschauderte. Das bedeutete, dass der Mann noch immer da draußen war. Vermutlich würde er es wieder versuchen. Sie schlang die Arme um sich.

»Ich habe einen Teil seines Nummernschildes entziffern können«, fuhr Max fort. Er öffnete die Knöpfe seines nassen Hemdes, während er weiterredete, und zog es dann aus.

Sie beobachtete ihn, gefesselt vom Anblick seines nackten Oberkörpers. Ihr Mund ging auf und wieder zu. Ihr fiel auf, dass er weiterhin sprach, als er ihr das Hemd nun ent-

gegenstreckte. Sie versuchte es mit einem Scherz. »Das wird mich wohl kaum trocken halten.«
»Mir ging es eigentlich auch eher darum, dich zu bedecken.« Er deutete mit einem Kopfnicken auf das Tor zum Grundstück. »Ich habe dir doch gesagt, dass meine Sicherheitsleute jeden Moment eintreffen.«
Ellie sah an sich herunter, und zum zweiten Mal in dieser Nacht fühlte sie sich furchtbar verlegen. Ihr klatschnasses Nachthemd war komplett durchsichtig geworden. Im schwachen Licht schien ihre blasse Haut unter dem Stoff praktisch zu strahlen. Kalt und nass ragten ihre Nippel geradezu unzüchtig hervor.
Sie hob die Arme, um sich selbst zu bedecken. Max kam näher und legte ihr sein Hemd um die Schultern. Ehe sie etwas sagen konnte, zog er sie in seine Arme und drückte sie an seine Brust. Trotz des Windes und des Regens verströmte sein Körper Wärme. Sie zitterte, fühlte sich schrecklich und schämte sich.
»Lass uns reingehen, damit du dir was Trockenes anziehen kannst«, sagte er. »Meine Männer werden die Polizei benachrichtigen.«
Ellie schüttelte den Kopf. »Du hast schon genug getan.«
»Genug? Ich habe noch nicht einmal angefangen.«
Sie wurde wütend, als sie seinen verärgerten Tonfall wahrnahm. »Ich komme schon allein damit klar, Max.«
»So wie du im Penthouse mit Bridgette klargekommen bist? Ich glaube nicht.«

3. Kapitel

Der Sturm entlud seinen Zorn in einer Folge von gigantischen Blitzen. Max hob Ellie hoch und presste sie an seine nackte Brust, um sie vor den heftigen Windböen zu beschützen, die selbst das kleinste Sandkorn in ein gefährliches Geschoss verwandelten.

Sein erster Impuls war es gewesen, sie von hier fortzubringen – doch im Augenblick mussten sie erst einmal Unterschlupf vor dem wütenden Sturm finden. Außerdem wollte er ihren Fuß untersuchen.

Mit Ellie auf dem Arm lief er über die Terrasse und trat durch die Tür ins Haus, durch die auch der Eindringling gekommen war. Glasscherben knirschten unter den Sohlen seiner Schuhe, als er durch die offen stehende Glastür das Haus betrat. Ellie stockte der Atem, als hätte sie in diesem Moment begriffen, dass der Mann auf diesem Weg eingedrungen war.

Durch die hellen Blitze konnte man Teile der Inneneinrichtung erkennen. Langsam und vorsichtig umrundete Max die Möbel im Wohnzimmer und ging in Richtung Küche. Auch wenn er seit einer Ewigkeit nicht mehr in dem Haus gewesen war, so war er sich sicher, dass er die Raumaufteilung niemals vergessen würde.

Ellie wand sich auf seinem Arm. »Du kannst mich jetzt runterlassen.«

»Nein.«

»Bitte, Max …«

Er verstärkte seinen Griff noch. Auf diese Weise unterbrach er sie und unterband für den Moment auch jede weitere Frage. Und je weniger er im Augenblick sagte, desto besser.

Der Gedanke daran, was hätte passieren können, brachte das Fass zum Überlaufen. Max war mehr als wütend. Schlecht gelaunt war er hierhergefahren, hatte immer und immer wieder über die Szene mit Bridgette und über Ellies Nachricht nachgedacht. Sobald er angekommen war, hatte er den parkenden Wagen am Straßenrand bemerkt, halb verdeckt von den Bäumen. Irgendetwas an diesem Anblick hatte seine Alarmglocken zum Schrillen gebracht.

Er hatte sich entschlossen, sich erst einmal umzusehen. Und plötzlich hatte er Ellie erblickt, die aus dem Fenster kletterte. Es war klar, dass etwas sie zu Tode erschreckt haben musste. Wahrscheinlich ein Einbrecher. Er hatte den Strahl einer Taschenlampe im Haus ausmachen können, aber der Mann war seltsamerweise kurz darauf ebenfalls aus dem Fenster geklettert und hatte Ellie verfolgt.

Verdammt! Was wäre passiert, wenn Max nicht in diesem Moment aufgetaucht wäre? Was wäre mit ihr geschehen? Seine Gedanken kreisten um die Berichte über den Stalker. War es derselbe Typ? Sein Drang, diesen Mistkerl zu verprügeln, war überwältigend.

In der Küche setzte Max Ellie auf der Anrichte neben der Spüle ab. Der Zorn des Sturmes schien immer noch weiter zuzunehmen. Donner hallte nach, wie eine Drohung, dass noch mehr zu erwarten war. Der Regen trommelte gegen die Scheiben, und es klang eher, als würden kleine Metall-

kügelchen statt Wassertropfen gegen die Fenster peitschten.
Er schob den Vorhang vor dem großen Fenster zur Seite und hoffte, dass das Licht der Blitze die dunkle Küche ein wenig erhellen würde. Doch es half nicht.
»Taschenlampe?«, knurrte er.
»Äh … im Schrank auf deiner linken Seite müsste eine Kerze im Glas sein.«
Aber er konnte die Kerze nicht entdecken. Er schüttelte den Kopf und öffnete leise fluchend Schubladen und Schranktüren, bis er die Kerze gefunden hatte. Dann wollte das uralte Feuerzeug, das daneben gelegen hatte, nicht funktionieren. Er brauchte ein paar Versuche, bis der Docht der Kerze schließlich brannte. Er stellte sie neben die Spüle. Der Schein war, wenn auch schwach, zumindest beständiger als die Blitze.
Max trat wieder zu Ellie, nahm ihren linken Fuß hoch und winkelte Ellies Bein so an, dass er die Wunde im Kerzenlicht betrachten konnte. Ein dickes, dreieckiges Stück Glas steckte noch immer tief in Ellies Ferse.
»Wie schlimm ist es?«, fragte sie.
Statt ihr zu antworten, drehte Max den Kaltwasserhahn voll auf. Der Zorn, den er verspürt hatte, weil er ihren Verfolger nicht erwischt hatte, schoss ihm wieder durch die Adern. Nur wegen dieses verfluchten Mistkerls war sie verletzt. Er wollte am liebsten …
»Bitte, sag doch was, Max.« Ellie berührte seinen Arm und lenkte seine Aufmerksamkeit auf sich. »Sag *irgendetwas.*«
»Das wird weh tun.« Mit einem Ruck zog er die Glasscherbe heraus und hielt Ellies Fuß dann in den Wasserstrahl.

Er spürte, wie sie ihre Finger in seinen Armen vergrub. Und er hörte, wie sie scharf einatmete und einen Aufschrei unterdrückte. Als er aufblickte, hatte sie den Kopf gesenkt. Sie zog sich zurück und griff nach einem der Handtücher. Reue erfüllte ihn. Dass er ihr weh getan hatte – auch wenn es unter dem Deckmantel der Hilfe geschehen war –, ließ seine Wut augenblicklich verrauchen. Er kam sich wie ein brutaler Unmensch vor. Aber bevor er sich entschuldigen konnte, erklang ein ohrenbetäubender Knall. In den Baum vor dem Küchenfenster hatte der Blitz eingeschlagen. Unzählige Lichtblitze schienen in der Küche zu explodieren, als Zweige gegen das Fenster krachten.

Max hatte Ellie wieder hochgehoben. »Lass mich dich an einen sichereren Ort bringen.« Im Wohnzimmer musste er kurz anhalten, damit seine Augen sich an das Dunkel gewöhnen konnten. Dann trug er sie zu einem Sofa und setzte sie vorsichtig ab. »Ich komme gleich wieder.«

Er ging zurück in die Küche, holte die Kerze und ein weiteres Handtuch. Als er wiederkam, sah er, dass sie sich in die Ecke des Sofas zurückgezogen hatte.

Mit geschlossenen Augen presste sie sich das Handtuch an den Fuß. Sie wirkte erschöpft, unglücklich und unfassbar zerbrechlich.

Max fühlte sich wie ein Idiot, weil er so unsensibel auf ihren Schmerz reagiert hatte. Er versuchte, seine Wut zu rechtfertigen, doch es gelang ihm nicht. *Sie* war heute Abend angegriffen worden, nicht *er*.

In der Mitte des Couchtisches standen drei Kerzen, die Max schnell entzündete. Zwar wurde es durch die Kerzen nicht wesentlich heller, aber Max schob sie trotzdem näher an die Tischkante. Er kniete sich vor Ellie auf den

Boden. »Es tut mir leid, wenn ich dir weh getan habe, El.« Sanft ergriff er ihren Knöchel. »Darf ich?«

Ohne auf ihren Widerstand zu achten, nahm er ihren Fuß entschlossen, aber behutsam hoch. Dann entfernte er das Handtuch. Die Wunde blutete noch immer, wenn auch nicht mehr ganz so stark. In dem schwachen Licht war es schwierig festzustellen, wie schlimm der Schnitt war. Max faltete ein frisches Handtuch zu einem provisorischen Verband, legte ihn mit leichtem Druck an und befestigte ihn an ihrem Knöchel.

»Bist du gegen Tetanus geimpft?«

Ellie nickte stumm. Verdammt, er hasste es, wenn er mit Schweigen gestraft wurde. Auch wenn er es nicht anders verdient hatte.

»Wir warten jetzt eine Weile, um zu schauen, ob es aufhört zu bluten«, fuhr Max fort. »Dann kann ich sehen, ob es genäht werden muss.«

Das brachte sie zum Sprechen. »Ich glaube nicht, dass es so schlimm ist.« Sie rutschte auf dem Sofa ein Stückchen vor.

»Das werde ich entscheiden.« Er ergriff ihre Hand, um sie daran zu hindern, das Handtuch abzunehmen, und stellte fest, dass ihre Finger eiskalt waren. »Himmel, Süße, du bist ja vollkommen durchgefroren.«

Eingehend musterte er sie und bemerkte, wie sehr sie darum kämpfen musste, aufrecht sitzen zu bleiben. Vorsichtig berührte er ihren Arm. Ihre Haut war kalt, und sie zitterte am ganzen Körper – vermutlich nicht nur wegen der Kälte, sondern auch aufgrund eines Schocks. Sie musste nötig aus den nassen Klamotten.

Kurzerhand nahm er die Decke, die dekorativ über die Rückenlehne des Sofas gebreitet war. Dann setzte er sich neben Ellie auf die Couch und zog sie auf seinen Schoß. Dass sie sich kaum wehrte, bereitete ihm Sorgen.

Sein nasses Hemd hing noch immer über ihren Schultern, aber es war offen, und darunter schmiegte sich der durchsichtige Stoff des Nachthemdes an ihre Brüste. Er erhaschte einen Blick auf ihre zarten Nippel, die sich dunkel unter dem Nachthemd abzeichneten. Weiter unten deutete ein Schatten dunkler Löckchen darauf hin, dass sie kein Höschen trug – eine Tatsache, die Max schon vermutet hatte, seit seine Hand ihren nackten Po gestreift hatte, als er sie zum ersten Mal hochgehoben hatte.

»Du musst raus aus den feuchten Klamotten, sonst holst du dir noch den Tod. Komm.« Er sprach mit ruhiger Stimme. Wie einem Kind redete er ihr gut zu, während er ihr mit schnellen, zweckmäßigen Bewegungen sein nasses Hemd auszog.

Achtlos ließ er es auf den Boden fallen. Das feuchte Nachthemd folgte. Das schien ihren Widerstand zu wecken, doch ehe sie irgendetwas tun konnte, hatte Max schon die Decke um ihren Rücken geschlungen. Er zog sie eng an seine Brust und hielt sie mit einer Hand fest, während er mit der anderen ihre langen, feuchten Haare aus der wärmenden Decke zog.

Sie gab einen unterdrückten Protestlaut von sich, als nackte Haut auf nackte Haut traf. Aber genauso schnell verstummte sie wieder, legte ihren Kopf an seinen Hals und schmiegte sich auf der Suche nach Wärme an ihn. Ihre Wangen und ihre Nase fühlten sich eiskalt an. Mittlerweile zitterte sie furchtbar.

Max klemmte die Ecken der Decke ein und murmelte beruhigend auf Ellie ein, während er sicherstellte, dass jeder

Zentimeter ihres Körpers, der nicht gegen seine Brust gepresst war, richtig zugedeckt war. Sie rührte sich und kuschelte sich enger an ihn. Obwohl sie vollkommen durchnässt worden war, konnte er noch den zarten blumigen Duft ihres Shampoos wahrnehmen. Das Gefühl, ihre Nippel an seiner Brust zu spüren, ließ ihn nicht kalt.

Mit zusammengebissenen Zähnen ermahnte Max sich, dass es hier nicht um Sex ging. *Ja, genau.* Wenn es um Ellie ging, wanderten seine Gedanken immer in diese Richtung. Sogar – *oh, Mann* – als Ellie mit Stefan verheiratet gewesen war. Max hatte seine einzige Möglichkeit darin gesehen, sie zu meiden.

Und in diesem Haus zu sein rief eine Menge alter Erinnerungen wieder wach. Und Reue. Vor sieben Jahren war er Ellie hier zum ersten Mal begegnet. Sie hatten sich oben im Schlafzimmer geliebt. Damals war sie noch Jungfrau gewesen – aber nicht mehr lange. Als er sich daran erinnerte, verstärkte er unwillkürlich seine besitzergreifende Umarmung.

Mit fünfundzwanzig hatte er geglaubt, er hätte schon alles gesehen, was die Welt zu bieten hatte, wohingegen sie erst neunzehn gewesen war – schüchtern, anständig und voller Leben. Sie und ihre Freundinnen vom College hatten im Strandhaus gewohnt, während ihre Großeltern in Übersee gewesen waren. Der Sommer war idyllisch gewesen.

Oder war es nur die Ruhe vor dem Sturm gewesen? Ellie war ins College zurückgekehrt. Sie beide hatten Versprechungen gemacht. Doch ein paar Wochen darauf war sein Vater gestorben, und Max war gezwungen gewesen, nach Italien zu ziehen und eine Rolle zu übernehmen, auf die er sich schlecht vorbereitet gefühlt hatte. Zwölf Monate später waren Ellies Großeltern bei einem tragischen Zugunglück ums Leben gekommen. Zu dem Zeitpunkt hatte Stefan sich hinterhältig eingeschlichen …

Scheiße. Wem wollte Max etwas vormachen? Egal, wie oft er das *Warum* und *Wie* durchspielte, am Ende kam er immer zu demselben Ergebnis: Es war damals dumm von ihm gewesen, sie gehen zu lassen.

Ein besonders lautes Donnergrollen ließ sie zusammenzucken. Max drückte sie. Schuldgefühle wegen der Vorfälle dieser Nacht nagten an ihm. Obwohl er ihr die Schuld geben wollte, weil sie nicht vorsichtiger gewesen war, fühlte er sich verantwortlich. Wenn Bridgette nicht ins Penthouse gekommen wäre, wäre Ellie geblieben. Er hätte ihre Nachricht bekommen. Und sie würden jetzt die Bedingungen ihres »Deals« aushandeln – oder sie bereits in die Tat umsetzen – und sich nicht mit den Nachwirkungen eines Überfalls auseinandersetzen müssen.

Wie lange sie dort saßen, wusste Max nicht. Der Sturm hörte genauso abrupt auf, wie er begonnen hatte. Der Wind legte sich, und plötzlich war alles still.

Ellie wand sich und versuchte, sich aufzusetzen. Doch Max hielt dagegen und zog sie bewusst wieder an sich, denn er wollte nicht, dass die Innigkeit dieses Augenblicks schon vorüber war.

»Fang am Anfang an und erzähl mir, was heute Nacht hier passiert ist«, sagte er.

Sie räusperte sich. »Irgendetwas hat mich geweckt. Der Strom war ausgefallen, also bin ich aufgestanden. Und da habe ich gemerkt, dass jemand im Haus ist und die Treppe raufkommt. Das hat mich so erschreckt, dass ich aus dem Fenster geflohen bin.«

»Hattest du die Alarmanlage eingeschaltet, bevor du zu Bett gegangen bist?«
»Natürlich! Aber sie ist nicht losgegangen.«
Max nahm sich vor, die Anlage gründlich durchchecken zu lassen. »Ich weiß, dass es in letzter Zeit ein paar Vorfälle gab und dass du einige unschöne E-Mails erhalten hast.«
»Woher weißt du das?«
»Wir hatten Probleme in der Firma. Also habe ich ein Unternehmen engagiert, um die Risiken und Schwachstellen feststellen zu lassen.«
»Und man hat *mich* als Risiko eingestuft?« Sie klang verletzt.
»Sie haben alle Mitarbeiter und Teilhaber überprüft, Ellie. Inklusive aller Polizeiberichte, Führungszeugnisse, staatlicher Urkunden – reine Routine. Ich weiß über den Stalker Bescheid. Glaubst du, dass ein Zusammenhang zwischen den Vorfällen besteht?«
Einen Moment lang fürchtete er, dass sie ihm nicht antworten würde. Doch dann nickte sie. »Der Kerl hat heute Nacht etwas gesagt, das er auch in seinen Nachrichten an mich geschrieben hat.«
»Was sind das für Nachrichten?«
»Die Cyber-Version von obszönen Anrufen – ›Ich-stelle-mir-vor-wie-du-nackt-aussiehst‹ und solche Sachen.«
Ich bringe ihn um, dachte Max. »Wann hat das alles angefangen?«
»Vor drei Wochen.« Sie strich sich über die Stirn.
Ungefähr zur selben Zeit hatten die Medienberichte über ihre Aktienanteile begonnen, überschlug er. »Warum hast du so lange damit gewartet, zur Polizei zu gehen?«

»Ich habe es vor mir hergeschoben, bis …« Ihre Stimme erstarb.

»Bis was? Du kannst mir ruhig alles sagen.«

»Er hat mir ein Foto geschickt, auf dem ich im Coffeeshop zu sehen bin. Kaum eine Stunde vorher bin ich erst dort gewesen. In seiner letzten Nachricht stand, dass er mich gern beim Schlafen beobachten würde.« Sie ließ die Schultern sinken. »Er weiß offensichtlich, dass ich in New York lebe, also dachte ich, ich wäre hier sicher.«

»Wer wusste, dass du nach Rockport fahren wolltest?«

»Niemand. Es war eine Entscheidung in letzter Sekunde, und es war schon spät, als ich das Penthouse verlassen habe.« Nun blickte sie ihm in die Augen. »Woher weißt du überhaupt, wohin ich gefahren bin?«

»Vom Limousinen-Service.« Und es war erstaunlich leicht gewesen, an diese Information zu kommen. Wer hatte es noch herausgefunden?

»Aber woher wusstest du, dass ich Hilfe brauchte?«

»Das wusste ich nicht. Um ehrlich zu sein, bin ich hergekommen, weil ich wütend war, dass du einfach aus Boston abgehauen bist.« Er konnte spüren, wie ihre Anspannung wuchs, doch er wollte das Thema nicht einfach so fallenlassen. Es war besser, alles offen auszusprechen. »Ich war nicht gerade begeistert, Bridgette heute im Penthouse anzutreffen. Ich habe sie nicht eingeladen.«

Abwehrend hob sie die Hand. »Ich hätte nicht …«

»Ich habe deine Nachricht gefunden, El.«

Schweigen. Sie zog die Decke enger um sich, rückte von ihm ab und versuchte, seitwärts von seinem Schoß zu rutschen. Aber Max hielt sie fest.

»Tja, das ist mir alles sehr unangenehm«, sagte sie schließlich. »Mein Verhalten im Penthouse war vollkommen unangemessen, Max. Mir war nicht klar, dass du und Bridgette verlobt seid.«

»Gott! Wir sind nicht verlobt. Wir sind überhaupt nicht zusammen, wenn du es genau wissen willst. Unglücklicherweise hat Bridgette sich mit einem Reporter unterhalten. Du weißt offenbar, was geschrieben wurde. Du hast es ja zitiert.«

Eine Nacht. Keine Verpflichtungen, keine Bedingungen, nur Sex.

Es hatte ihm nicht gefallen, mit seinem anrüchigen Motto konfrontiert zu werden – und schon gar nicht von Ellie. Also hatte er sich auf die ersten beiden Worte konzentriert. *Eine Nacht.* Als er und Ellie zusammen gewesen waren, war ihre gemeinsame Zeit viel zu kurz gewesen. Verflucht, in dem Sommer hatten sie höchstens sechs Mal miteinander geschlafen. Alles hatte sich gegen sie verschworen: Zuerst hatten sie keinen ungestörten Moment gehabt, und dann hatte das Schicksal zugeschlagen. Eine Nacht wäre bei weitem nicht genug, um all das Bedauern und die verlorenen Jahre aufzuholen.

Er ergriff ihr Kinn und zwang sie, ihn anzusehen. Selbst im schwachen Licht konnte er deutlich lesen, was in ihrem Gesicht stand. Das ganze Thema quälte sie, und das Aufeinandertreffen mit Bridgette war einfach noch zu frisch.

Dennoch fuhr er fort und gab ihr nicht die Chance, sich zurückzuziehen. »Im Endeffekt habe ich Folgendes zu sagen: Ich akzeptiere deinen Vorschlag mit einer Änderung. Ich will eine Woche. Sieben Tage, nicht nur einen Tag. Abgemacht?«

4. Kapitel

Der Mann betrachtete die Fotos, die er auf dem Bett in seinem Motelzimmer ausgebreitet hatte. Er nahm sein Lieblingsbild in die Hand. Aufgenommen vor nicht einmal achtzehn Stunden. *Ella-Baby.* Er war ihr von Manhattan zum Flughafen *LaGuardia* gefolgt. Und während er gemeinsam mit ihr auf den Abflug gewartet hatte, war es ihm gelungen, mit seiner Digitalkamera einige unbeobachtete Momente festzuhalten.

In diesem Augenblick hatte er ihre Faszination, ihr Wesen gebannt. Andere sahen nur ihr blondes Haar, die leuchtenden grünen Augen und ihren phantastischen Körper, doch *er* sah ihren Geist. Ihre innere Magie. Frauen wie sie kamen direkt in den Himmel, wenn sie starben. So wurden Engel erschaffen.

Mit dem Teufel verhielt es sich dagegen anders. Unwillkürlich ballte er die Hände zu Fäusten. Er war zornig gewesen, als der andere Mann aufgetaucht war. Und mehr als nur ein bisschen beängstigt. Heilige Scheiße, DeLuca war außer sich vor Wut gewesen.

Am Ende hatte jedoch er den Sieg davongetragen. Es war ihm gelungen, zu fliehen. Und er hatte einen weiteren Tag gewonnen, um zu kämpfen. Kein Leid, kein Unrecht … noch nicht. Aber nachdem er diesen Job erledigt hätte, würde er sich überlegen, wie er sich an DeLuca rächen könnte.

Er warf einen Blick auf die Uhr. Wenn alles so gelaufen wäre, wie er es geplant hatte, wäre er noch immer mit ihr im Strandhaus. *Wie geplant* bedeutete, dass es im Morgengrauen vorbei gewesen wäre. Nachdem er nun geduscht und sich beruhigt hatte, war er sich nicht mehr so sicher, ob er wollte, dass es so schnell vorbei war.

Heute Nacht hatte er sie berührt, hatte unter seiner Hand ihr Herz schlagen spüren. Ihre Reaktion, ihre Angst waren besser gewesen, als er es sich vorgestellt hätte. Und er dürfte das alles noch einmal tun. *Ausgezeichnet.*

Ja, die Polizei würde sich des Falles annehmen, aber er machte sich deshalb keine Sorgen. Die letzten drei Male hatten sie ihn auch nicht erwischt. Er war gut in dem, was er tat: störende Ex-Ehefrauen und Geliebte loszuwerden. Und er war jeden Cent seiner Bezahlung wert. Obwohl er sich hatte vorstellen können, sich auch umsonst um Ellie zu kümmern. Seine letzten Ziele waren ältere, unglückliche Frauen gewesen. Mit ihnen hatte er nicht das tun wollen, was er mit Ellie tun wollte.

Er nahm das Prepaidhandy in die Hand, das er am Tag zuvor gekauft hatte, und wählte eine Nummer.

Die Person nahm das Gespräch nach dem ersten Klingeln an. »Ja?«

»Sie haben es vermasselt. Und mein Lohn hat sich gerade verdoppelt.«

»Kommen Sie mir nicht so.«

»Sie sollten sich um DeLuca kümmern.«

»Es gab Probleme. Erzählen Sie mir lieber, was passiert ist.«

Er fasste die Ereignisse der Nacht zusammen. »DeLuca hat am Ende wie ein Held dagestanden.«

»Wo ist Ellie jetzt?«
»Bei ihm.«
»Hat einer von beiden Sie gesehen? Oder gibt es irgendwelche Spuren, die zu Ihnen führen könnten?«
»Nein.« Er hatte seinen Koffer zurückgelassen, aber darin befand sich nichts Besonderes oder Ungewöhnliches. Der Inhalt war nicht zurückverfolgbar. *Wal-Mart* verkaufte vermutlich täglich tausende Rollen Klebeband.
»Dann halten Sie sich bedeckt, bis ich mir etwas überlegt habe. Sie wird möglicherweise nach New York zurückkehren, doch bis dahin hat man die Sicherheitsvorkehrungen bestimmt verbessert.«
»Wir wissen beide, dass das kein Problem ist. Lenken Sie nur DeLuca ab – ich kümmere mich um den Rest.«

5. Kapitel

»Abgemacht?« Ellie war sich nicht sicher, ob sie ihn richtig verstanden hatte. Er wollte eine Woche? »Max, ich ...«

In dem Moment schwang die kaputte Glastür auf und quietschte warnend. Ein uniformierter Polizist kam ins Zimmer, eine Taschenlampe in der einen, eine Waffe in der anderen Hand. »Polizei! Heben Sie die Hände, damit ich Sie sehen kann!«

Ellie schloss ihre Augen, da das helle Licht sie blendete. Ihre Hände hielten vor ihrer Brust die Decke krampfhaft zusammen. Wenn das nicht gut sichtbar war, tja ... dann musste er sie eben erschießen. In dieser Nacht war sie für ihren Geschmack schon viel zu oft nackt gesehen worden.

»Das ist die Besitzerin des Hauses, Ellie DeLuca.« Max hob die Hände, während er sich leicht zu ihr herüberlehnte.

Ein weiterer Polizist und ein blonder Mann in einem Anzug kamen herein. Der Mann im Anzug deutete auf Max. »Das ist mein Boss, Max DeLuca.«

Der erste Polizist nickte und schob seine Waffe in sein Schulterhalfter. »Tut mir leid, Ma'am. Sind Sie beide in Ordnung?«

»Ja.« Ellie hielt die Decke fest um sich geschlungen und wollte aufstehen. »Aber wenn Sie mich jetzt einen Augenblick entschuldigen wollen? Ich würde mir gern etwas anziehen.«

Max zog sie an sich und stand mit ihr im Arm auf. »Ich trage dich nach oben.«

Sie schluckte ihren Widerspruch herunter. Auf nackte Menschen hörte sowieso niemand. Wenn sie angezogen wäre, hätte ihr Wort auf jeden Fall eine größere Wirkung.

»Das wird der Spurensicherung nicht gefallen«, bemerkte der Polizist.

»Vermutlich haben wir schon Spuren verwischt, als wir wieder hereingekommen sind«, entgegnete Max. »Aber bei dem Sturm blieb uns nichts anderes übrig.«

Der Polizist zuckte die Schultern. »Versuchen Sie einfach, nichts zu berühren, was der Einbrecher angefasst haben könnte.«

Plötzlich fiel Ellie etwas zu ihrem Angreifer ein. »Sie werden keine Fingerabdrücke finden. Er hat Handschuhe getragen. Dünne Latexhandschuhe. Wie ein Arzt oder Zahnarzt sie benutzt.«

Der Polizist zog einen kleinen Notizblock hervor. »Wir brauchen eine vollständige Beschreibung.«

»Geben Sie uns fünf Minuten und eine Taschenlampe«, erwiderte Max.

Der blonde Mann drückte Ellie seine Lampe in die Hand. Max nickte und wandte sich mit Ellie auf dem Arm um. »Das ist übrigens Gerard Warhaven, der neue Sicherheitschef von *DSI*. Ich werde euch einander richtig vorstellen, wenn wir wieder nach unten kommen.«

Oben ging er direkt in Ellies altes Zimmer und setzte sie auf dem Bett ab. Ihre Haut prickelte, als sie mit der Taschenlampe den Raum ableuchtete. War der Mistkerl hier gewesen?

Max wollte gehen.
»Nein, bleib hier!« Sie leuchtete ihm ins Gesicht.
Sofort trat er zu ihr ans Bett. Er ergriff ihre Hände und drückte sie. »Ich gehe nirgendwohin, El. Sag mir einfach, was du brauchst.«
»Meine Kleider sind in meinem Koffer. Neben der Kommode. Und meine Schuhe …«
»Bleib, wo du bist.« Er hob ihren Koffer aufs Bett. »Über Schuhe musst du dir im Moment keine Gedanken machen.«
Nachdem sie ihre Unterwäsche, Jeans und ein T-Shirt herausgenommen hatte, drehte er sich um, damit sie sich ungestört anziehen konnte. Der Kloß in ihrem Hals wuchs immer weiter, während sie sich anzog. »Alles klar«, murmelte sie kurz darauf.
»Wir müssen wieder nach unten.« Max kam näher, doch statt sie hochzuheben, umfasste er ihr Kinn. »Ich weiß, dass das jetzt nicht leicht ist. Ich werde dafür sorgen, dass wir so schnell wie möglich hier verschwinden können.«
Wir. Die Unsicherheit – über einfach alles – drohte sie zu überwältigen. »Habe ich mich eigentlich schon bei dir bedankt?«
Er hob sie vom Bett hoch. »Noch nicht. Aber ich muss mich wohl auch bei dir bedanken.«
Sie hatte ihre Arme um seinen Nacken geschlungen, dankbar, dass er die Taschenlampe nun in der Hand hielt. »Wofür? Dafür, dass du meinetwegen mitten in einer stürmischen Nacht hierherkommen musstest?«
»Ich rede von unserem Deal, El. Danke, dass du ja gesagt hast.«
Er dachte, sie hätte zugestimmt? »Eine Woche?«

Sie standen am Treppenabsatz. »Darüber unterhalten wir uns später noch.« Max ging die Treppe hinunter. »Okay?«

Ellie atmete tief durch. Wenn sie protestieren wollte, wenn sie ihr Recht auf eine Neuverhandlung wahren wollte, war jetzt der richtige Zeitpunkt, um das zu sagen. *Wem will ich etwas vormachen?* Eine Woche mit Max. »Abgemacht.«

Sobald er sie auf die Couch gesetzt hatte, sprang der Strom wieder an. Es war plötzlich so hell im Zimmer, dass sie unwillkürlich blinzeln musste. Verwirrt versuchte sie, sich einen Überblick über all die Leute zu verschaffen, die in ihrem Wohnzimmer umherliefen.

Gerard Warhaven kam zu ihr. Max stellte sie einander vor. »Ich möchte gern, dass Gerard deinen Fuß untersucht, Ellie.«

»Ich war Arzt in der Army«, erklärte Gerard, als Ellie halbherzig protestierte. Er säuberte die Wunde und nähte sie, bevor er den Fuß verband. »Ich schaue mal, ob ich ein paar *Ibuprofen* finden kann, um den Schmerz zu stillen, während Sie mit den Polizisten reden.«

Es dauerte nicht lange, bis Ellie ihre Aussage zu Protokoll gegeben hatte. Es war ernüchternd zu sehen, dass der Vorfall nur wenige Minuten gedauert hatte. Die Erinnerung, die Angst aber würde sie niemals vergessen. Unsicherheit nagte an ihr. Was hätte sie getan, wenn Max heute Nacht nicht aufgetaucht wäre? Wäre ihr die Flucht gelungen?

Sie wollte es gern glauben, doch zu hören, wie der Polizist die Geschehnisse zusammenfasste, hatte sie verstört. Der Strom im Haus war mit Hilfe des Hauptschalters abgestellt worden.

»Die Alarmanlage außer Gefecht zu setzen war keine Schwierigkeit, da es sich um ein älteres Modell handelt«, erklärte der Polizist. »Der Mann hat sich die Werkzeuge, um das zu bewerkstelligen, vermutlich übers Internet beschafft. Sie sollten die Alarmanlage auswechseln lassen.«

Sie nickte. »Glauben Sie mir, nach dieser Nacht werde ich alles auf den neuesten Stand bringen lassen.«

»Nach dem, was Sie uns erzählt haben, gehe ich davon aus, dass Ihnen jemand von New York hierher gefolgt ist«, fuhr der Polizist fort. »Wenn Sie nach Hause kommen, sollten Sie die dortige Polizei verständigen. Sagen Sie ihnen, was geschehen ist.«

Max trat zum Sofa, nickte dem Polizisten zu und setzte sich dann zu Ellie auf die Couch. »Wie geht es deinem Fuß?«

»Er pocht.« Wie ihr Kopf. »Könnte aber schlimmer sein.«

»Warum fährst du nicht mit Gerard zurück nach Boston? Wenn die Polizei hier fertig ist, werde ich das Haus abschließen und ebenfalls nach Boston kommen.«

Sie wollte etwas erwidern, hielt dann jedoch inne und blickte sich um. Hierzubleiben stand nicht mehr zur Diskussion. Und wenn sie schon ins Penthouse zurückkehrte, wollte sie lieber vor Max dort eintreffen, um ein bisschen Zeit zu haben und sich zu sammeln.

»Ich sehe dich dann in Boston.«

Als sie zurück im Penthouse war, rollte Ellie sich auf dem Sofa zusammen. Sie war körperlich und seelisch vollkommen erschöpft. *Ich schließe nur kurz meine Augen und warte auf Max …*

Als sie wieder aufwachte, fiel helles Sonnenlicht durch die Terrassentür. Sie wollte ihren Fuß auf den Boden setzen, doch ein dumpfer Schmerz durchzuckte ihr Bein. Ein Blick auf die Uhr sagte ihr, dass es bereits nach zehn war.

Enttäuschung durchströmte sie, als sie spürte, dass Max noch nicht zurückgekehrt war. War irgendetwas schiefgelaufen? Oder hatte er es sich wegen ihres Deals noch einmal anders überlegt?
Oder hatte sie selbst Zweifel?
Nein. Nicht wirklich.
Ihre Gründe, warum sie sich wünschte, Max wäre da, waren vielschichtig. Verworren. In der vergangenen Nacht hatte sie sich bei ihm geborgen gefühlt – und sie war sich nicht sicher, ob ihr das gefiel. Sie hatte sich bewusst dazu entschlossen, allein zu leben, und die Ereignisse im Strandhaus hatten ihr gezeigt, wie selbstverständlich für sie ihre persönliche Freiheit und Sicherheit bisher gewesen waren. Verdammt, sie würde nicht zulassen, dass irgendein Mistkerl ihr das nahm!
Und dann war da noch diese *andere* Sache. Max wollte eine Woche. Zuerst hatte sie sich geschmeichelt gefühlt, weil er einen Tag offenbar für zu kurz hielt. Doch sieben Tage reichten ihm? Sie runzelte die Stirn.
Ein Piepen riss sie aus ihren Grübeleien. Im ersten Moment wusste sie nicht, was es war. Ach, ihr Handy. Aber wo war es bloß? Sie erhob sich vom Sofa, doch ihr verletzter Fuß behinderte sie. Als sie das Telefon schließlich gefunden hatte, hatte sie den Anruf längst verpasst.
Das Display blinkte und zeigte an, dass sie eine Nachricht auf ihrer Mailbox hatte.
Zunächst prüfte sie die Telefonnummer des Anrufers. Es war Max. Sie hörte sich seine Nachricht an. Er klang müde.
»Ich bin zurück in New York. Eine dringende geschäftliche Angelegenheit ist mir dazwischengekommen, und ich bin

direkt zum Flughafen gefahren. Gerard hat die Anweisung, dich nicht aus den Augen zu lassen. Wenn du ein Problem damit haben solltest, sag es mir. Nicht ihm. Ich rufe später noch mal an.« Sie wollte gerade auflegen, als sie hörte, dass Max' Nachricht noch weiterging. »Ich freue mich wirklich auf unsere gemeinsame Woche, El.«

Diese letzten Worte ließen die Verärgerung dahinschmelzen, die sie angesichts seiner Eigenmächtigkeit überkommen hatte. Dennoch war sie enttäuscht, dass er ihr nicht verraten hatte, wie lange er in New York sein würde. Letzte Nacht hatte er ihr versprochen, dass sie die Details ihres Deals später besprechen würden. Sie hatte angenommen, dass er damit diesen Morgen meinte, aber im grellen Licht des Tages holte die Realität sie erbarmungslos ein.

Sie beide waren Geschäftsleute. Es gab Terminpläne, die eingehalten werden mussten. Vereinbarungen mussten getroffen, Kalender aufeinander abgestimmt werden. Für Max traf das noch eher zu als auf sie. Er leitete eine der größten multinationalen Reedereien der Welt. In einem Interview hatte er einmal scherzhaft behauptet, dass der Privatjet sein Büro sei. Was bedeutete, dass er zum Frühstück in New York sein konnte und zum Abendessen in Rotterdam.

Da Ellie erst begann, ihre Firma langsam wieder aufzubauen, war ihr Terminplan noch relativ übersichtlich. Ihre erfolgreiche Karriere als Designerin hatte erst einmal auf Eis gelegen, als nach Stefans Tod die Gerichtsverfahren begonnen hatten. Niemand hatte einen Skandal riskieren wollen, weil er mit ihrer Firma in Verbindung gebracht wurde, also war sie von den meisten möglichen Geschäftspartnern gemieden worden. Die einzige Ausnahme war ein Freund gewesen, Peter Fourakis. Erst kürzlich hatte Peter sie sogar gebeten, ihm ein Angebot für die Gestaltung einer Hotelkette zu machen – eine Riesenchance, doch die Abgabe für das Konzept war erst in einem Monat fällig. Obwohl sie nicht besonders viele Termine hatte, war es also durchaus möglich, dass Wochen vergingen, bis ihre Vereinbarung mit Max besiegelt wäre. Wenn man es so betrachtete, erschien ihr der Deal als ... oberflächlich. Und das war nicht das, was sie sich eigentlich erhofft hatte.

Nachdem sie geduscht und sich umgezogen hatte, kochte Ellie Kaffee. Gerard kam zu ihr in die Küche und bot ihr an, den Verband an ihrem Fuß zu wechseln. Dankend nahm sie seine Hilfe an.

»Die Wunde sieht schon viel besser aus«, sagte er. »Nicht so schlimm, wie ich anfangs befürchtet habe.«

»Das sind doch gute Neuigkeiten.«

»Übrigens hat Mr. DeLuca versucht, Sie zu erreichen. Er hat Ihnen eine E-Mail geschickt. Es geht um Ihren Terminplan. Hatten Sie schon die Möglichkeit, sie zu lesen?«

Ellie wollte ihre Tasse zur Seite stellen und verschüttete ein wenig Kaffee, als sie beinahe den Tisch verpasste. Max hatte ihr bereits einen Terminvorschlag geschickt? »Nein, ich habe sie bisher noch nicht gelesen, aber ich werde meine Mails gleich checken.«

Zehn Minuten später loggte sie sich in ihren E-Mail-Account ein. Siebenundvierzig neue Nachrichten. Sie scrollte runter und hielt unwillkürlich den Atem an, weil sie fast eine neue Drohung darunter befürchtete. In der vergangenen Nacht hatte sie Max ihr E-Mail-Passwort gegeben, damit die Polizei ihren Account nach neuen Nach-

richten durchsehen konnte. Doch zu wissen, dass Big Brother sie beobachtete, konnte sie auch nicht wirklich beruhigen.
Ohne die üblichen Spammails zu beachten, scrollte sie weiter runter und suchte Max' Nachricht. Als sie sie endlich fand, wuchs ihre Ungeduld zunehmend: Beim Prüfen und Öffnen der Mail drehte ihre Antivirensoftware offenbar die Cyber-Däumchen – es schien einfach ewig zu dauern. In ihrem Kopf überschlugen sich die Gedanken. Was, wenn seine Terminvorschläge praktisch unmöglich waren? Wie weit würde er ihre gemeinsame Woche verschieben? Um Wochen? Oder Monate?
Max' Nachricht war kurz und überraschend.

Werde Dich heute Nachmittag um drei am Hangar treffen.

Pack nur das Nötigste ein. Und viel Sonnencreme.

Dein

M.

Heute Nachmittag? Er glaubte doch wohl nicht, dass ihre gemeinsame Woche heute beginnen würde? Leicht panisch las sie die Nachricht noch einmal.
Pack nur das Nötigste ein? Sonnencreme? Wohin würden sie fahren? Hatte er in der E-Mail das Ziel ihrer Reise aus Sicherheitsgründen nicht erwähnt? Ihr Blick fiel auf die Uhr. Sie hatte weniger als fünf Stunden Zeit.
Sie klickte auf den Antwort-Button, um in einer E-Mail an Max all die Gründe aufzulisten, warum sie mehr Zeit brauchte. Aber keiner dieser Gründe erschien ihr wirklich zwingend. Sie verschränkte die Hände in ihrem Schoß und starrte auf ihre Fingernägel. Das zu tun, um was Max sie

bat, war wahnsinnig impulsiv und unbesonnen. Gott, wann hatte sie das letzte Mal etwas Impulsives getan? *Dummerchen. Versuch es mal mit gestern.* Hierherzukommen und diese Nachricht zu hinterlassen war impulsiv gewesen. Impulsiver ging es kaum noch.

Trotzdem hatte sie Angst, wenn sie daran dachte, zum ersten Mal mit Max zu schlafen. Angesichts ihrer Wortwahl runzelte sie die Stirn. Technisch gesehen wäre es ihr siebtes Mal. In sieben Jahren.

Wenn es nicht so erbärmlich wäre, würden die Siebenen vielleicht irgendwie mystisch klingen. Doch die Wahrheit sah anders aus. Vor sieben Jahren war sie eine behütete Neunzehnjährige gewesen, die begierig darauf gewesen war, ihre Unschuld zu verlieren. Ihr Herz zu verlieren war nicht in ihrem Interesse gewesen.

Bis sie Max DeLuca getroffen hatte. Schon damals hatte er einen gewissen Ruf gehabt. *»Er stammt aus einer Familie von Womanizern ab«*, hatte ihr Großvater sie gewarnt. *»Halte dich von ihm fern.«*

Zuerst hatte sie seinen Rat beherzigt und Distanz zu Max gehalten. Max war geradezu überlebensgroß gewesen – jung, reich und privilegiert, ganz zu schweigen von weltgewandt und einfach umwerfend. Vom ersten Moment an, seit sie sich getroffen hatten, schien er es voller Entschlossenheit auf sie abgesehen zu haben. Letztlich war sie ihm erlegen. Es war Sommer gewesen, und sie und ihre Freundinnen hatten die Ferien im Strandhaus verbracht. Max und seine Freunde hatten sich im Nebenhaus niedergelassen. Damals hatte jeder nur an Sex gedacht. Als Max erfahren hatte, dass sie noch Jungfrau war, hatte er sich ein wenig zurückgezogen. Aber er hatte nicht aufgegeben.

»Kein Druck«, hatte er versprochen. »Dein erstes Mal soll unvergesslich werden.«

Und genau das war es auch gewesen. Eine Woche bevor sie wieder zum College hatte zurückkehren müssen, hatte sie schließlich nachgegeben. Im Rückblick musste sie feststellen, dass ihr erstes Mal nicht so wunderbar gewesen war. Tatsächlich war es ein wenig peinlich gewesen. Max war geduldig und verständnisvoll gewesen und hatte ihr versprochen, dass es besser werden würde, je mehr Übung sie bekam. Allerdings hatte Privatsphäre in einem Haus voller Partylöwen eher Seltenheitswert gehabt. Und so war der Sex zwischen Ellie und Max immer gehetzt gewesen, heimlich.

Ihre letzte Nacht hatten sie zusammen am Strand verbracht. Und *das* war unvergesslich gewesen. In jener Nacht hatte sie endlich ihren Rhythmus gefunden. Ihre Neugierde darauf, alles zu lernen, war geweckt worden, doch die Zeit hatte sich gegen sie verschworen … Max hatte versprochen, dass sie in Zukunft noch unzählige Möglichkeiten haben würden, sämtliche sinnlichen Genüsse miteinander zu erleben und zu erkunden. Sie hatten einander beteuert, dass sie in Kontakt bleiben und dass sie sich im Herbst wiedersehen würden.

Aber dazu war es nie gekommen. Das Schicksal hatte für sie beide unterschiedliche Wege vorgesehen.

Sie seufzte. War das hier ihre Chance, die Zeiger der Uhr zurückzudrehen? Waren die Siebenen ein Zeichen? Schon einmal hatte sie sieben Tage mit Max gehabt, doch damals hatte sie nicht geahnt, dass es das Ende sein würde. Jetzt war sie sich dessen bewusst.

Das bedeutete, dass sie jeden Moment auskosten musste.

Sie nahm das Handy in die Hand und piepste Gerard an. »Ich würde gern früher losfahren. Auf dem Weg zum Flughafen muss ich noch ein paar Dinge besorgen.«

6. Kapitel

Durch eine Computerstörung verspäteten sich die Flüge am *Logan International Airport.* Schließlich war es nach fünf, als Max' Privatjet zum Hangar rollte – ohne Max.

Von Gerard hatte Ellie erfahren, dass ihr Flugziel – Charleston, South Carolina – nur eine Zwischenstation war. »Von Charleston werden Sie mit dem Boot nach San Regale übersetzen«, hatte er ihr erzählt. »Mr. DeLuca wird Sie dort treffen.«

Aufregung kroch ihr den Rücken hinauf. San Regale war eine Insel vor der Küste von South Carolina. Seit Jahren befand sie sich im Privatbesitz der Familie DeLuca. Von der Presse als »Insel der Lust« bezeichnet, kursierten über San Regale unzählige Gerüchte. Es wurde behauptet, dass es regelmäßig exotische Orgien gab und dass dazu die Jachten im Dunkel der Nacht kamen und wieder ablegten, um die Privatsphäre der Schönen und Reichen zu schützen.

Eine geheimnisvolle Aura umgab die Insel – nicht zuletzt, weil es der einzige Besitz der DeLucas war, von dem kein einziges Foto existierte. Und während die DeLucas überall auf der Welt Häuser und Villen ihr Eigen nannten – von denen die meisten als Liebesnester genutzt wurden –, hatte Stefan immer deutlich gemacht, dass San Regale tabu war.

Während des Fluges überschlugen sich in Ellies Kopf die Gedanken. War sie bereit dazu? Ihr Vorschlag war eine Nacht gewesen, und sie hatte sich selbstsicher genug gefühlt, um diesen Vorschlag auch in die Tat umzusetzen. Aber sieben Nächte allein mit Max auf einer einsamen Insel? War sie vollkommen verrückt geworden?

In Charleston kam es zu einer weiteren Verspätung – diesmal witterungsbedingt. Schließlich sollte sie dann mit einem Hubschrauber auf die Insel gebracht werden. Gerard verabschiedete sich noch am Flughafen von ihr. »Mr. DeLuca erwartet Sie auf der Insel.«

Als der Abend dämmerte, landeten sie auf einem breiten Strandabschnitt. Ihr stockte der Atem, als sie Max erblickte. Er war lässig gekleidet, trug eine abgetragene Jeans, ein Polohemd und abgelaufene Segelschuhe. Sein dunkles Haar war offen, und er hatte einen Bartschatten. Kurz gesagt: Er sah … gefährlich aus.

Er half ihr, von Bord zu klettern, zog sie an sich und hob ihre Hand an seinen Mund. Behutsam hauchte er einen Kuss auf ihre Fingerspitzen, hielt ihre Hand dann fest und strich mit dem Daumen leicht über ihre Haut. Sie spürte die Berührung wie einen elektrischen Schlag, der sie bis in die Zehenspitzen erfasste.

»Wie geht es dir?«

»Mir geht es gut«, schwindelte sie. *Tatsächlich bin ich kurz davor durchzudrehen, danke.*

»Es tut mir leid, dass ich dich nicht früher treffen konnte. Mein Flug war schon unterwegs, als ich erfahren habe, dass du aufgehalten worden bist.«

Der Hubschrauber wirbelte Unmengen an Sand auf, als er abhob und sie allein ließ. Max hatte ihr Gepäck bereits auf einen Golfwagen geladen. Bevor sie etwas erwidern konnte, hob er sie auf die Sitzbank.

»Danke.« Es war ihr egal, ob es vielleicht altmodisch war, doch ihr gefiel es, wenn Max sie festhielt.

»War mir ein Vergnügen. Hat Gerard nicht gesagt, dass du deinen Fuß einen oder zwei Tage schonen solltest?«

»Das habe ich gestern schon getan.«

»Komm, mir zuliebe.«

Die breiten Reifen des Fahrzeugs hatten keine Schwierigkeiten im Sand, als Max den Wagen an der südlichen Spitze der Insel entlanglenkte. Im schwächer werdenden Licht der Abenddämmerung war es schwierig, etwas zu erkennen. Die vielen Bäume überraschten sie. Soweit sie es sehen konnte, schützten dichte Kiefern den größten Teil des Besitzes.

»Das Haupthaus liegt direkt vor uns«, sagte Max. »Gegenüber vom Bootsanleger.«

Am Anleger war auf der einen Seite ein großes Schnellboot vertäut, auf der anderen lag ein Segelboot.

»Wie viele Häuser gibt es auf der Insel?«

»Vier. Das große und drei kleinere. Zwei davon sind Gästehäuser, die am anderen Ende der Insel liegen. Sie stehen im Augenblick leer. Wir haben die ganze Insel für uns allein – wenn man einmal von Tyler, unserem Verwalter, und seiner Frau Maria absieht. Sie leben im dritten Haus. Maria hält das Haus in Ordnung und kocht. Du wirst sie vermutlich trotzdem kaum zu Gesicht bekommen. Unsere Familie hat die beiden schon vor Jahren eingestellt – ich vertraue ihnen blind.« Max blickte sie an. »Ich möchte, dass du weißt, dass du dich hier sicher fühlen kannst.«

Seine Worte und seine Ehrlichkeit berührten sie. Aber

interpretiere nicht zu viel hinein, ermahnte sie sich selbst.

Das Haupthaus war ein zweigeschossiges *Cape-Cod*-Holzhaus mit einer Veranda und einer Terrasse, die sich an das Erdgeschoss anschlossen. Da Max darauf bestand, besichtigte Ellie zuerst das Erdgeschoss, während er sich um ihr Gepäck kümmerte. Was sie sah, überraschte sie. Sie hatte eine geschmacklose, einem Bordell ähnliche Macho-Höhle inklusive nackter Skulpturen und verspiegelter Wände erwartet. Doch stattdessen war das Haus, tja … gemütlich.

Farne und duftende Orchideen standen überall. Eine Flügeltür führte in eine Bibliothek. Dieser Raum – ein langes Rechteck – besaß an einer Seite eine Glastür und einen Zugang zum Hof. Ihr fielen die sachkundigen Details auf – der wertvolle Teppich, die Aquarelle, bei denen es sich offensichtlich um Originale handelte.

Die Aussicht war spektakulär: das offene Meer. Ein riesiger Mahagonischreibtisch dominierte das eine Ende des Raumes. Ein Aktenkoffer und ein Laptop standen auf der glänzenden Oberfläche. Gehörten sie Max? Hinter dem Schreibtisch war noch eine Glastür, die zu einem Swimmingpool führte. Durch die Gestaltung des Arbeitsbereiches konnte man auf den Ozean und zum Pool blicken.

Eine Wand des Raumes wurde vollkommen von Bücherregalen eingenommen. Sie überflog die Titel. Es war eine Sammlung von wertvollen, in Leder gebundenen Klassikern. Wieder etwas, das sie so nicht erwartet hätte. Die Buchrücken waren jedoch makellos. Offensichtlich also alles nur Show, dachte sie bei sich. *Wie schade.*

Sie ging zu einem nachlässiger sortierten Regal in der Nähe

des Schreibtisches. Die Bücher, die darin standen, waren abgenutzt, oft gelesen. Geliebt. In einem der Bücher steckten Zettel mit Eselsohren. Sie las die Titel. Es waren Max' Bücher. *Jacht-Design. Vorschriften für Außenbordmotoren. Rennboote.*
Sie lächelte und erinnerte sich daran, wie sie in jenem Sommer gemeinsam Boot gefahren waren. Während ihre Freunde die Sonne genossen und Partys gefeiert hatten, hatte Max ihr verschiedene Bootstypen erklärt und über die Formen von Schiffsrümpfen erzählt, als würde er über den Körper einer geliebten Frau reden. Er hatte davon gesprochen, Boote zu entwerfen – Jachten –, und hatte ihr ein paar seiner Skizzen gezeigt. Scherzhaft hatte er ihr vorgeschlagen, die Innenausstattung der Boote zu übernehmen, die er bauen würde. *»Wir würden ein großartiges Team abgeben.«*
Damit hatte er so falschgelegen.
Als sie Schritte im Flur hörte, drehte sie sich um. Max kam zu ihr.
»Du hast mein Lieblingszimmer gefunden«, sagte er. »Also, was hältst du von dem Haus?«
Ellie wandte sich um und nickte langsam. »Ja, äh … Es ist wirklich schön.«
»Du klingst überrascht.«
Sie versuchte, ihre Reaktion abzuschwächen. »Ich habe Geschichten gehört …«
»Über die Orgien?« Er lachte leise. »Die Schwester meiner Mutter hat damit angefangen.«
»Warum hat sie das getan?«
»Um eine der Nachfolgerinnen meiner Mutter an Dads Seite zu ärgern. Nach San Regale hat mein Vater sich ur-

sprünglich immer zum Angeln zurückgezogen. Bis meine Mutter kam. Mein Vater hat erzählt, dass sie die Insel nur einmal besucht hat – und das Nächste, an was er sich erinnern konnte, war, dass sie ein Haus bauen ließ. Jede weitere Ehefrau hat die Baumaßnahmen vorangetrieben, bis mein Dad schließlich einfach die Frauen von der Insel verbannt hat.«

»Ich wette, die Gerüchte über die Orgien haben ihre Wirkung bei der verbannten Nachfolgerin nicht verfehlt.«

»Genau.« Er ging zu der Bar, die in der Ecke stand. »Ich weiß, dass du in Charleston schon zu Abend gegessen hast, aber ich dachte, wir könnten später trotzdem noch ein paar Häppchen zu uns nehmen. Wein?«

Bevor sie etwas erwidern konnte, klingelte Max' Handy. Er holte es hervor und warf einen Blick auf das Display. »Sorry. Ich muss rangehen.«

Sie nickte. »Eigentlich würde ich sowieso gern duschen und mich dann umziehen. Es war ein langer Tag.«

Er meldete sich am Telefon mit einem knappen »Ich rufe Sie gleich zurück«. Dann legte er wieder auf und begleitete Ellie ins Foyer. »Deine Sachen sind oben im Gästezimmer. Es hat einen kleinen Balkon und ein Bad.« Wieder zog er ihre Hand an seine Lippen, doch diesmal hauchte er einen Kuss in ihre Handfläche und schloss dann ihre Finger darüber. »Wir treffen uns in einer Stunde auf der Terrasse.«

Als Ellie ihr Zimmer erreichte, schloss sie die Tür hinter sich und lehnte sich dagegen. Sie teilten sich also kein Zimmer. War sie darüber erleichtert oder enttäuscht?

Ihr Blick fiel auf das Bett, die Verkörperung der alles entscheidenden Frage: Wo würden sie es tun? In seinem

Zimmer? In ihrem? Sie hatte ein französisches Bett. Angemessen. Aber sie erinnerte sich an Max' Suite im Penthouse. Darin hatte ein sehr breites Doppelbett gestanden. Eine beeindruckende Spielwiese. Etwas für Profis. Nicht für Amateure.

Zum x-ten Mal wünschte sie sich, sie wäre erfahrener. Sexuell raffinierter. An ihr nagte die Vermutung, dass *Kennst du einen, kennst du alle* auf einen ziemlich großen Teil der Bevölkerung zutraf.

Die jämmerliche Wahrheit war jedoch, dass sie während ihrer Ehe nur sehr wenig praktische Erfahrung hatte sammeln können. Stefan hatte sich in der ersten Nacht ihrer Flitterwochen sehr enttäuscht von ihr gezeigt und sie tränenüberströmt zurückgelassen, während er nach ein wenig mehr »Action« gesucht hatte. Er hatte ihr vorgeworfen, nicht aufregend genug zu sein, um sein Interesse zu wecken. Und er hatte sie unter Druck gesetzt, weil sie Max unmittelbar vor ihrer Hochzeitsfeier geküsst hatte. Max war betrunken gewesen und auf der Suche nach Stefan in ihr Zimmer geplatzt. Er hatte sie angesehen und sie plötzlich in seine Arme gezogen. Wenn Stefan nicht hereingekommen wäre …

Wohin hätte dieser Kuss geführt?

Nirgendwohin. Als Max wieder nüchtern gewesen war, hatte er nie wieder ein Wort über diesen Kuss verloren. Vermutlich hatte er ihn vergessen. Stefan hingegen hatte nicht zugelassen, dass sie es jemals vergaß, und hatte ihr Untreue vorgeworfen. Das hatte er gerade sagen müssen!

Sie schob die Gedanken beiseite. Ihre Ehe war ein Fehler gewesen. Viel zu lange hatte sie es ausgehalten und ihren ramponierten Stolz gepflegt, der am Ende zu nichts geführt hatte. *Wenn man sich zu sehr an seinen – oft falsch verstandenen – Stolz klammert, fällt man früher oder später auf die Nase.*

Ruhelos erkundete sie das Zimmer. Die zartgrünen Wände und die Rattanmöbel passten zum Inselthema. Eine weitere Glastür führte auf einen kleinen Balkon hinaus, von dem aus man dieselbe Aussicht genoss wie von der Bibliothek im Erdgeschoss. Das Bad, das sich an das Zimmer anschloss, nahm das Rattan-Motiv wieder auf. Das Köfferchen mit ihren Toilettenartikeln stand auf einer Anrichte. Ellie erhaschte im Spiegel einen Blick auf sich und verzog missmutig das Gesicht. Ihr Haar war platt gedrückt und ihre Klamotten von der Reise zerknittert. Plötzlich schien eine Stunde längst nicht auszureichen. Sie drehte die Dusche auf.

Als sie kurz darauf ihr Haar föhnte, ging sie im Geiste ihren Kofferinhalt durch und entschied, was sie tragen würde. Während ihres spontanen Kurzbesuches bei *Nordstrom* hatte sie sich ein schickes, schwarzes Sommerkleid gekauft, schulterfrei und tief dekolletiert. Ein trägerloser Push-up-BH würde sicherstellen, dass Max' Aufmerksamkeit ihr galt und nicht dem Kleid. Wenn sie ihre Karten geschickt ausspielte, würde sie beides nicht lange tragen.

Zurück in ihrem Schlafzimmer hielt sie kurz inne. Eine Geschenkschachtel lag auf der Kommode, und daran gelehnt stand eine Nachricht. Eine einzelne rote Rosenblüte vervollständigte das Bild. Max musste hereingekommen sein, als sie geduscht hatte.

Seine Bedachtsamkeit zauberte ein Lächeln auf ihre Lippen. Sie hob die Rose auf und sog den zarten Duft ein. Ihr

Herz pochte, als sie an die Bedeutung dieser Blume dachte.
Eine rote Rose.
Sie nahm die Nachricht in die Hand. Max' Handschrift war so klar wie seine Worte.

Ellie,
in meinen Träumen trägst Du nicht mehr
als dies hier.
Max

Sie betrachtete die kleine Schachtel. Was auch immer sich darin befand, musste winzig sein. Vielleicht sexy Unterwäsche? Die Vorstellung, dass Max Dessous für sie aussuchte, war erregend. Und nervenaufreibend.
Ihre Handflächen wurden feucht. Sie nahm die Geschenkschachtel in die Hand und stellte fest, dass sie schwerer war, als sie gedacht hätte. Das Geschenkpapier und das Band flogen auf den Boden. In der Schachtel befand sich ein flaches Lederetui mit dem Emblem eines exklusiven französischen Juweliers darauf.
Sie machte große Augen, als sie das Etui öffnete. Auf dem weißen Satin lag eine Halskette aus Gold und Smaragden. Das schwere Stück saß eng am Hals. Passende tropfenförmige Ohrstecker und zwei Armbänder komplettierten das Schmuckset, das ohne Zweifel ein kleines Vermögen gekostet hatte.
Ihr Lächeln erstarb, als sie die Nachricht noch einmal las. *In meinen Träumen …* Die Bedeutung war klar. Er hatte sie herausgefordert, ihr sozusagen den Fehdehandschuh vor die Füße geworfen. Einen mit Smaragden besetzten Fehdehandschuh.

Sie nahm das Etui und ging zu dem ovalen Spiegel, der in der Ecke stand. Dann ließ sie das Handtuch fallen, betrachtete kritisch ihren Körper und versuchte sich vorzustellen, dass sie nichts trug außer dem Smaragdgeschmeide.
Grundgütiger! Könnte sie das wirklich tun?

7. Kapitel

Max ging über den Rasen. Er stieg die Treppe an der Seite des Hauses hinauf, immer zwei Stufen auf einmal nehmend, und lief über die Terrasse. Seine Gedanken kreisten noch immer um das Thema, das ihn im Augenblick am dringendsten beschäftigte. Einer seiner Hauptlieferanten bestand auf einmal auf Barzahlung bei Lieferung, da er Gerüchte gehört hatte, dass *DSI* in Zahlungsschwierigkeiten steckte.

Das war nicht das erste Mal, und da Max sich persönlich um die Angelegenheit gekümmert hatte, war es ihm gelungen, das Problem ohne viel Aufsehen zu lösen. Aber es war nur eine Frage der Zeit, bis so etwas wieder passieren würde. Gerüchte wie diese verbreiteten sich schleichend, der Ursprung war kaum auszumachen, und es war beinahe unmöglich, dieses Gerede zu unterbinden. Nach dem Tod seines Vaters hatte Max sich einer ähnlichen Situation gegenübergesehen. Diese spezielle Form von Sabotage war besonders schwierig zu beweisen. Wenn er den Verantwortlichen fand …

Er hielt inne, als er den Tisch erblickte. Maria hatte sich dankenswerterweise um alles gekümmert. Wein, Kanapees, Kerzen, Rosen. Er warf einen Blick auf seine Uhr und stellte fest, dass ihm keine zehn Minuten mehr blieben. Die Zeit reichte nicht, um noch zu duschen und sich zu rasieren.

Er strich sich über sein stoppeliges Kinn. Wenn er Ellie küsste, würde er also vorsichtig sein müssen. Und er hatte ganz bestimmt vor, sie zu küssen.

Er schenkte sich noch einmal Wein nach und ging über die Veranda, um in die Dunkelheit hinauszublicken. Die Rufe der Laubfrösche und das Zirpen der Zikaden klangen durch die Nacht – ihre Lieder wurden mit der Meeresbrise herübergeweht. Für gewöhnlich beruhigten die Geräusche der Nacht Max.

Doch heute nicht. Er war aufgewühlt, und mit jeder Sekunde nahm seine Anspannung zu. Er streifte am Geländer entlang, und sein Blick huschte von Schatten zu Schatten.

Seine Gedanken wirbelten durcheinander, was fast komisch war, da Max von sich selbst behauptete, ein sehr klar denkender Mensch zu sein. Er hatte seine strategischen Fähigkeiten zu einer Perfektion vervollkommnet, die ihm sehr nützlich war. Was das Geschäft betraf, war er vollkommen emotionslos.

Das Problem war … Ellie war kein »Geschäft«. Nicht mehr. Diese Grenze hatten sie überschritten, und es gab kein Zurück mehr. In der Vergangenheit hatte er Distanz zu Ellie wahren können, indem er nur in geschäftlicher Beziehung über sie nachgedacht hatte.

Er hatte sich sogar selbst einreden wollen, dass es ihm bei der Reise nach Boston lediglich darum gegangen war, mit ihr zu sprechen und die Kontrolle über ihre Aktienanteile zu behalten. Rein geschäftliche Absichten. Bis er ihre Nachricht im Penthouse gefunden hatte. *Eine Nacht.* Nach dem Zwischenfall im Strandhaus dann hatte er sich weismachen wollen, dass es um ihre Sicherheit ging. Bis er sie nackt in seinen Armen gehalten hatte. Mit einem Mal kehrten alle Erinnerungen, alle Phantasien, alles Bedauern, einfach alles, was er in den Jahren verdrängt hatte, zurück.

Vom ersten Moment an, als Max Ellie getroffen hatte, hatte er gewusst, dass sie etwas Besonderes war. Unglücklicherweise war er zu dumm gewesen, um auch danach zu handeln. Angesichts der Erfolgsgeschichten seiner Eltern auf dem Weg zum Altar – zu der Zeit brachten die beiden zusammen es auf insgesamt elf Ehen – hatte Max es nicht besonders eilig gehabt, sesshaft zu werden. Der Wunsch seines Vaters, ihm einen männlichen Erben zu schenken – den erstgeborenen Sohn seines erstgeborenen Sohnes –, war auf taube Ohren gestoßen.

Der größte Fehler, den Max jemals begangen hatte, war es, Stefan über seine Gefühle für Ellie zu erzählen. *»Wenn ich es nicht besser wüsste, würde ich fast glauben, dass es Liebe auf den ersten Blick tatsächlich gibt«*, hatte Max damals zugegeben.

Leider waren die beiden Männer nie gut miteinander ausgekommen. Stefan hatte später einen perversen Gefallen daran gefunden, Max bei erster Gelegenheit entgegenzuschleudern, dass er Ellie nur geheiratet hätte, um ihm eins auszuwischen. *»Ich bin dankbar, dass du Ellie niemals verraten hast, was du für sie empfindest«*, hatte Stefan Max lachend ins Gesicht gesagt. *»Du hast es mir leicht gemacht.«*

Aber eines Tages – an ihrem Hochzeitstag, um genau zu sein – hätte Max es Ellie beinahe doch noch gesagt. Ein weiterer großer Fehler. Das böse Blut, die Feindseligkeiten zwischen den Halbbrüdern waren danach noch stärker geworden. Die letzten Worte, die die beiden gewechselt hatten, waren im Streit gefallen.

Max hatte Stefan mit seiner Untreue konfrontiert und gedroht, Ellie zu warnen. Die beiden Männer waren auf dem Weg zu einer Vorstandssitzung in den Alpen gewesen. Stefan war gefahren … und hatte den Blick von der Straße gewendet. Als der Wagen von der Straße abgekommen und total zerstört worden war, war er sofort tot gewesen. Max war mit ein paar Schnittverletzungen und Blutergüssen davongekommen – und genügend Schuldgefühlen, um sich von Ellie fernzuhalten.

Jedenfalls so lange, bis die Prozesslawine um Stefans Vermögen ins Rollen gekommen war. Max war der Nachlassverwalter gewesen. Ellie hatte rechtmäßig alles zugestanden, und sie hatte es auch bekommen, während er ihr in geschäftlichen Belangen vorübergehend als Aufsichtsperson an die Seite gestellt worden war. Doch dann hatten die Mütter angeblicher unehelicher Kinder von Stefan ihr Recht eingefordert – vergeblich, denn DNA-Proben hatten letztlich bewiesen, dass keine Vaterschaft bestand. Schließlich hatten vier ehemalige Geliebte Unterhalt eingeklagt. Max hatte ihre Aussagen zuvor geprüft und gewusst, dass jede einzelne einen skandalträchtigen Prozess versprach.

Und in dem Moment hatte er die Reißleine gezogen und alles außergerichtlich geregelt. Es hatte viel Kraft gekostet, die Situation in den Griff zu bekommen und das Schlimmste zu verhindern, aber es war ihm gelungen. Leider hatte er nicht schnell genug gehandelt, um Ellies Ruf in der Öffentlichkeit zu retten. Die Produktionsfirma, die Ellie damals mit einem lukrativen Angebot für eine Fernsehsendung und ein Designmagazin öffentlich umworben hatte, hatte sich ganz plötzlich zurückgezogen.

Danach schien es, als würden auch alle anderen Kunden

verschwinden. Also hatte Ellie still und heimlich ihr Büro geschlossen und privat unter ihrem Mädchennamen weitergearbeitet.

Max schob die Erinnerungen beiseite. Irgendwann würden er und Ellie über die Vergangenheit reden müssen. Ihre Zukunft hing davon ab. Doch im Augenblick wollte er nur sehen, wie sich die gemeinsame Woche entwickelte. Sie hatte den alles entscheidenden ersten Schritt gemacht. Und er hatte reagiert. Sie musste den nächsten Schritt machen – jetzt war sie dran …

Er nahm einen Schluck von seinem Wein und fragte sich, wie Ellie auf sein Geschenk reagiert haben mochte. Wahrscheinlich hätte er nicht erwähnen sollen, dass er sie sich mit nichts als den Smaragden bekleidet vorstellte. Nach allem, was sie am Tag zuvor im Strandhaus durchgemacht hatte, wollte er sie nicht unter Druck setzen.

Irgendwo im Haus schlug eine Uhr. Er zählte die Sekunden, wartete, wandte sich dann um und ging in die Bibliothek. Er würde Ellie finden und sich entschuldigen …

Aber Ellie stand bereits in der Tür.

Und sie trug die Smaragde zu einem kurzen weißen Sommerkleidchen, das kaum ihre Schenkel bedeckte. Ihr Haar war zerzaust, lockte sich, war hochgesteckt, um ihren Rücken hinabfließen zu können, und bot ihm einen ungehinderten Blick auf ihre sinnlichen Kurven. Das Neckholder-Oberteil war tief dekolletiert, beinahe bis zum Bauchnabel. Und sie trug keinen BH …

Seine Reaktion kam augenblicklich. Sein Schwanz wurde hart und presste sich gegen seine Hose, als er auf Ellie zuging.

Sie senkte den Blick und machte große Augen, als sie seine

wachsende Erregung bemerkte. Sie sah ihn an, und ihre Wangen glühten.

»Nimm es als Kompliment, Ellie. Du siehst wunderschön aus.«

»Danke. Und danke für das hier.« Sie strich mit den Fingerspitzen über die Smaragde. Dann senkte sie wieder den Blick. »Nachdem ich deine Nachricht gelesen habe, habe ich befürchtet, overdressed zu sein.«

Das können wir gleich ändern. »Du bist perfekt.«

Was für eine Untertreibung. Das Kleid schmiegte sich an den richtigen Stellen eng an ihren Körper. Ihre Brüste waren herrlich – groß und fest. In der Mitte richtete sich jeweils ein kleiner pinkfarbener Nippel auf. Straff und spitz drängten sie sich gegen den dünnen schimmernden Stoff des Kleides. Er erinnerte sich an ihren Geschmack und daran, wie Ellie reagiert hatte, als er zum ersten Mal an ihnen gesaugt hatte.

Ein Teil von ihm wollte sie hochheben und mit ihr zu dem gemütlichen Sofa am anderen Ende des Zimmers gehen, während er ihr das Kleid vom Körper streifte.

Doch stattdessen ergriff er ihren Arm und führte sie nach draußen auf die Terrasse. »Komm, ich schenke dir einen Drink ein.«

Ellie hörte seine Worte kaum. Sie musste immer noch verarbeiten, dass er offensichtlich erregt war. Direkt vor ihren Augen war er hart geworden. Seine Reaktion mitzuerleben war berauschend gewesen. Zitternd setzte sie sich auf eine der Bänke, auf denen weiche Sitzkissen lagen.

»Ist dir kalt?« Max ließ wieder seinen Blick über sie schweifen.

Sie entschied sich, mit offenen Karten zu spielen. »Nein. Ich bin … nervös.«
»Das musst du nicht sein.« Er füllte ein Weinglas und reichte es ihr, bevor er sein eigenes Glas erhob. »Trinken wir auf unsere gemeinsame Woche.«
»Auf unsere Woche.« Sie nahm einen Schluck von ihrem Wein und war froh, dass ihre Hände etwas zu tun hatten.
»Die Smaragde passen zu deinen Augen.« Er setzte sich neben sie und legte seinen Arm auf die Rückenlehne der Bank.
»Der Schmuck ist wunderschön, Max.« Sie berührte die Halskette. »Das hättest du nicht tun sollen.«
»Eine schöne Frau verdient schöne Spielereien.«
»Das klingt, als würdest du glauben, mich mit ein paar glitzernden Steinen kaufen zu können.«
»Wohl kaum.« Er rückte näher zu ihr und strich sacht über einen ihrer Ohrringe. Mit den Fingerspitzen fuhr er über ihre Schulter zu ihrem Arm.
Schmetterlinge tanzten in ihrem Bauch.
»Ich möchte dich in den Arm nehmen, Ellie«, flüsterte er. »Ich möchte dich wieder spüren.«
Die Schmetterlinge vollführten mittlerweile die reinsten Akrobatiknummern – so wild und ausgelassen, als würden sie unter Drogen stehen. Ellie nickte.
Er nahm ihr Weinglas und stellte es zur Seite, ehe er sie auf seinen Schoß zog. Versonnen betrachtete er sie. Dann neigte er seinen Kopf, bis seine Lippen ihren Mund berührten. Sein Kuss war zärtlich und fordernd zugleich.
Sie schlang die Arme um seinen Hals. Ohne Kampf ergab sie sich ihm und erwiderte seinen Kuss. Max könnte alles mit ihr machen. Alles. Sie spürte seine Finger an ihrem

Nacken und merkte, wie er versuchte, die Kordel zu lösen, die ihr Oberteil zusammenhielt. Schließlich zog er leicht, und im nächsten Moment glitt das Top an ihr herab. Sie fühlte die Nachtluft auf ihrer bloßen Haut. Mit den Händen an ihrer Taille zog er sie näher zu sich heran. Und als seine Finger sich um ihre Brüste schlossen, stöhnte sie vor Lust auf. Sie wollte mehr.

Sie zerrte an seinem Hemd, forderte ebenfalls Zugang.

Plötzlich erklang ein leises Klopfen.

Max unterbrach den Kuss und zupfte ihr Kleid zurecht, als es wieder klopfte, lauter diesmal. Als Ellie wieder bedeckt war, rief er: »Ja!«

Eine zierliche Frau erschien in der Tür. Max stellte Ellie und Maria einander vor und runzelte die Stirn, als die Haushälterin ihm eine dringende Nachricht überbrachte. Ellie hörte zu. Sie erkannte den Namen, der fiel, sofort wieder. Tony Breeden war Leiter der Finanzabteilung von *DSI*.

»Sag ihm, dass ich sofort zurückrufe«, sagte Max.

Als sie wieder allein waren, richtete Ellie ihr Top. »So viel zum ersten Eindruck. Ich kann mir schon vorstellen, was sie denkt.«

»Maria ist extrem diskret.«

»Oh, jetzt fühle ich mich besser. Ist sie daran gewöhnt, halbnackte Frauen in deinen Armen zu erblicken?«

Max lachte leise. »Tatsächlich bist du die erste Frau, die ich mitbringe.«

Sie warf ihm einen Blick zu, der sagte: *Ja, genau.*

»Das ist mein Ernst. San Regale ist mein persönlicher Rückzugsort. Ich komme her, um dem Alltag zu entfliehen«, erklärte Max. »Arbeit bringe ich mir öfter mit, aber das war es auch schon. Das ist einer der Gründe, warum ich diesen Ort für unsere gemeinsame Woche ausgesucht habe. Wir können hier wirklich allein und ungestört sein, Ellie.«

»Ohne Telefone?«

»Das werden wir noch sehen. Es gibt noch einige Dinge, um die ich mich kümmern muss. Wie die Sache heute Abend. Vermutlich bin ich eine Zeitlang beschäftigt.«

Sie nickte und verbarg ihre Enttäuschung. »Ich gehe nach oben. Es war ein langer Tag.«

»Ich bringe dich rauf.« In einer fließenden Bewegung erhob er sich mit ihr im Arm. »Sprich mit mir. Ich sehe doch, dass dich irgendetwas beschäftigt.«

Sie wollte gerade sagen: *»Es ist nichts, es geht mir gut!«*, aber sie war es leid, ständig etwas vorspielen zu müssen. Stattdessen sah sie ihm direkt in die Augen. »Du hast mir eine Woche versprochen. Sieben Tage. Und der heutige Tag ist schon vorbei.«

Sie hatten ihr Zimmer erreicht. Er ließ sie an sich herunter und stellte sicher, dass sie so eng an ihn geschmiegt war, dass sie seine Erektion bemerken musste.

»Unsere Woche fängt erst morgen an, El. Vertraue mir. Ich würde nicht einmal im Traum daran denken, dich oder mich auch nur um einen einzigen Tag zu bringen.«

8. Kapitel

Ellie hatte in der vergangenen Nacht die meiste Zeit wach gelegen. Und so sank sie, als sie endlich zur Ruhe kam, vollkommen erschöpft in einen tiefen Schlaf. Doch Alpträume quälten sie, die düsteren Bilder ungeordnet, hektisch …

Körperlose Stimmen riefen ihr zu, aus Max' Bett zu verschwinden. Aus seinem Leben zu verschwinden. Ein maskierter Mann jagte sie durch den Regen, der sich mit einem Mal in schwarzen Teer verwandelte und es ihr unmöglich machte, zu fliehen. Sie steckte fest, sank immer tiefer. Plötzlich hörte sie ein grausiges Lachen. *»Du gehörst jetzt mir, Ella-Baby.«*

Dann packte der Mann sie. Sie kämpfte gegen die Hände an, die sich immer fester um ihre Schultern schlossen.

»Ellie! Wach auf!«

Ein Licht ging an, hell und unerwartet. Sie schreckte hoch und blinzelte in das viel zu grelle Licht. Ihr Herz hämmerte wie wahnsinnig, und das Atmen fiel ihr schwer. Im Zimmer war es warm, und ihr Nachthemd klebte ihr am verschwitzten Körper.

Ihr Blick ging hektisch hin und her, als sie versuchte, alles auf einmal zu erfassen – die Rattanmöbel im Zimmer, die zerwühlte Decke, Max, der neben ihr saß. Sie wusste, wo sie war, wusste, dass sie geträumt hatte. Aber all das half nicht, dieses anhaltende Gefühl von Angst abzuschütteln.

»Ruhig, Süße.« Max sprach leise und tröstend auf sie ein, während er näher an sie heranrückte und sie dann mit der Decke, die um sie gewickelt war, in seine Arme zog.

Sie lehnte sich so eng es ging an seine Brust. »Oh, Max!«

»Es ist alles gut. Ich halte dich.« Er verstärkte seine Umarmung, und sie fühlte sich geborgen, sicher. Er trug kein T-Shirt, und seine Haut war warm. Sacht wiegte er sie hin und her und streichelte ihr übers Haar, während er sanft auf sie einredete. »Schh.«

Langsam normalisierte ihr Pulsschlag sich wieder. Sie zwang sich dazu, ihre Finger zu lockern, denn sie hatte nicht bemerkt, dass sie sie in seinen Armen vergraben hatte.

»Möchtest du darüber reden?«, fragte er.

Sie holte tief Luft und versuchte, die Bilder, die ihr noch immer durch den Kopf schossen, zu verbannen. »Nein. Ich möchte nicht einmal mehr daran denken.«

»Dann denk nicht mehr daran. Es muss schlimm gewesen sein. Es hat ziemlich lange gedauert, bis ich dich wecken konnte.«

Sie unterdrückte ein Schaudern, als sie sich an das Lachen ihres Verfolgers erinnerte. »Solch einen Alptraum hatte ich nicht mehr, seit ich klein war und Angst vor dem großen, bösen Wolf hatte, der in meinem Schrank hockte.«

»Und ich hatte gehofft, dass deine Träume sich um mich drehen würden.«

Sie schloss die Augen. Mit Träumen von Max hatte die Nacht begonnen. Es waren ziemlich heiße Träume gewesen. Aber diese Träume reichten an die Wirklichkeit und an das tröstliche Gefühl, in seinen Armen zu liegen, nicht heran. Sie rieb ihre Wange an Max' Brust und genoss es, seine starken Muskeln zu fühlen. »Es tut mir leid, wenn ich dich aufgeweckt habe.«

»Mir nicht.« Er hauchte einen Kuss auf ihren Kopf und hob sie dann wieder auf das Bett. »Rutsch rüber.«

Darum musste er sie nicht zweimal bitten. Sie krabbelte ein Stück zur Seite, zog an den Laken und hob sie an, um Platz für ihn zu machen. Ihr Herz schlug schneller, als Max sich vorbeugte, um die Nachttischlampe auszuschalten. Doch es wurde nicht dunkel im Zimmer. Er hatte das Licht im Badezimmer angelassen, und die Tür stand einen Spaltbreit offen, so dass etwas Licht ins Zimmer fiel.

Er stand auf und drehte sich um, so dass Ellie ihn von der Seite betrachten konnte. Im Wirrwarr ihrer Träume und der Decken und Laken war ihr bis jetzt nicht aufgefallen, dass er nicht nur kein Hemd trug, sondern von der Taille abwärts ebenfalls nackt war.

Es war unmöglich, ihn nicht anzustarren. Umgeben von einem Kranz dunkler Haare begann sich – ganz langsam – eine Erektion emporzurecken. Sie war größer, als sie sie in Erinnerung hatte, und faszinierte sie.

Die Matratze neigte sich, als er ins Bett kletterte und sich auf den Rücken legte. Er streckte seine Hand aus und sagte mit leiser, rauher Stimme, die unwiderstehlich einladend klang: »Komm näher.«

Nichts und niemand hätte sie zurückhalten können. All ihre Zweifel und Bedenken wurden von dem Wunsch verjagt, in seinen Armen zu liegen. Sie drängte sich an ihn, legte ihren Kopf an seine Schulter und drückte sich an seine Seite. Sein Arm lag auf ihrem Rücken, und mit sanftem

Druck schob er ihre Hüfte gegen seine. Dann bewegte er leicht sein Bein und brachte sie dazu, ihre Schenkel zu spreizen. Sie zog ihr Knie an und legte ihr Bein auf seine Schenkel. Das Gefühl, ihn so nah an sich zu spüren, war zugleich beruhigend und sinnlich.

Er hatte ihre Finger miteinander verschlungen und strich mit seinem Daumen über ihren Handrücken.

»Besser?«, fragte er.

Gar nicht so leicht zu beantworten, dachte sie. Denn *besser* würde eigentlich bedeuten, dass sie ihre Hand unter die Decke schob, um ihn zu berühren. *Besser* würde bedeuten, dass sie beide nackt wären.

»Ja«, erwiderte sie.

»Gut. Können wir das Nachthemd ausziehen?«

Ellie fühlte, wie ihre Wangen zu glühen begannen. Hatte er ihre Gedanken gelesen? »Ich sollte eigentlich ablehnen, weil du gesagt hast, dass unsere gemeinsame Woche erst morgen beginnt.« Doch noch während sie sprach, ergriff sie den Saum ihres Nachthemdes und fing an, ihn hochzuziehen.

Max half ihr. Seine Finger strichen über ihre Taille, als er an dem dünnen Stoff zupfte. »Es ist nach Mitternacht, also ist es technisch gesehen schon morgen.«

Er knüllte das Nachthemd zusammen, als sie hinausgeschlüpft war, und warf es in die Ecke. Dann zog er sie auf seine Brust, bis sie ausgestreckt auf ihm lag. Er verschränkte die Arme auf ihrem Rücken und stellte sicher, dass es nicht einen Zentimeter von ihr gab, der ihn nicht berührte. Seine Haut zu spüren, seine Muskeln, die Hitze seiner Umarmung, war schockierend. Und herrlich.

Max war ein großer Mann. Überall. Und hart. Überall. Seine Erektion drängte sich nun gegen ihren Po. Sie lag Schulter an Schulter auf ihm, wodurch ihre Hüfte ungefähr in Höhe seines Bauchnabels war, und dennoch konnte sie seine Erektion fühlen. Sinnliche Bilder gingen ihr durch den Kopf. Sie wollte tiefer gleiten und sich an ihn drücken.

»Du fühlst dich gut an«, sagte er. »Es ist lange her.«

Er hatte keine Ahnung, *wie* lange. Sie beschrieb mit ihren Hüften kreisende Bewegungen und spürte ihn *dort.*

Max ergriff ihre Hüften und hielt sie fest. »Wir müssen über Safer Sex reden, El. Und zwar solange ich noch genug Blut im Kopf habe, um einen klaren Gedanken fassen zu können. Ich habe Kondome in meinem Zimmer.«

Sie wollte nicht, dass er ging, wollte den Moment nicht durch technische Fragen zerstören. »Ich nehme die Pille«, erwiderte sie.

»Also ist für die Verhütung schon mal gesorgt. Aber ich möchte, dass du dir auch sicher sein kannst, was die ... anderen Dinge betrifft. Ich hatte noch nie Sex ohne Kondom, Ellie.« Seine Erektion berührte Ellies Po, und Max stöhnte auf. »Und ich würde einen Mord begehen, um ohne Kondom in dir sein zu können.«

Der Gedanke, dass Max sie so sehr wollte, entfachte ein Feuer in ihr. Sogar als sie vor Jahren miteinander geschlafen hatten, hatte er ein Kondom benutzt. Er hatte Scherze darüber gemacht, dass ihm das schon seit der Grundschule eingebleut worden war. Damals war sie ihm dankbar gewesen, dass er sich um die Verhütung gekümmert hatte. Jetzt war sie dankbar, dass sie die Wahl hatte.

»Niemals?«, wiederholte sie.

»Niemals.«

»Also wäre ich deine Erste?«

Er lächelte. »Ja.« Sein Mund fing ihren zu einem kurzen Kuss ein. Zärtlich knabberte er an ihrer Unterlippe, bevor er sich ihrem Hals widmete. Behutsam küsste er ihr Ohrläppchen. »Aber ich kann ein Kondom benutzen, wenn du es möchtest. Deine Entscheidung, Süße.«

Seine Aufforderung elektrisierte sie, und Verlangen erfasste sie. Die Vorstellung, ihn ganz und gar zu erfahren, jagte lustvolle Wellen durch ihren Körper, zwischen ihre Beine.

Max zog sich leicht zurück und sah sie an. Es dauerte einen Moment, bis sie begriff, dass er auf ihre Antwort wartete. Seine Selbstbeherrschung faszinierte sie. War es nicht offensichtlich, dass sie ihn in genau *diesem* Moment genau *so* wollte, wie er war?

»Du wärst auch mein Erster«, sagte sie schließlich.

Sofort schmiegte er sich wieder an sie. »Gott, ich habe so gehofft, dass du das sagen würdest.«

Er verschloss ihren Mund mit einem fordernden Kuss. Sie öffnete sich ihm, lud ihn ein, und mit den Zungen erforschten sie einander, während sie ihm mit den Fingern durchs Haar strich. Er duftete frisch, als hätte er im glitzernden Ozean gebadet.

Die leisen Komplimente und Ermunterungen, die er an ihrem Mund murmelte, verjagten ihre Scheu endgültig. Sie genoss das Gefühl seiner Hände auf ihrem Körper. Er strich ihr über das lange Haar, bevor er seine Hand darunterschob und ihren Rücken streichelte.

Mit seinen Fingern fuhr er über ihren Rücken bis zu ihrem Steißbein und umfasste kurz ihre Hüften, ehe er ihren Po umschloss. Sacht drückte er ihre Pobacken, während seine Erektion sich ungeduldig gegen ihren Bauch drängte. Mit jeder Berührung, jeder Bewegung wuchs ihre Lust.

»Max, bitte ...«
»Bitte was?«
»Schlaf mit mir. Jetzt.«
Er lachte leise. »Ich dachte, ich hätte bereits damit begonnen.«
Einen verrückten Moment lang wünschte Ellie sich, dass es in dem Zimmer stockdunkel wäre – obwohl ihre Wangen vermutlich selbst im Dunkeln rot geleuchtet hätten. »Ich meinte, dass ...«
»Schneller?« Sein Griff um ihre Pobacken verstärkte sich, und er presste seine Erektion noch fester an sie, zwischen ihre Beine. Leise stöhnte er auf. »Wie sich das anfühlt. Nur ... du ...«
»Nur wir.«
»Haut an Haut.« Max schob sie von sich und auf die Matratze. Doch statt an sie zu rücken, stützte er sich auf einem Ellbogen ab und betrachtete sie. »Es klingt vielleicht selbstsüchtig, aber ich möchte *nicht* in dir sein solange es geht. Denn wenn ich einmal in dir bin ...« Er strich mit der Rückseite seiner Hand über die Innenseite ihres Armes. »... wird es nicht mehr lange dauern.«
Mit der Hand umschloss er ihre Brust. Ellie drängte sich gegen seine Handfläche, wollte ihn spüren. Seine Finger spielten mit ihrer Brustspitze, ganz sacht zuerst. Dann reizte er sie mit Zeigefinger und Daumen. Beinahe schmerzhaft richtete sich ihr Nippel auf.
Max beugte sich herunter und leckte mit der Zunge über die Spitze. Dann begann er, ganz leicht daran zu knabbern, und brachte Ellie damit fast um den Verstand. Sie keuchte auf.
Max widmete indes seine Aufmerksamkeit der anderen

Brust, hauchte dieselben heißen Küsse darauf, bevor er die Brustspitze in den Mund nahm und daran saugte. Hitze breitete sich auf unsichtbaren Wegen in ihrem Körper aus, während er sich Zeit nahm und sie mit seinem Mund in den Wahnsinn trieb.

Sie versuchte, etwas zu sagen, doch kein Wort kam ihr über die Lippen. Nur ein Stöhnen, ein Keuchen. Sein Mund tat sündhaft himmlische Dinge mit ihr, und seine Berührungen waren wie Feuer. Es fühlte sich herrlich an, und sie wollte unbedingt mehr.

Als hätte er ihr Verlangen gespürt, nahm er einen sensiblen Nippel sacht zwischen seine Zähne und knabberte leicht daran. Sie protestierte, als er aufhörte, und flehte um mehr, als er die Seiten wechselte. Mit den Händen strich sie über seine Brust, genoss erregt das Spiel seiner Muskeln. Versonnen spielte sie mit seinen Brustwarzen und ließ ihre Hände dann weiter nach unten wandern. An seinen Hüften angekommen, schob sie ihre Hände nach vorn und umfasste seine seidig glatte, pulsierende Erektion. Die Haut fühlte sich heiß an und gespannt. Sein Schwanz schien kurz davorzustehen, zu zerspringen. Mit den Händen erkundete sie seine Länge und fragte sich, wie sie zusammenpassen würden.

»Drück fester zu, El«, ermutigte er sie. »Benutz deine Faust.«

Sie schloss ihre Finger und streichelte ihn, spürte, wie er sich in ihrem Rhythmus bewegte und sich gegen ihre Hand drängte. »Ich will dich, ich will das hier in mir spüren, Max«, flüsterte sie. »Bitte.«

Seine Antwort kam augenblicklich. Wieder küsste er sie leidenschaftlich, während er sich hochstemmte und sich auf sie legte. Er schob ihre Knie auseinander, öffnete sie.

Beherrschte sie. Einen Moment hielt er inne und ruhte über ihr, während er seinen Blick über ihren gesamten Körper gleiten ließ. »Ich habe fast vergessen, wie perfekt du bist.«

Sie folgte seinem Blick, sah zwischen ihre Körper, betrachtete ihre Brüste und seine Brustmuskeln. Sie konnte sehen, wie seine Erektion aus dem Kranz dunkler Haare hervorragte. Die Spitze, voll und üppig, glänzte feucht.

Sehnsüchtig leckte sie sich über die Unterlippe und fragte sich einen Augenblick lang, wie er schmecken mochte. Aber dieser Gedanke verschwand, als Max sich auf sie senkte und seine Erektion zwischen ihren Schenkeln lag, ganz nah an ihrem geheimsten Punkt. Die Vernunft schmolz dahin, und zurück blieben nur das Gefühl und die Sinneswahrnehmung. Er bewegte seine Hüften und strich mit seiner gesamten Länge über ihren Venushügel ... und tiefer ...

Sie fühlte sich erhitzt, aufgeregt. Als er sich schließlich zwischen ihren Schenkeln positionierte, erzitterte sie. Ihre Hüften kreisen zu lassen konnte ihre schmerzhafte Anspannung ein wenig lindern, doch sie wusste, dass nur eine Sache ihr wirklich helfen könnte. Mit den Fingernägeln fuhr sie über seine Seiten, wollte, dass er sich beeilte.

Aber Max hatte anderes im Sinn. In einem leidenschaftlichen Angriff nahm er ihren Mund. Dann ergriff er ihre Hände, streckte sie über ihren Kopf und hielt sie dort fest. Nun hatte er die volle Kontrolle.

Der Druck zwischen ihren Hüften, der sich in dieser Stellung verstärkt hatte, ließ sie erschauern. »Das macht mich ganz verrückt.«

»Du meinst das hier?« Er neigte seinen Kopf, um ihre

Brustspitzen wieder zu reizen. Er leckte sie und blies dann seinen heißen Atem über ihre feuchte Haut. Ihre Nervenenden fühlten sich an, als würde ein elektrischer Schlag sie durchzucken.

»Oder meinst du das hier?« Er drehte seine Hüften leicht und presste seine Erektion gegen ihre Lustperle.

Sie wand sich unter ihm, wollte ihm noch näher sein, wollte, dass er sich schneller bewegte, härter. Nichts schien genug zu sein.

»Ich will alles.« Sie drückte ihren Rücken durch und öffnete sich ihm, bot sich ihm an. Die Spannung in ihr wuchs immer weiter. Es war einfach schon zu lange her, dass sie etwas ähnlich Intensives empfunden hatte.

Mit seinem Mund hauchte er leichte Küsse auf ihren Körper. Als er ihre Hände losließ, vergrub sie ihre gierigen Finger in seinem Haar, hielt sie fest, als er ihren Hals und ihre Brüste küsste.

Seine Finger streichelten ihren Bauch, ihre Hüften, dann tiefer, auf der Suche nach der Hitze zwischen ihren Schenkeln. Mit den Fingerspitzen strich er über sie. »Du bist feucht.«

»Für dich«, flüsterte sie.

»Die magischen Worte.« Erneut stützte er sich über ihr ab, um sie zu betrachten. »Du bist wunderschön, Ellie.«

Seine Erektion suchte Einlass, öffnete sie. Und ungeduldig und unsicher zugleich hieß sie ihn willkommen. Sie biss sich auf die Unterlippe und konzentrierte sich auf die Empfindungen, die er in ihr auslöste. Dann drang er in sie. Er fühlte sich hart an, beeindruckend.

Vorsichtig zog er sich ein Stück zurück. »Verdammt, du bist so eng.«

Panik ergriff sie. »Hör nicht auf.« Sie hielt sich an seinen Schultern fest. »Bitte, hör nicht auf.«
»Ich könnte es gar nicht, selbst wenn ich es wollte. Lass es uns so probieren.« Er veränderte ganz leicht seine Position auf ihr, bevor er wieder in sie drang. »Heb deine Knie an. Leg ein Bein um meine Hüfte.«
Sie befolgte seinen Vorschlag und spürte, wie er behutsam in sie glitt. Einen Moment lang war sie beinahe überwältigt von ihren Gefühlen – zu heiß, zu viel.
Max neigte seinen Kopf und küsste zärtlich ihr Gesicht. »Das ist es, Süße«, ermutigte er sie leise. »Lass mich rein, El.«
Und dann spürte sie es. Er erfüllte sie. Stück für Stück. Der Druck wuchs unaufhaltsam. Sie fühlte sich verloren, außer Kontrolle.
»Sieh mich an, Ellie«, forderte er sie auf. »Sag mir, was du willst.«
Sie erwiderte seinen Blick. »Ich will mehr, Max.«
»Warte einen Moment.«
Er stieß tief in sie, ohne seine Augen von ihr zu wenden. Das Tempo änderte sich, wurde schneller. Sie blinzelte, unfähig, die Intensität seines Blickes zu ertragen, während seine Bewegungen ihre Lust anfachten. Sie spannte ihren Körper an, um seine Stöße zu erwidern und um ihn noch stärker zu spüren.
»Du hast es.« Er verlieh seinen Worten durch seinen Körper Nachdruck. *»Du hast alles, was ich brauche.«*
Seine Stöße gingen tiefer, wurden immer intensiver. Immer gewandter. Dann schneller, härter. Und kraftvoller.
Empfindungen explodierten in ihr, als Max ihren Namen schrie. Ellie war wie im Rausch – und dann riss ein Höhepunkt sie mit sich, der es mit seinem aufnehmen konnte.

9. Kapitel

Max hatte gespürt, wie die Erde für einen Augenblick stillgestanden hatte. Schon einmal hatte er dieses Gefühl gehabt, vor langer Zeit. Beide Male war er tief in Ellie gewesen.

Er blickte sie an. Ihre Augen waren halb geschlossen, und ihr herrliches goldenes Haar lag zerzaust auf den Kissen ausgebreitet. Er schloss sie in seine Arme und drehte sich mit ihr auf den Rücken, so dass sie auf seiner Brust lag. Noch immer war er erregt, noch immer von ihrer Enge umschlossen, während die letzten Wellen seines Höhepunktes seinen Körper durchströmten. Wenn es ihr aufgefallen war, dass sie noch immer miteinander verschmolzen waren, so wehrte sie sich nicht dagegen.

Er wollte sie noch einmal nehmen, doch sie war sicherlich erschöpft. Es war fast drei Uhr, und keiner von ihnen hatte in der vergangenen Nacht besonders viel Schlaf bekommen. In diesem Moment fühlte er sich jedoch wie elektrisiert, sein Körper bereit, es noch einmal zu tun. Und da er sich nicht um ein Kondom kümmern musste …

Seine Erregung wuchs spürbar. Und ohne Zweifel befand er sich an der richtigen Stelle. An der absolut richtigen Stelle.

Das Thema Kondom war immer selbstverständlich für ihn gewesen, ohne Frage – aber plötzlich war die Vorstellung,

Darauf erwiderte sie nichts, und für einen Moment fürchtete Max, dass er einen Schritt zu weit gegangen war und eine Grenze übertreten hatte. Scheiße, wahrscheinlich hatte er die Grenze vollkommen verwischt. Mit Ellie wollte er nach dem Sex reden – tiefe, bedeutungsschwere Gespräche führen. Gespräche, die sie vielleicht außerhalb des Bettes fortsetzen sollten. »Hör zu, Ellie …«

Sie unterbrach ihn, indem sie über eine seiner Brustwarzen leckte. »Ich dachte, wir wollten noch mal miteinander schlafen.«

Zärtlich knabberte sie an der Brustwarze.

Sein Körper reagierte, von null auf hundert innerhalb einer Sekunde. Er bewegte seine Hüften und stieß tief in sie. Ellie erwiderte seine Stöße und hob ihre Hüften an, um ihn ganz in sich aufzunehmen. Unwillkürlich machte sie wieder aufreizende kreisende Bewegungen.

Max biss die Zähne zusammen. »Wenn du so weitermachst, halte ich keine drei Stöße mehr durch.«

»Du meinst das hier?« Erneut ließ sie ihre Hüften kreisen. »Ups.«

»Ups, verdammt«, knurrte er.

Sie lächelte. »Ich glaube, ich wäre jetzt gern mal oben. Es wäre schön, auch mal die Oberhand zu haben.«

»O ja?« Er legte eine Hand auf ihre Hüfte und hielt sie fest, während er seine andere Hand zwischen ihre Körper schob. Mit seinen Fingern glitt er durch ihr Haar und begann schließlich, mit dem Daumen ihre Lustperle zu reizen, bis Ellie zu zittern anfing. Dann strich er mit seinen Fingern noch tiefer, bis zu der Stelle, wo ihre zarte Haut ihn umschloss. »Die Frage ist, kannst du die Oberhand behalten?« Wieder streichelte er ihre Lustperle.

»Max!« Unfreiwillig zuckte sie zusammen und nahm ihn dabei noch tiefer in sich auf.
Mit seinen Lippen umschloss er einen ihrer Nippel und saugte, während er wieder und wieder in sie stieß. Sie stöhnte und flehte um mehr. Max gehorchte gern, widmete sich ihrer anderen Brust und saugte genauso hingebungsvoll daran.
Ellie stand kurz davor, wieder zu kommen. Er knabberte sacht mit den Zähnen an ihrer Haut und biss dann liebevoll und sehr behutsam hinein. Und in dem Moment kam Ellie, ihr Körper erwiderte seine Bewegungen, immer schneller, rauf und runter.
Als es vorbei war, zog Max sich zurück. Er war noch immer bereit, wollte noch immer mehr. Aber in ihr zu bleiben würde ihn vermutlich umbringen. Sein Blut musste mal wieder in andere Körperteile fließen als nur in seinen Schwanz.
»Ich komme gleich zurück.« Er küsste sie auf die Stirn, ehe er aus dem Bett kletterte. Er ging ins Badezimmer. Doch als er mit einem nassen Waschlappen und einem Handtuch zurückkam, sah er, dass sie schon eingeschlafen war. Einen Moment lang spielte er mit dem Gedanken, in sein Zimmer zu gehen. Sie beide brauchten Schlaf.
Aber sie hätten in der nächsten Woche noch genug Zeit, um zu schlafen.
Er wusch sie, so gut es ging, ohne sie aufzuwecken, und trocknete sie dann behutsam ab. Schließlich legte er sich neben sie ins Bett und zog sie an sich.

Spät am nächsten Morgen duschte Ellie und zog dann einen Bikini an. Max hatte ihr versprochen, ihr den Wasserfall auf der Insel zu zeigen.

Sie fühlte sich erschöpft, aber zufrieden. Und sehnsüchtig. In der vergangenen Nacht hatten sie zweimal miteinander geschlafen und dann noch einmal bei Sonnenaufgang. Danach war sie in einen tiefen Schlaf gefallen.
Die Nervosität, die sie anfangs empfunden hatte, wenn sie daran gedacht hatte, mit ihm zu schlafen, war verflogen. An ihre Stelle war die Angst getreten, *nicht* mit ihm zu schlafen. Was würde sie tun, wenn ihre gemeinsame Woche vorüber war?
Denk nicht darüber nach. Ihre Zeit mit Max hatte gerade erst begonnen. Und sie wollte keine einzige Sekunde damit vergeuden, sich Sorgen über die Zukunft zu machen. Jetzt würde sie alles nehmen, was er zu geben bereit war.
Sie fand ihn unten auf der Terrasse. Er telefonierte. Als sie aus dem Haus trat, legte er auf, doch sie blickte ihn trotzdem finster an. Aus dem Nichts heraus verspürte sie ganz selbstsüchtige Gefühle. Das hier war *ihre* Woche, verdammt noch mal. Oder etwa nicht?
Sie blieb stehen und begriff, dass sie ganz automatisch davon ausging, dass er rund um die Uhr ihr gehörte. Hatte sie die Bedingungen missverstanden? Vielleicht hatte Max gemeint, dass sie nur die Nächte miteinander teilen würden?
»Musst du heute Morgen arbeiten?«, begann sie.
Er stand auf und bot ihr einen Stuhl an. »Ja und nein. Ich bemühe mich, uns solche Störungen möglichst vom Hals zu halten, aber es gibt ein paar Notfälle. Ich muss also mein Handy in Reichweite behalten.«
»Notfälle – Plural? Klingt ernst.«
»Dringend. Tatsächlich kümmern sich meine Mitarbeiter um die meisten Angelegenheiten und haben alles im

Griff – einmal mehr bin ich dankbar dafür, ein so fähiges Team hinter mir stehen zu haben. Kaffee? Wie hast du geschlafen?«

»Gut. Und was den Kaffee betrifft: Ja, gern.« Die Art, wie er übergangslos von geschäftlichen zu privaten Themen wechseln konnte, erstaunte sie. Oder betrachtete er die Zeit mit ihr auch nur als eine geschäftliche Angelegenheit? Einen *Deal*? War der Sprung vom Schlafzimmer zum Konferenzzimmer für ihn alltäglich? Routine?

»Mir ist aufgefallen, dass du heute gar nicht mehr humpelst«, sagte er. »Geht es deinem Fuß besser?«

»Ja.«

»Gut.«

Er hatte eine Kanne genommen und schenkte ihr Kaffee ein. »In dem Korb ist Gebäck. Aber wenn du magst, kann ich dir gleich ein Omelett zaubern lassen.«

»Normalerweise lasse ich das Frühstück ausfallen. Auch wenn ein Omelett zum Mittagessen verführerisch klingt.«

Er schenkte sich selbst Kaffee nach und setzte sich ihr gegenüber auf seinen Stuhl. »Da es bereits ein Uhr ist, zählt alles, was du jetzt isst, zum Mittagessen.«

»So lange schlafe ich sonst nie.« Wobei sie natürlich auch nie die halbe Nacht aufblieb, um mit einem Mann zu schlafen.

Max zwinkerte. »Ich war auch noch nie so lange wach.« Er nahm sich ein Croissant und schmierte Butter darauf. »Übrigens habe ich mit Gerard gesprochen. Die Tür im Strandhaus wurde heute Morgen repariert. Er hat einen privaten Sicherheitsdienst engagiert, der nach dem Haus schaut, bis du wiederkommst. Dann kannst du über die neue Alarmanlage nachdenken, die er empfiehlt.«

»Privater Sicherheitsdienst? Denkt er, dass der Typ eventuell wiederkommt?«
»Ich würde nichts riskieren. Der Einbrecher konnte deine Alarmanlage und das Notfallsystem mit Leichtigkeit ausschalten.«
Ellie nahm einen Schluck Kaffee. »Ich frage mich, ob ich mich dort jemals wieder sicher fühlen kann.«
»Ja, irgendwann wirst du das. Du musst deine Sicherheit nur ein bisschen ernster nehmen. Auch wenn dieser Kerl geschnappt ist.«
»Und glaubst du, dass die Polizei ihn kriegen wird?«
»Ja. Ihnen die Erlaubnis zu geben, deine E-Mails zu checken, war sicherlich hilfreich. Da wir gerade davon reden – wenn du von hier aus E-Mails verschickst oder telefonierst, ist es wichtig, dass du niemals erwähnst, wo du bist und dass wir zusammen sind. Ich bemühe mich gerade darum, dass kein Wort über den Einbruch in den Medien auftaucht.«
Sie fragte sich, warum er das verhindern wollte. Aus Sicherheitsgründen? Oder wegen der öffentlichen Aufmerksamkeit im Allgemeinen? Machte Max sich Sorgen darüber, was andere Menschen von ihrem Deal halten könnten?
Sie schob ihre Tasse zur Seite.
»Wenn du fertig bist«, sagte Max, »würde ich dir gern die Insel zeigen.«

Wie sich herausstellte, bekam Ellie nur eine Hälfte der Insel zu Gesicht.
»Außer den Gästehäusern ist am anderen Ende der Insel nichts, was sich lohnen würde anzusehen«, erklärte Max.
Sie waren wieder in dem Golfwagen unterwegs. Max bog

vom Strand ab und fuhr über einen gepflegten Weg, der sich unter schattenspendenden Bäumen entlangschlängelte. Auf einer kleinen Lichtung hielt er schließlich an.
»*Das* wollte ich dir zeigen. Was sagst du?«
Mit großen Augen sah sie sich um und versuchte, alles zu erfassen. Auf den ersten Blick wirkte die Lagune beinahe unwirklich. Das Wasser war leuchtend türkis, und an einem Ende plätscherte leise ein kleiner Wasserfall. Sie rechnete fast damit, dass im nächsten Moment ein paar Feen vorbeischweben würden. Ihr fielen einige Pflanzkübel mit Orchideen auf. Die natürliche Schönheit dieses Ortes war mit ein paar blühenden Pflanzen und Bäumen noch unterstrichen worden.
»Es ist einzigartig«, sagte sie. »Irgendjemand auf der Insel muss einen grünen Daumen haben.«
»Tyler.« Max reichte ihr die Hand, um ihr aus dem Golfwagen zu helfen.
Sie folgte ihm an den Rand des Wassers und sah zu, wie er im Schatten eine Decke ausbreitete. Sie hatten keinen Korb dabei, also war die Decke offensichtlich nicht für ein Picknick gedacht. Jedenfalls für keines, bei dem es ums Essen ging …
War Sex denn alles, an was sie denken konnte? Sie wandte sich dem Wasser zu, um auf andere Gedanken zu kommen. Es war kristallklar und offenbar nicht sehr tief. »Ist es warm genug, um darin zu schwimmen?«
»Lass es uns ausprobieren.« Max zog sich die Hose aus und befreite eine ansehnliche Erektion.
Es war Ellie nicht möglich, ihn nicht anzustarren. Vielleicht war sie nicht die Einzige, die ein Problem damit hatte, nicht dauernd an *das eine* zu denken.

Er kam näher und zog an den Kordeln ihres Bikinis. »Du hast das Schild gesehen: Keine Badeanzüge erlaubt.«
Ihr Oberteil fiel, und ihre Brüste waren nackt.
»Was für ein Schild?«
Er streifte ihr auch das Höschen ab. »Das Schild, das morgen aufgestellt wird. Komm her.«
Sie trat näher und genoss seinen sehnsuchtsvollen Gesichtsausdruck. Der Mann war wie ein Rauschmittel, und sie war abhängig. Er hob sie hoch und watete mit ihr ins Wasser. In der Mitte war das Wasser tiefer, als sie angenommen hätte. Es reichte Max fast bis zur Brust. Sie durchschwammen das Becken zweimal: Beim ersten Mal war es ein Wettrennen, beim zweiten Mal eine Jagd.
Beim Wasserfall holte Max sie ein und küsste sie. Aufregung und freudige Erwartung durchströmten Ellie. Beide keuchten jetzt – und das nicht nur wegen des Schwimmens. Sie hatte ihre Arme um seinen Nacken geschlungen. Unter Wasser presste sie ihre Hüften gegen seine Erektion. Die Frage war nicht, *ob* sie miteinander schlafen würden. Sie lautete: Wann. Und wo.
Max lockte sie in das flache Wasser unter dem Wasserfall. Er hob sie hoch und setzte sie auf das Ufer, während er im Wasser blieb. Dann drückte er mit seinen Händen sanft ihre Knie auseinander und öffnete sie.
Instinktiv verspürte Ellie Unsicherheit darüber, dass sie am helllichten Tag so schutzlos dasaß – doch ihre Bedenken verflogen schnell, als er begann, sie zu streicheln.
»Du bist feucht«, murmelte er.
»Das kann passieren, wenn man schwimmt.«
Er lachte und fuhr mit seiner Hand noch ein bisschen intensiver über ihren Venushügel und zwischen ihren

Schenkeln entlang. Mit einem Finger drang er in sie. »Willst du mir erzählen, dass Schwimmen dich heißmacht?«

Sie stöhnte, wollte mehr. »Nein.«

»Hm. Aber du bist heiß.« Sein Daumen fand ihre Lustperle, strich darüber, zuerst leicht, dann fester, bis Ellie sich wand und seine Schultern ergriff. Er tauchte noch einen Finger in sie. Dann beugte er sich vor, leckte über einen ihrer Nippel und löste sich wieder von ihr. Bewusst hielt er sich zurück. Reizte sie. Der Mann war unbarmherzig.

»Gib es zu, El. Wenn das Schwimmen dich nicht so heißgemacht hat, was war es dann?«

»*Du* hast mich heißgemacht, Max«, gestand sie. »Ganz allein du.«

»Gut. Warte einen Moment.«

10. Kapitel

Der Mann saß draußen auf der Terrasse des Cafés und nahm einen Schluck Kaffee, während er auf den Bildschirm seines Laptops starrte. Wie heutzutage beinahe alle Hotels bot auch das Haus, in dem er übernachtete, einen kabellosen Internetzugang. Dennoch hatte er dieses Café aufgesucht, weil es so nah am Hafen lag. Er ließ seinen Blick durch das gutbesuchte Café schweifen. Es war bei den Touristen, die eine der Tageskreuzfahrten mitmachen wollten, die im Hafen von Charleston starteten, eine äußerst beliebte Adresse.

Er stellte seine Kaffeetasse zur Seite und scrollte durch die neueste Onlineausgabe von *Hot Life*. Das Boulevardmagazin warb damit, dass die aktuelle Zeitschrift – die in einer Woche in den Handel kommen würde – ein Exklusivinterview mit *Il Diavolo* enthalten würde. Die Schlagzeile deutete an, dass in dieser Story alle Gerüchte, die sich um ihn, um seine ehemalige Schwägerin Ellie DeLuca und um die Societylady Bridgette St. Regis rankten, klargestellt werden würden.

Es gab vielversprechende Fotos, die Max DeLuca beim Besteigen seines Privatjets in Boston und beim Verlassen desselben Jets in Neuseeland zeigten. Er betrachtete die Fotos. Keine dieser Aufnahmen war neu. Eine Luftaufnahme des sagenhaften Anwesens der DeLucas nahe Auckland war mit einer Skizze versehen, um dem Leser mögliche Orte für ein Festzelt zu zeigen. *Prominenten-Hochzeit?* stand unter dem Bild.

Netter Trick, musste er widerwillig zugeben. Irgendjemand – vermutlich sein Klient – hatte *Hot Life* diese Informationen zugespielt. Wie nicht anders zu erwarten, waren die Paparazzi in Strömen nach Auckland gereist. *Dummköpfe.* Nur er kannte die Wahrheit und wusste, dass Max DeLuca Ellie nach San Regale gebracht hatte.

Wieder einmal wunderte er sich über das Insiderwissen seines Klienten. Auf eigene Faust hätte er Ellie vermutlich nicht so schnell ausfindig gemacht.

Ein Kellner kam an seinen Tisch und fragte ihn, ob er Kaffee nachschenken solle. Er schüttelte den Kopf und warf dann einen letzten Blick auf die Fotos des Boulevardmagazins. Es war Zeit zu gehen.

»Bald, Ella-Baby.« Er klappte seinen Laptop zu und schickte sich an zu gehen. Im Geiste hakte er die einzelnen Punkte ab, die er erledigt hatte. Er hatte bereits den perfekten Platz gefunden, an den er sie bringen würde. Eine abgelegene Hütte, mitten im Nirgendwo, zwei Stunden Richtung Norden. Er musste nur noch ein paar Dinge besorgen. Ein Seil. Latexhandschuhe. Etwas zu essen. Sie würden mindestens einen Tag lang dort sein, bis er sicher sein konnte, dass die letzte Rate seines Lohnes auch auf sein Konto überwiesen worden war. Und dann würde der Spaß erst richtig losgehen.

11. Kapitel

Max trug Ellie zurück zur Decke und legte sie behutsam ab. Entschlossen, sich Zeit zu lassen, stützte er sich über ihr ab und küsste sie auf den Mund – lange und bedächtig. Dann hauchte er eine Spur von Küssen auf ihren Hals und ging langsam weiter nach unten, bis hin zu ihrer Brust.

Sie hatte ihre Finger in seinem Haar vergraben, streichelte und ermutigte ihn. Zustimmend verstärkte sie ihren Griff, als er begann, an dem Nippel zu saugen.

Nach einer Weile wandte er sich der anderen Brust zu und leckte mit der Zunge über die Spitze. Ellie wand sich unter ihm. Mit ihren Schenkeln umschloss sie seine Erektion, drückte sie, wollte ihn dazu bringen, sich zu beeilen. Doch Max wollte sich nicht drängen lassen.

Er ließ von ihrer Brustspitze ab. Bedächtig küsste er die Unterseite ihrer Brüste, bevor er weiter runter zu ihrem Bauchnabel ging.

Er hörte, wie sie scharf einatmete, als er seine Zunge in ihren Nabel tauchte, ehe er noch weiter nach unten wanderte. Mit zärtlichen kleinen Bissen knabberte er an der Haut ihres Bauches. Mit der Hand umschloss er ihren Kern, öffnete sie sacht, während er seinen Körper tiefer schob. Schließlich packte er sie am Po und hob sie an. Der moschusartige Duft ihrer Erregung erfüllte die Luft.

Max blies sacht über die feuchten Löckchen, bevor er seine Lippen auf sie senkte. Seine Zunge strich über sie und schmeckte ihre Süße. Sie schmeckte himmlisch.
Ellie drückte ihren Rücken durch. Ihre Bewegungen wurden heftiger. »Max! Warte, ich ...«
Er hielt inne und sah auf, sein Mund nur Zentimeter von ihr entfernt. »Soll ich aufhören?«
Sie schüttelte den Kopf. »Nein, ich habe nur Angst, dass ... ich zu früh komme.«
Er wollte gerade sagen: *»Dann komm!«*, als er begriff, warum sie wirklich nervös war. Sie hatten draußen Sex, am helllichten Tag. Er versuchte, sie zu beruhigen. »Niemand kann uns sehen.«
Er zog sich zurück, aber nur ein wenig, und hauchte einen Kuss auf die Innenseite ihres Knies.
»Wir sind hier sicher, Ellie, okay?« Er küsste ihren inneren Oberschenkel.
»Okay.«
»Entspann dich.«
Das tat sie. Vorsichtig senkte er seinen Mund und spürte, wie sie ihre Finger in seinem Haar vergrub. Da sie ihm ihr Vertrauen schenkte, wollte er möglichst behutsam mit ihr umgehen. Er nahm sich Zeit. Schon bald wand sie sich ruhelos unter seinen Händen. Und ihre Lust steigerte sich langsam immer weiter. Sie war begierig nach mehr.
Und er gab es ihr. Er leckte, knabberte, genoss. Sie gab sexy kleine Laute von sich und presste sich gegen sein Gesicht, während sie seinen Kopf mit den Händen festhielt. Ermutigt drang er mit zwei Fingern in sie, erforschte sie, streichelte sie, während er sie weiter mit der Zunge reizte.
Sie zitterte, und ihr Atem ging unregelmäßig. »Wenn wir

so weitermachen, verliere ich noch vollkommen die Kontrolle.«
Er hob seinen Kopf an, sah sie an und tauchte noch einen weiteren Finger in sie. Sie drängte sich gegen seine Hand, suchte den Druck, brauchte die Erlösung. Brauchte den Höhepunkt.
»Dann verliere die Kontrolle, El. Ich bin da.« Er presste seinen Mund wieder auf sie und steigerte das Tempo, bis ihr Körper sich unter seinen Lippen anspannte.
Behutsam biss er sie, nahm ganz sacht ihre Lustperle zwischen seine Zähne. Und Ellie schrie seinen Namen, als ihr Orgasmus sie mit sich riss …

Das Klingeln eines Handys ließ Ellie aufschrecken. Sie hob den Kopf und beobachtete, wie Max aufstand und zum Golfwagen ging.
Die Vorstellung, sein Handy zu nehmen und es ins Wasser zu werfen, war äußerst reizvoll. Und angesichts seiner Miene schätzte sie, dass er sie nicht einmal daran hindern würde. Vielleicht sollte sie es ihm einfach vorschlagen.
Sie stützte sich auf dem Ellbogen ab und dachte darüber nach, ob sie sich anziehen sollte. Versonnen ließ sie ihren Blick über Max schweifen, betrachtete seinen Schwanz. Die Erektion, die sich emporreckte, wirkte beinahe schmerzhaft. *Verdammt.* Er hatte sich so sehr auf sie konzentriert, dass er selbst noch nicht gekommen war.
Sie kniff ganz leicht die Augen zusammen und fragte sich, wie es wäre, den Spieß umzudrehen. Etwas bestimmter zu sein. Etwas aggressiver.
Langsam erhob sie sich und ging zu ihm. Er winkte sie zu sich heran. Seine Antworten am Telefon klangen abge-

hackt, knapp. Als er sie anblickte, formte er mit den Lippen das Wort *Sorry* und hob den Finger, um ihr zu bedeuten, dass sie einen Augenblick warten sollte.

Oh, ich werde warten. Aber nicht tatenlos.

Wieder war er abgelenkt und in das Telefonat vertieft. Bis sie auf die Knie sank. Jetzt konnte sie sich seiner vollen Aufmerksamkeit sicher sein. Sie hielt einen Moment inne, um zu sehen, ob er sie von ihrem Vorhaben abbringen würde.

Doch er tat genau das Gegenteil. Er wandte sich ihr zu und spreizte die Beine ein wenig. Sie nutzte die Chance, griff ihm zwischen die Beine und streichelte ihn. Er fühlte sich gut an. Und während sie ihn weiterhin massierte, wuchs seine Erregung sichtlich.

Sie sah auf und bemerkte, dass er sie mit verschleiertem Blick betrachtete. *»Wenn du es tun möchtest, dann tu es.«*

Und so öffnete sie den Mund und nahm seine Spitze in sich auf. Die Hitze überraschte sie. Sein Körper zuckte kurz zusammen, als Max scharf einatmete.

»Ich muss Schluss machen«, sagte er mit angespannter Stimme ins Handy.

Seine Reaktion ermutigte sie. Mit der Zunge fuhr sie über die Unterseite seiner Erektion bis zur Spitze. Sie umschloss ihn fest mit den Lippen und nahm ihn tiefer in den Mund. Er war so hart und die Haut so weich. Sie schloss die Augen und konzentrierte sich auf seinen Geschmack.

Er vergrub seine Hände in ihrem Haar und schob ihr die nassen Strähnen über die Schultern. Um sie besser sehen zu können?

»Das fühlt sich gut an, Süße«, murmelte er.

Bestärkt zog sie sich zurück, um ihn dann wieder noch ein

Stückchen weiter in den Mund zu nehmen. Er glitt ganz leicht über ihre Lippen. Schnell fand sie ihren Rhythmus. Und schließlich fiel ihr etwas ein, womit er sie fast um den Verstand gebracht hatte …

Als Ellie anfing zu saugen, spannte Max unwillkürlich die Oberschenkelmuskeln an. Sein Griff in ihrem Haar verstärkte sich noch. Aber plötzlich zog er sich vollkommen zurück.

Sie blickte auf. »Habe ich etwas falsch gemacht?«

Er zog sie auf die Füße. Keuchend standen sie voreinander. »Zum Teufel, nein! Du hast alles richtig gemacht. Zu richtig.«

»Hast du Angst zu kommen?«

»Ich weiß, dass ich kommen werde. Ich habe Angst, dass ich zu grob sein werde, El.«

Zufrieden darüber, dass sie so eine Wirkung auf ihn hatte, lächelte sie. Sie berührte seinen Schwanz und spürte, wie er zuckte. »Wir können dich doch nicht in diesem Zustand lassen.«

»Werden wir auch nicht.«

Ihre Taille umfassend, hob Max sie hoch. »Leg deine Beine um meine Hüften.«

Als sie seiner Aufforderung nachkam, spürte sie, wie Max in sie drang. Die Plötzlichkeit raubte ihr den Atem.

»Warte einen Moment. Lass es uns am Strand tun.«

Am Morgen des vierten Tages wachte Max sichtlich erregt auf. Ellie lag zusammengerollt neben ihm auf dem Bett, erschöpft vom Sex der vergangenen Nacht.

Die Schuldgefühle kamen aus dem Nichts und prasselten auf ihn ein.

Du hättest vor sieben Jahren nicht einfach verschwinden sollen. Du hättest ihr an ihrem Hochzeitstag sagen sollen, dass du sie liebst. Du hättest sie in den Jahren seit Stefans Tod nicht meiden sollen.

Es stimmte alles. Verdammt, er und Ellie mussten reden. Über alles – ihre Gefühle, ihre Vergangenheit, ihre Gegenwart. Es war die einzige Chance auf eine gemeinsame Zukunft.

Was bedeutete, dass er ihr die wahren Gründe, warum er sie auf die Insel gebracht hatte, sagen musste. Die Polizei hatte in der Nacht, als Max noch länger im Strandhaus geblieben war, eine grausige Entdeckung gemacht. Eine »Vergewaltigungs-Ausrüstung« hatten sie es genannt. Ihr Angreifer hatte alles mitgebracht, was er brauchte, um sie zu überwältigen und einzuschüchtern. Und in derselben Nacht hatte der Mistkerl die Frechheit besessen, ihr eine weitere E-Mail zu schicken, in der er ihr versprochen hatte, auf sie zu warten, um seinen Job zu beenden. Max hatte die Nachricht abgefangen, bevor Ellie sie hatte sehen können, aber bisher war es der Polizei nicht gelungen, den Absender zu ermitteln. Ihr Stalker war ein Profi, und er war entschlossen, sie zu kriegen.

Am Ende hatte sich Ellies Vorschlag für einen *Deal* als praktisches Mittel herausgestellt, um eine Weile mit ihr unterzutauchen – und, was noch wichtiger war, sie zu beschützen, während dem Angreifer eine Falle gestellt wurde. Dass Max Ellie nichts von alledem gesagt hatte, war anfänglich die richtige Entscheidung gewesen. Er hatte sie nicht aufregen wollen, hatte nicht riskieren wollen, dass sie ablehnte. Er hatte die Chance, sieben Tage lang in ihren Armen zu liegen, nicht ungenutzt vorüberziehen lassen wollen.

Aber wie würde sie reagieren, wenn er ihr heute die Wahrheit erzählte? Die gute Nachricht war, dass sie auf einer Insel waren – wenn sie weglief, kam sie also nicht weit. Kurz dachte er darüber nach, sie sofort zu wecken und ihr alles zu beichten. Doch das würde einige seiner anderen Pläne durchkreuzen.

An diesem Morgen musste er nach Charleston, um ein – wie er hoffte – letztes Mal mit Haru Mizuno zu verhandeln. Verdammt, wenn dieser Fusion noch irgendetwas im Wege stand, würde er vermutlich endgültig Abstand von der ganzen Sache nehmen. Zwar hatte er nicht angenommen, dass es leicht werden würde, aber bisher war bei diesem Geschäft einfach alles schiefgegangen, was nur hatte schiefgehen können. Es musste einen Grund für all die Probleme geben.

Während er in Charleston war, würde Max auch einen neuen Gesellschaftervertrag unterzeichnen. Ab sofort verzichtete er darauf, Ellies Anteile zu verwalten. Bisher hatte er diesen Schritt immer abgelehnt, weil er auf diese Weise eine Verbindung zu ihr halten konnte und sie so nicht vollkommen aus seinem Leben verschwand. Doch jetzt …

Er wollte sie noch immer nicht verlieren. Aber nur, wenn es auch ihr Wunsch war. Und mit der Unterzeichnung der Verzichtserklärung wollte er ihr die Möglichkeit geben zu gehen, wenn sie es wollte. Seine Gefühle für Ellie waren nicht einfach. Oder leicht verständlich. So funktionierte die Liebe nicht. Das vor sich selbst einzugestehen war sehr schwierig gewesen.

Wie er nicht anders erwartet hatte, war ein Aufschrei der Empörung durch seine Firma gegangen, als er erklärt hatte, ihr ihre Anteile vollkommen zu überschreiben. »Was passiert, wenn sie sie veräußert?«, hatte sein Anwalt, ein guter Freund von ihm, ihn gefragt. »Du könntest an einen neuen Partner mit ganz anderen Zielsetzungen geraten. Oder schlimmer noch: mit irgendwelchen Hintergedanken.«

»Damit werde ich fertig. Egal, was geschieht – ich besitze immer noch die Mehrheit der Anteile«, hatte Max erwidert.

Was er seinem Anwalt nicht gesagt hatte, war, dass Ellie ihm in der vergangenen Nacht einen Umschlag gegeben hatte, in dem die von ihr unterzeichnete Geschäftsvereinbarung lag. »Das ist Teil unseres Deals«, hatte sie gesagt. *Der Deal.* Tja, er hatte vor, ihr diese Papiere heute zurückzugeben – zusammen mit den neuen Unterlagen.

Und dann würde er ihr etwas ganz Neues vorschlagen.

Wobei ihm einfiel: Er wollte etwas früher losfahren, um noch bei einem Juwelier vorbeizuschauen.

Ellie konnte nicht im Bett liegen bleiben, nachdem Max gegangen war. Er hatte sie wie jeden Morgen geweckt und sie mit seinem Körper aus dem Schlaf gelockt, bevor er sie um den Verstand gebracht hatte.

Doch an diesem Morgen war es anders gewesen. Er hatte sie so schmerzlich langsam, so zärtlich geliebt, dass sie Tränen in den Augen gehabt hatte. Und als sie daran zurückdachte, stiegen ihr wieder Tränen in die Augen, und sie war froh, dass sie allein war.

Letzte Nacht war sie aufgewühlt und wütend gewesen, als sie herausgefunden hatte, dass Max an diesem Morgen einen Geschäftstermin hatte. Aber nachdem er ihr erklärt hatte, wie wichtig die Fusion mit dem japanischen Unternehmen war, hatte sie sich geschämt, weil sie, nun ja, geschmollt hatte. Und in dem Moment hatte sie entschieden, ihm die Unterlagen über ihre Aktienvereinbarung zu geben.

Sie war in ihr Zimmer gegangen und mit einem dicken Umschlag zurückgekehrt. Er hatte den Umschlag ungeöffnet zur Seite gelegt und sich geweigert, darüber zu reden, ehe ihre gemeinsame Woche vorüber war. Sie wusste, dass er annahm, dass der Umschlag die unterschriebenen Kopien der Unterlagen enthielt, die er vor Wochen geschickt hatte. Wie groß würde der Schock für ihn sein, wenn er herausfand, dass sie die Papiere überarbeitet hatte? Dass sie vorhatte, ihm all ihre Anteile an *DSI* zu überschreiben?

Ihr *Deal* hatte nichts damit zu tun. Ihre Entscheidung hatte sie schon vor längerem getroffen. Das Problem war nur, dass sie sich jetzt schlecht fühlte, weil es so aussah, als hätte sie die Anteile nur dazu benutzt, um ihn ins Bett zu locken und »auszubeuten«. Dabei liebte sie Max. Und während diese Erkenntnis sie nicht besonders geschockt hatte, hatte das Eingeständnis ihrer Gefühle noch eine tiefere Wahrheit enthüllt. An diesem Morgen, als Max sie so zärtlich geliebt hatte, war ihr bewusst geworden, dass sie nie aufgehört hatte, ihn zu lieben.

Und ein Tag oder eine Woche würden nicht ausreichen, um Max zu vergessen.

Was sollte sie, verdammt noch mal, jetzt machen?

Ellie prüfte ihre E-Mails und war erleichtert festzustellen, dass der Mistkerl von einem Stalker ihr keine weiteren Nachrichten geschickt hatte. Hatte Max' Anwesenheit im

Strandhaus ihn für immer abgeschreckt? Sie hoffte es. Hier zu sein hatte ihr jedenfalls geholfen, den Vorfall zu verdrängen.

Da Max bei seinem geschäftlichen Meeting war, entschloss sie sich, ebenfalls zu arbeiten und ihre ersten Entwürfe für die Gestaltung von Peter Fourakis' Hotelkette zu verfeinern. Doch alles, was ihr einfiel, wirkte abgedroschen, erzwungen. Was ziemlich enttäuschend war, wenn man bedachte, dass ein Auftrag wie dieser ihrer Karriere einen enormen Schub nach vorn geben könnte. Den Zuschlag für einen so großen und wichtigen Job wie diesen zu bekommen würde zusammen mit Peters Unterstützung viel dazu beitragen, den gesellschaftlichen Bann zu brechen und ihren Ruf wiederherzustellen. Und sichere Chancen wie diese waren selten. Sie hatte den Auftrag in der Tasche, hatte Peter ihr versprochen.

Sie runzelte die Stirn. Und das war auch schon das Problem. Peter würde alles gutheißen, was sie ihm anbot. Und das aus den völlig falschen Gründen. Während er einer der wenigen Menschen war, der nicht an ihrem Vermögen interessiert war, lag es doch auf der Hand, dass ihn ihre Anteile an *DeLuca Shipping* reizten. Denn Max und Peter waren seit College-Zeiten Rivalen.

Verdammt, sie war es leid, dass Menschen nur Geschäfte mit ihr machen wollten – oder in manchen Fällen eben nicht –, weil sie den Namen DeLuca trug. Konnte denn niemand verstehen, dass sie es allein schaffen wollte?

Vielleicht war es an der Zeit, endlich Taten sprechen zu lassen. Sie rutschte auf ihrem Stuhl nach vorn und verwarf das Angebot. Sie würde Peter später eine Erklärung schicken.

Rastlos zog sie sich einen Bikini an und ging an den Strand, um frische Luft zu schnappen. Das Wetter war perfekt, die Sonne schien. Eine Gruppe Möwen lief über den Sand und wich ihr aus, als sie sich näherte. Als sie den Tieren *zu* nahe kam, flogen sie auf und landeten hinter ihr. Ellie seufzte. Wenn sie ihre Probleme doch auch nur so leicht umgehen könnte.

Sie bückte sich, um eine Muschel aufzuheben. Plötzlich fesselte das Geräusch eines Bootes ihre Aufmerksamkeit. Sie beschattete mit der Hand ihre Augen und erblickte die verräterische weiße Bugwelle eines großen Schnellbootes, das die Insel ansteuerte. Max! In ihrem Bauch breitete sich eine wohlige Wärme aus, und sie lief zurück zum Anleger, um dort auf ihn zu warten.

Aber dann kam ihr eine bessere Idee. In der vergangenen Nacht hatte er angemerkt, dass der einzige Ort, an dem sie noch nicht miteinander geschlafen hätten, der Swimmingpool sei. Und sie hatte vor, das zu ändern.

Im Haus ging sie in ihr Zimmer, um sich schnell die Haare zu kämmen und sich ein Handtuch zu holen. Sie hatte noch Zeit, da das Boot noch nicht angelegt hatte und erst vertäut und gesichert werden musste.

Auf der Terrasse drehte sie eine der Liegen so, dass sie die Bibliothek im Auge hatte – sie wollte sichergehen, dass Max sie, wenn er zuerst in sein Arbeitszimmer ging, trotzdem gleich sah. Während sie ihr Handtuch ausbreitete, erinnerte sie sich an den morgendlichen Sex. Max hatte gesagt, dass er nicht genug von ihr bekommen könne. Ob er das auch so gemeint hatte?

Sie streckte sich auf der Liege aus und zog sich dann spontan das Bikinioberteil aus. Falls er ankam und noch immer ans Geschäft denken musste, wollte sie ihn ablenken.

Es kam ihr vor, als wäre eine Ewigkeit vergangen, ehe sie hörte, wie eine Tür ging. Sie hatte die Augen geschlossen und stellte sich vor, wie Max sie nun anblickte. Ihre Brustspitzen richteten sich unwillkürlich auf. Unfähig, es noch länger auszuhalten, setzte sie sich auf und lächelte.

Und erstarrte im nächsten Moment.

Bridgette St. Regis stand in der Tür und deutete mit dem Finger auf Ellie. Neben Bridgette stand ein Mann mit einer Kamera und machte unablässig Fotos von ihr. Ellie fiel ein, dass sie die Eingangstür offen gelassen hatte – schließlich war sie davon ausgegangen, dass Max kommen würde.

Wütend schnappte sie sich ihr Handtuch und schlang es um sich, bevor sie zu den beiden ging. »Was machen Sie da?«, fuhr sie den Mann mit dem Fotoapparat an. Er ignorierte sie und schoss fieberhaft weiter Aufnahmen von ihr.

Bridgette warf ihr ein böses kleines Lächeln zu. »Kennen Sie Guido? Er hat einen Exklusivvertrag mit *Hot Life*. Sie kommen wahrscheinlich aufs Cover, also würde ich an Ihrer Stelle lächeln.«

Ellie streckte den Arm aus und hielt die Hand vor die Kameralinse. »Hören Sie auf, mich zu fotografieren«, forderte sie. Dann wandte sie sich Bridgette zu. »Max wird nicht gerade erfreut sein, dass Sie hier sind. Ich weiß, dass Sie nicht willkommen sind.«

»Unterschätzen Sie nicht meinen Einfluss auf Max«, erwiderte Bridgette. »Wir waren lange Zeit ein Paar.«

Ellie wollte etwas sagen, schwieg jedoch. Sie hatte nicht vor, hier herumzustehen und mit dieser Frau über Max zu diskutieren. Also drehte sie sich um und wollte ins Haus gehen. Sie würde Max selbst anrufen und …

Doch als sie gerade das Haus betrat, sah sie Gerard Warhaven durch die Eingangstür kommen. Ihre Erleichterung beim Anblick von Max' Sicherheitschef war beinahe mit Händen greifbar. »Wo ist Max?«

»Er ist noch nicht zurück. Aber am Anleger liegt ein Charterboot«, entgegnete er. »Wer ist …«

Seine Antwort verwirrte Ellie. »Warten Sie. Wenn Sie nicht mit Max gekommen sind …« Sie schlug sich mit der flachen Hand vor die Stirn. *Die Gästehäuser.* Max hatte ihr die Häuser nicht gezeigt. Jetzt wusste sie, warum. »Sie sind schon die ganze Zeit über hier, nicht wahr?«

Gerard stritt es nicht ab. »Mr. DeLuca wird es Ihnen später erklären. Jetzt möchte ich, dass Sie in Ihr Zimmer gehen und dort bleiben, bis ich der Sache hier auf den Grund gegangen bin.« Damit ging er an ihr vorbei und trat zu Bridgette und dem Reporter an den Pool.

Wütend stieg Ellie die Treppe hinauf und zog sich die erstbesten Klamotten über, die sie fand. Hatte sie ernsthaft angenommen, dass ihr sogenannter *Deal* Max wirklich interessieren würde? Wie hatte sie nur so naiv sein können? Gerards Anwesenheit war der Beweis, dass Max einen eigenen Plan verfolgte – einen Plan, über den er mit ihr nicht gesprochen hatte.

Aus dem Fenster in ihrem Zimmer sah sie, dass das Boot und der Fahrer noch immer am Anleger warteten. Sie schnappte sich ihren Aktenkoffer und ihre Tasche und schlich die Hintertreppe hinunter. Vom Flur aus konnte sie Gerard und Bridgette sehen, die mit dem Fotografen diskutierten.

Leise schlüpfte Ellie durch die Seitentür hinaus und eilte zum Anleger. Im Augenblick wollte sie so weit weg wie nur

möglich. Der Fahrer des Charterbootes erhob sich, als sie näher kam.
»Wo ist die andere Dame?«, fragte er. »Sie schuldet mir noch das Geld für die Überfahrt.«
Ellie kletterte in das Boot. »Die beiden bleiben noch. Und ich zahle Ihnen das Doppelte, wenn wir jetzt sofort ablegen.«
»Geld ist Geld.« Der Mann zuckte die Schultern und startete den Motor. In der Ferne hörte Ellie jemanden rufen. Sie sah auf und erblickte Gerard, der vor dem Haus stand und heftig winkte.
»Was ist mit ihm?«, fragte der Fahrer.
»Wenn Sie hier verschwinden, bevor er den Anleger erreicht, zahle ich das Dreifache.«

Bridgette St. Regis beobachtete, wie das Boot sich entfernte. Ellie zu vertreiben war keine Schwierigkeit gewesen. Aber jetzt musste sie sich schnell etwas überlegen. Nach ihren Informationen hatte sie angenommen, dass der Verwalter auf der Insel ein alter Mann war. Mit dem jungen blonden Kerl hatte sie überhaupt nicht gerechnet – doch bisher war ihr noch kein junger blonder Kerl begegnet, mit dem sie nicht zurechtgekommen wäre.
Sie zupfte ihr Dekolleté zurecht, während sie ein kleines Handy hervorzog und eine Nummer eingab.
»Sie ist gerade losgefahren. Warten Sie am Anleger und folgen Sie ihr, ohne dass Sie jemand bemerkt. Und schicken Sie mir das Boot zurück!«

12. Kapitel

Max' Handy klingelte, als er gerade das Büro des Anwalts in Charleston verließ.

Es war Gerard. »Wir müssen reden, Boss.«

Die Nachricht, dass Bridgette es irgendwie geschafft hatte, auf die Insel zu gelangen, bestätigte Max' Vermutung, dass es bei *DSI* einen »Maulwurf« gab. Was ging hier verdammt noch mal vor? Nur zwei Leute wussten überhaupt, dass er diese Woche auf San Regale verbrachte. Seine persönliche Assistentin Joanne und der Leiter der Finanzabteilung von *DSI*, Tony Breeden. Sowohl Joanne als auch Tony arbeiteten seit Jahren für ihn, und er hatte vollstes Vertrauen zu ihnen.

»Weiß Ellie, dass Bridgette auf der Insel ist?«

»Ja. Während ich mich um diese St. Regis und den Reporter gekümmert habe, hat Ms. DeLuca die Insel verlassen«, erklärte Gerard. »Sie ist durch die Hintertür verschwunden und mit dem Charterboot, mit dem Ms. St. Regis und der Fotograf kamen, weggefahren, bevor ich sie davon abhalten konnte.«

Max war in ein Taxi gestiegen. Er unterbrach sein Telefonat nur kurz, um dem Fahrer sein Ziel zu nennen. »Ich bin jetzt unterwegs zum Hafen. Ich versuche, Ellie dort abzufangen.«

»Der Name des Bootes ist *Solo Run.* Vor ein paar Minuten

haben sie abgelegt«, sagte Gerard. »Was soll ich mit Ms. St. Regis und dem Reporter machen? Sie will, dass ich ihr ein Boot rufe.«

»Geben Sie mir Bridgette. Und schmeißen Sie die Kamera dieses verfluchten Fotografen in den Pool.«

»Max!«, schluchzte Bridgette kurz darauf in den Hörer, den Gerard ihr gegeben hatte. »Ich bin hergekommen, um mich bei dir zu entschuldigen, und dieser, dieser Mann behandelt mich, als wäre ich irgendeine dahergelaufene Kriminelle.«

»Hör gut zu, Bridgette. Denn ich werde es nicht zweimal sagen. Ich will wissen, wie du erfahren hast, dass Ellie und ich auf San Regale sind. Und wem du davon erzählt hast. Von deiner Antwort hängt ab, ob ich dir ein Charterboot schicke … oder gleich den Sheriff kommen lasse.«

»Das würdest du nicht wagen!«

»Doch, das würde ich. Offensichtlich hast du in der letzten Zeit nicht mit deinem Anwalt gesprochen. Ich habe eine einstweilige Verfügung aufsetzen lassen, die nur darauf wartet, einem Richter vorgelegt zu werden. Dein Anwalt hat eine etwas diskretere Einigung vorgeschlagen, damit vor deinem Vater – und der Öffentlichkeit – nicht herauskommt, was für eine Bedrohung du bist.«

Bridgette gab einen erstickten Laut von sich. »Du kannst mich nicht einschüchtern, Max. Und mein Vater würde dir niemals mehr Glauben schenken als mir.«

Max verstärkte seinen Griff um den Telefonhörer. »Darauf würde ich mich nicht verlassen. Und jetzt gib mir wieder Gerard.« Augenblicklich war der Sicherheitschef wieder am Apparat. »Sie verschweigt etwas«, sagte Max. »Sie hat nicht einmal versucht, ihre Unschuld zu beteuern. Kontaktieren Sie Ihre Informanten und versuchen Sie, so schnell wie möglich alles über Bridgette herauszufinden. Dann setzen Sie sie ein wenig unter Druck und schauen Sie, ob Sie irgendwas aus ihr herausbekommen.«

»Alles klar!«

»Ich bin fast am Hafen. Rufen Sie mich an, wenn Sie etwas Neues wissen.«

Max beendete das Telefonat. Er konnte sich nicht vorstellen, was Ellie jetzt von ihm denken musste. Zuerst tauchte Bridgette auf, nachdem er ihr versichert hatte, dass die Insel ein absolut sicherer Ort war. Und dann kam auch noch Gerard dazu. Dass Gerard nur seine Arbeit machte, spielte für Ellie vermutlich keine Rolle – denn schließlich hatte Max sie in dem Glauben gelassen, dass sie beide allein auf der Insel wären.

Er dachte an die Dokumente, die sie ihm in der letzten Nacht ausgehändigt hatte. Erst im Büro des Anwalts hatte er den Umschlag geöffnet, damit sie die Vereinbarung für nichtig erklären konnten. Und er war vollkommen erschüttert gewesen, als er gesehen hatte, dass sie ihm Stefans Anteile an *DSI* überschreiben wollte. *»Du hast es verdient, die gesamte Firma zu besitzen. Das hat sogar Stefan gesagt«*, hatte es in ihrer Nachricht geheißen.

Verdammt, er hätte von Anfang an ehrlich zu ihr sein müssen. Sobald er Ellie gefunden hätte, würde er ihr alles sagen.

Der Fahrer des Charterbootes brachte Ellie in Rekordzeit zurück ans Festland. Sie zahlte in bar und stieg vom Boot. Die Bürgersteige waren voller Menschen. Es fand gerade eine Kunsthandwerksausstellung statt, und Live-Musik erfüllte die Luft. Ellie schlang sich den Träger ihrer Tasche über die Schulter und ging schnurstracks zum Taxistand, wo sie in einen Wagen stieg, der gerade ein paar Fahrgäste abgesetzt hatte.

»Zum *Marriott*«, sagte sie, als das Taxi sich auch schon in Bewegung setzte. Es war das erste Hotel, das ihr einfiel. Wenn sie dort kein Zimmer bekam, würde sie es eben woanders versuchen.

Im Augenblick wollte sie einfach nur allein sein, um den Schmerz in ihrem Herzen zu stillen und einen Platz zu haben, an dem sie ungestört ihre Wunden lecken konnte. Während der Bootsfahrt hatte sie sich etwas beruhigt. Dass Bridgette auf der Insel aufgetaucht war, war zwar ärgerlich gewesen, doch nicht der Grund, warum Ellie gegangen war. Gerard war der eigentliche Grund gewesen.

Die Tatsache, dass Max ihr nichts von Gerard erzählt hatte, sagte alles. Es war die ganze Zeit um nichts anderes als ihren *Deal* gegangen. Gott, wie hatte sie annehmen können, dass es diesmal anders sein könnte? Schon vor sieben Jahren hatte sie Max' Aufmerksamkeit nicht dauerhaft fesseln können. Und daran hatte sich nichts geändert.

Glücklicherweise bekam sie im *Marriott* ein Zimmer. Sie reichte dem Empfangschef ihre Kreditkarte.

»Brauchen Sie Hilfe bei Ihren Koffern?«, erkundigte er sich.

»Meine Koffer sind auf dem Flug verlorengegangen.« Eine kleine Notlüge, die sie vor weiteren Fragen schützte.

Mitfühlend nickte er. »Wir haben für solche Fälle eine kostenlose ›Notausrüstung‹. Zahnbürste, Kamm, solche Dinge. Ich werde Ihnen eine aufs Zimmer bringen lassen.«

Der Lift schien ewig zu brauchen, um in den siebten Stock zu gelangen. In ihrem Zimmer ließ sie die Vorhänge zuge-

zogen und streckte sich auf dem Bett aus. Ihr Kopf schmerzte, und sie hatte einen Kloß im Hals, der bestimmt so groß war wie Texas.
Die Antwort war: *Finde dich damit ab. Mach weiter.* Das war etwas, das sie schon längst hätte tun sollen.
Na gut. Aber zuerst würde sie das tun, was sie schon vor sieben Jahren hätte machen sollen: Max die Meinung sagen. Wegen damals ... Wegen heute ...
Sie erhob sich, nahm das Telefon und wählte seine Nummer. Es gab eine kleine Verzögerung, bevor es zu klingeln begann.
Plötzlich klopfte es an der Tür. Sie runzelte die Stirn, als eine Stimme rief: »Zimmerservice.« Doch dann erinnerte sie sich daran, dass der Empfangschef ihr versprochen hatte, ihr ein paar Toilettenartikel aufs Zimmer zu schicken. Sie unterbrach schnell die Verbindung und legte auf. Vermutlich war es klüger, mit dem Anruf bei Max zu warten, bis sie sich ein wenig beruhigt hatte.
»Ich komme!«, rief sie, als es erneut klopfte. Hastig nahm sie ein paar Scheine aus ihrem Portemonnaie und blickte durch den Türspion. Der Page hatte sich hingekniet, um seinen Schuh zuzubinden. Neben ihm auf dem Fußboden stand eine Papiertüte.
Sie machte die Sicherheitskette und das zusätzliche Türschloss auf, öffnete die Tür und hielt dem Pagen das Trinkgeld entgegen. »Bitte schön.«
Der Mann trug jetzt eine schwarze Skimaske.
Das ist nicht der Page.
»Hallo, Ella-Baby.«
Sie wollte die Tür zuschlagen, aber der Mann hatte seinen Fuß schon auf die Schwelle gesetzt. Sie öffnete den Mund,

um zu schreien, doch er schlug ihr mit der Handkante in den Magen und stieß sie zurück ins Zimmer.
Ellie fiel auf den Boden. Ein heftiger Schmerz durchzuckte ihren Rücken. Sie versuchte, sich auf die Seite zu rollen, zu fliehen, aber der Mann warf sich auf sie.
»Ruhig jetzt. Kämpf nicht dagegen an«, knurrte er.
»Gehen Sie von mir runter!« Sie wand sich unter dem schweren Mann, und es gelang ihr tatsächlich, einen Arm zu befreien. Sie ballte die Hand zur Faust und schlug ihm, so fest sie konnte, auf die Nase.
Wütend fluchte er und zwängte dann sein Knie brutal zwischen ihre Beine. Sie schrie, als er seine Faust erhob.
Plötzlich lief alles wie in Zeitlupe ab. Ihr Leben und all die Dinge, die sie bedauerte, spielten sich wie ein Film vor ihrem inneren Auge ab, als der Schlag des Mannes auf ihrem Kinn explodierte …

Max fand das Boot, doch er hatte Ellie verpasst. Der Fahrer erinnerte sich daran, dass Ellie in ein Taxi gestiegen war, und Max fragte sich, ob sie vielleicht zum Flughafen gefahren war. Es war durchaus denkbar, dass sie weg, dass sie nach Hause wollte. Er hatte schon versucht, sie über ihr Handy zu erreichen, aber Gerard hatte abgenommen. Sie hatte das Telefon auf der Insel zurückgelassen.
Max winkte sich ein Taxi heran und wollte sich zum Flughafen bringen lassen. Der Terminal des Flughafens von Charleston war nicht besonders groß. Die Chancen standen gut, dass er sie dort finden würde. Sein Handy klingelte, hatte jedoch schon wieder aufgehört, als er es aus seiner Tasche gezogen hatte. *Ein Anruf in Abwesenheit,* stand auf dem Display.

Schnell prüfte er die Liste der Rufnummern und drückte die Wahlwiederholung. Erstaunt stellte er fest, dass der Anruf aus dem *Marriott* gekommen war. Eine Vermutung beschlich ihn. Er verlangte, umgehend mit Ellie DeLuca verbunden zu werden.

»Wir haben keinen Gast mit diesem Namen, Sir.«

Stirnrunzelnd wollte er auflegen, als ihm eine Idee kam. »Einen Moment! Sehen Sie unter Ellie McMann nach.«

Ein kurzes Schweigen folgte. »Warten Sie bitte einen Augenblick. Ich werde Sie mit Ms. McManns Zimmer verbinden.«

Die Erleichterung, dass er sie gefunden hatte, vermischte sich mit seiner Verärgerung darüber, dass sie überhaupt erst verschwunden war. Das Telefon klingelte, aber Ellie nahm nicht ab. Als der Anrufbeantworter ansprang, legte Max auf. Vielleicht stand sie unter der Dusche. Oder sie war kurz weg, um etwas zu essen.

Er beugte sich zum Fahrer vor. »Entschuldigen Sie, es gibt eine kleine Änderung. Ich muss wieder in die Innenstadt. Zum *Marriott*.«

Wieder klingelte Max' Handy. Diesmal war es Gerard.

»Ich habe Ellie ausfindig gemacht«, sagte Max. »Ich bin jetzt auf dem Weg in ihr Hotel. Wie läuft es bei Ihnen?«

»Ich habe es auf die freundliche Tour versucht und Bridgette gefragt, wen sie bei *DeLuca Shipping* außer Ihnen noch kennt. Zuerst habe ich kein Wort aus ihr herausbekommen, aber schließlich hat sie mir doch verraten, dass sie sich ab und an mit einem Kerl namens Richard Nolls getroffen hat. Ich habe Nolls angerufen, der – sieh einer an – in der EDV-Abteilung arbeitet. Sobald ich Bridgettes Namen erwähnt hatte, ist Nolls zusammengebrochen. Er hat zugegeben, die E-Mails Ihrer Sekretärin angezapft und Bridgette Ihren Terminplan gegeben zu haben.«

»Ich will, dass Nolls festgenommen wird.«

»Das habe ich bereits veranlasst. Er hat sich bereit erklärt, mit uns zu kooperieren, um eine Strafmilderung zu erreichen. Er hat gesagt, er vermutet, dass Bridgette die Informationen an jemand anders weitergegeben hat. Nolls glaubt, sie hat die Infos an die Paparazzi verkauft.«

Bridgette brauchte kein Geld. Was steckte dann dahinter?

»Haben Sie Bridgette erzählt, was Nolls gesagt hat?«

»Ja. Im ersten Moment dachte ich, sie würde vor Wut ausflippen – aber dann hat sie sich wieder beruhigt und nach ihrem Anwalt verlangt. Sie hat erklärt, sie würde ohne ihren Anwalt kein Wort mehr sagen.«

»Das ist eine seltsame Forderung, wenn man bedenkt, dass ihr nichts vorgeworfen worden ist. Bis jetzt.« In diesem Augenblick hielt das Taxi vor dem *Marriott* an. »Hören Sie, ich bin beim Hotel angekommen. Lassen Sie nicht locker. Ich rufe Sie bald zurück.«

Max stand in der Nähe des Liftes und wartete auf den Geschäftsführer. In einem seriösen Hotel war es nicht üblich, die Zimmernummern von Hotelgästen weiterzugeben. Allerdings hatte Ellie nicht geantwortet, als der Empfangschef ihr Zimmer angewählt hatte.

Der Geschäftsführer, dem der Name DeLuca ein Begriff war, schien Max zu glauben und ihm zu vertrauen.

»Ich werde persönlich in Ms. McManns Zimmer nachsehen.«

In dem Augenblick trat der Empfangschef zu ihm und flüsterte ihm etwas zu. Max konnte dennoch jedes Wort

verstehen. »Ein Gast hat sich gemeldet – in Zimmer Nr. 713 schreit jemand.«
Sofort wirbelte Max herum und rannte zum Aufzug. Wenn Ellie irgendetwas passierte …
Der Geschäftsführer folgte ihm in den Lift. »Die Sicherheitsleute werden im siebten Stock zu uns stoßen«, sagte er angespannt.
Als sie in der siebten Etage hielten, rannte Max den Flur entlang zu Ellies Zimmer. Er hämmerte mit der Faust gegen die Tür, rief ihren Namen, doch niemand antwortete. Plötzlich hörte er einen Schrei …
»Ellie!«, brüllte er. »Ich bin hier!«
Der Geschäftsführer hatte seine Generalschlüsselkarte gezogen, aber er war so aufgeregt, dass er den Kartenschlitz verfehlte und die Keycard fallen ließ. Max hob sie auf, zog sie durch den Schlitz und wollte die Tür aufschieben. Doch sie ließ sich nur ein paar Zentimeter öffnen – die Sicherheitskette war vorgelegt.
»Treten Sie zurück!« Max machte einen Schritt nach hinten und trat gegen die Tür. Beim dritten Versuch splitterte der Holzrahmen, und die Tür sprang auf.
Max stürmte in das Zimmer. Ellie befand sich am anderen Ende des Raumes und war mit dem zerbrochenen Fuß einer Lampe bewaffnet, mit dem sie sich einen Mann mit einer Maske vom Leib hielt. Max griff ihn von hinten an. Sie gerieten ins Stolpern und landeten auf dem Sofa. Der Mann stieß Max in die Rippen, aber Max erwiderte seinen Angriff und überwältigte ihn schließlich mit einer Reihe gezielter Schläge aufs Kinn.
Zwei weitere Männer waren ins Zimmer gekommen. »Sicherheitsdienst!«, schrie einer von ihnen.

Der Geschäftsführer deutete auf den Mann, der unter Max lag. »Halten Sie ihn fest, bis die Polizei kommt.«

Max wartete, bis die Sicherheitskräfte Ellies Angreifer sicher im Griff hatten, und lief dann sofort zu Ellie. Sie war auf den Boden gesunken und weinte, während sie dem Geschäftsführer erklärte, was geschehen war. Max kniete sich vor sie und wollte sie in seine Arme ziehen. Ein großer Bluterguss war auf ihrer Wange zu sehen, und Max verspürte den Drang, zu dem Kerl zurückzugehen und ihn in Grund und Boden zu stampfen.

Doch er zügelte seine Wut und konzentrierte sich auf Ellie. »Sag mir, wo du verletzt bist.«

»Ist nicht so schlimm, es geht mir gut.« Sie berührte den Bluterguss an ihrer Wange und verzog das Gesicht. »Denke ich.«

»Warte.« Ohne ihren Protest zu beachten, trug Max sie zum Zweisitzersofa am anderen Ende des Raumes. Der Geschäftsführer tauchte kurz darauf mit einem Eiskübel und einem Handtuch auf.

Max nahm die Sachen entgegen und machte daraus einen provisorischen Eisbeutel. »Das könnte jetzt etwas weh tun.«

»Ich mache das selbst.« Ellie nahm das Handtuch mit den Eiswürfeln und presste es behutsam auf ihre Wange. »Woher wusstest du, dass ich Hilfe brauche? Warte – du hast mich beobachten lassen, habe ich recht? Ich hätte wissen müssen, dass Gerard nicht dein einziger Spitzel ist.«

»Hör zu, ich weiß, dass du wütend bist, aber du hast keine Ahnung, was eigentlich los war.«

»Du hast recht. Ich verstehe es wirklich nicht. Und ich *bin* wütend. Na, wenigstens ist dieser Kerl gefasst worden. Ich muss mir keine Sorgen mehr machen, wer mir jetzt folgt.« Sie blickte ihn mit einem seltsam distanzierten Blick an. »Wir haben beide das bekommen, was wir wollten. Wenn du mich entschuldigen würdest.« Sie erhob sich.

Max streckte den Arm aus, um ihr zu helfen, doch sie lehnte seine Hilfe ab. Im Stillen erinnerte er sich daran, dass sie jedes Recht hatte, wütend zu sein. Ellie und er mussten endlich reinen Tisch machen und über so viele Dinge sprechen. Über ihre Vergangenheit. Über ihre Ehe mit Stefan. Über dieses ganze Desaster mit Bridgette.

Aber dies war nicht der richtige Zeitpunkt dafür.

»Sie können ein Zimmer am anderen Ende des Flures bekommen«, bot der Geschäftsführer an. »Ms. McMann?«

»Wir reden später«, versprach Max. Als Ellie gegangen war, ging Max noch einmal zu dem Mann, der sie angegriffen hatte. Die Sicherheitsleute hatten ihn aufs Bett gesetzt und ihm mit Handschellen die Hände hinterm Rücken gefesselt. Außerdem hatten sie ihm seine Maske abgenommen. Blut tropfte von seiner Nasenspitze.

Plötzlich hatte Max eine Ahnung, an wen Bridgette die Informationen weitergegeben hatte. »Wie viel hat Bridgette Ihnen gezahlt, damit Sie Ellie bedrohen?«

Der Mann warf ihm einen kalten Blick zu und schüttelte den Kopf. »Ich rede mit niemandem außer meinem Anwalt.«

»Lustig, genau dasselbe hat Bridgette auch gesagt. Vergessen Sie nicht: Der Staatsanwalt macht für gewöhnlich einen Deal mit demjenigen, der zuerst verhaftet wurde. Bridgette könnte Ihnen also zuvorkommen.« Max sah den Sicherheitsmann des Hotels an. »Sagen Sie der Polizei, dass dieser Kerl auch in Massachusetts wegen Einbruchs und

Körperverletzung gesucht wird. Ich will sichergehen, dass er nie wieder auf freien Fuß kommt.«

Die Polizei traf kurz darauf ein. Ellies Angreifer weigerte sich, seine Identität preiszugeben und wurde sofort ins Gefängnis überführt.

Inzwischen wartete Max mit Ellie zusammen in dem anderen Zimmer am Ende des Flures auf die Polizei, damit sie ihre Aussage machen konnte. Der Geschäftsführer des Hotels hielt sich im Hintergrund auf und entschuldigte sich ununterbrochen.

Gerard tauchte auf und berichtete, dass Bridgette und der Reporter wegen Hausfriedensbruchs angezeigt worden waren. »Ich habe den Sheriff darauf vorbereitet, dass ihnen noch andere Delikte vorgeworfen werden. Bridgette ist hysterisch geworden, als sie erfuhr, dass man Ellies Angreifer gefasst hat. Sie besteht im Übrigen immer noch darauf, dass Sie sie lieben und dass Sie sie niemals anzeigen würden – egal, was sie getan hat.«

Max schüttelte den Kopf. Bridgettes besitzergreifende Art und ihre Eifersucht waren schon ein Problem gewesen, als sie sich ab und zu verabredet hatten, doch er hatte nicht geahnt, dass sie zu so etwas fähig sein könnte. »Lassen Sie mich wissen, was Sie sonst noch herausfinden.«

Als Gerard gegangen war, gab der Polizist, der vorher mit Ellie gesprochen hatte, Max ein Zeichen. Max trat zu den beiden und setzte sich neben Ellie.

»Der Mann, den wir verhaftet haben«, sagte der Polizist, »ist seit längerem aktenkundig. Im Zusammenhang mit dem Verschwinden von mindestens drei Frauen liegt eine Vorladung zum Verhör vor. Es scheint so, als handelte es sich bei dem Mann um einen Auftragskiller. Haben Sie Feinde, Ms. DeLuca?«

»Feinde?« Ellie blinzelte verwirrt.

»Bei alledem geht es doch wohl eher um *meine* Feinde als um ihre.« Max berichtete, was Gerard ihm über Bridgette erzählt hatte.

Sie sprachen eine Weile mit dem Polizisten. Als sie schließlich allein waren, war es draußen bereits dunkel. »Bleiben Sie so lange, wie Sie mögen«, hatte der Geschäftsführer gesagt, bevor er den Raum verlassen hatte. »Rufen Sie einfach den Zimmerservice, wenn Sie Hunger haben.«

»Ich habe eigentlich keinen großen Appetit«, sagte Ellie nun.

»Das ist verständlich«, entgegnete Max. »Es war ein unglaublich anstrengender und nervenaufreibender Tag.«

Sie nickte. »Zum Glück ist es jetzt vorbei.«

»Das Schlimmste ist vorbei, ja. Trotzdem müssen wir beide noch miteinander reden.«

Erschöpft fuhr Ellie sich über die Stirn. »Wenn es um die Aktien geht – ich werde meinen Anwalt darum bitten, mit deinem Anwalt alles zu klären.«

»Du wirst es vermutlich nicht glauben, aber ich bin heute bei meinem Anwalt gewesen, weil ich Transferdokumente aufsetzen lassen wollte, damit die Kontrolle über deine Aktien wieder ganz bei dir liegt. Doch stattdessen musste ich feststellen, dass du mir deine Anteile überschrieben hast.«

»Die Anteile gehörten ja niemals wirklich mir. Sie gehörten Stefan.«

»Darüber können wir später reden.« Er ergriff ihre Hände und drückte sie. »Der Grund, warum ich dich auf die Insel gebracht habe, war, dich zu schützen, El. Und währenddessen habe ich versucht, dem Kerl eine Falle zu stellen. Bridgettes Verwicklung in die ganze Angelegenheit hat mich vollkommen unvorbereitet getroffen.«

Sie versuchte, ihre Hände zu befreien, aber es gelang ihr nicht. »Du hättest mir von Gerard erzählen sollen.«

»Du hast recht. Ich habe alles falsch gemacht.« Er hielt einen Moment lang inne und atmete tief ein. »Verdammt, ich habe es sieben Jahre lang falsch gemacht. Also werde ich einen Schlussstrich ziehen. Ich will einen neuen Deal, El. Eine Chance, noch mal von vorn zu beginnen und zu beweisen, dass ich es besser kann.«

»Wieder sieben Tage?« Sie wirkte unsicher.

»Nein. Ich rede von sieben Wochen, sieben Monaten. Sieben Ewigkeiten. Und nicht nur auf einer Insel. Ich will, dass es überall funktioniert, El.« Er verschlang ihre Finger miteinander. »Was sagst du dazu?«

Sie schloss die Augen, und als sie sie wieder aufschlug, lächelte sie. »Abgemacht, Max.«

E. C. SHEEDY

Komm und küss mich

1. KAPITEL

Er packte sie an den Oberarmen und riss sie an sich. Sein Griff war eisern. Zu fest. *Schmerzhaft fest.*

Tommi versuchte, ihm zu entkommen, wollte ihn von sich schieben. Tief in ihrem Innern spürte sie Panik aufsteigen. »Lass mich los.« Sie wünschte, ihre Worte hätten fordernder geklungen und nicht so verzweifelt.

Sie wünschte, sie hätte den Mund gehalten.

Reid strich mit seinen Händen ihre Arme hinauf und legte sie um ihren Hals. Seine Daumen ruhten auf der Stelle, wo ihr Puls wie wahnsinnig hämmerte. Er lächelte sie an, und die strahlend blauen Augen, die er zu schmalen Schlitzen verengt hatte, funkelten eisig.

Wieder versuchte sie, einen Schritt zurück zu machen und sich aus seiner Umklammerung zu lösen.

»Rühr dich nicht, Baby. Ich will dich genau hier haben.« Er erhöhte den Druck auf ihre Luftröhre und hob ihr Kinn mit einem Daumen an, so dass sie gezwungen war, ihn anzusehen. »Lass uns sichergehen, dass du alles kapiert hast.« Diesmal lächelte er nicht. »Wenn du dich mit mir anlegst, musst du auch den Preis dafür bezahlen. Verstanden?«

»Verstanden«, brachte sie hervor. Und noch eindeutiger zu verstehen war die hässliche Tatsache, dass sie sich in ein scheinbar bodenloses, schwarzes Loch manövriert hatte, aus dem sie nicht mehr herauskam.

»Hier ist der Plan: Wir treffen uns vor der Bank, sobald sie öffnet. Du gibst mir alles, was sich in deinem Bankschließfach befindet. Anschließend fährst du von dort aus direkt ins Büro, reichst deine Kündigung ein, verlässt das Gebäude und …« Er drückte ihr einen brutalen Kuss auf, feucht und mit offenem Mund. »… du hältst diesen sinnlichen Mund. Wenn du dich benimmst und tust, was ich dir gesagt habe, vergessen wir, dass das alles je passiert ist. Falls nicht …« Er verstärkte seinen Griff, bis sie keine Luft mehr bekam und vor Schmerz aufstöhnte.

Als sie verzweifelt seine Hände packte, um sie zu lösen, drückte er noch fester zu. Sein Mund war zu einem Grinsen verzogen, und seine Miene wirkte entschlossen.

Zorn verdrängte Tommis Panik.

Er hat Spaß daran. Der Mistkerl! Der verlogene, kriminelle, verräterische Mistkerl!

Unvermittelt stieß er sie rückwärts in eine Ecke. Sie geriet ins Taumeln, fiel jedoch nicht. Nachdem sie sich angewidert über den Mund gewischt und endlich wieder genug Luft in ihre Lunge bekommen hatte, um zu sprechen, zischte sie: »Du bist der letzte Dreck, Reid. Und du bist dir deiner Sache viel zu sicher.«

Er nahm seine Jacke, schlüpfte hinein und ging auf sie zu. Dann packte er sie am Kinn, drückte sie gegen die Wand und presste sich gegen sie. In seinen Augen, in diesem hübschen Gesicht, nur wenige Zentimeter von ihrem entfernt, sah sie seine Bösartigkeit aufblitzen. »Ich bin mir zweier Dinge ziemlich sicher. Du möchtest, dass dein Körper, der für Sex wie geschaffen ist, unverletzt bleibt. Und ich habe nicht vor zuzulassen, dass eine selbstgerechte Schlampe wie du mich ruiniert.« Er verdrehte schmerzhaft ihr Kinn und vergrub seine Finger in ihrer Wange. »Außerdem bin ich nicht der Einzige, für den hier einiges auf dem Spiel steht.« Höhnisch grinste er sie an und ließ von ihr ab. »Ich bin übrigens noch einer von den Netten. Vielleicht denkst du mal darüber nach.«

Als er zur Tür ging, warf er einen Blick über die Schulter und musterte sie von den Füßen bis zu ihren Brüsten. »Es hat Spaß gemacht, Smith. Wenn überhaupt, bereue ich nur eines ...« Er grinste. »Dass ich nicht zwischen diese Schenkel gekommen bin, bevor du dich zwischen mich und mein Geld gestellt hast.«

Damit verließ er ihre Wohnung.

Sofort rannte sie zur Tür, schloss sie hinter ihm ab und lehnte sich mit dem Rücken dagegen. Atemlos eilte sie zum Fenster, wartete dort und zwang sich, ruhig zu werden.

Ein paar Minuten später beobachtete sie, wie sein platingrauer Jaguar durch den Regen raste und einen halben Block die Straße hinab schließlich abbog. Ihr war eiskalt. Sie ließ den Vorhang los. Gnädig schloss er die dunkle Novembernacht aus. Tommi rieb sich über die schmerzenden Oberarme und zuckte zusammen.

Er hatte ihr weh getan.

Tommi Smith war kein Unschuldslamm. Sie hatte eine Menge Männer gedatet und dabei auch jede Menge Fehler begangen. Doch Reid McNeil war mit Abstand ihr schlimmster Fehltritt – und der einzige, der im Zorn handgreiflich geworden war. Sie hatte nicht vor, das noch einmal zu erleben.

Er hatte ihr gesagt, dass es noch *andere* gab. Ihre Nerven waren zum Zerreißen gespannt, und ihre Kehle war wie zugeschnürt. Wenn es diese anderen tatsächlich gab, hatte sie keine Ahnung, *wer* sie waren und wie gefährlich sie ihr werden konnten. Bisher wusste sie nur von Reid – er hatte Gelder unterschlagen. Tommi hatte Unterlagen, die das bewiesen.

Sie setzte sich auf die äußerste Kante des Sofas, schlang die Arme um sich und wiegte sich leicht vor und zurück ... vor und zurück ... Diese sinnlose Bewegung war seltsam beruhigend. Obwohl ihr kalt war und sie zitterte, versuchte sie, nachzudenken und einen Plan zu fassen. Es war dumm und verdammt naiv von ihr gewesen, Reid mit den belastenden Papieren zu konfrontieren – und zu erwarten, dass er das Geld zurückgab.

Was für eine dumme, dumme Entscheidung!

Und ihn zu daten? Das war noch dümmer gewesen. Wieder einmal hatte sie zugelassen, dass ihre Wunschvorstellungen und die einschmeichelnden Worte eines Mannes ihren Menschenverstand untergruben. Sie war eine kluge, kompetente fünfunddreißigjährige Frau und eine der erfolgreichsten Werbedesignerinnen und Projektmanagerinnen in Seattle. Aber wenn es um Männer ging, verhielt sie sich wie eine Zwölfjährige, die auf der Suche nach ihrem Traumprinzen war.

Gott! Sie hatte sogar an das Wort *Liebe* gedacht. Doch das war in dem Moment vergessen gewesen, als er seine Finger in ihren Armen vergraben, sie geschüttelt und ihr noch Schlimmeres angedroht hatte.

Angewidert von ihrer eigenen Dummheit stand sie auf und lief in ihrem Wohnzimmer auf und ab. Sie zwang sich, die Gedanken, die sich in ihrem Kopf überschlugen, wieder auf das Problem zu richten, das sie gerade hatte.

Sie straffte die Schultern. Vielleicht hatte sie sich nicht besonders klug verhalten, aber sie war ganz sicher kein Feigling. Und sie würde Reid, der Gelder von *Del Design Inc.* veruntreute, nicht einfach so davonkommen lassen.
Sosehr es ihr in den Fingern juckte, den kriminellen Widerling sofort der Polizei zu melden, konnte sie es doch nicht tun. Sie musste auf Pauls Rückkehr warten. Er war der Einzige, dem sie vertrauen konnte, und sie schuldete es ihm einfach. Allerdings war er noch mindestens eine Woche verreist. Möglicherweise sogar länger. Das bedeutete, dass sie Zeit brauchte …
Und das bedeutete, dass sie verschwinden musste. Sie musste noch heute Nacht verschwinden, und sie brauchte einen Platz, um sich zu verstecken. Einen sicheren Platz.
Glücklicherweise hatte Reid ihr die Geschichte abgenommen, dass die Unterlagen in ihrem Bankschließfach lagen – das verschaffte ihr wertvolle Zeit.
Sie hörte auf, in ihrem Wohnzimmer hin und her zu laufen, und ging ins Schlafzimmer. Dort setzte sie sich auf ihr Bett und warf einen Blick auf den Radiowecker.
Verdammt! Es war schon fast Mitternacht.
Ihre Hand zitterte, als sie nach dem Telefonhörer griff. Zweimal vertippte sie sich beim Wählen der Nummer. Als sie schließlich richtig gewählt hatte, hob sie die Augen zum Himmel und betete leise: »Bitte, bitte – lass Hugh und nicht Veronica rangehen.« Die aktuelle Freundin eines Mannes war meist nicht so glücklich über nächtliche Anrufe seiner Ex.
Beim zweiten Klingeln nahm er ab.
»Hugh, hier spricht Tommi. Ich muss mit dir reden.« Ihre Stimme zitterte, aber sie riss sich zusammen. »Nein, das

nehme ich zurück. Ich brauche deine Hilfe. Können wir uns sehen?«

In dem Coffeeshop, der die ganze Nacht geöffnet hatte, saßen nur vereinzelt ein paar Gäste herum. Tommi nahm an einem der hinteren Tische Platz und hängte ihre Tasche über den Stuhl. Hugh Fleming, groß und heute noch besser aussehend als damals auf der Highschool, stellte zwei Tassen mit dampfendem Kaffee auf den Tisch und setzte sich ihr gegenüber auf den Stuhl.

»Wo ist Veronica?«, fragte sie. Sie versuchte, Zeit zu schinden, weil sie keine Ahnung hatte, wie sie dieses heikle Gespräch beginnen sollte.

»Sie ist übers Wochenende weggefahren.«

»Weiß sie, dass du hier bist? Mit mir?«

»Nein. Sollte sie?« Er nahm einen Schluck von seinem Kaffee und grinste. »Willst du mich nach all den Jahren doch noch verführen?«

»Nein. Ich will etwas tun, was ich in den vergangenen Jahren viel zu oft getan habe: deine Freundschaft ausnutzen.«

»Verdammt!« Sein Lächeln wurde breiter.

»Du hattest deine Chance.«

»Stimmt nicht. Du warst sechzehn, ich war siebzehn. Und du hast nur mit mir herumgehangen, um an meinen Kumpel Jake heranzukommen.«

Sie lächelte schwach, doch das Lächeln verschwand sofort wieder. »Lustig. Ich weiß nicht einmal mehr, wie Jake mit Nachnamen hieß – aber deinen habe ich nie vergessen.«

Tommi hatte Hugh tatsächlich benutzt, um Jake näherzukommen. Und zu wissen, dass sie längst nicht mehr der eingebildete, selbstsüchtige Teenager war, half nicht gegen die Gewissensbisse. Ihr tat es noch immer leid, ihm so weh getan zu haben. Sie hob den Blick. »Einen so guten Freund wie dich habe ich gar nicht verdient, Hugh Fleming. Veronica kann sich sehr glücklich schätzen.« Sie hielt inne und strich mit dem Löffel über die gefaltete Serviette. Noch immer wusste sie nicht, wie sie beginnen und wie viel sie ihm anvertrauen sollte.

»Was ist los, Tommi? Steckst du in Schwierigkeiten?« Mit ernster Miene musterte Hugh sie.

»Ich brauche einen Platz, wo ich Unterschlupf finden kann.« Sie hatte sich entschlossen, ihren Mund zu halten und ihn nicht weiter in die Sache hineinzuziehen als unbedingt nötig. »Und ich möchte, dass du mich nicht fragst, warum.«

»Komm mit mir nach Hause.«

Mit aufgerissenen Augen starrte sie ihn an. »Du, ich und Veronica. Bist du vollkommen übergeschnappt?«

»Lass mich raten. Das hat was mit dem Kerl zu tun, mit dem du dich getroffen hast.« Er kniff ganz leicht die Augen zusammen. »Hat er dir weh getan?«

Überrascht über seine Beobachtungsgabe und seinen Instinkt senkte Tommi den Blick. »Es war ein Fehler. Ich hätte dich nicht anrufen sollen«, murmelte sie, während sie ihren Mantel von der Stuhllehne nahm und ihn sich überzog.

Er streckte seinen Arm über den Tisch und hielt sie am Handgelenk fest. »Ich kann dir nicht helfen, wenn du nicht offen und ehrlich mit mir sprichst.« Er löste seinen Griff. »Ich hätte dir von Anfang an sagen sollen, dass McNeil nicht gut für dich ist.«

»Warum hast du es nicht getan?«
»Hättest du mir zugehört?«
Sie atmete tief durch. »Vermutlich nicht.«
»Also, raus mit der Sprache. Was ist los?«
»Ich *kann* es dir nicht erzählen. Jedenfalls nicht jetzt.« Sie unterbrach sich. »Erst wenn ich die Angelegenheit für mich selbst geklärt habe.«
»Es geht also nicht nur um eine Männergeschichte?«
»Ich wünschte, es ginge nur darum. Auf dem Gebiet bin ich schließlich Expertin.« Nervös trommelte sie mit den Fingerspitzen auf den Rand ihres Kaffeebechers. »Es geht um mehr als nur das. Und weil ich *nicht weiß,* wer noch alles in die Sache verwickelt ist, wäre es … unverantwortlich, dir oder sonst jemandem davon zu erzählen.« *Wahrscheinlich sogar gefährlich.* »Ich muss aus Seattle verschwinden. Und zwar heute.«
Eine ganze Weile blickte er sie stumm an. Dann nickte er. »Okay. Ich stelle dir keine weiteren Fragen.« Er strich sich übers Kinn und dachte einen Moment lang nach. »Du kannst zu Mac fahren. Er ist gerade in seiner Hütte. Ich werde ihn anrufen und ihm sagen, dass du kommst.«
Das hatte sie nicht erwartet. »Wo genau ist diese Hütte?«
»Seine Fischerhütte liegt an der Westküste von Vancouver Island. Drei Stunden bis zur Grenze, eine Fahrt mit der Fähre, dann noch einmal drei oder vier Stunden mit dem Auto, und du bist da. Eine verdammte Einöde, doch Mac liebt es. Du könntest auch fliegen, aber um diese Jahreszeit könnte das Wetter dir einen Strich durch die Rechnung machen. Es ist besser, wenn du den Wagen nimmst.«
»Und was wird Mac dazu sagen?«, fragte sie. Mac war Hughs Bruder und vielleicht fünf Jahre jünger als sie. Bis-

her hatte er sie immer mit einem widerwilligen, höhnischen Grinsen angesehen. Egal, wie sehr sie sich bemüht hatte, ihn für sich zu gewinnen – dieses höhnische Lächeln war geblieben. Mac Fleming hatte, im Gegensatz zu seinem Bruder, auf den ersten Blick eine Abneigung gegen sie gehabt.

Als sie ihn zum letzten Mal gesehen hatte, war er ein von Akne geplagter Teenager gewesen, mit haselnussbraunen Augen und spindeldürr. Schon damals über eins achtzig groß, hatte es fast so ausgesehen, als würden seine Knochen für seine Haut zu schnell wachsen. Dauernd hatte er seine Nase in ein Buch gesteckt. Und wenn er seinen Blick einmal lange genug gehoben hatte, um sie zu bemerken, war der Ausdruck in seinen Augen, die hinter einer hässlichen Brille versteckt gewesen waren, missbilligend bis verächtlich gewesen. Er war vielleicht noch ein Kind gewesen, doch er hatte Tommi immer so angesehen, als wäre sie eine Glasscheibe und die Aussicht dahinter alles andere als hübsch. Bei ihm hatte sie sich immer unbehaglich gefühlt. »Vielleicht gefällt es ihm nicht, wenn ich ihn einfach so überfalle.«

»Mach dir wegen Mac keine Sorgen«, entgegnete Hugh. »Er kann ein bisschen Ablenkung vertragen. Ich vermute, dass er seinen Laptop mit satellitengestütztem Internetzugang und einige hundert geschäftliche Angebote dabei hat. Er macht in Kommunikationstechnik, Kabel-TV, Radio – Gott weiß, was noch alles. Der Kerl hat keine Ahnung, wie man sich entspannt. Wahrscheinlich wird er dich die ganze Zeit über ignorieren. Aber er wird dich nicht hängenlassen.« Er leerte seinen Kaffeebecher. »Ich werde ihm deine ungefähre Ankunftszeit sagen, und er wird auf dich warten. Er wird noch mindestens zwei Wochen in der Hütte bleiben.«

Wenn sie sich nicht weiter darum kümmerte, dass Mac sie nicht mochte, würde sie schon mit der Situation zurechtkommen. Doch sie zögerte noch immer. »Eigentlich habe ich, als ich dich anrief, an deine Hütte auf Whidbey Island gedacht, Hugh.«

»Da ist Veronica zurzeit – mit ihrer Mutter.« Er grinste schief. »Sie treffen ›Vorbereitungen‹.«

»Aha.«

»Frag nicht.«

»Das muss ich gar nicht.« Normalerweise hätte sie ihn wegen seiner »Bedauernswerter-in-die-Falle-getappter-Mann«-Miene aufgezogen, weil sie wusste, dass er schauspielerte und dass er sich nichts sehnlicher wünschte, als Veronica zu heiraten.

»Und im Übrigen würde jemand, der nach dir sucht, sofort herausfinden, dass wir uns kennen.« Er schüttelte den Kopf. »Nein. Bei Mac bist du besser aufgehoben.«

Er hatte recht. Die halbe weibliche Belegschaft im Büro wusste über die besondere Freundschaft mit Hugh Bescheid. Es würde nicht lange dauern, bis Reid das herausfand – wenn er es nicht sogar schon wusste. »Stimmt. Also gut, wenn es für Mac in Ordnung ist, ist es auch für mich in Ordnung.«

Sie kämpfte ihren Widerwillen nieder. »Aber sag ihm, dass ich verspreche, ihm aus dem Weg zu gehen.« Wenn Mac sich vornahm, sie zu ignorieren, wäre ihr das nur recht. Es war immerhin besser, ignoriert zu werden, als seine finsteren Blicke und seine offensichtliche Abneigung erdulden zu müssen.

Sie warf einen Blick auf ihre Uhr – es war nach Mitternacht.
»Die erste Fähre geht um 5 Uhr 15«, sagte Hugh.
»Das schaffe ich.«
»Ich fahre mit dir zu deinem Apartment und warte, während du packst.« Er erhob sich und reichte ihr die Hand. Sie ergriff sie, und als sie ebenfalls stand, umarmte sie ihn. »Ich wüsste nicht, was ich ohne dich täte, Hugh. Ehrlich nicht.«
»Wir sind Freunde, Tommi. Du musst dir also keine Gedanken darüber machen.«

Eine Stunde später verstaute Hugh in der düsteren Garage unter Tommis Apartmenthaus ihre Taschen im Kofferraum ihres silbernen Lexus und öffnete dann die Fahrertür. Er drückte ihr einen Zettel mit einer grob skizzierten Karte und einer Wegbeschreibung in die Hand.
Tommi stieg ein und kurbelte das Fenster herunter. »Bist du dir sicher, dass Mac einverstanden ist, wenn ich komme?« Eine überflüssige Frage, denn sie wusste, dass Hugh ein Nein als Antwort niemals akzeptiert hätte – egal, was Mac sagte. Ob es ihr nun gefiel oder nicht, sie würde sich einem unwilligen Mann aufdrängen.
»Er hat gesagt, dass er froh ist, dass du kommst, und dass er sich darauf freut, dich wiederzusehen.«
Tommi betrachtete ihn, und ein Lächeln huschte über ihr Gesicht. »Lügner.«
Er zuckte die Schultern und klopfte auf das Autodach. »Fahr jetzt. Mac wird schon klarkommen.«
»Da muss ich mich wohl auf dein Wort verlassen.«
»Ruf mich an. Sag Bescheid, wenn du sicher angekommen bist.«

Sie nickte, verriegelte dann alle Türen von innen und machte den Motor an.
Tatsächlich war es ihr inzwischen egal, ob Mac sie nun in seiner Fischerhütte haben wollte oder nicht – sie war entschlossener denn je, aus Seattle zu verschwinden. Dank ihrer Voicemail und der Liste der Anrufe auf ihrem Handy wusste sie, dass Reid viermal angerufen hatte – zweimal, während sie mit Hugh im Coffeeshop gewesen war, und zweimal, während sie gepackt hatte. Seine Nachrichten waren versteckte Drohungen, vorsichtig zu sein und nichts Unüberlegtes zu tun. Vermutlich war er wütend und misstrauisch, weil sie nicht zu Hause war und auch nicht auf seine Anrufe reagiert hatte.
Sie hatte sich vorgenommen, längst verschwunden zu sein, wenn er sich entschloss, persönlich bei ihr vorbeizuschauen. Der bloße Gedanke daran ließ sie erschaudern.
Ihre Hand wanderte zu dem Stoffbeutel auf dem Beifahrersitz. Sie hatte die Mittel, um ihn zu ruinieren, und nach dem, was sie an diesem Abend erlebt hatte, war sie sich sicher, dass Reid tun würde, was getan werden musste, um sie daran zu hindern.
Als sie sich an seine Hand an ihrer Kehle erinnerte, spürte sie, wie ein Gefühl von Panik sich in ihr ausbreitete und ihr Herz wie wahnsinnig zu klopfen begann. Unwillkürlich verstärkte sie den Griff um das Lenkrad und atmete ein paar Mal tief durch.
Langsam fuhr sie an das Sicherheitstor der Garage heran, blickte in den heftigen Regen und auf die glücklicherweise vollkommen menschenleere Straße hinaus und entspannte sich. Und obwohl die grimmige, dunkle Nacht ihrer

Stimmung entsprach, freute sie sich plötzlich auf die lange, einsame Fahrt zur Fähre.
Am Ende der Garagenausfahrt sah sie links und rechts die nächtliche, von Straßenlaternen beleuchtete Straße hinunter und ließ schließlich das Gebäude hinter sich.

Der alte dunkelblaue Chrysler gab Tommi ein paar Minuten Vorsprung, bevor er sich aus den Schatten löste und auf die Straße bog. Mit ausgeschalteten Scheinwerfern positionierte er sich in einiger Entfernung hinter ihr.
Der kräftige Mann in dem Wagen nahm sein Handy vom Beifahrersitz und wählte per Kurzwahl eine Nummer.
»McNeil? Sie ist unterwegs. Was soll ich machen?«
»Ich hab doch gewusst, dass sie mich angelogen hat! Diese dumme Schlampe!«
»Hey, Mann. Mich interessieren deine Weibergeschichten nicht. Mich interessiert nur der Job. Also, was soll ich jetzt machen?«
»Folg ihr, Borg. Und lass sie nicht aus den Augen.«
»Das wird teuer!«
»Noch teurer wird es, wenn sie sich entschließt, das zu tun, was ich befürchte. Bleib ihr auf den Fersen!«
»Scheiße, ich werde *nicht* durch das halbe Land fahren, McNeil. Nicht in dieser alten Kiste.«
»Wenn du deinen Buchmacher bezahlen willst, solltest du tun, was ich sage. Ruf mich an … stündlich.«
Als das Gespräch damit beendet war, fluchte Borg, schaltete das Radio ein und drehte so lange an dem Sendersuchlauf, bis Countrymusic das Wageninnere erfüllte.
Wieder fluchte er, nahm einen Schluck von seinem schwarzen Kaffee und stellte sich auf eine lange Nacht ein.

2. Kapitel

Mac Fleming ließ sein Buch sinken, rieb sich die Nasenwurzel und warf einen Blick auf seine Uhr. Beinahe sechs Uhr abends. Mittlerweile war es draußen stockdunkel.

Wenn Smith tatsächlich zu der Zeit losgefahren wäre, die Hugh genannt hatte, hätte sie schon längst da sein müssen. Hugh hatte ihm nicht viel verraten – er hatte gesagt, dass er ihm nichts erzählen konnte, was er nicht wusste, doch Mac hatte schon verstanden.

Sie steckte in Schwierigkeiten, und Mac hatte keinen Zweifel daran, dass es irgendetwas mit einem Mann zu tun hatte. Vermutlich ging es um einen stinkwütenden Kerl, den sie abserviert hatte und der ihr jetzt das Leben schwermachte.

Nicht, dass es ihn interessiert hätte. Aber er hätte sie wegen des Weges zur Hütte warnen sollen. Über mehr als zwölf Kilometer reihten sich Spurrillen und Unebenheiten aneinander. Schon bei gutem Wetter war es schwierig, die Straße entlangzufahren, doch jetzt, bei diesem Dauerregen, standen die Chancen gut, dass der Weg komplett überflutet war. Vielleicht war sie mit dem Wagen stecken geblieben.

Zum Teufel!

Er erhob sich. Der Wind heulte und zerrte heftig an den

Fenstern der Hütte. Eine Böe fegte durch den Schornstein, und in dem mächtigen Schieferkamin stoben die Funken. Die Flammen flackerten bedenklich, doch das Feuer brannte weiter. Der Kamin war gigantisch, und Mac hatte genug Holzscheite aufgelegt, um eine Dampflok anzutreiben. Sicherheitshalber warf er aber noch ein Holzstück ins Feuer, zog dann das Kamingitter wieder zu und lief zur Tür.

Draußen prasselte der Regen erbarmungslos nieder. Der orkanartige Wind brachte eisige Meeresluft mit sich, salzig und rauh. Und das war erst der Anfang eines Sturmes, von dem die Wetteridioten gesagt hatten, dass er seine volle Kraft vor Mitternacht nicht erreichen würde. Verflucht, wenn das nicht bereits ein Sturm war, der sich gewaschen hatte, dann wusste Mac es auch nicht. Er zog die Kapuze seiner Regenjacke über sein nasses Haar.

Das Wetter mochte furchtbar und deprimierend sein, wie zu dieser Jahreszeit an der Nordwestküste nicht anders zu erwarten war. Doch was ihn wirklich wütend machte, war die Tatsache, dass Hugh ihm Smith auf den Hals gehetzt hatte. Er war in die Hütte gefahren, um dem Alltag zu entkommen, in Ruhe seine Arbeit zu erledigen und um dann eine Auszeit zu nehmen – nicht um den Kreuzritter zu spielen. Er mochte Tommi Smith nicht, hatte sie nie gemocht. Auch wenn sie in seinem ersten feuchten Traum vorgekommen war.

Aber zum Teufel, damals war er zwölf gewesen – ein dreibrüstiges Großmütterchen hätte wahrscheinlich dasselbe bewirkt. Wenn die Brüste nackt gewesen wären.

Als sie noch Kinder gewesen waren und in Phoenix gewohnt hatten, hatte sie seinen Bruder zum Narren gehalten – genau wie jeden anderen Kerl, den sie abgeschleppt hatte. Und dem Telefonanruf nach zu urteilen, den er am Morgen von Hugh erhalten hatte, tat sie das noch immer. *Tommi Smith, Schönheit aus Arizona. Zieht eine Nummer, Jungs, und stellt euch hinten an.*

Er hatte nicht vor, sich anzustellen. Niemals.

Als eine heftige Böe ihn fast von den Füßen riss, senkte er den Kopf und lief gebückt zu seinem Truck, der ein paar Meter von den Eingangsstufen zur Hütte entfernt stand. Er hatte seine Hand gerade auf den Türgriff gelegt, als er Motorengeräusche hörte. Durch den Regenschleier hindurch sah er Scheinwerfer. Die beiden Lichtkegel strahlten zwischen den Zedern und durch das dichte Unterholz des Waldes hindurch, der die Lichtung umgab, auf der die Hütte stand. Die Scheibenwischer des Autos liefen auf Hochtouren, und ein blonder Kopf wippte hin und her, als versuchte der Fahrer des Wagens, durch den starken Regen und die tief hängenden Nebelschwaden hindurch irgendetwas zu erkennen.

Mac trat von seinem Truck zurück und hob den Arm.

Als sie ihn sah, hob sie ebenfalls die Hand und fuhr langsam auf die Stelle zu, an der er neben seinem Truck stand.

Sie war da. Tommi stand vor seiner verdammten Tür.

Macs Magen zog sich zusammen. Er ignorierte es und ging zu ihrem mit Schlammspritzern bedeckten Wagen. Als sie den Motor abstellte, hörte er, wie der Regen auf die Kühlerhaube trommelte.

Während er näher an das Auto trat, blickte ihn die Frau hinter dem Steuer an. Ihre blauvioletten Augen waren riesig, und ihr sexy blondes Haar fiel ihr über die Schultern. Der Regen strömte wie ein Wasserfall über die Windschutzscheibe und verzerrte ihre Züge: Ihr Lächeln wirkte selt-

sam schief, und ihre Haut sah blass und weiß schimmernd aus.
Macs Atem ging flach, und eine vertraute Spannung baute sich in seiner Leistengegend auf. Als er noch ein dummer Junge gewesen war, hatte ihr bloßer Anblick ihn hart werden lassen. Ihm war das jedes Mal furchtbar peinlich gewesen. Später hatte er dieses Phänomen den »Tommi-Effekt« genannt – eine Anziehung, die jeder Mann in ihrer Nähe verspürt und mit dieser Reaktion beantwortet hatte. Inklusive seines Bruders.
Immer wieder schoss ihm der Gedanke an seinen Bruder durch den Kopf.
Seither hatte er sie zwei Mal gesehen. Einmal, als er sie vor vielleicht fünf Jahren zufällig am Flughafen erblickt hatte, und dann im letzten Jahr, als *Del Design* engagiert worden war, um das Image einer seiner Firmen aufzufrischen. Er hatte sich in einem der verglasten Konferenzzimmer aufgehalten und just in dem Moment aufgesehen, als sie mit einem seiner Manager vorbeigegangen war. Als sie den Typ angelächelt hatte, hatte der ausgesehen, als hätte sie ihm soeben angeboten, mit ihm zu schlafen. Mac hatte damals keinen Versuch unternommen, sie auf sich aufmerksam zu machen. Sie war Hughs Freundin – sie ging ihn nichts an.
Doch sogar hier, mitten im Nirgendwo, in einem wütenden Novembersturm, erwischte ihn der »Tommi-Effekt« mit voller Wucht. Und er war außer sich.
Sie war die hübscheste, sinnlichste, erotischste Frau, die er je gesehen hatte, und auf eine bestimmte Art und Weise verstand er, warum sein Bruder so besessen von ihr war.
Und sie nimmt sich die Männer, als wenn sie dutzendweise im

Shoppingkanal angeboten werden und ihre Kreditkarte kein Limit hat.

Er erinnerte sich daran, dass er sie nicht mochte, und riss die Fahrertür auf. »Du solltest besser rennen.« Mit einem Kopfnicken deutete er auf die Eingangstür seiner Hütte. »Mach den Kofferraum auf, und ich bringe dein Gepäck rein.«

Sie nickte, drückte einen Knopf, um den Kofferraum zu öffnen, und nahm den Stoffbeutel vom Beifahrersitz. Statt ihren Regenmantel anzuziehen, hielt sie ihn sich über den Kopf und rannte zur Veranda.

Er musste zugeben, dass sie mit leichtem Gepäck gereist war – zwei kleine Taschen und ein Stoffbeutel. Er sprang die drei Stufen zur Veranda hinauf und verlor keine Zeit beim Öffnen der Tür. Schnell trat sie in die Hütte.

»Ich nehme dir das ab.« Damit griff er den Mantel, den sie sich über den Arm gelegt hatte, und hängte ihn an einen der Haken neben der Tür.

»Danke.« Sie ließ den Blick schweifen und betrachtete die Auswahl an Kiefernholztischen, die dick gepolsterten Möbel – in Karostoff – und den riesigen Kamin. Alles war groß, solide, schlicht. So wie er es mochte. Während sie sich weiter umschaute, sagte sie: »Das ist nett. Beeindruckend. Ganz anders, als ich es erwartet hätte.«

»Was hast du denn erwartet?« Er schlüpfte aus seiner nassen Regenjacke und hängte sie neben ihren Mantel.

»Ich weiß nicht genau, aber als Hugh erzählt hat, dass es eine Fischerhütte ist, dachte ich an … etwas Rustikaleres?« Sie wandte sich ihm zu, sah ihn an und ihr höfliches Lächeln verschwand, als sich ihre Blicke trafen.

Er strich sich das nasse Haar aus der Stirn. »Es ist gemütlich«, murmelte er und versuchte, ihren – leicht erstaunten – Blick zu ignorieren, den sie über seinen Körper wandern ließ. Er sagte sich, dass es ihm vollkommen egal war, ob sie die Hütte nun mochte oder nicht. Was ihn irritierte, war allerdings die Tatsache, dass die große Hütte, seit sie ihren Fuß hineingesetzt hatte, irgendwie kleiner geworden zu sein schien. »Du kommst später als gedacht. Gab es Probleme?«

Noch immer starrte sie ihn an, doch er war sich nicht sicher, ob sie ihn auch sah. »Entschuldigung?«, brachte sie heraus.

Was zum Teufel ist nur los mit ihr? »Ich habe gefragt, ob es auf der Fahrt hierher irgendwelche Probleme gab?«

»Erschöpfung. Ich bin seit gestern Morgen wach. Ich wollte nur kurz anhalten, um etwas zu essen, und bin auf dem Parkplatz eingeschlafen.« Das Lächeln, das über ihr Gesicht huschte, wirkte verlegen. »Ich wäre vermutlich jetzt noch da, wenn der Restaurantbesitzer nicht nach mir gesehen hätte.«

Tatsächlich sah sie müde und blass aus. »Sobald du dich aufgewärmt hast, können wir deine Sachen verstauen. Die Schlafzimmer sind oben.« Er deutete auf das Geschoss über ihnen.

»Möchtest du, dass ich dort bleibe?« Sie ging zum flackernden Feuer und wärmte ihre Hände, bevor sie sich wieder zu ihm umwandte.

»Wie bitte?«

»Im Schlafzimmer. Um dir nicht in die Quere zu kommen.« Ihre Miene war todernst. »Hugh hat mir erzählt, dass du arbeiten musst.«

»Ja, ich habe ein bisschen zu tun. Aber nicht so viel, dass

ich dich im Obergeschoss einsperren müsste. Du kannst tun und lassen, was du willst. Es macht mir nichts aus.«

Jedenfalls nicht allzu viel.

»Ich weiß, dass es dir nicht gefällt, mich hier zu haben, Mac. Also sobald ich die Angelegenheit geklärt habe, werde ich wieder verschwinden. Versprochen.« Nervös fuhr sie sich durchs Haar und schob es über die Schulter. Mac erhaschte einen Blick auf ihren elfenbeinfarbenen Hals und den einzelnen Diamanten, der an ihrem Ohr funkelte. »Ich bin dir dankbar, dass du mich aufgenommen hast.« Sie lachte leise. »Gott, ich klinge wie eine streunende Katze – und sehe vermutlich auch so aus.«

Im Vergleich zu anderen streunenden Katzen verdiente diese hier eine Schüssel mit reichhaltiger Sahne und einen Platz in Herrchens Bett …

Leicht erschrocken verdrängte Mac den Gedanken.

Er bemerkte, dass sie sich bemühte, locker zu wirken und die Beherrschung aufrechtzuerhalten. »Hugh hat gesagt, dass du in irgendwelchen Schwierigkeiten steckst.« Abwartend sah er sie an.

Ihre Hand ging von ihrem Haar zum Ausschnitt ihres Tops. Gedankenverloren strich sie sich unter dem dünnen Stoff mit dem Finger über die Haut unterhalb ihres Schlüsselbeines. Mac beobachtete das Spiel ihrer Hand. Im Schein des Feuers glänzte ihr Haar golden – wie ein Heiligenschein an einem Playboy-Bunny.

Scheiße! Sie war noch nicht einmal fünf Minuten im Zimmer und er wollte sie schon.

»Wenn es okay für dich ist, würde ich lieber nicht darüber reden.« Sie wandte den Blick ab. »Jedenfalls jetzt noch nicht.«

»Wie du willst.« Er ging in den Küchenbereich, der durch einen langen Tresen vom Wohnraum abgetrennt war. Je mehr Abstand sie zueinander hielten, desto besser. »Hast du Hunger?«

»Ich bin kurz vorm Verhungern.« Dankbar lächelte sie ihn an – ob sie nun dankbar war, dass er keine weiteren Fragen stellte oder weil er ihr etwas zu essen anbot, konnte er nicht mit Sicherheit sagen. Sie folgte ihm, setzte sich auf einen Hocker an den gekachelten Tresen und legte den Kopf etwas zurück, um ihr Haar nach hinten zu schieben.

»Sind aufgewärmte Reste okay für dich?« Stirnrunzelnd betrachtete er die durchsichtige Plastikbox, die er aus dem Kühlschrank genommen hatte. »Ich schlage Hühnchen vor.«

Sie kam um den Tresen herum und nahm ihm die Frischhaltebox aus der Hand. »Wie wäre es, wenn ich mich nützlich mache?« Kurz sah sie sich in der voll ausgestatteten Küche um. »Ich sehe, dass die Küche alles andere als notdürftig eingerichtet ist.« Sie legte den Kopf schräg und schaute ihn an. »Das bedeutet, dass es sicherlich auch Wein gibt.«

»Nur Rotwein.«

»Perfekt.«

Als Mac gerade den Wein holen wollte, klingelte sein Telefon.

»Mein Handy hat schon vor Stunden den Geist aufgegeben. Kein Netz«, sagte sie überrascht.

»Das ist ein Satellitentelefon. Wenn du jemanden anrufen musst, kannst du es ruhig nehmen.« Fürs Erste verschob er das Wein-Projekt und ging durch den Wohnbereich zu seinem Telefon. »Bin gleich wieder da.«

Er war mindestens zwanzig Minuten weg, und als er endlich aufgelegt hatte, standen auf dem Tisch bereits zwei Teller mit Hühnchen, Salat und Brötchen.
Sie hatte den Wein gefunden und versuchte gerade vergeblich, zwei Weingläser aus dem obersten Regal zu nehmen. Mühsam löste Mac den Blick von den paar Zentimetern nackter Haut, die sichtbar wurden, als sie sich streckte, stellte sich hinter sie und nahm die Weingläser aus dem Regal. So nahe bei ihr konnte er den Duft nach Rosen, den ihr Haar verströmte, oder den wachsenden Druck in der Leistengegend, als er sich an ihren Po schmiegte, um die Gläser zu holen, nicht länger ignorieren.
Und er konnte verdammt noch mal nicht mehr ignorieren, dass sich in seiner Hose etwas tat, als sie sich umdrehte – ganz eng an ihm –, ihn anblickte, mit seltsam verschleiertem Blick, die Wangen zart gerötet, die Lippen wie zu einer stummen Einladung leicht geöffnet.
Ihre Pupillen waren erweitert.
Mac kannte die Zeichen, spürte die Schwingungen und wurde bei dem bloßen Gedanken daran hart. Bei dem Gedanken an sie.
Zwischen ihnen sprühten die Funken.
Konnte er … War es tatsächlich so einfach?
Ihre Körper berührten sich, standen still, strahlten Wärme aus, einer an den anderen geschmiegt.
Keiner von ihnen wich zurück.
Mac hob die leeren Gläser und sah Tommi an. »Brauchst du … sonst noch etwas?«, fragte er, und seine Stimme klang tiefer als gewöhnlich.
Er hörte, wie ihr kurz der Atem stockte, und ihm erging es nicht anders. Dann … blinzelte sie.

Und im nächsten Moment zog sie sich hastig von ihm zurück.
»Nein, das ist alles.« Geräuschvoll räusperte sie sich. »Lass uns essen. Und wenn du mir dann mein Zimmer zeigst, möchte ich gern die nächsten vierundzwanzig Stunden schlafen. Oh, und ich muss Hugh anrufen und ...« Ihre Worte wirkten gehetzt, unsicher, und ihre Wangen waren noch immer gerötet.
»Der Anrufer gerade war Hugh. Er hat heute schon dreimal angerufen, um sich nach dir zu erkundigen. Ich habe ihm gesagt, dass du jetzt da bist und dass es dir gutgeht.« Er machte einen Schritt zurück. »Das Telefon gehört dir, wenn du es ihm lieber selbst sagen möchtest.«
»Nein. Das ist schon in Ordnung. Danke.« Sie rieb sich mit den Händen über die Oberschenkel. »Lass uns einfach zu Abend essen, okay?«
Er nickte.
Während des Essens brachten sie ein Gespräch über die örtlichen Neuigkeiten und das lausige Wetter zustande. Doch sie wich seinem Blick aus, bis er sie eine halbe Stunde später zu ihrem Zimmer brachte. Sie murmelte ein müdes »Danke, Mac« und wünschte ihm eine gute Nacht, bevor sie ihm die Tür vor der Nase zumachte.
Mac ging zurück zum Kamin und stocherte im Feuer. Und zum ersten Mal, seit Hugh angerufen und ihn am frühen Morgen aus dem Bett geklingelt hatte, lächelte er.
Aber das Lächeln verschwand, als er über seinen Bruder und dessen Gefühle für Tommi nachdachte.
Wenn Hugh nicht gewesen wäre, hätte er sich eine emotionale Schutzrüstung angelegt, sich ein oder zwei Kondome geschnappt und hätte sich doch in die Schlange der

Männer eingereiht, die eine Nacht mit Tommi verbringen wollten, .
Für die nächsten paar Tage wäre diese Schlange jedenfalls sehr kurz.
Aber er hatte Hugh versprochen, sich um Tommi zu kümmern und sie zu beschützen.
Mit ihr zu schlafen gehörte nicht dazu.

Tommi saß zusammengekauert auf der Bettkante. Was, um alles in der Welt, war da unten gerade geschehen? Und welcher Zauberspruch hatte aus dem dürren, unsicheren Jungen, der Mac Fleming einmal gewesen war, diesen Kalender-Boy des Monats gemacht?
Sie hatte Hugh immer für hübsch gehalten, doch Mac hatte sich in einen absolut umwerfenden Mann verwandelt. Noch immer grimmig, noch immer nüchtern und sachlich, aber zugleich traumhaft schön.
Und als sie sich berührt hatten …
Genau wie in dem Augenblick durchströmte sie auch jetzt wieder diese Hitze, wärmte ihren Hals und ihre Wangen und wanderte dann weiter nach unten, wo sie sich zwischen ihren Schenkeln ausbreitete – pulsierend, vielversprechend, sehnsuchtsvoll.
Aufgewühlt erhob sie sich, trat ans Fenster und sah in die Trostlosigkeit der stürmischen Nacht hinaus. Der Regen bildete auf der Fensterscheibe ein Rinnsal. Mit dem Zeigefinger verfolgte sie den wechselhaften Weg des Wassers bis hinunter zur Fensterbank. Versonnen legte sie die kühle Fingerspitze an ihre Unterlippe und schmeckte die Kälte.
Dass sie ein sinnlicher Mensch war, wusste sie und genoss es. Tommi reagierte stark auf Berührungen, war ergriffen

von dem Gefühl von Satin, der über ihre Haut glitt, von kühlem Wasser, das über ihre Handfläche floss, von der Sonne, die ihre nackten Schultern liebkoste – von der harten Länge eines Mannes, tief in ihr, von seinem heißen Atem in ihrem Ohr.

Sie lehnte ihre Stirn gegen die Fensterscheibe.

Macs Haut war so klar und sonnengebräunt, sein Kinn stark und energisch, und sein Mund war …

Ohne wirklich etwas wahrzunehmen, blickte sie in die Dunkelheit hinaus und ließ ihren Gedanken freien Lauf, um den Satz zu Ende zu führen.

… sein Mund war ein ungeöffnetes Geschenk – und er hatte sie, ohne sie zu berühren, geküsst.

Ich muss aufhören, an ihn zu denken. Sofort!

Der grollende Donner holte sie in die Wirklichkeit zurück. Angestrengt blinzelte sie hinaus, denn sie war sich sicher, dass sie durch die Bäume hinter der Waldlichtung hindurch ein seltsames Licht gesehen hatte. Gute fünf Minuten starrte sie in die Dunkelheit. Nichts.

Großartig! Zuerst träume ich von Mac, und jetzt sehe ich Dinge, die gar nicht da sind.

Erschöpfung. Das war ihr Problem. Ihre Augen spielten ihrem Verstand, der unter dem Schlafmangel litt, einen Streich, und das machte sie verrückt.

Sie versicherte sich selbst noch einmal, dass Reid nicht wissen konnte, dass sie hier war, schlang die Arme um sich und trat vom Fenster zurück.

Und die Gedanken an Mac? War es Lust auf den ersten Blick? Nichts als ein paar fehlgeleitete Synapsen – und ein unverhohlener Stups ihrer unterforderten Hormone. Sie war nicht hergekommen, um mit Hughs Bruder zu schlafen. Sie war hier, um Reid McNeil zu entkommen und darüber nachzudenken, was sie Paul sagen und wie sie ihm beibringen sollte, was in seiner Firma vor sich ging.

Doch nicht heute Abend. Sie unterdrückte ein Gähnen und ging ins Badezimmer. Bleierne Müdigkeit machte das Denken zwecklos. Ohne Zweifel könnte sie in dieser Situation eine weitere Wahnvorstellung heraufbeschwören wie schon auf der Fähre – auf dem Schiff war sie sich sicher gewesen, dass ein großer Mann sie beobachtet hatte, bis er nach dem Anlegen in die andere Richtung gegangen war. Bestimmt war er direkt zu seiner Frau und seinen sechs Kindern nach Hause gefahren!

Als sie aus dem Bad zurückkam, legte sie eine ihrer Taschen aufs Bett, öffnete sie und zog ihren kurzen blauen Chenille-Morgenmantel heraus. Sie legte ihn ans Fußende ihres Bettes, zog sich aus und kroch schnell unter die Laken. Ob es Macs Bett war? Sie gähnte wieder. Wenn es so war, wäre sie ihm ewig dankbar – auch wenn sie niemals gemeinsam hier liegen würden. Sie kuschelte sich in eines der Kissen und presste das andere an ihre nackte Brust.

Die Laken waren aus Flanell, die Bettdecke aus Daunen. Das ganze Bett war eine nach Zitrone duftende Wolke. Innerhalb von Sekunden war sie eingeschlafen.

Ihre Träume waren wirr, verstörend, handelten davon, wie sie vor Reid flüchtete und zu Mac floh. Und sie sah ein Messer, aufgeschlitzte Vorhänge, eingeritztes Holz … Blut. Überall Blut. Ein Licht im Wald. Flackernd.

Unruhig wälzte sie sich herum, gefangen zwischen Träumen und Wachen. Panisch. Sie warf den Kopf hin und her. *O nein!* Reid hatte die belastenden Papiere, und sie klammerte sich mit den Händen an den Rand eines scheinbar bodenlosen Loches. Reid hob den Fuß, um ihr auf die Finger zu treten …

Ich falle, ich kann mich nicht halten. Ich werde sterben.

Abrupt setzte sie sich auf. Sie wusste nicht, wo sie war. Ihr Herz hämmerte wie wahnsinnig.

Plötzlich bemerkte sie, wie sich ein Schatten bewegte – am Fuß ihres Bettes.

Und er kam auf sie zu.

3. Kapitel

Tommi schlug die Hand vor den Mund, um einen lauten Schrei zu unterdrücken.

»Ruhig.« Eine Hand hielt ihr ein Glas Wasser entgegen. »Trink das.«

»Mac?« Endlich hatten ihre Augen sich an das fahle Licht gewöhnt, das durch den schmalen Türspalt drang. »Bist du das?«, fragte sie überflüssigerweise – doch sie musste sichergehen, musste seine Stimme hören.

»Ja, ich bin's.« Er drückte ihr das Glas in die Hand. »Geht es dir gut?«

In dem schummrigen Zimmer sah sie seine Augen, dunkel und eindringlich. »Gut … Mir geht es gut. Aber warum bist du hier?«

Er ließ seinen Blick über ihren Oberkörper streifen. »Wenn du Antworten auf deine Fragen willst, solltest du dich besser zudecken.«

Hastig zog Tommi die Bettdecke über ihre nackten Brüste und spürte, wie ihr die Hitze den Nacken hinaufkroch. »Entschuldige. Ich schlafe immer nackt.«

»Das sehe ich.«

Tommi fühlte sich dumm und war im nächsten Moment wütend, weil sie sich entschuldigt hatte. »Was machst du also hier?«

»Ich wollte in mein Zimmer gehen.« Mit einem Kopfnicken deutete er Richtung Flur. »Du hast nach mir gerufen.«

»Habe ich das?«

Mac setzte sich auf die Bettkante, stützte sich mit einer Hand auf der anderen Seite ihrer Beine ab und beugte sich vor, bis sein Gesicht nahe genug war, damit sie seine Augen sehen konnte. »Was ist los, Smith? Erzähle es mir, dann kann ich dir vielleicht helfen.«

»Ich brauche deine Hilfe nicht.«

Er strich ihr über den Oberarm. »Aber das hier sagt mir, dass es nicht so ist.« Er berührte auch ihren anderen Arm und sah sie mit hochgezogenen Augenbrauen an.

Sie betrachtete die Stelle, die er gestreift hatte. Blaue Flecke waren auf ihren Armen zu erkennen – nicht schlimm, aber da die Flecke ein eindeutiges Muster bildeten, war es schwer, eine halbwegs plausible Ausrede zu liefern.

»Jemand hat dir diese blauen Flecke zugefügt. Sag mir, wer es war.« Seine Stimme klang tief und fest. »Ich werde dieses Bett nicht eher verlassen, bis du es mir gesagt hast.«

Sie atmete aus und hatte plötzlich und vollkommen unerklärlicherweise das Bedürfnis, sich endlich jemandem anzuvertrauen. »Ich habe diesen Mann gedatet …«

»Was für eine Überraschung«, murmelte Mac.

»Wie bitte?« Seine Unterbrechung verwunderte und verwirrte sie.

»Vergiss es. Erzähl weiter.«

»Er ist ein Kollege. Vor ein paar Tagen habe ich herausgefunden, dass er Firmengelder unterschlägt. Bisher mindestens eine Million Dollar.«

Leise pfiff Mac durch die Zähne. »Fleißiges Kerlchen. Wie hat er das angestellt?«

»Mit falschen Rechnungen, Überweisungen per Onlinebanking. Vermutlich hat er noch mehr getan, aber das ist das, was ich beweisen kann.«

»Und du hast ihm gesagt, was du weißt.«

Sie schlug die Augen nieder und wollte seinem wissenden Blick entgehen. »Ich habe ihm vertraut ... ich mochte ihn. Ich habe gedacht, wenn ich mit ihm rede, könnte er einen Weg finden, um das Geld zurückzugeben.«

Mac sagte kein Wort.

»Du denkst, dass das dumm von mir war, hab ich recht?«

Wenn er ihr jetzt zustimmte, würde sie ihn umbringen. Sie hatte sich selbst schon die vorgeschriebenen vierzig Peitschenhiebe für idiotisches, naives Verhalten gegeben – sie brauchte von ihm nicht noch mehr Vorhaltungen.

»Es ist egal, was ich denke.« Mit der Hand streifte er leicht ihr Knie, als er sich nun erhob und neben dem Bett stand.

»Das Problem ist«, fuhr sie fort, »dass Reid mir mitgeteilt hat, es wären noch weitere Personen in die Angelegenheit verstrickt.«

»So heißt er? Reid?«

»Reid McNeil, amtlich zugelassener Wirtschaftsprüfer. Mit in die Firma gebracht von ... vor über einem Jahr engagiert von *Del Design,* um die Verwaltung und das Abrechnungssystem zu straffen.«

»Und du glaubst, dass er dir die Wahrheit gesagt hat – über diese ›anderen‹?«

»Das ist es ja. Ich weiß es nicht.«

»Das musst du auch nicht.«

»Was meinst du damit?«

»Weil du sowieso nur eine Möglichkeit hast.«

»Und die wäre?«

»Ruf die Polizei. Übergib ihnen alles, was du gegen ihn in der Hand hast.«

Sie zögerte.

»Hast du ein Problem damit?« Er beugte sich vor, um die Lampe auf ihrem Nachttischchen anzumachen, und betrachtete aufmerksam ihr Gesicht.

Die schwache Birne spendete nicht besonders viel Licht. Doch es reichte aus, damit sie seinen skeptischen Gesichtsausdruck und seinen Mund erkennen konnte – und dieser Mund war beinahe zu diesem spöttischen Lächeln verzogen, an das sie sich so gut erinnerte. Sie wollte ihm erklären, warum sie zögerte, zur Polizei zu gehen, aber sie fürchtete, dass es so dumm klingen würde wie ihr erster Fehler, mit Reid zu sprechen.

Als sie nichts sagte, hob er die Augenbrauen und schüttelte den Kopf – offensichtlich missfiel ihm ihre Reaktion. »Wenn du immer noch in McNeil verknallt bist, sollte der Typ es besser wert sein. Denn wenn du dein Wissen nicht an die zuständigen Behörden weitergibst – und zwar schnell –, könntest du dich im Handumdrehen als Mitwisserin der Verschwörung wiederfinden. Man könnte dich mitverantwortlich machen und dich dazu zwingen, deinen Teil des Geldes zurückzuzahlen.«

Tommi blickte ihn mit großen Augen an. »Wovon sprichst du?«

»So läuft es nun einmal. Also solltest du dir bald im Klaren darüber sein, was du lieber magst – dein Bankkonto oder deinen Freund.«

»Meinen *Freund*?« Sie wäre aus dem Bett gesprungen, wenn sie nicht nackt gewesen wäre. »Gib mir meinen Morgen-

mantel!« Mit dem Finger wies sie darauf und spürte, wie ihre Erschöpfung von Zorn verdrängt wurde.
Mac warf ihr den Mantel rüber, sie schlüpfte hinein und zog ihn unter der Decke zurecht, bevor sie aufsprang. Trotz ihrer Vorsicht erhaschte Mac doch einen ausgiebigen Blick auf ihre Schenkel.
Allerdings war sie so wütend, dass es ihr egal war. Sie stand auf und pikste ihm mit dem Finger in die starke Brust. »Erstens, Mr. Eingebildet und Selbstgerecht, ist Reid ein Lügner und ein Dieb – nicht mein Freund. Und zweitens gehe ich nicht zur Polizei, weil *Del Design* ein Familienunternehmen ist. Reid bestiehlt Paul McNeil, seinen eigenen Vater. Und wenn es dabei um meine Familie ginge, dann würde ich die Angelegenheit selbst regeln wollen. Paul hat letztes Jahr erst seine Frau verloren. Und jetzt von Reids Machenschaften zu hören …« Einen Moment lang schloss sie die Augen, weil sie den Schmerz ihres Freundes verstehen konnte. »Ich arbeite seit über sechs Jahren mit Paul zusammen. Er war immer gut zu mir. Er verdient die Möglichkeit, selbst mit seinem Sohn zu reden und die erforderlichen Maßnahmen zu ergreifen.«
Mac nahm ihren Finger von seiner Brust und legte den Kopf schräg. »Warum bist du nicht direkt zu ihm gegangen?«
»Er ist auf Geschäftsreise in Europa, und ich kann mich nicht dazu durchringen, ihm am Telefon von dem Chaos zu berichten. Das wäre irgendwie … zu hart.« Sie ließ sich auf die Bettkante sinken, schob sich mit beiden Händen das Haar aus dem Gesicht und presste sich die Handballen gegen die Schläfen. Da die Wut verraucht war, kehrte die Erschöpfung mit aller Macht zurück. Sie weigerte sich zu

weinen, weigerte sich, sich der Verwirrung und der unendlichen Müdigkeit geschlagen zu geben – oder der Angst, was Reid tun könnte. »O Gott, ich weiß nicht … Vielleicht sollte ich ihn doch anrufen, vielleicht ist alles noch viel schlimmer, wenn er zurückkommt. Vor allem, wenn Reid nicht gelogen hat und es tatsächlich noch andere Beteiligte gibt.«

Mac ergriff ihre Hände und hielt sie fest. »Ich bezweifle, dass es noch mehr Beteiligte gibt. Unterschlagung ist meistens das Vergehen einer Einzelperson. Wahrscheinlich wollte er dich damit nur in Panik versetzen.« Er berührte ihr Haar, strich ein paar Strähnen aus ihrem Gesicht und schob sie ihr hinters Ohr. Dann hob er behutsam ihr Kinn an, so dass sie ihn ansehen musste. »Schlaf jetzt. Es ist zwei Uhr morgens – im Augenblick können wir sowieso nichts tun. Wir besprechen alles, wenn wir beide wach und ausgeschlafen sind.«

Er zog sie auf die Beine und schlug die Bettdecke zurück. »Leg dich hin«, forderte er sie auf.

Vollkommen schlaftrunken nickte Tommi und wollte sich den Morgenmantel ausziehen.

»Wow.« Er hielt ihre Hände fest. »Das hält kein Mann aus.« Seine Stimme klang gedämpft, wie aus weiter Ferne. »Ich habe ganz vergessen, dass du noch hier bist«, murmelte sie und war sich nicht sicher, ob das der Wahrheit entsprach.

»Danke für die aufbauenden Worte.« Er schob die Hände in die Hosentaschen, blickte sie finster an und deutete mit einem Kopfnicken zur Tür. »Mein Zimmer ist am Ende des Flures. Ich lasse die Tür auf. Ich habe einen leichten Schlaf, also werde ich es hören, falls es ein Problem geben sollte.«

Unter der Decke schlüpfte sie aus ihrem Morgenmantel

und ließ ihn auf den Boden gleiten. Mac hob ihn auf und legte ihn ans Fußende des Bettes.
Den Kopf in das weiche Kissen gekuschelt und die Lider schwer vor Müdigkeit, sagte sie: »Im Augenblick ist das einzige Problem, das ich sehe, wie ich jemals wieder dein Bett verlassen soll, Mac.« Dann schlief sie ein.

Mac hatte nicht so viel Glück. Einerseits wütete draußen der Sturm und zerrte an seinem Fenster. Und andererseits fühlte sich sein Schwanz an, als hätte ihn jemand mit heißem Stahl gefüllt. Stundenlang streifte Mac im Haus umher.
Gegen neun Uhr am Morgen legte der Sturm eine kleine Pause ein. Doch die dunklen Wolken am Horizont verrieten Mac, dass er noch nicht vorüber war. Er entschloss sich, die Verschnaufpause zu nutzen, um nach *Night Waters,* seinem zehn Meter langen Schnellboot, zu schauen und zu prüfen, wie es die Nacht überstanden hatte.
Alles war ihm recht, um nur aus dem Haus und weg von der Frau zu kommen, die im Schlafzimmer am anderen Ende des Flures lag.
Erschöpft beschrieb er mit seinem Kopf Kreise, um die Spannungen zu lösen, die sich in seinem Körper ausbreiteten. Aber es half nichts.
Verlangen durchströmte ihn, als sein erbärmlicher Verstand sich den Moment der vergangenen Nacht wieder wachrief, in dem er einen Blick auf ihre Brüste und ihre Schenkel hatte erhaschen können. Die pinkfarbenen Nippel schienen nach seiner Zunge zu schreien, und die langen, schlanken Beine führten direkt ins Paradies. Oder in die Hölle – je nachdem, wie man es sehen wollte.

Aber, verdammt, im Augenblick war ihm beides recht, solange es bedeutete, dass er hart und tief in sie stoßen konnte – und dass er Tommi einen Höhepunkt verschaffte und sie sanft und feucht unter seinen Händen, unter seinem Mund kam …

Er fluchte und schloss die Augen.

Wenn es Gerechtigkeit auf dieser Welt gab, hätte er nach letzter Nacht einen Preis dafür verdient, dass er nicht über sie hergefallen war. Was er verdammt noch mal getan hätte, wenn sie ihren knappen Morgenmantel tatsächlich vor ihm hätte fallen lassen.

Überzeugt davon, dass es ein paar lange, frustrierende Tage werden würden, ging er unter die Dusche.

Als er einige Minuten später an ihrer Tür vorbeilief, hielt er an und horchte. Nichts. Angesichts der unbeirrten sexuellen Richtung seiner Gedanken fühlte er sich ein wenig schuldig. Höchstwahrscheinlich dachte Smith gerade nicht über Sex nach. Wenn er das Ausmaß ihrer Erschöpfung berücksichtigte, würde sie vermutlich bis mittags schlafen.

Das war okay für ihn.

Denn er konnte sich sicher sein, dass Hugh sie nicht zu ihm geschickt hatte, damit Mac seine Jugendphantasien mit ihr ausleben konnte. Sie war hier, damit er sie beschützte, nicht, damit er mit ihr schlief. Und außerdem, erinnerte er sich, hatte die Lady eine Menge Probleme zu bewältigen und gerade etwas ganz anderes im Sinn.

Der Morgen war bitterkalt, und Mac stellte schnell fest, dass es der richtige Zeitpunkt gewesen war, um *Night Waters* einen Besuch abzustatten. Eine der Befestigungsleinen war komplett gerissen und die andere schon ausgefranst.

Er hatte einiges zu tun – glücklicherweise –, und er machte sich gleich an die Arbeit.

»McNeil?« Borg hatte es aufgegeben, mit dem Handy eine Verbindung herstellen zu wollen. Stattdessen hatte er sich in die wahrscheinlich winzigste Telefonzelle Nordamerikas an der wahrscheinlich schäbigsten und stinkendsten Tankstelle diesseits des Pazifiks gequetscht. »Du schuldest mir was. Und ich werde nicht zulassen, dass du das vergisst.«

»Wo bist du?«

»Close Bay, ein gottverdammter Ort auf einer gottverdammten Insel in einem gottverdammten Regenwald – da bin ich.« Borg war wütend. Und er wurde noch wütender, als er hörte, wie McNeil eine Pause machte und einen Schluck von seinem vermutlich heißen, starken Kaffee nahm. Er würde für einen Becher Kaffee töten. Zum Teufel, er würde töten, um endlich diesen Job hinter sich zu bringen.

»Genauer gesagt interessiert mich, wo Smith ist«, sagte McNeil aalglatt. »Du hast sie doch nicht aus den Augen verloren, oder?«

»Nein, ich habe sie nicht aus den Augen verloren. Ich habe in meinem verdammten Auto direkt vor ihrer verdammten Nase gepennt, und ich habe sie nicht aus den Augen verloren. Es hat die ganze Nacht wie aus Eimern geschüttet. Bin fast taub von dem Getrommel auf dem Autodach, aber ich habe sie nicht aus den Augen verloren, McNeil. Und das heißt, dass du allmählich dein Scheckbuch zücken und ein paar Zahlen eintragen kannst.«

»Du bekommst dein Geld.«

»Ja, das sagst du schon die ganze Zeit.« Borg zog an seiner Zigarette.

»Kannst du sie im Augenblick sehen?«

»Nein, ich kann sie im Augenblick nicht sehen!«, stieß Borg hervor. »Ich rufe aus einer verfluchten Telefonzelle an, weil mein beschissenes Handy nicht funktioniert. Dieser Ort ist am Arsch der Welt.«

McNeils Stimme klang gefährlich ruhig, als er nun sagte: »Wenn du diesen Job nicht erledigen willst, Borg, kann ich jemand anders finden.«

Borg warf den Zigarettenstummel in den Matsch vor der Telefonzelle. Er wollte in sein Auto steigen und zurück nach Seattle fahren und McNeil sagen, wohin er sich seinen verdammten Job schieben konnte. Doch er wusste, dass der ihn, wenn er das tat, mit Sicherheit kaltmachen würde. Und außerdem brauchte er die Kohle.

Wie auch sein Buchmacher, der schon die Brechstange schwang, ihm immer wieder unmissverständlich klarmachte.

»Hör zu, McNeil.« Er bemühte sich, beherrscht zu klingen. »Es gibt nur eine Straße, die zu der Hütte hin und wieder zurück führt – die letzten zwölf oder vierzehn Kilometer sind nicht mehr als ein Trampelpfad. Wenn ich den Weg nehme und stecken bleibe, ist das Spiel vorbei. Wenn sie abhauen will, muss sie diese Straße nehmen. Ich fange sie dann ab.«

»Wo zur Hölle steckt sie denn?«

»In einer privaten Fischerhütte. Mit einem Typ …« Er fummelte in seiner Tasche und zog einen Zettel hervor, auf dem er sich alles notiert hatte. »Der Kerl heißt Mac Fleming. Er ist ein hohes Tier, haben mir die Einheimischen erzählt. Er hat viel Kohle. Und er ist klug. Er besitzt einige Fernsehsender oder so. Sieht so aus, als hätte sie sich ein sicheres, warmes Nest gesucht und hätte in der nächsten Zeit nicht vor, wieder zu verschwinden.«

»Scheiße!«

»Willst du, dass ich etwas unternehme?«

Borg hoffte, dass McNeil *nicht* von ihm verlangte, etwas zu unternehmen, sondern ihm auftrug, die Kleine nur im Auge zu behalten. Denn er wünschte sich nichts sehnlicher, als sich ein Zimmer in der Kakerlakenfalle zu nehmen, die er an der Straße entdeckt hatte. Vermutlich gab es in den Zimmern dieses »Hotels« nicht mehr als ein winzig kleines TV-Gerät, Seife in der Größe eines Cornflakes und Handtücher, durch die man hindurchspucken konnte – aber im Augenblick kam es ihm wie ein Fünfsternehotel vor.

Doch das Schweigen am anderen Ende der Leitung verhieß nichts Gutes. Er konnte praktisch hören, wie das Hirn dieses Mistkerls arbeitete.

»Ich will, dass du sie tötest, Borg. Wenn du das tust, bekommst du zehntausend Dollar auf dein leeres Bankkonto überwiesen.«

Dieser Typ ist wahnsinnig. Borgs Mund war mit einem Mal trocken. »Auf keinen Fall. Ich verfolge sie von hier bis nach Nimmerland, aber ... so etwas mache ich nicht. Nein. Ich bin kein Killer.«

»Fünfzehntausend.«

»Dieselbe Antwort.«

Er hörte ein langes, wütendes Seufzen. »Wenn das so ist, du nutzloser Mistkerl, dann gib mir eine Wegbeschreibung – eine *genaue* Wegbeschreibung. Bleib, wo du bist, und fertige mir eine Skizze der Hütte und des Grundstücks an. Ich werde eine Karte brauchen. Morgen bin ich da. Warte auf mich. Und während du wartest, erledige ein paar Einkäufe für mich.«

»Einkäufe? Was für Einkäufe?«

McNeil lachte und fügte in einem Ton, in dem man mit begriffsstutzigen Menschen sprach, hinzu: »Kauf mir ein Gewehr, Borg, ein riesengroßes Gewehr und viele, viele hübsche Patronen. Das schaffst du doch, oder?« Seine Stimme klang nun schärfer. »Und behalte die Schlampe im Auge. Lass nicht zu – *ich wiederhole* – lass nicht zu, dass sie abhaut. Wenn sie sich bewegt, bewegst du dich auch. Verstanden? Und dann rufst du mich an. Es hat sich herausgestellt, dass der gute alte Dad früher nach Hause kommt, und mir läuft die Zeit davon.«

Es war Mittag, als Mac zur Hütte zurückkehrte. Und sein Plan? Sein Plan war, sich wieder an die Akten zu setzen, die er mitgebracht hatte. Als Gegenmittel für seine Lust war Arbeit das Einzige, was er hatte.

Als er die Hütte betrat, begrüßte ihn der Duft von gebratenem Speck. Tommi stand in der Küche hinter dem langen Tresen und schwebte zwischen Schränken und Pfannen hin und her. Verdammt, wenn sie doch nur nicht diesen verflucht kurzen Morgenmantel tragen würde. Zwar schützte er sie vor seinen Blicken, aber nicht vor seiner wiedererwachten Vorstellungskraft. Er hängte seine Jacke an einen Haken, atmete tief durch, riss sich zusammen und begrub die Bilder in seinem tiefsten Innern.

»Hi«, sagte sie. »Hunger?«

»Ich bin ein dreißigjähriger Mann, und es duftet nach

Bacon. Was glaubst du?«, fragte er und ließ sich auf einen Hocker am Tresen sinken.

Sie lächelte. »Das ist gut, denn ich habe genug gekocht, um einen Trupp Holzfäller satt zu machen.«

Er beobachtete, wie leicht und geschickt sie sich in der kleinen Küche bewegte, als hätte sie schon immer in diesem Haus gelebt und schon immer in dieser Küche gearbeitet. Aber so war Tommi – bereits als Teenager hatte sie stets alles unter Kontrolle gehabt. Und dennoch hatte sie diesen … sexuell zugänglichen Ausdruck, dieses Aussehen. Es mussten die zerzausten blonden Haare sein, die rauchgrauen Augen. Aber als er sie jetzt so gespannt anblickte, fragte Mac sich zum ersten Mal, wie viel davon reine Illusion war – heraufbeschworen durch männliche Wunschvorstellungen, nach einem Blick auf diesen wundervollen, sexy Körper.

Vielleicht sollte er Hugh fragen. Bei dem Gedanken an seinen Bruder zog sich ihm der Magen zusammen. Sie waren zwar Geschwister, doch über sexuelle Eroberungen unterhielten sie sich nicht unbedingt.

Tommi musste seine Blicke gespürt haben, denn sie sah ihn über die Schulter hinweg an. Und von dem Moment an waren ihre Bewegungen in der Küche sehr viel weniger kompetent, eher ziemlich tolpatschig.

Als sie sich beim Aufbrühen des Kaffees beinahe verbrannte, rutschte er von seinem Hocker und trat zu ihr, um ihr die Kaffeekanne aus der Hand zu nehmen.

»Danke«, sagte sie. »Aber du kannst dich gleich wieder hinsetzen. Es ist alles fertig.« Sie füllte einen Teller – mit Eiern, Bacon und einem Stapel perfekt gebräunter Kartoffelpuffer. Für sich selbst gab sie eine kleinere Portion auf einen zweiten Teller.

Mac nahm beide Teller mit an den Tisch.
Nach einer oder zwei Minuten, in denen sie beide geschwiegen hatten, bemerkte sie: »Wegen letzter Nacht … Ich habe nachgedacht.«
»Ah ja.«
»Ich möchte wegen der Angelegenheit die Polizei erst verständigen, wenn ich mit meinem Boss geredet habe – persönlich.«
»Es wäre klug, wenn du das eher früher als später machen würdest.«
Sie hörte auf zu essen und legte die Gabel nieder. Tief atmete sie durch. »Vielleicht hast du recht, aber er kommt nächste Woche wieder, und ich werde auf ihn warten.« Sie schaute ihm in die Augen. »Die Sache ist … Ich würde gern hierbleiben, bis er das tut – also, bis er wiederkommt, meine ich.« Ihre Stimme klang bei den letzten Worten seltsam unsicher. »Wäre das in Ordnung für dich?«
Er schob seinen Teller von sich und betrachtete ihr beinahe ängstlich wirkendes Gesicht. »Dieser Reid – er bedeutet Ärger, oder?«
Nach kurzem Zögern erwiderte sie: »Ja. Ich glaube, er könnte sogar *verdammt viel* Ärger bedeuten.«
Er berührte die Stelle an ihrem Arm, wo unter dem Morgenmantel verborgen die blauen Flecke waren. »*Er* hat dir das angetan.«
Sie nickte.
»Hat er eine Ahnung, wo du steckst?«
»Nein. Dank Hugh. Gott, ich hätte nicht gewusst, was ich ohne ihn getan hätte.«
Mac kniff leicht die Augen zusammen. »Und Hugh? Was denkt er darüber, dass du hier bist? Mit mir?«

Verwirrt blickte sie ihn an. »Er war doch derjenige, der es vorgeschlagen hat. Ich dachte, du wüsstest das.« Sie stand auf, trug ihr halb aufgegessenes Frühstück zur Spüle und drehte sich um. Sie lehnte sich gegen die Anrichte und verschränkte die Arme vor der Brust. »Als ich ihn anrief und um Hilfe bat, hatte ich eigentlich gehofft, dass er mir die Hütte auf Whidbey Island zur Verfügung stellen könnte, aber zurzeit ist Veronica mit ihrer Mutter dort.« Sie lächelte – ein kleines Lächeln, das ihre Augen funkeln ließ. »Sie treffen dort, wie Hugh sagte, ›noch mehr unendliche Vorbereitungen‹.«

Jetzt war Mac verwirrt. »Wovon sprichst du? Wer ist Veronica? Und was für Vorbereitungen?«

»Du weißt es nicht?«

»Was weiß ich nicht?«

»Hugh heiratet …«

»… eine Frau, die Veronica heißt.« Er fuhr sich durchs Haar. »Ich fasse es nicht.«

»Du hattest keine Ahnung.« Sie kam an den Tisch zurück und setzte sich. Ihre Miene wirkte leicht belustigt. »Männer. Verblüffend, über was sie alles *nicht* reden.« Sie nahm ihren Kaffeebecher, hielt ihn in beiden Händen und betrachtete über den Rand des Bechers hinweg Mac. »Hugh hat Veronica im September kennengelernt. Es war Liebe auf den ersten Blick. Vor ein paar Wochen hat er um ihre Hand angehalten.«

Er schüttelte den Kopf. Also, das war es. Bei ihrem Telefonat am vergangenen Morgen hatte Hugh erwähnt, dass er Neuigkeiten habe, doch er hatte gesagt, dass er ihm erst davon erzählen würde, wenn sie sich wiedersahen. Jetzt kannte er die Neuigkeiten – und er freute sich für Hugh.

Der Kerl war dazu bestimmt, eine Frau und Kinder zu haben.
»Ich kann echt nicht glauben, dass er dir nichts erzählt hat«, sagte sie und hob die Augenbrauen.
Er ließ seinen Blick über die Frau gleiten, die ihm gegenübersaß – über ihr zerzaustes, goldenes Haar, ihre strahlenden blauen Augen, das Lächeln, das ihre Mundwinkel umspielte.
Ein plötzlicher Adrenalinstoß durchzuckte ihn, und auch wenn er sich für seinen Bruder freute, so freute er sich doch noch mehr für sich selbst.
»Ich hätte nicht geglaubt, dass er es jemals schafft«, sagte er.
»Die meisten Männer lassen sich früher oder später breitschlagen, und Hugh ist einfach verrückt nach Veronica. Der Gang zum Altar ist da nur konsequent.«
»Das habe ich nicht gemeint.«
»Was hast du denn gemeint?«
»Ich hätte nicht geglaubt, dass er jemals über dich hinwegkommt.«

4. Kapitel

Mac beobachtete, wie Tommi errötete und ihre Wangen zu glühen begannen. Er wartete darauf, dass sie die Gefühle seines Bruders abstritt und sie verharmloste.

»Hugh und ich haben das schon vor Jahren geklärt«, sagte sie.

»Und?«

»Wir haben uns darauf geeinigt, Freunde zu sein. Ich liebe deinen Bruder. Nur … eben nicht auf diese Art. Wir sind Freunde. Nicht mehr. Und das ist für uns beide in Ordnung.«

»Und dieser Reid? Was empfindest du für ihn?«

Sie stellte ihren Kaffeebecher ab. »Woher kommt dieses plötzliche Interesse an meinen Beziehungen?«

»Beantworte meine Frage, dann beantworte ich dir auch deine.«

»Ich dachte, das hätte ich schon getan. Letzte Nacht.«

»Ich würde es gern noch einmal hören. Bei Tageslicht.« Er wollte sichergehen – weil er niemals etwas mit der Frau eines anderen anfangen würde.

Sie zog die Augenbrauen zusammen und blickte ihn argwöhnisch an. »Reid ist ein Dieb und darüber hinaus auch noch gewalttätig. Je mehr Abstand zwischen ihm und mir ist, desto glücklicher bin ich.« Sie neigte den Kopf ein wenig. »Also, warum diese ganzen Fragen?«

Mac hatte sich in eine Sackgasse manövriert. Er schuldete ihr eine Antwort – er war sich nur nicht sicher, ob sie schon bereit für diese Antwort war. Zum Teufel, er war sich ja nicht einmal sicher, ob er selbst es schon war. Was er allerdings mit Bestimmtheit wusste, war, dass er sich von seinem Schwanz – dem er nicht trauen konnte – nicht vorführen lassen würde. Wenn sein Schwanz diese Frau haben wollte, dann nur zu Macs Bedingungen. »Warum ziehst du dir nicht etwas an? Wir machen einen Spaziergang. Der Regen hat aufgehört.« Er wies auf den grauen Himmel, den sie vom Küchenfenster aus sehen konnten. »Wenigstens im Augenblick.«

»Du hast meine Frage nicht beantwortet.«

»Ich bin mir nicht sicher, ob du schon bereit dafür bist.«

»Bereit für was?«

»Bereit, um über Sex zu reden ... Sex mit mir.«

Mit großen Augen schaute sie ihn an, spielte jedoch nicht das schockierte, naive kleine Mädchen. Sie stand einfach auf, ging ans Fenster und blickte ein paar Sekunden hinaus, bevor sie sich umdrehte und ihn wieder ansah. »Du bist direkt, das muss man dir lassen.«

Er zuckte die Schultern und schaffte es, lockerer zu wirken, als ihm bei diesem Gespräch in Wirklichkeit zumute war. »Wir müssen uns die Zeit vertreiben. Und ich will dich.« Er machte eine kleine Pause. »Aber das hast du sicher schon einige hundert Mal gehört.«

»Nicht so schonungslos und kühl, wie du es mir gesagt hast.«

Mac erhob sich und stellte sich vor sie. Mit einer Fingerspitze hob er ihr Kinn an, um in die Tiefen ihrer Augen zu blicken. »Vertrau mir, Süße. Es wird alles andere als kühl.«

Er beugte sich vor und strich mit seinen Lippen über ihren Mund. Ein Gefühl wie ein Stromschlag durchzuckte ihn, ein heftiger Stromschlag – und der Boden unter seinen Füßen geriet ins Wanken. Als er sich zurückzog, erkannte er in ihren Augen, was der Kuss in ihr ausgelöst hatte, erkannte dort dunklen, erwartungsvollen Hunger.

Sie wollte mehr.

Er wollte mehr.

Doch jetzt noch nicht.

»Wie wäre es mit einem Spaziergang?« Er strich mit den Fingerspitzen über ihre cremeweiße Haut bis hinunter zu ihrem Hals. »Du bist so verflucht angespannt.« Und er hatte eine ziemlich genaue Vorstellung davon, wie er sie ein wenig lockerer machen konnte.

Sie blinzelte. Es war ein langsames »Wo-bin-ich«-Blinzeln. Dann räusperte sie sich und zog den Gürtel ihres Morgenmantels fest. Ihm schoss durch den Kopf, dass er ihre Taille mit seinen Händen hätte umschließen können. »Ich bin gleich wieder da« , sagte sie. Sie hastete zur Treppe, die hinauf ins Obergeschoss führte. Am Fuße der Treppe hielt sie inne und sah ihn ernst an. »Mein Aufenthalt hier hängt doch nicht davon ab, ob ich mit dir ins Bett gehe, oder?«

»Nein.« Weshalb er sich durch ihre Frage verletzt fühlte, wusste er nicht.

»Gut«, entgegnete sie. »Denn auch wenn ich in meinem Leben einiges getan habe, auf das ich nicht gerade stolz bin, habe ich mich nie auf Sex im Austausch für Gefälligkeiten eingelassen. Und ich werde jetzt nicht damit anfangen.«

Damit eilte sie die Stufen hinauf und verschwand aus seinem Blickfeld.

Mac starrte ihr hinterher. Diese Frau war zugegebenermaßen auch ziemlich direkt. Das gefiel ihm.

Wenn er nicht aufpasste, fing er noch an, sie zu mögen. Und das wäre nicht besonders klug – und wenn er etwas war, dann klug und vorsichtig und entschlossen, gleichgültig zu bleiben, vor allem, wenn es um seine derzeitige Mitbewohnerin ging. Sich mit Tommi Smith einzulassen – über das Körperliche hinaus – würde nichts als Ärger bedeuten. Wenn er eines Tages mit einer Frau zusammen sesshaft werden würde, dann wollte er sich keine Gedanken darüber machen müssen, dass sie ein Auge auf ihn hatte, während sie mit dem anderen Ausschau nach der nächsten Eroberung hielt.

Tommi schlüpfte in ihre Jeans, machte die sechs Knöpfe zu und kuschelte sich in einen cremefarbenen Pullover. Sie bürstete sich das Haar und steckte es mit einer Schildpattspange zurück. Stirnrunzelnd betrachtete sie ihre weißen Sneakers … Nicht gerade die beste Wahl bei diesem Wetter, aber es ging nicht anders.

Als sie fertig war, atmete sie erst einmal tief durch, um die widersprüchlichen Gefühle in den Griff zu bekommen, die sie beschäftigten, seit sie vor weniger als zehn Minuten die Schlafzimmertür hinter sich zugezogen hatte. Sie setzte sich auf den Stuhl am Fenster und blickte in den trüben Nachmittagshimmel hinaus.

Dieser Kuss …

Sie wühlte in ihren buntgemischten Erinnerungen herum und war erstaunt, dass sie Mac keinen anständigen Tritt gegen das Schienbein gegeben hatte und hinausgestürmt war. So hätte ein gutes, anständiges Mädchen, zu dem

Mütter ihre Töchter normalerweise erzogen, es getan. Das Problem war, dass sie keine Mutter, sondern nur einen Vater gehabt hatte, der nie für sie da gewesen war. Und sie selbst hatte sich nie für gut und anständig gehalten. Doch selbst wenn es in ihrem Leben den einen oder anderen Mann zu viel gegeben hatte, so waren es auf keinen Fall genügend Männer gewesen, um sie zum »umtriebigsten Flittchen von Seattle« zu küren.

Bei weitem nicht.

Und hier saß sie nun, in einer Hütte am Ende der Welt, und dachte ernsthaft darüber nach, ob sie mit Hughs Bruder ins Bett gehen sollte.

Entweder bin ich verrückt oder sexuell ausgehungert.

Verdammt, sie liebte Sex. Dafür musste sie sich nicht entschuldigen. Vor allem liebte sie Sex mit erfahrenen, guten Liebhabern. Mit Männern, die sich mit ihrem eigenen Körper wohl fühlten und die ungezwungen mit dem weiblichen Körper umgingen. Dieses Gefühl … Ein starker, kraftvoller Männerkörper, der sich nach Erlösung sehnte. Das Gefühl von poliertem Stahl und gebürsteter Seide. Der moschusartige Geruch. Die Hitze seiner Lust in seinen Augen, wenn er ihren Körper erkundete, ihre warme Haut streichelte … ihre Lustperle reizte. Sie schmeckte.

Der Rausch, wenn man kam …

Sie schlug die Beine fest übereinander und atmete tief ein. Wenigstens war sie klug genug gewesen, nicht mit Reid zu schlafen. Sie hatte kurz davorgestanden – immerhin hatte er alles richtig gemacht –, doch irgendetwas hatte sie zurückgehalten. Ihr Instinkt, schlicht und einfach.

Und ihren Instinkt brauchte sie jetzt mehr denn je. Mit geschlossenen Augen horchte sie in sich hinein, um die

Stimmen zu hören, die ihr sagten, welchen Weg sie gehen sollte. Aber dieses Mal waren die Stimmen nicht so eindeutig. Einerseits drängten sie sie in Macs Arme, in sein Bett. Andererseits murmelten sie: *Sei vorsichtig.*

Eine Frau wusste nicht, ob der nächste Fehler vielleicht ein Fehler zu viel war.

Sie entschied sich, auf die Stimmen zu hören, die sie warnten. Schließlich war sie hergekommen, um sich sicher fühlen zu können und nicht, um irgendetwas zu bereuen.

Wenn sie Reue empfinden wollte, musste sie nur mit Mac ins Bett gehen, bevor sie richtig darüber nachgedacht hatte.

Er hätte sie nicht küssen sollen – wenn man die sachte Berührung ihrer Lippen einen Kuss nennen konnte. Sie strich sich mit den Fingerspitzen über den Mund, und ihr stockte der Atem. Sie presste die Schenkel zusammen, gegen die winzigen Impulse, die sie durchzuckten und verrücktspielten. Wenn die geringste Berührung seiner Lippen schon eine solche Wirkung hatte und sie an Stellen, an denen ihr Körper eigentlich nicht reagieren sollte, so heftig darauf ansprach, dann wäre sein Mund an sensibleren Körperstellen vermutlich noch gefährlicher.

Doch sie wollte genau das … Mac über ihr, in ihr, sein Mund auf ihren Brüsten und seine Hände …

Nein! Sie wollte *nicht* mit Mac schlafen. Es war nichts weiter als ein sexuelles Knistern, eine neu entfachte, finstere Verlockung ihres verräterischen Körpers. Sie würde einfach nicht darauf hören. Hugh war ihr Freund, und im Grunde genommen war Mac das auch – oder könnte es sein, wenn sie ihre Karten vernünftig ausspielte. Es war besser, einen Freund zu gewinnen als einen Liebhaber. Sie wollte nicht alles durcheinanderbringen, nur um unüberlegten, unbekümmerten Sex zu haben.

Sie ging zum Schrank und suchte darin nach einer Jacke. Die Jacke war viel zu dünn, aber es würde gehen müssen. Dann lief sie zur Tür.

Ein Spaziergang war eine gute Idee. So würde sie bestimmt einen klaren Kopf bekommen. Je weiter sie und Mac von flackernden Kaminfeuern, großen, gemütlichen Sofas und noch gemütlicheren Betten entfernt waren, desto besser. An einem kalten Novembertag unter tropfenden Bäumen über durchweichten Boden zu trotten würde die Gedanken an Sex erst einmal vertreiben.

An der Eingangstür wartete Mac bereits auf sie. Er hatte dieselbe gelbe Regenjacke an, die er schon am Abend zuvor getragen hatte. Skeptisch betrachtete er ihre dünne Jacke.

»Hier.« Er reichte ihr einen Fleecepullover mit Kapuze. »Zieh das unter deine Jacke. Der Wind ist mörderisch.«

»Danke.« Sie schlüpfte in den Pulli, und Mac war ihr behilflich, indem er den Kragen aufhielt, damit sie ihren Kopf leichter hindurchschieben konnte. Als die Spange, die ihr Haar zusammengehalten hatte, absprang und auf den Boden fiel, hob er sie auf, sah Tommi an und steckte die Haarspange in seine Tasche.

Mit den Fingern fuhr er ihr durchs lange Haar und schob es in die Kapuze des Pullis. »Lass es offen«, sagte er.

»Wieso? Willst du mich an den Haaren in dein Bett zerren?«, fragte sie, nicht sicher, was sie von dieser Höhlenmensch-Taktik halten sollte.

»Würde es denn funktionieren?«

»Als erster Schritt und Anmache ist es ein echter Reinfall, würde ich sagen.«

»Schade. Diese Höhlenmenschen hatten es nämlich eigentlich echt drauf.« Er lächelte beinahe.

»Erkenne ich da etwa eine leise Spur von Humor?«

»Nicht, wenn es um dich geht, Smith. Du bist eine ernstzunehmende Angelegenheit.«

Sie ließ das unkommentiert, wollte nicht fragen, was er damit meinte – denn irgendwie behagte ihr die Vorstellung nicht besonders, Macs »ernstzunehmende Angelegenheit« zu sein.

Draußen braute sich etwas zusammen, düster, unvorhersehbar, die Wolken schwer und dunkel, die Luft salzig und feucht. Der Wind traf sie mit kalten, scharfen Böen, und der Nebel, tief hängend und schaurig undurchlässig, kroch zwischen den Bäumen hindurch.

Tommi füllte ihre Lunge mit der frischen Luft und schaute sich um. Bei ihrer Ankunft in der vergangenen Nacht war es so dunkel gewesen, dass sie bis jetzt nicht wusste, wie die nähere Umgebung der Hütte aussah.

Es ist hübsch, dachte sie, so tiefgrün und geheimnisvoll. Ungefähr ein Hektar gerodeten Landes umgab die Hütte, die sich in eine tiefe Ausbuchtung in einer Böschung schmiegte und links und rechts von Felszungen geschützt war.

Mit den riesigen Zedern und Tannen, die das Grundstück an drei Seiten umgaben, und dem breiten Ausläufer des Pazifischen Ozeans, der auf der vierten Seite einen Graben bildete, war der Besitz praktisch eine Festung inmitten der Wildnis.

Sie hatte keine Ahnung, wohin sie gehen würden – es sei denn, sie liefen im Kreis oder die holprige, durchfurchte Straße entlang, auf der sie hergekommen war.

»Hier entlang«, sagte Mac. »Ich möchte dir etwas zeigen.« Er deutete auf eine undurchdringliche Wand aus Bäumen auf der gegenüberliegenden Seite der Lichtung.

»Dann geh mal vor.« Sie schloss den letzten Knopf ihrer Jacke und war Mac schon jetzt dankbar dafür, dass er ihr den Fleecepullover gegeben hatte.

Als sie näher an die Bäume herankamen, bemerkte sie eine Öffnung, die wie der Eingang zu einer Höhle wirkte. Mac ging als Erster hinein und hielt ein paar Zweige zur Seite, damit sie ihm folgen konnte. Sie betrat einen schmalen, unebenen Pfad – es war der reinste Spießrutenlauf zwischen Pfützen, Matsch, durchweichten Blättern und spitz aus dem Boden herausragenden Steinen hindurch. Und wenn sie nicht vorsichtig war, konnte einer der zahlreichen Äste in Augenhöhe ihr vermutlich sogar schlimmere Verletzungen zufügen.

»Es ist stellenweise sehr steil, also bleibst du am besten dicht hinter mir. Es ist nicht weit.«

»Was ist ›nicht weit‹?«, fragte sie.

»Das wirst du schon sehen.«

Tommi wartete gern, denn Augenblicke später musste sie sich voll darauf konzentrieren, seinen langen, sicheren Schritten den gewundenen Weg hinauf zu folgen. Den Kampf mit den heimtückischen, zurückpeitschenden Zweigen überließ sie ihm, während sie zusah, wie ihre vormals weißen Sneakers sich in mit Schlamm bedeckte Springerstiefel verwandelten.

Fünfzehn Minuten später konnte sie den Schwefel riechen und den Dampf sehen. Weitere fünf Minuten darauf entdeckte sie ein natürliches, mit Wasser gefülltes Becken, das sich ein Stück unterhalb von ihnen befand. Einige Stufen aus Zedernholz führten hinunter, doch Mac nahm sie nicht, sondern blieb oben stehen.

»Eine heiße Quelle!« Sie trat neben ihn und sah hinunter.

»Eine Quelle, drei Becken.«

Das einladende Wasser, das aus den Tiefen der Erde emporblubberte, kräuselte sich an der Oberfläche, so dass es Schatten und Licht gleichermaßen widerspiegelte.

Sie atmete den Duft von Schwefel, Zedern und Meeresluft ein. Das Gemisch war stark, berauschend wie ein altertümliches Gewürz, dessen Geruch ein seltenes und üppiges Mahl ankündigte. »Es riecht so …« Sie suchte nach dem richtigen Wort. »… exotisch.«

»Da.« Er wies auf das obere der drei Becken. »Dort ist die Quelle. Ungefähr sechsundvierzig Grad heiß. Zu heiß, um darin zu baden. Das Wasser kühlt sich ab, wenn es an die Luft kommt und über die Felsen ins nächste Bassin fließt. Ein Wasserfall aus dem zweiten führt direkt ins dritte Becken.« Er drehte den Kopf und blickte zum letzten Becken. »Das Wasser hat dort noch eine Temperatur von neunundzwanzig bis zweiunddreißig Grad.«

»Erstaunlich.«

Sie gingen die Stufen aus Zedernholz hinab, dem Ozean entgegen.

»Pass auf, wohin du trittst«, warnte Mac sie. »Die Stufen sind glitschig.«

Das unterste Bassin, tief in den uralten Felsen gegraben und vom ewig fließenden Wasser geglättet, war so groß, dass vier Personen leicht darin Platz finden konnten. Hier, so nahe am Strand, wurde der durchdringende Schwefelgeruch vom Duft des Ozeans abgemildert.

Es war zauberhaft. Jeder angespannte und erschöpfte Muskel in Tommis Körper prickelte und sehnte sich nach der Lockerung und Entspannung, die das Wasser versprach.

Mac begann, sich die Jacke auszuziehen.

»Was machst du da?«

»Ich gehe ins Wasser.« Er entledigte sich seines T-Shirts. Zum Vorschein kam seine breite Brust, leicht behaart und muskulös. Seine Hand ging zum Reißverschluss seiner Hose.

»Du wirst doch wohl nicht …«

»Alles ausziehen?« Er lächelte nicht, aber hob die Augenbrauen. »Nur, wenn du es möchtest.« Er zog seine Schuhe und Socken aus, dann die Jeans, die er achtlos über das Holzgeländer am Weg warf.

Was für ein Körper! Tommi wusste nicht, ob sie erregt oder beunruhigt sein sollte. Das Bild des jungen Mac Fleming tauchte vor ihrem inneren Auge auf: dieser spindeldürre, schlaksige Junge mit dem finsteren Blick. Wer auch immer der Junge gewesen war, er war verschwunden – vom Leben und den Jahren geraubt und durch einen Mann ersetzt, der körperlich so perfekt war, wie sie es noch nie gesehen hatte. Sein Körper war muskulös und durchtrainiert, seine Haut geschmeidig, seine Züge markant und so unverkennbar männlich wie … die Erregung, die sich in seiner Unterhose abzeichnete.

Still sah sie dabei zu, wie er sich in das Bassin sinken ließ. Unwillkürlich hielt sie den Atem an, als das Wasser seine Schenkel erreichte und höher stieg. Sie beobachtete, wie sich der Stoff der Unterhose an seinen Schwanz schmiegte, bevor Mac bis zur Taille im Wasser saß. Er streckte die Arme aus und legte sie auf den Felsen hinter sich. Den Kopf in den Nacken gelegt, schloss er die Augen.

Sie waren noch immer geschlossen, als er sagte: »Zieh die Klamotten aus, Smith, und komm rein. Ich beiße schon nicht. Und ich werde dich nicht anfassen.« Er öffnete die Augen. »Aber ich werde gucken.«
Tommi rührte sich nicht. Sie konnte nicht. Mac log. Er würde sie berühren. Und wenn er es nicht tat, würde sie ihn berühren. Es juckte ihr in den Fingern, ihn zu erkunden. Mit einem Kloß im Hals betrachtete sie den Mann, der vor ihr in dem Becken lag, und ihr Herz schien in ihrer Brust frei herumzuflattern, laut und unregelmäßig pochend. Es ergab einfach keinen Sinn. Mac mochte sie nicht, und trotzdem wollte er sie. Er war ein Fremder für sie, ein Fehler, der darauf wartete, begangen zu werden … und sie wollte ihn.
Risiko. Es war lange her, doch es war nicht das erste Mal. Dennoch zögerte sie. Die ersten Regentropfen fielen auf ihre Wangen.
Mac blickte sie herausfordernd an. »Nass wirst du sowieso.«
»Ich trage aber keinen BH.«
»Gut. Wenn ich an den Anblick in der vergangenen Nacht denke, würde ich sagen, dass ich ein echter Glückspilz bin.« Er rutschte ein Stück zur Seite und deutete mit einem Kopfnicken auf die Bank aus Fels, die die Natur geschaffen hatte. »Außer natürlich, sie halten einem prüfenden Blick im Tageslicht nicht stand. Oder du glaubst, dass ich mein Versprechen, dich nicht zu berühren, nicht halten kann.« Er verzog den Mund zu einem kleinen provokativen Lächeln.
»Die meisten Männer würden dieses Versprechen nicht halten.«

»Ich wette, du kennst meine Erwiderung auf diese Unterstellung.«

»Du bist nicht ›die meisten Männer‹.«

Er antwortete nicht, sondern hielt den Blick fest und unbeirrt auf sie gerichtet.

»Du forderst mich heraus, stimmt's?« Sie schüttelte den Kopf.

Er lächelte und klopfte auf den Platz neben sich.

In der Gruppe der allzu selbstsicheren Männer belegte Mac eindeutig einen Platz im oberen Durchschnitt.

»Und du wirst mich nicht berühren?«, wiederholte sie und freundete sich allmählich mit dem Gedanken an.

»Ich schwöre.« Er hob zwei Finger zum Schwur.

Plötzlich wirkte das Wasser mit dem halbnackten Mac darin – wirkungsvoll zur Schau gestellt – wie ein verführerischer Spielplatz. Und wenn man bedachte, wie lange sie schon nicht mehr gespielt hatte, war es zu verlockend, um darauf zu verzichten.

Sie musste ein Lächeln unterdrücken.

Es würde bestimmt viel Spaß machen, diesen Mann leiden zu sehen. Und es würde sie ablenken.

Sie strich über den Reißverschluss ihrer Jacke und machte ihn aufreizend langsam ein paar Zentimeter auf. »Okay, Fleming – ob du bereit bist oder nicht: Ich komme.«

5. Kapitel

Tommi zog sich im kühlen, diesigen Regen aus – und Mac beobachtete wie angekündigt jede ihrer Bewegungen. Die Tatsache ignorierend, dass ihr verdammt kalt war, bemühte sie sich, eine Show daraus zu machen. Zuerst zog sie die Jacke aus, dann den Fleecepullover. Als sie bei ihrem Sweatshirt angelangt war, schlüpfte sie aus ihren Schuhen und widmete sich den Knöpfen an ihrer Jeans, die sie langsam, einen nach dem anderen, öffnete. Schließlich wand sie sich aus der Jeans, die allmählich immer nasser wurde und an ihrer Haut klebte.

Sie erwiderte Macs Blick und zog den Sweater aus. Nun trennte sie und Mac nichts mehr als der Regen, der Wind und ein Hauch dünner schwarzer Seide. Die Hände in die Hüften gestemmt stand sie vor ihm und ließ ihn ihren Anblick genießen.

Er hatte versprochen, sie nicht anzufassen.

Das wollte sie doch mal sehen.

Mac gelang es, seine Zunge nicht zu verschlucken – aber nur Gevatter Tod hätte ihn davon abhalten können, hart zu werden. Er prägte sich jede Kurve von Tommis Körper ein, während sie ihn enthüllte: den Schwung ihrer Hüften, die Rundungen ihrer festen Brüste, das kleine schwarze Dreieck, das den Teil verdeckte, den Mac so gern nackt sehen wollte.

Sogar ihre verdammten Knie waren perfekt.
So, wie er sich Tommi vorgestellt hatte. So, wie er sie sich erträumt hatte.
Sie stand über ihm, und der Regen war wie ein silberner Mantel über ihren Schultern. Ihre Nippel waren aufgerichtet, schienen sich tapfer gegen Wind und Regen zu stellen. Sie sah aus wie eine Naturgöttin.
Bis auf das schwarze Dreieck aus Seide.
Und er hatte versprochen, sie nicht zu berühren. Er musste verrückt geworden sein. Ein Egoist, der trotzigen, falsch verstandenen Stolz neu definiert hatte. Zur Buße würde er diese Erektion vermutlich für den Rest seines Lebens behalten. Er wusste verdammt genau, dass sie ihn aufziehen wollte – entweder das oder sie genoss es tatsächlich, sich den Hintern abzufrieren.
»Wenn du nicht gleich reinkommst«, sagte er und klang, wie er sich fühlte – frustriert und wütend, »bekommst du noch eine Lungenentzündung. Und ich bringe mich selbst in eine peinliche Lage.«
Sie stieg in das Becken und setzte sich ihm gegenüber auf einen Steinvorsprung. Als das Wasser ihr bis zu den Schultern reichte, schloss sie die Augen. »Oh … das ist himmlisch, absolut himmlisch.« Sie erhob sich ein Stück aus dem Wasser und fuhr sich mit gespreizten Fingern durch das regennasse Haar. In seinem umnebelten Hirn schienen ihre Brüste, feucht von dem Dampf und dem Wasser und nur eine Armeslänge von ihm entfernt, regelrecht zu strahlen. Als sie die Augen aufschlug, um ihn anzusehen, wirkten ihre Wimpern wie mit Diamanten besetzt und glänzten seidig.
»Bist du froh, dass du die Herausforderung angenommen

hast?« Wenn er nicht irgendetwas sagte, lief er Gefahr, in seinem eigenen Saft zu ertrinken. Gott, er sehnte sich so sehr nach ihr.

»Ja.« Sie streckte die Arme wie zum Schwimmen aus, schob spielerisch das Wasser zur Seite und blickte ihn unter den Wimpern hervor an. »Aber ...«

Er wartete. »Aber was?«

Mit den Händen strich sie flüchtig über ihre Nippel, umschloss ihre Brüste und hob sie leicht an. Bot sie ihm an. »Es macht mich ... heiß.« Sie lächelte ihn an – ein Lächeln voller Schadenfreude, sinnlich und herausfordernd – und richtete sich auf. Das Wasser reichte ihr nur bis zur Taille, als sie nun auf ihn zuwatete. »Sehr heiß.« Sie stand vor ihm und schnurrte: »Was ist mit dir? Steigt deine Körpertemperatur auch?« Sie legte ihre Hand flach auf ihren Bauch und schob einen Finger ins Bündchen ihres Slips.

In der Ferne grollte der Donner. Der Sturm rückte näher wie Tommi. Sie quälte ihn mit seinem eigenen Versprechen.

Dampf stieg aus dem Bassin auf und umhüllte sie wie Rauch, ließ sie unwirklich, fast märchenhaft erscheinen. Ein sexueller Festschmaus – nur eben unerreichbar.

Er senkte den Blick. Unter der Oberfläche des Wassers konnte er das schwarze Dreieck ihres Höschens und darunter die leichte Wölbung ihres Venushügels erkennen. Eine Handvoll. Eine perfekte Handvoll. Und darunter ...

Energisch schob er den Gedanken beiseite. Ein Versprechen war ein Versprechen. Er würde mit ihr schlafen – doch er würde den Zeitpunkt und den Ort bestimmen. Wenn er sich im Griff hatte und sie so heißmachen konnte, dass sie unter ihm in Flammen aufging. Auf eine ganz ursprüngliche Art und Weise wollte er bei ihr einen bleibenden Eindruck hinterlassen. So dass sie ihn niemals vergessen, ihm möglicherweise niemals verzeihen würde.

Er streckte seine Beine zu ihrer linken und rechten Seite aus, die Erektion beinahe schmerzhaft – und offensichtlich –, und lehnte sich mit dem Rücken gegen den Felsen.

»Du spielst Spielchen mit mir, Smith. Aber das wird nicht funktionieren. Du kannst dir die ›Komm-her-und-nimm-mich‹-Masche für ein anderes Mal aufsparen. Im Augenblick möchte ich nur diese heiße Wanne genießen.«

Eines musste er ihr zugestehen: Sie wich nicht zurück, sondern lachte. »Wenn ich mir das so ansehe«, sie warf einen Blick auf seine Erektion, die im klaren Wasser deutlich sichtbar war, und lächelte, »würde ich sagen, dass du *mich* willst.«

»Ist dir das aufgefallen?«

»Tja. Tatsächlich habe ich den Kurs ›Einführung in die männlichen Erregungszustände‹ schon in der sechsten Klasse belegt. Es gab Bilder und so etwas.« Wieder musterte sie ihn, doch diesmal aufmerksamer. »Du wärst ein gutes Model gewesen. Lang. Gerade. *Sehr* beeindruckend.«

»Danke für die netten Worte. Und jetzt … setz dich hin.«

Ihre Blicke hätten ebenso gut Hände sein können, mit denen sie ihn berührte, streichelte – doch mitten in der heißen Quelle allein zu kommen war nicht sein Plan. Tommi wusste, wie man das Spiel um Liebe, Lust und Leidenschaft spielte, und sie machte es gut, was ihn einerseits freute, aber andererseits auch irritierte.

»Ich könnte aber noch einiges mehr sagen.« Sie sah ihn an, als wüsste sie, dass er litt, und hätte das Heilmittel für ihn.

»Planst du – als zweites Standbein sozusagen – eine Karriere im Bereich ›Telefonsex‹?«, presste er zwischen zusammengebissenen Zähnen hervor.

Lachend kletterte sie über sein Bein und setzte sich neben ihn. Ihr Arm berührte unterhalb seines ausgestreckten Armes seine Seite. Kurz wandte er seinen Kopf ab, schloss die Augen und atmete etwas Sauerstoff ein. Sein Versprechen kam ihm mittlerweile wie ein Marathon der Selbstbeherrschung vor. Oder wie ein verhängnisvoller Anfall von männlichem Masochismus.

Tommi hörte nicht auf. »Ich könnte mich auf dich setzen, deine Unterhose herunterziehen und dich in mich aufnehmen … tief.« Sie fuhr sich mit der Zungenspitze über die Unterlippe. »Oder ich könnte dich schmecken. Was würde dir gefallen?« Mit hochgezogenen Augenbrauen sah sie ihn an und warf ihm einen unschuldigen Blick zu, der im totalen Gegensatz zu ihren provokativen Worten stand. »Natürlich würde das bedeuten, dass wir uns berühren müssten.«

Sex – er konnte an nichts anderes denken. Sie wollte ihn schmecken … *Tommi …*

Jede mit Testosteron gefüllte Zelle in Macs Körper explodierte, und das Geräusch der Detonation machte ihn taub. Sein Verstand war komplett ausgeschaltet. Er wandte ihr das Gesicht zu, um sie anzublicken und zu sehen, was in ihren Augen stand. »Mir würde beides gefallen. Und das weißt du verdammt genau. Aber …« Er hielt inne. Der Teufel auf seiner Schulter befahl ihm, den Mund zu halten und das Festmahl zu genießen – damit sie an ihren eigenen Sticheleien zu knabbern hatte –, während der lästige flügellose Engel auf der anderen Schulter ihn bat, ehrlich zu sein. Wenn er ehrlich wäre, würde Tommi vermutlich schneller als der Blitz aus dem Wasser verschwinden. *Scheiße!*

»Aber?«, entgegnete sie und spielte das Spielchen mit großen Augen und einem sinnlichen Tonfall weiter.

»Das ist alles, was ich will. Mit dir schlafen und es dann einfach vergessen.« Dass er sie wollte, war eine Tatsache, doch der Teil mit dem Vergessen ... das war nicht so sicher.

Sie erstarrte, und ihr Lächeln erstarb. Für einen Moment wandte sie den Blick ab. »Ich denke, damit hätte ich rechnen sollen.« Ihr Lächeln kehrte zurück, aber es wirkte schwach und zitterig, und sie presste die Lippen aufeinander. »Du siehst mich an und siehst ein Bett, eine Braut – und Sex.«

Ihm stockte der Atem. »Tommi, ich ...« Er würde sich entschuldigen. *Zum Teufel!*

Abwehrend hielt sie die Hand hoch. »Vergiss es. Du warst ehrlich. Das ist immerhin etwas.« Ihr schwaches Lächeln blieb, doch die Schatten in ihren Augen breiteten sich aus. »Ich gebe zu, dass es in meinem Leben eine Phase gab, in der ich die Liebe an den falschen Orten gesucht habe. Aber ich bin nicht das Mädchen, das ›am ehesten die Chance hat, sich bis ins Haus des Gouverneurs hochzuschlafen‹ – wie einige meiner sogenannten *Freunde* in der Highschool vorauszusagen pflegten.«

Schweigen.

»Was für ein *Mädchen* bist du denn?« Mac fühlte sich wie Wackelpudding – wenigstens der größte Teil seines Körpers. Der Rest fühlte sich furchtbar an.

»Erstens bin ich kein Mädchen, jedenfalls nicht mehr. Ich

bin eine Frau. Und wie jede andere Frau arbeite ich hart, bemühe mich, alles richtig zu machen – also, wenn ich weiß, was das Richtige ist – und …«

»Und?«, hakte er nach.

Ihr Lachen war leise und bedauernd. »Und ich versuche, mich von Männern fernzuhalten, die nichts als Sex in einem emotionalen Vakuum zu bieten haben.« Sie bewegte sich von ihm weg, setzte sich wieder auf die Steinbank ihm gegenüber und ließ sich tief ins Wasser sinken.

»Oder von solchen Männern, die nur Sex in einer heißen Quelle zu bieten haben?«

Sie ging nicht auf seine Worte ein. »Reid McNeil war der erste Mann, den ich seit zwei Jahren gedatet habe. Und ich habe es wieder vermasselt. Es fühlt sich schrecklich an.« Sie schaute ihn an. »Und jetzt bin ich hier … mit Hughs kleinem Bruder in dieser heißen Quelle, und ich stehe kurz davor, wieder einen Fehler zu machen, indem ich ihn verführe.« Sie warf ihm einen seltsamen Blick zu. »Ein kleiner Bruder, der mich nie mochte – und es vermutlich immer noch nicht tut.«

Macs Herz, das sich allmählich beruhigt hatte, begann wieder heftig zu schlagen. Doch er schwieg. Er würde noch einmal überdenken müssen, wie er sie zu diesen falschen Schlussfolgerungen gebracht hatte. Aber im Augenblick war er noch nicht bereit, ihre Beschuldigungen abzustreiten und ihr zu sagen, dass sie sich irrte.

»Ich habe nie mit Hugh geschlafen. Das solltest du wissen.« Sie zögerte. »Er wollte es, ich nicht.«

Mac fiel eine zentnerschwere Last vom Herzen.

»Er war – er ist – ein viel zu guter Freund. Sex hätte das alles nur zerstört.« Sie verschränkte die Arme vor der Brust und rieb sich über die Schultern. Als ihr Fuß unter Wasser sein Bein berührte, zog sie ihn zurück.

»Sex zerstört nichts, die Menschen tun das.« Er stand auf und ging durch das Wasser auf sie zu, bis er über sie gestützt vor ihr stand. Sie stemmte ihre Hände gegen seine Brust und hielt ihn zurück. Er ließ es zu.

»Du hast es nicht abgestritten«, sagte sie leise, aber eindringlich.

»Was abgestritten?«

»Dass du mich nicht magst. Wirst du mir sagen, warum das so ist?«

»Ich beginne, dich zu mögen. Reicht das nicht?« Es war nicht der richtige Zeitpunkt, um ihre Frage zu beantworten, und er wartete auch ihre Antwort nicht ab, denn er wollte ihren Mund für einen besseren Zweck nutzen.

Ihre Lippen waren feucht, ihr Mund einladend und ihre Augen groß und wachsam. Als er seinen Kopf neigte und seine Lippen ihre berührten, schloss sie die Augen. Sie vergrub ihre Finger in seinem Brusthaar, und schließlich tauchte seine Zunge in ihren Mund ein, um sie zu schmecken. Seine Erektion drängte sich schwer und willig gegen das schwarze Dreieck aus Seide. Bevor ihr Kuss ihm all seine Kraft nahm, hob er den Kopf. Ohne die Spannung zu beachten, die sich zwischen seinen Beinen ausbreitete, beobachtete er, wie sie die Augen ganz langsam und verwirrt aufschlug.

Gut. Frauen zu verwirren war eine seiner Lieblingsbeschäftigungen.

Er berührte mit einem Finger ihre Wange und ließ ihn hinab zu ihrem Hals gleiten. Als ihre Augen offen waren und seinen Blick erwiderten, veränderte sich der Ausdruck in ihnen von verwirrt zu wachsam. »Du bist gut darin, habe ich recht?«

»Sex?«

Sie nickte.

»Sehr gut.« Mit seinem Finger strich er zwischen ihren Brüsten entlang und umkreiste dann einen ihrer aufgerichteten Nippel, ehe er sich dem anderen widmete. »Und wenn der Hauptgewinn dabei so gut ist wie hier«, er beugte sich vor, um über ihren feuchten Nippel zu pusten, und nahm wahr, wie ihr der Atem stockte, »dann gebe ich mein Bestes.«

Eigentlich hatte er angenommen, dass sie ihm die Chance geben würde, ihr zu beweisen, was hinter seinen großen Worten steckte. Doch stattdessen stemmte sie die Hände gegen seine Brust und schob ihn von sich. »Ich denke, wir sollten zurückgehen.«

»Warum?«

»Weil ich erst nachdenken will, bevor ich mit dir schlafen werde.«

Er küsste sie wieder, sachter dieses Mal. »Du hast Angst.«

»Nicht vor dir.« Unter Wasser schob sie die Hand zwischen seine Beine, umschloss ihn und strich dann mit einem Finger über seine Erektion, die sich ihr entgegendrängte. »Und ganz bestimmt nicht davor«, sie drückte ihn, »denn das gefällt mir. Es ist das emotionale Vakuum, von dem ich sprach.« Sie zog ihre Hand zurück. »Wenn ich zulasse, dass du mich … benutzt, muss ich darauf vorbereitet sein, dass danach nichts weiter zwischen uns sein wird.«

Wieder drückte sie ihn, bevor sie sich von ihm löste. Ein außerordentlich beeindruckender Anschauungsunterricht.

Mac konzentrierte sich darauf, Sauerstoff in seine Lunge zu pumpen und Flüssigkeit in seinen trockenen Mund zu bekommen. Verflucht, er wäre beinahe in ihrer Hand gekommen. Tommi war nicht die Einzige, die nachdenken musste. Er mochte Sex – welcher heißblütige Mann nicht –, aber bisher war es ihm immer gelungen, sich nicht in seinen Empfindungen zu verlieren und genügend emotionalen Abstand zu seiner Partnerin zu wahren. Bisher war das auch nicht schwierig gewesen.

Doch bei der Vorstellung, dass Tommi sich unter ihm wand, heiß und wild, fragte er sich, ob es möglich war, diese Strategie weiterhin durchzuhalten.

Und er fragte sich, ob er das wollte.

Er zog sich zurück, so dass sie aufstehen und das Bassin verlassen konnte, und folgte ihr dann.

Als sie kurz darauf ihre feuchten Klamotten angezogen hatten, war der Regen bereits wolkenbruchartig. Mac warf seine Regenjacke über Tommis Schultern, zog ihr Gesicht zu sich heran und küsste sie wieder. »Es mag vielleicht nur Sex zwischen uns sein – aber es wird verdammt guter Sex sein.«

Sie erwiderte seinen Kuss und machte dann einen Schritt zurück. »Ich hatte schon viel guten Sex.« Sie neigte den Kopf und blickte ihn herausfordernd an. »Wenn ich mich entschließe, es zu tun, dann erwarte ich etwas mehr als ›verdammt guten Sex‹.«

»Aha, eine Frau, die die Messlatte höher legt.« Er strich mit den Fingerspitzen über ihr Kinn. »Dann werde ich wohl dafür sorgen, dass die Nacht in meinem Bett für dich unvergesslich wird.«

»Versprechungen, nichts als Versprechungen.« Sie deutete

auf die heiße Quelle. »Wenn ich es richtig sehe, hast du eine deiner Versprechungen schon gebrochen.«

Er runzelte die Stirn.

»Das Berühren?«, erinnerte sie ihn.

»Du hast mich provoziert.«

»Du warst scharf.«

Er lachte. »Das bin ich noch immer.« Er hob sein Gesicht dem Regen entgegen, ließ ihn über sich perlen und seine erhitzte Haut kühlen. »Aber wir sollten besser gehen. Mutter Natur wird langsam ungemütlich. Und es wird noch schlimmer.«

Sie gingen Richtung Pfad, und keiner von beiden wusste, was sie am Ende erwarten würde.

Tommi ließ Macs Hand nicht los, bis sie die Veranda der Hütte erreichten und er beide Hände benötigte, um die Tür aufzuschließen. Auf dem Weg zurück waren Regen und Sturm stärker geworden, und sogar im Schutze der Bäume hatte der Wind an ihnen gezerrt und ihre nassen Kleider empfindlich ausgekühlt.

Wenn sie beim Verlassen der heißen Quelle noch an Sex gedacht hatte, so hatte die Angst vor einer Lungenentzündung diese Gedanken verdrängt. Sie war ein Eisklotz.

»Nimm eine heiße Dusche und zieh dir etwas Trockenes an«, sagte Mac. »Ich mache das Feuer an und hole uns etwas Heißes zu trinken.«

Das brauchte er Tommi nicht zweimal zu sagen. Sie lief zur Treppe, und nicht einmal fünf Minuten später taute sie unter dem heißen Wasser der Dusche langsam wieder auf. Als die Hitze allmählich auch bis zu ihren Knochen vordrang, wanderten ihre Gedanken wieder zu Mac und dem

Knistern zwischen ihnen ... zu seiner Erektion, die sich in der heißen Quelle an sie gedrängt hatte.

Reiß dich zusammen, Smith. Du sabberst ja schon.

Sie trat aus der Dusche und hüllte sich in ein marineblaues Badetuch, fest entschlossen, sich anzuziehen und dann ganz abgeklärt und cool – so weit das noch möglich war – nach unten zu gehen.

Plötzlich hörte sie die Fehlzündung eines Autos. Das Geräusch war eindeutig!

Sie hatte das Gefühl, nicht mehr richtig atmen zu können, und rannte zum Fenster. Durch den dichten Regenschleier konnte sie nichts erkennen außer den tropfenden Nadelbäumen und über ihnen den dunklen, unheilverkündenden Himmel. Eine weitere Fehlzündung.

Sie stürzte aus dem Zimmer und rief über das Treppengeländer hinweg nach Mac. »Hast du das gehört?«

Er kniete vor dem Kamin und stocherte im Feuer herum, bis die Flammen wieder stärker wurden. »Was soll ich gehört haben?« Als er zu ihr hochblickte, fiel ihr auf, dass er sich bis jetzt noch nicht umgezogen hatte.

»Die Fehlzündung eines Autos. Da draußen ist jemand.« Sie versuchte, nicht panisch zu klingen – doch es gelang ihr nur fast. »Ich bin mir sicher.«

Sie erwartete, dass er mit ihr diskutieren und ihr sagen würde, dass sie sich das alles eingebildet hatte und überreagierte. Aber stattdessen erhob er sich. »Ich werde nachsehen.« Er zog seine gelbe Regenjacke über seine nassen Klamotten. »Bleib hier.« Damit trat er aus der Tür.

Draußen wütete der Sturm, der Dunst hing tiefgrau zwischen den Bäumen, halb Dampf, halb Nebel. Mac beachtete den Regen nicht und schob sich die Kapuze vom Kopf, um sich besser umsehen zu können. Er sah nichts als die vertraute Wand aus hohen Zedern, die Büsche und den endlosen Ozean. Das einzige Geräusch waren die Zweige, die sich im Wind bogen, und das Donnern der Brandung. Er ging Richtung Straße, auf der sich durch die Sturzbäche von Regen eine Pfütze an die nächste reihte. Einige der Schlammlöcher waren fast knietief – sogar sein Geländewagen würde vermutlich nicht durch den Schlamm kommen. Während er den schlimmsten Pfützen auswich, warf er prüfende Blicke in die dichten Büsche am Straßenrand. Noch immer nichts.

Dann sah er sie. Ungefähr achthundert Meter von der Hütte entfernt.

Frische Reifenspuren, auf der Straße und der Böschung. Wer auch immer das gewesen war, war auf dem Weg zurück stecken geblieben und hatte offensichtlich eine Menge Mühe gehabt, den Wagen aus dem tiefen Schlamm zu befreien.

Vielleicht ist Reid, dieses Arschloch, hinter Tommi her.

Sein Magen zog sich zusammen, und er ballte die Hände zu Fäusten. Er blickte die Straße hinauf in die tiefer werdende Dunkelheit und schaffte es nur mühsam, wieder ruhiger zu atmen und den rasenden Zorn, den er empfand, zu mildern.

Eines stand fest: Wenn Reid dumm genug war, es noch einmal zu versuchen, würde er auf ihn warten – mit einer geladenen Schrotflinte.

In der Zwischenzeit würde er seine Augen offen halten und schweigen.

Ganz bestimmt würde er Tommi nicht sagen, was er entdeckt hatte. Immerhin bestand ja noch die geringe Chance, dass es nur irgendein Idiot gewesen war, der die falsche Straße genommen hatte, und dann würde er sie ganz umsonst aufregen.

Er starrte auf den Schlamm, den die Reifen aufgeworfen hatten, um freizukommen, und blickte in den schwarzen Himmel. Wenn der zweite Sturm wie angekündigt kommen würde, wären sie sicher. Noch ein paar Zentimeter Wasser und man benötigte einen Panzer, um diese Straße passieren zu können.

Es war das erste Mal, dass Mac, der mittlerweile mit Leib und Seele »Nord-Westler« war, um Regen betete – und zwar um viel Regen.

6. Kapitel

Als er zur Hütte zurückkehrte, wartete Tommi bereits auf ihn. Ihre Augen glänzten, und ihre Bewegungen waren fahrig. »Ich habe heißen Kakao gemacht«, erklärte sie. »Und ein paar Sandwiches.«

»Großartig.«

Als er nichts weiter sagte, fügte sie hinzu: »Hast du etwas entdeckt?«

»Ungefähr eine Million nasse Bäume.«

»Ich habe etwas gehört, Mac. Ich habe wirklich etwas gehört.«

In ihrem beinahe verzweifelten Blick lag deutlich sichtbar der Wunsch, dass er ihr glaubte.

»Vermutlich ein Ast, der von einem Baum abgebrochen ist oder so. Vielleicht auch ein Gewitter in der Ferne. Es hätte alles sein können.«

Sie runzelte die Stirn.

»Da draußen ist jedenfalls nichts.« Die Lüge belastete sein Gewissen nicht. Er zog sein nasses T-Shirt aus und steuerte dann auf die Treppe zu – und auf sein Gewehr. Von jetzt an wollte er es verfügbar haben, einsatzbereit und immer in greifbarer Nähe. »Halt den Kakao warm, ja? Ich muss aus diesen Klamotten.« Er zwang sich zu einem Lächeln. »Möchtest du mir dabei behilflich sein?«

Nach kurzem Zögern erwiderte sie sein Lächeln. »Echt

verlockend. Aber ich denke, ich bleibe hier und kümmere mich darum, dass die heiße Schokolade nicht kalt wird.«

»Feigling.«

»Absolut.«

»Es wird passieren.«

»Und ›es‹ ist?« Sie warf ihm einen Blick zu.

»Du. Ich. Sex.«

»Du bist ganz schön von dir selbst überzeugt, Mac Fleming.«

Er ging zurück zu ihr und hob ihr Gesicht an. »Ein Teil von mir ist das sicher. Verdammt überzeugt.« Er war gefangen von ihren Augen, von der Melancholie, die in ihnen stand. Sein Magen zog sich zusammen. »Oder vielleicht will ich dich so sehr, dass ich mir nicht vorstellen kann, dass du nicht dasselbe empfindest.«

Er zog sie an sich und küsste sie mit all der Zurückhaltung, die er aufbringen konnte. Als beide atemlos waren, löste er sich von ihr.

Eine kleine Ewigkeit blickten sie einander an.

Schließlich sagte Tommi, deren Miene undurchdringlich wirkte und deren Wangen gerötet waren: »Können wir …« Sie verstummte.

»Sprich weiter«, drängte er.

»Können wir es langsamer angehen lassen?«

Er hörte, dass ihr der Atem stockte, doch er konnte sich nicht erklären, warum auch er mit einem Mal schwer Luft bekam. Lag es an ihrer Nähe?

Sie legte ihm einen Finger auf die Lippen und blickte ihm direkt in die Augen. »Ich habe Angst, Mac.«

»Aber da draußen ist nichts«, log er wieder.

»Das meine ich nicht. Damit kann ich umgehen!« Sie

wirkte angespannt. »Es ist die … *Sache* zwischen uns. Ich möchte nicht schon wieder einen Fehler machen.«

»Sex ist niemals ein Fehler.«

»So spricht nur ein Mann.« Sanft berührte sie seine Wange, fuhr mit dem Finger über seine Lippen. »Für mich war Sex – meistens jedenfalls – ein Fehler. Die beste Entscheidung, die ich je getroffen habe, war es, *nicht* mit deinem Bruder zu schlafen. Dadurch habe ich einen wirklich guten Freund gewonnen.« Sie schaute ihn an, und ihre Miene war nachdenklich und abwesend. »Was werde ich haben, nachdem ich mit dir geschlafen habe, Mac?«

Mac spürte, dass sie die Frage eher an sich selbst und nicht an ihn gerichtet hatte – und es war für ihn sowieso unmöglich, ihr darauf eine Antwort zu geben. Doch ihm gefiel die positive Tendenz in ihren Worten. Er fuhr ihr mit gespreizten Fingern durchs blonde Haar und neigte ihren Kopf, damit sie ihn ansehen musste. »Du denkst zu viel nach.«

Dann küsste er sie leidenschaftlich, löste sich von ihr, solange er noch konnte, und ging die Treppe hinauf in sein Zimmer, um sich trockene Kleider anzuziehen.

Als er sich auf der obersten Stufe noch einmal zu ihr umdrehte, sah sie ihn noch immer an. Er hätte seine erste Million gegeben, um zu erfahren, was sie dachte.

Die Nacht senkte sich schwer über die Hütte – windig, schwarz und regnerisch. Wenn es außerhalb der Mauern, von denen sie umschlossen waren, eine bedrohliche Welt gab, war diese weit entfernt. Mac hatte das Feuer im Kamin wieder entfacht, das nun prasselte, und Tommi, die sich in einem der breiten Sessel zusammengerollt hatte, versuchte, sich auf das Buch zu konzentrieren, das sie aus seinem Regal genommen hatte.

Und noch dringender versuchte sie, den Mann zu ignorieren, der still im Sessel gegenüber saß. Den Mann, der kein Problem damit zu haben schien, sich auf die Akte zu konzentrieren, die er aufgeschlagen hatte, während die restlichen Papiere säuberlich gestapelt zu seinen Füßen lagen.

Das einzige Licht im Zimmer stammte vom Kaminfeuer und von den Lampen, unter denen sie lasen. Die einzigen Geräusche waren das Zischen und Knacken des Feuers und der Wind, der an den Fenstern zerrte.

Als Tommi den Kopf hob, um Mac ungefähr zum tausendsten Mal anzusehen, gab sie ihre kläglichen Versuche, das Buch zu lesen, auf und ließ es in den Schoß sinken.

Seit Mac vor Stunden aus seinem Schlafzimmer zurückgekommen war, mit feuchtem Haar, das sich um seine Ohren lockte, den durchtrainierten Körper lässig in frische Jeans und einen olivgrünen Kaschmirpullover gekleidet, war sie fasziniert und versunken in jedes Detail – bis hin zu seinen Füßen, die in weißen Sportsocken steckten.

Ihre Gedanken wanderten zu den weißen Baumwollboxershorts, die er am Morgen in der heißen Quelle getragen hatte, und dem, was sich unter dem Stoff verbarg – alles für sie.

Wenn sie es wollte.

O ja, sie wollte es, sie wollte Mac. Ihr Körper erinnerte sie mit jedem verstohlenen Blick an dieses Verlangen.

In ihrer Vorstellung legte er seine Hände auf ihre Brüste, sein Mund saugte …

Bei diesen anschaulichen Bildern vor ihrem inneren Auge stockte ihr der Atem. Hitze durchströmte sie, und ihr Körper wurde vor Sehnsucht nach ihm willenlos, schwach. Sie brannte vor Verlangen nach ihm. Ihr Herz, das in den vergangenen Wochen wie versteinert gewesen war, schlug höher.

Sie starrte ins Feuer. Vielleicht war sie über die Jahre zu vorsichtig geworden. Vielleicht hatte Mac recht gehabt, als er gesagt hatte, sie würde »zu viel nachdenken«. Sogar Hugh hatte ihr schon einmal vorgehalten, dass sie »wählerisch zu sein zur Kunstform erhoben hätte«.

Erneut warf sie Mac einen heimlichen Blick zu. Sie wollte ihn. Hier, wo Zeit keine Rolle spielte, an einem Ort mitten im Nirgendwo. Und sie könnte ihn haben. Sie musste nur ihre unangemessenen Erwartungen beiseiteschieben und ihn sich nehmen. Sex um des Vergnügens willen und anschließend ging jeder seiner Wege. Mac war es definitiv wert.

Sie fragte sich, was Hugh davon halten würde, wenn er wüsste, dass sein kleiner Bruder ihr Auswahlverfahren erfolgreich bestanden hatte, und lächelte beim Gedanken daran.

»Was ist so komisch?« Macs Stimme holte sie in die Gegenwart zurück.

»Nichts. Ich habe nur was Lustiges gelesen.« Sie deutete mit einem Kopfnicken auf das Buch in ihrem Schoß.

Er reckte den Hals und warf einen Blick auf den Umschlag. *»Theologie der Renaissance«*, las er laut vor. »Wenn Homer Simpson nicht das Vorwort geschrieben hat, muss mir was entgangen sein.« Damit stand er auf, ging zu ihr und nahm ihr Weinglas in die Hand. Er hielt es hoch und hob fragend die Augenbrauen.

Tommi nickte. »Sicher, obwohl ich, fürchte ich, schon ein Glas zu viel getrunken habe.«

»Du hattest ein Glas, Punkt.« Er füllte ihr Glas, gab es ihr zurück und ging zum Kamin, um das Feuer anzufachen.

»Ich trinke nicht oft Alkohol. Ich bin zu, äh, anfällig.« Tommi hielt das Glas gegen die tanzenden Flammen im Kamin und trank – sie nahm keinen Schluck, sondern einen großen Zug. Es war schließlich nicht verkehrt, wenn ein Mädchen sich ein bisschen Mut antrank. »Ich habe dich beobachtet«, sagte sie. »Über den Rand meines fesselnden Buches hinweg habe ich den einen oder anderen Blick auf dich erhascht.« Nachdem sie noch einen großen Schluck genommen hatte, stellte sie ihr Glas auf den Tisch neben dem Sessel. Leer.

»Ich weiß.« Er richtete seine funkelnden Augen auf sie. »Ich habe dich auch beobachtet.«

»Und geduldig gewartet?«

»Gewartet, ja. Geduldig? Nein.« Der Blick, den er ihr zuwarf, war heißer als das prasselnde Feuer.

»Dann wird es dich freuen zu hören, dass das Warten ein Ende hat.«

Er legte seinen Kopf leicht schräg und nippte an seinem Wein.

»Ich habe entschieden, dass deine Idee ein brillanter Weg ist, um sich die Zeit zu vertreiben.« Sie erhob sich und machte sich daran, die beiden Leselampen auszuschalten. Das helle Feuer im Kamin spendete genug Licht. Sie trat zu Mac an den Kaminsims. »Und sich zu lieben – entschuldige, *Sex zu haben* – ist eines der besten Mittel gegen Stress.« Sie warf ihm einen Blick von der Seite zu. »Willst du mir dabei helfen, ein wenig Stress abzubauen?«

Mac hatte nicht gewusst, was er erwartet hatte, doch es war bestimmt nicht das gewesen. Es musste am Wein liegen. Dem Feuer. Der Unvermeidbarkeit. Er schob die Hand in die Hosentasche, betrachtete sie und sagte – da er nicht wusste, was er davon halten sollte – nichts.

Sie sah erst enttäuscht und dann verärgert aus. Vielleicht, weil er nicht in dem Moment, als sie die Worte ausgesprochen hatte, über sie hergefallen war, wie jeder halbwegs vernünftige Mann mit einem funktionierenden Schwanz es getan hätte. »Welchen Teil von ›ja‹ hast du nicht verstanden?«, fragte sie.

Oh, er hatte ihre Worte schon richtig verstanden, aber es passte nicht. Es war zu leicht. »Einfach so?« Er sah sie an. *So verdammt nah.*

Sie hob ihr Kinn, und er bemerkte das Zittern um ihre Mundwinkel, eine Unsicherheit, die er als anziehend empfand. »Bist du enttäuscht?«, entgegnete sie.

»Nur darüber, dass du erst ein paar Gläser Wein kippen musst, um es zu können.«

»Ich habe nicht ›gekippt‹! Das wäre nicht gerade damenhaft.«

Er umfasste ihr Kinn, um ihr Gesicht mustern zu können. Um lesen zu können, was in ihren Augen stand. »Bist du dir denn sicher?« Seine Ohren hatten ihre Zusage gehört, doch jetzt wollte er es in ihren Augen sehen. *Ja. Ja. Ja.*

»Nein.« Sie löste sich aus seinem Griff. »Wann ist sich jemand schon ›sicher‹, was Sex betrifft?« Dann nahm sie ihm das Weinglas aus der Hand und stellte es neben ihres auf den Tisch.

»Aber ich bin mir einer Sache sicher. Einführungskurs Biologie. Es besteht keine Möglichkeit, dass du und ich eine Woche in dieser Hütte verbringen – allein –, ohne miteinander zu schlafen.«

Mac streckte die Arme nach ihr aus. »Warum sollten wir das auch wollen?«

Dieses Mal, als er sie in seine Arme nahm, ihre Lippen eroberte, war er entschlossen, die Chance nicht vorübergehen zu lassen. Jedenfalls nicht heute Nacht. Heute Nacht gehörte Tommi Smith ihm, und er wollte jeden zarten, seidigen Zentimeter von ihr kosten und genießen. »Gott, du schmeckst so gut.« Er hob den Kopf, um in ihre halb geschlossenen Augen zu blicken. »Dein Mund ist ein verdammtes Wunder.« Die eigenen Lider schwer und mit einer Erektion, die sich ungeduldig gegen seinen Reißverschluss drängte, fügte er hinzu: »Ich kann das Hauptgericht kaum erwarten.«

Sie machte einen Schritt zurück, zog sich den Sweater aus, entblößte ihre phantastischen Brüste und lächelte ihn an. »Du bist dran.«

Sofort griff er sich die Kissen vom Sofa und warf sie achtlos auf den Teppich vor dem Kamin. Dann machte er sich an seinem Reißverschluss zu schaffen – sehr vorsichtig. Es war nicht der richtige Zeitpunkt, um einen Unfall zu riskieren.

Als er fertig war, sank Tommi vor ihm auf die Knie.

Durch den Stoff seiner Unterhose hindurch streichelte sie ihn und zog die Shorts dann herunter. Und als seine Erektion befreit war, hart und lang, streichelte sie ihn wieder – sacht, als wäre er aus Glas. Behutsam knabberte sie an ihm und hauchte eine Spur Küsse über seine gesamte Länge.

Das Blut schoss durch seinen Körper. Gott, sie würde es ihm mit dem Mund machen! Tommi Smith würde es ihm mit dem Mund machen.

Er schloss die Augen und hob das Kinn an. Seine Nackenmuskeln spannten sich. Er hielt ihren blonden Kopf in seinen Händen und unterdrückte den Drang, seine Finger in ihrem Haar zu vergraben – bis sie mit der Zunge an seinem harten Schwanz entlangleckte.

Die Art, wie er die Luft ausstieß, erinnerte an den stürmischen Wind, der draußen vor der Hütte tobte, und er zog sie auf die Beine, bevor er ihr noch vor die Füße sinken würde. Auf keinen Fall wollte er schon jetzt wie ein unerfahrener Junge kommen. Er versuchte zu lächeln, doch es misslang ihm – der Schmerz hinderte ihn daran. »Willst du mich umbringen?«

»Seit der heißen Quelle wollte ich dich berühren. Du bist schön. Groß.« Ihre Augen wirkten dunkel, ihre Lippen schimmerten, und als sie ihn ansah – die verheißungsvolle Erektion zwischen seinen Beinen –, fuhr sie sich mit der Zungenspitze über die Lippen. »Und … ich wollte einen kleinen Vorgeschmack auf das, was gleich kommt.«

»Was gleich kommt, bin ich – viel zu früh, wenn du noch mal so etwas machst.« Sobald er es ausgesprochen hatte, sehnte er sich schon wieder danach. Er fasste die Jogginghose an, die sie trug. Mit dem Gummiband an der Taille war sie im Bruchteil einer Sekunde ausgezogen. Dieses Mal war das Dreieck aus roter Spitze. Rot – das Signal für den Startschuss. Er streifte ihr das Höschen ab.

Tommi war naturblond.

Als sie nackt war, packte er sie an der Taille, fuhr mit seinen Händen über ihre Hüften und umfasste ihren Po, um sie ganz nah an sich zu ziehen. Er spürte sie Haut an Haut, und seine Temperatur schien um hundert Grad zu steigen.

Sie seufzte, stellte sich auf die Zehenspitzen und presste

ihre Hüften gegen seine. »Wir passen bestimmt gut zueinander. Ich weiß es einfach.«

»Mehr als gut.« Erhitzt durch die Berührung ihrer ineinander versunkenen Körper, küsste er sie langsam und innig. Ihr Atem duftete nach Pfefferminz, ihr Lippenstift – oder das, was davon übrig war – schmeckte leicht nach Erdbeere. »Wahrscheinlich sollte ich es nicht zugeben, Smith, aber ich will dich schon, seit ich dreizehn bin.«

Sie schlang ihre Arme um seinen Nacken, sah ihm in die Augen und lachte. »Ich würde ja gern dasselbe von mir behaupten, aber ...«

»Die knochigen Knie und meine Art haben dich offenbar nicht überzeugt, oder?« Er hob die Augenbrauen und strich mit der Hand ihren Körper entlang bis zwischen ihre Beine. Flüssiges Gold. Feucht, voll, cremig.

»Hm ...« Sie schloss die Augen und drängte sich gegen seine Hand. »Doch jetzt überzeugst du mich.«

Er erkundete sie, drang mit dem Finger in sie ein, streichelte über ihre Lustperle. Feucht. Bereit. »Leg dich hin.« Seine Stimme klang selbst in seinen Ohren dunkel und schroff.

Sie tat, wozu er sie aufgefordert hatte, und als sie auf dem Rücken lag, streckte sie die Arme über den Kopf.

Eindringlich betrachtete er sie, nahm das Bild in sich auf. Sie war wie ein Traum im Schein des Feuers, ein Traum, bei dessen Anblick Mac sich wie erstarrt fühlte – gefangen in einem zeitlosen Moment.

Sein Körper vibrierte vor Verlangen, aber er riss sich zusammen und fuhr fort, sie zu betrachten. Verdammt, es passierte schließlich nicht jeden Tag, dass der Traum eines Mannes so ungeniert vor ihm ausgestreckt dalag und ihm alles anbot. Sein Atem ging stoßweise. Gott, er hatte davon geträumt, dass sie so vor ihm lag, offen und bereit für ihn. Nur für ihn. In seinem Leben hatte es mehr Frauen gegeben, als ein einzelner Mann verdiente, doch keine von ihnen war wie Tommi gewesen. Nicht einmal annähernd.

Er wollte dieses Bild – ihre üppigen Kurven, die im Licht des Kaminfeuers schimmerten, ihr blondes Haar, das auf einem blauen Kissen ausgebreitet lag – für immer in sein Herz einschließen.

Aber die Geduld eines Mannes war begrenzt.

»Spreiz die Beine«, stieß er mit rauher Stimme hervor. »Weit.«

Sie fügte sich, und er sank zwischen ihren Schenkeln auf die Knie. Der feuchte Schimmer auf ihren Härchen war verlockend. Er berührte sie kurz, zog sich dann zurück, legte seine Hände auf ihre Knie und spreizte sie noch weiter. »Ich will dich anschauen.«

»Das habe ich mir schon gedacht.«

»Und«, er neigte den Kopf und leckte mit der Zunge über sie, »ich will mich an dir berauschen.«

Er sah, wie sich ihre Brüste hoben und senkten, und bemerkte, wie sie sich mit der Zungenspitze über die Lippen fuhr. Als sie sprach, klang es wie ein Flüstern. »Nur zu.« Wieder fuhr sie sich über die Lippen, doch diesmal wirkte es nervös. »Aber bei mir ist es schon eine ganze Weile her, also bereite dich besser darauf vor.«

Mac hatte sich sein halbes Leben lang auf Tommi vorbereitet, und er wusste, was er von ihr wollte, was er ihr geben wollte.

Er öffnete sie und spürte, wie feucht und bereit sie war.

Während er sie streichelte, beobachtete er, wie sie die Augen schloss, lauschte ihrem unregelmäßigen, flachen Atem und wandte dann den Blick zwischen ihre Schenkel – als Junge hatte er sich so den Himmel vorgestellt, und als Mann würde er ihn nun erleben.

Er tauchte in sie ein, erst mit einem Finger, dann mit zwei Fingern, rein … raus, rein … raus … Jedes Eindringen und Zurückziehen war rhythmisch, tief, erregend.

Als sie sich unter ihm zu winden begann, legte er eine Hand auf ihren Bauch, um sie zu beruhigen, und neigte seinen Kopf.

Er wusste genau, was er tat.

Ihre Lustperle sehnte sich nach seiner Berührung. Er umkreiste sie mit dem Finger, nahm sie dann behutsam in den Mund und schmeckte sie. Sie war süß, salzig, würzig. Exotisch.

Er stand selbst kurz davor zu explodieren!

Um das zu verhindern, zog er sich zurück, löste seinen Mund von ihr und blies sacht über ihren Venushügel.

»O Gott … mehr, Mac, mehr … bitte.«

Als sie ihren Rücken durchdrückte, um sich gegen seinen Mund zu pressen, umschloss er sie wieder mit den Lippen, knabberte behutsam, leckte und saugte. Sein Schwanz war hart und mehr als bereit, doch das hielt ihn nicht davon ab, die Herrlichkeit unter seiner Zunge zu genießen.

Er nahm sie tiefer in seinen Mund auf, löste sich wieder von ihr und leckte mit seiner Zunge über sie.

Sie schnurrte, stöhnte, schrie seinen Namen und kam in seinen Armen.

Sein Atem ging so laut und schnell, dass er das Gefühl hatte, davon taub zu werden. Hastig streifte er sich ein

Kondom über, hob ihre Hüften an und brachte sich in Position.

Tief stieß er in sie und genoss die letzten Wellen ihres Höhepunktes, die um ihn pulsierten. Er zog sich zurück und glitt erneut in sie – sein Verstand war ausgeblendet, seine Haut schien zu klein für seinen Körper zu sein. Er war in Tommi, er war zu Hause, so tief in …

Er explodierte, zersprang in Tausende von Stücken – ein Planet, der zu nah an die Sonne geraten war.

Das Zedernholz im Kamin knackte und zischte, als der letzte Tropfen Flüssigkeit in der Hitze verdampfte. Und Mac erging es genauso.

Weil er wusste, dass er schwer auf ihr lag, rollte er auf den Rücken und legte den Arm über die Augen.

In dem großen Zimmer waren die einzigen Geräusche ihre Atemzüge – zuerst kurz und scharf, dann lang und erschöpft.

Tommi richtete sich auf und beugte sich über ihn. Ihre Brüste berührten seinen Oberkörper. Sie schob ihm das Haar aus der Stirn, auf der Schweißperlen glitzerten, und küsste ihn.

»Nicht schlecht. Gar nicht mal so schlecht.« Die Worte klangen ein wenig zu spielerisch, ihr Ton war seltsam nüchtern, und genau das sagte ihm, dass sie ebenso bewegt war wie er.

Er nahm den Arm von den Augen, um sie anzusehen. Eigentlich hätte er sich leer fühlen sollen, müde. Aber stattdessen spürte er eine wohlige Wärme in sich und kam sich lebendiger vor als in den ganzen letzten Jahren. Er strich mit den Fingerspitzen über ihre zarte Haut. »Ich fühlte mich irgendwie beflügelt.«

»Ja, das warst du.« Eine Weile blickte sie ihn an, und ihre Miene wirkte mit einem Mal überrascht.
»Was ist?« Er drehte ihr Gesicht zu sich und hob fragend die Augenbrauen.
»Nichts. Ich dachte nur gerade, dass ich schon vor Jahren mit dieser Art von Sex hätte beginnen sollen – ohne Verpflichtungen, nur zur Entspannung. Ich könnte mich dran gewöhnen.« Sie stand auf. Er blickte von ihrem noch immer feuchten Venushügel über ihren flachen Bauch bis hin zu ihrem Mund. Ein Lächeln umspielte ihre Lippen. »Und da deine besondere Form der Inspiration echt durstig macht«, ihr Lächeln wurde breiter, »brauche ich jetzt Wasser. Und du?«
Er war sich nicht sicher, was er davon hielt, den Anstoß für ihr wiedererwachtes Sexleben gegeben zu haben, doch er schwieg. Er wollte sich nicht noch weiter mit ihr einlassen, als er es ohnehin schon getan hatte. Und die Unterhaltungen nach dem Sex waren noch gefährlicher als das Liebesspiel selbst. Also kümmerte er sich, während sie Wasser holte, um das Kondom und fachte das Feuer wieder an.
Mit zwei Gläsern Wasser in den Händen kam sie durch das Zimmer auf ihn zu. Er war beeindruckt zu sehen, wie unbekümmert sie sich bewegte, obwohl sie nackt war. Er war beeindruckt davon, wie ungehemmt sie beim Sex war.
Er war beeindruckt. Punkt.
Die Millionen-Dollar-Frage war, wie zur Hölle es weitergehen sollte …

7. Kapitel

Tommi reichte Mac sein Wasser und setzte sich neben ihn. »Das war etwas Neues für mich«, sagte sie.

»Wie bitte?«

»Ein multipler Orgasmus. Das ist mir noch nie passiert.« Sie wandte sich ihm zu und sah ihn mit ihren verträumten blauen Augen an. »Offensichtlich weißt du genau, wann du …«

Er senkte den Blick und nahm einen Schluck von dem Wasser. Aus unerfindlichen Gründen kroch ihm Hitze den Nacken hinauf.

»Ich habe dich in Verlegenheit gebracht.«

»Bist du nach dem Sex immer so gesprächig?«

»Wenn ich solche Orgasmen habe, dann schon.« Sie legte den Kopf schräg und sah ihn belustigt an. »Ich dachte, ein neugieriger Geist wäre daran interessiert.« Sie hielt inne und runzelte die Stirn. »Ich habe wohl vergessen, wie schüchtern du bist.«

Er lachte. Schüchtern war er nicht. Es lag einfach an Tommi. »Das ist schon lange her. Damals war ich noch ein Kind.« Er stellte sein Wasserglas ab und zog sie zu sich heran, so dass sie zwischen seinen Beinen saß und sich mit dem Rücken an seine Brust lehnte. Gott, in dem Moment, als ihr Po seinen Schwanz berührte, wuchs der wie die magische Bohnenranke. Jetzt musste er lächeln. Vielleicht war er immer noch der kleine Junge, wenn es um Tommi ging. »Als Mann muss ich sagen, dass ich sehr erfreut bin, von deinem multiplen Orgasmus zu hören – und verflucht neidisch.«

Lächelnd schmiegte sie sich an ihn und lehnte ihren Kopf an seine Schulter. Sein Hirn schmolz beinahe dahin, als ihm der Geruch von Sex und von Shampoo in die Nase stieg. Er umschloss ihre Brüste mit seinen Händen und hauchte ihr einen Kuss aufs Haar. Rosen, ihr Shampoo duftete nach Rosen.

Als er begann, mit ihren Nippeln zu spielen, drängte sie sich seufzend noch enger an ihn. Ein Seufzen war gut. Aber ein Stöhnen war eindeutig besser. Er schob seine Hand zwischen ihre Beine und streichelte sie. Sekunden später bekam er sein Stöhnen.

»Ich habe dir mal eine Rose geschenkt, weißt du das eigentlich?«, flüsterte er ihr ins Ohr. *Woher zum Teufel kam das denn jetzt?* Woher auch immer – er wünschte sich, er könnte die Worte zurücknehmen.

Sie legte ihre Hand auf seine, hielt sie fest und wandte sich um, damit sie ihn ansehen konnte. Ihr verschleierter Blick klärte sich. »Daran kann ich mich gar nicht erinnern.«

Mist! »Das habe ich auch nicht erwartet.«

»Erzähl mir davon.«

Als sie sich auf die Knie begab, sich umdrehte und ihn ansah, seufzte er auf. Warum hatte er verdammt noch mal seinen Mund nicht halten können? »Ich war vierzehn, vielleicht fünfzehn.« Er hielt kurz inne und schürzte die Lippen. »Du bist zum Abendessen vorbeigekommen. Es war dein Geburtstag. Du bist am nächsten Tag abgereist.«

»Als ich neunzehn geworden bin! Ich erinnere mich. Es

war an dem Tag, bevor ich nach Seattle umgezogen bin. Es war ein Abschied für mich und … Hugh.«

»Richtig.« Ein Abschied, der Hugh in die Knie gezwungen hatte. In jener Nacht hatte er seinen Bruder weinen sehen. Das hatte er niemals vergessen.

»Aber ich erinnere mich nicht an eine Rose«, fuhr sie fort und wollte, dass er weitersprach.

»Sie war rot. Vor dem Abendessen bin ich ins Zimmer gehuscht und habe sie auf deinen Teller gelegt.« Gott, er spürte schon wieder, wie ihm die Hitze den Nacken hinaufkroch. Was zum Teufel war nur los mit ihm?

Sie starrte ihn an. Blinzelte. »Die war von dir? Oh, wie …«

»Sag um Gottes willen nicht ›süß‹!«

»Aber es *war* süß.«

Er verdrehte die Augen. »Wie süß kann es schon gewesen sein? Immerhin hast du die Rose im Badezimmer in den Mülleimer geschmissen.«

»Das habe ich nicht getan.«

»Doch, das hast du.«

»Das würde ich nie tun!«

»Ich habe den Müll rausgebracht.«

Sie wollte etwas erwidern, legte dann jedoch die Hand vor den Mund.

»Du lachst.«

»Ich versuche ja, mich zusammenzureißen, aber wir …«

»… streiten uns gerade über eine fünfzehn Jahre alte Rose«, vollendete er ihren Satz, und, ohne es zu wollen, musste auch er lachen.

»Ich hätte sie nicht wegwerfen sollen.«

»Nein, das hättest du nicht tun sollen.« Er zog sie wieder

in seine Arme und fühlte sich seltsam erleichtert und froh. »Du hättest mich besinnungslos küssen sollen, damit ich etwas habe, um mich an dich zu erinnern. Das hatte ich eigentlich erreichen wollen.«

In seinen Armen drehte sie sich um, so dass sie sein Gesicht mit ihren Händen umfassen konnte. »Wie wäre es, wenn ich dich jetzt besinnungslos küsse?«

»Klingt gut.«

Aber sie tat es nicht – stattdessen zögerte sie und wich ein Stück zurück. »In jener Nacht … Mich von Hugh zu verabschieden war schwer, Mac.«

»Er ist dir nach Seattle gefolgt.«

»Ja. Es hat einige Zeit gedauert, bis er mein Nein als Antwort akzeptiert hatte. Aber am Ende hat er es geschafft. Und jetzt ist mir die Freundschaft zu ihm wahnsinnig viel wert.«

»Du hast ihn jahrelang hingehalten, Tommi. Ich habe dich beobachtet.« *Gott, ich habe kaum etwas anderes getan, als dich zu beobachten.*

Sie biss sich auf die Unterlippe. »Ja, das habe ich. Ich war eingebildet und selbstsüchtig. Ich habe eine Menge Jungs hingehalten. Es war dumm. Ich war dumm.« Sie berührte seine Brust und strich mit den Fingern durch sein Haar. »Ich habe Fehler gemacht. Eine Menge Fehler.«

Er ergriff ihre Hand und sah ihr in die Augen. »Und das hier – wir – ist das ein weiterer Fehler?«

Tommi zitterte. Macs intensiver Blick wirkte gelassen und brachte sie gleichzeitig aus der Fassung. Sie fragte sich, welche Antwort er hören wollte, doch sie entschied sich für die Wahrheit. Sie beugte sich vor und küsste ihn. »Bis jetzt fühlt es sich nicht wie ein Fehler an.« Wieder küsste sie ihn und flüsterte ihm dann ins Ohr: »Was sich allerdings nicht richtig anfühlt, ist, dass du nicht in mir bist.« Im nächsten Moment lag sie unter ihm und blickte in seine vergnügt funkelnden Augen. »Tja, *das* ist ein Fehler, den ich nur zu gern korrigiere.«

Tommi öffnete sich für ihn, und er drang geschmeidig und leicht in sie ein.

Abrupt zog er sich aus ihr zurück. Sie hörte, wie er scharf einatmete und dann die Luft ausstieß.

»Verdammt!«, murmelte er. »Kein Kondom.«

»Solange du nicht mit irgendeiner Krankheit in Quarantäne müsstest, ist es okay. Ich nehme die Pille.« Sie strich mit der Hand über seinen harten Schwanz, fuhr mit dem Daumen über seine Spitze und führte ihn zwischen ihre Schenkel. Sie wollte ihn, alles von ihm, so tief in sich, wie es eben ging.

»Ich danke Gott für die Wissenschaft.« Er glitt in sie, dieses Mal leicht, unaufgeregt, beinahe verträumt – als hätte er alle Zeit der Welt, als wäre ihr Körper nur erschaffen worden, um ihn zu umhüllen, nur ihn. Sie spürte ihn in ihrer Seele …

Tommi hob die Hüften an, schloss die Augen und gab sich selbst der Empfindung hin, ihn tief in sich zu fühlen. Mac richtete sich ein wenig auf und stützte sich über ihr ab, so dass er bei jedem Stoß auch ihre Lustperle reizen konnte. Und er führte sie auf den Gipfel …

Sie wand sich unter ihm, ihre Muskeln umschlossen ihn und erbebten um ihn.

»Oh, Mac«, seufzte sie und drückte den Rücken durch, schmiegte sich eng an ihn, »du fühlst dich … himmlisch an.« Ein Flüstern aus ihrem Innern, die ersten Schauer des

Höhepunktes, tief in ihrem Bauch, tiefer … ein Erzittern und schließlich der stumme Rausch der Erlösung schalteten ihren Verstand aus, betäubten angenehm ihre Sinne. Willenlos war sie wie ein Gefäß für ihn, noch immer heiß, noch immer verlangend, ganz benommen und gefangen von den kräftigen Muskeln seines Körpers, seinem Eindringen in ihr Innerstes.

Hart und tief in ihr bäumte Mac sich auf und betrachtete sie mit funkelnden Augen. Er schob seine Hand zwischen sie, strich mit dem Daumen über ihre Lustperle und begann ein langsames, aufreizendes Spiel. »Einer, Baby. Das war der erste. Aber aller guten Dinge sind drei.« Er beugte sich vor und knabberte zärtlich an ihrem aufgerichteten Nippel.

Sie hatte das Gefühl, den Verstand zu verlieren, als sie die Hitze spürte, die ihre Schenkel und ihren Venushügel durchströmte. Sie konnte nicht atmen, konnte nicht denken. Überwältigt davon, ihn in sich zu spüren und seine Hände und seinen Mund auf ihrem Körper, wand sie sich, keuchte auf. Ihr Atem ging schneller und schneller. Um zu sprechen, unterdrückte sie ein sehnsüchtiges Stöhnen. »Ich bin bereit, einen neuen Rekord aufzustellen, wenn du es bist.« Sie streichelte ihn zwischen den Beinen. »Aber lass dir Zeit – wir haben noch Tage.«

»Und Tage«, stieß er hervor, nahm einen ihrer Nippel in den Mund und saugte daran.

Und dann machte er ernst.

Als Mac die Augen aufschlug, sah er in das fahle Licht des Morgens und erblickte eine Hand, die seine Erektion umschloss. Eine Hand, die entweder Auslöser dieser Erektion war oder aber entschlossen, es zu Ende zu bringen. Nach der vergangenen Nacht hätte er nicht geglaubt, dass Tommi zu so etwas noch die Energie besaß – doch er erkannte gute Absichten, wenn sie sich so anfühlten.

Er wandte den Kopf, um Tommi anzusehen, und sie schwang ein Bein über seine Schenkel, damit er in sie eindringen konnte. Und er glitt in sie, als wäre er für diesen Zweck erschaffen worden. Ihm stockte der Atem bei den wundervollen Empfindungen, die diese Verschmelzung in ihm auslöste. Gab es eine bessere Möglichkeit, den Tag zu beginnen?

Aber er hatte Schwierigkeiten, an sich zu halten und es langsam angehen zu lassen.

Tommi flüsterte ihm ins Ohr: »Mach kein Theater, Liebling. Nimm mich einfach.« Verführerisch knabberte sie an seinem Ohrläppchen.

Da er kein Mann war, der ein Geschenk ablehnte, nahm er sie hart und schnell. Als es vorbei war, blickte sie ihn an. Ihre Miene wirkte sanft und befriedigt, und sie strich mit den Fingern über sein stoppeliges Kinn.

»Tja, das nenne ich einen guten Morgen«, sagte er, als sein Herz allmählich wieder normal schlug.

»Ich habe mir schon gedacht, dass dir das gefallen könnte.« Sie lächelte ihn an, ein träges, zufriedenes Lächeln, das ihn – wenn er gestanden hätte – in die Knie gezwungen hätte.

In seinem Innern wurde es still, und er schob ihr das zerzauste Haar hinter die Ohren. »Du bist mehr, als ich erwartet hätte, Smith.«

»Im positiven oder im negativen Sinne?«

»Du kennst die Antwort darauf.« Er nahm eine Strähne,

hielt sie sich an die Nase, sog den Duft ein und strich sie ihr dann aus dem Gesicht. »Ich bin froh, dass du hier bist.«

»Aber du bist sicherlich auch froh, wenn ich wieder gehe.«

Ihre Worte erschütterten ihn. »Wie kommst du denn jetzt auf so etwas?«

Sie setzte sich auf und zog die Decke über ihre Brüste. »Ich dachte nur, dass wir beide uns vielleicht daran erinnern sollten, dass unsere gemeinsame Zeit begrenzt ist.«

Er konnte nicht deuten, was sie damit meinte. »Ist es das, was du willst?« Im Stillen verfluchte er sich selbst, weil er wusste, dass seine Frage in eine ganz bestimmte Richtung führte und dass die Antwort ihn in eine Lage bringen würde, in die er nicht kommen wollte – damit würde er sich nur noch tiefer in diese Sache mit Tommi verstricken.

Sie stand auf und schlang sich die Decke wie eine Toga um den Körper. »Ich habe keine Ahnung, was ich will. Du dagegen hast deinen Standpunkt klargemacht. Du wolltest mit mir ›schlafen und es dann einfach vergessen‹.« Sie hob die Augenbrauen und lächelte dann – ein rätselhaftes Lächeln, das einem Mann das Herz zerriss und das zu entschlüsseln ihn eine Ewigkeit kosten würde.

Er tat, was jeder Mann bei Verstand in diesem Fall tat – er hielt den Mund.

»Ich lese daraus«, sagte sie mit kühler Stimme, »dass wir wohl in der näheren Zukunft keine Wohnungsschlüssel austauschen werden.« Es war keine Frage, und sie blickte ihn mit ihren großen blauen Augen eindringlich an.

Verflucht, sie hatte recht. Er hatte diese Worte gesagt. Und auch nach der vergangenen Nacht meinte er sie so. Langfristig gesehen war Tommi nicht die Richtige für ihn. Das würde er nicht zulassen. Er würde nicht riskieren, verletzt zu werden. Einige Frauen wussten nicht, wie man liebte, wussten nicht, wie man loyal war, und tief in seinem Innern hielt Mac Tommi für eine dieser Frauen. In der letzten Nacht hatte er den besten Sex seines Lebens gehabt, aber auch das konnte die Vergangenheit nicht ungeschehen machen. Genauso wenig löschte es das Misstrauen aus.

Außerdem mussten sie sich um Reid McNeil kümmern. McNeil war ein Dieb, vermutlich ein gefährlicher Dieb, und ihr letzter Geliebter.

Schließlich nickte er und stand auch auf. »Ich entschuldige mich dafür, so geradeheraus zu sein – aber, ja, ich empfinde es noch immer so.«

Wenn seine schroffen Worte eine Wirkung auf sie hatten, so verbarg sie es gut. »Gut«, sagte sie. »Ich mag Männer, die zu ihrem Wort stehen.« Sie hob die Decke, die sie um sich geschlungen hatte, ein wenig an und ging zum Badezimmer. »Zuerst eine Dusche, dann ein Frühstück. Ich komme um vor Hunger. Und du?« Sie wartete seine Antwort nicht ab.

»Tommi?«

Zwar hielt sie inne, wandte sich jedoch nicht zu ihm um. *Scheiße!* »Du weinst ja.«

Sie drehte sich um, damit sie ihn ansehen konnte. Tränen glitzerten in ihren Wimpern, und ihre Augen funkelten. »Natürlich weine ich, du Idiot. Warum sollte ich nicht weinen?« Sie hob die Decke an und trippelte zurück zu ihm. »Es dreht sich bei mir nicht alles um Sex, Mac. Hier drin«, fuhr sie fort und stieß einen Finger gegen ihre Brust,

»ist ein Herz, ein echtes Herz. Und im Augenblick ist es verwirrt.«

So unvermittelt, dass er erschrak, ließ sie die Decke fallen und hob die Arme. »Das hier«, sagte sie und ließ keinen Zweifel daran, dass sie diesen wundervollen Körper meinte, »ist nicht alles, was mich ausmacht. Obwohl ich den Mann, der darüber hinausblicken kann, noch finden muss.« Sie ließ die Arme sinken.

Durch den Tränenschleier hindurch blitzten ihre Augen. »Tja, dumm von mir. In der letzten Nacht habe ich für einen Moment gedacht – gehofft –, dass du vernünftig wärst, dass nicht nur in deinem Schwanz, sondern auch in deinem Kopf etwas geschehen wäre. Aber ich habe mich geirrt.«

Bevor er etwas erwidern konnte – auch wenn er nicht genau wusste, was er sagen sollte –, hatte sie die Decke wieder aufgehoben, um sich geschlungen und hob das Kinn an. »Ich werde jetzt duschen«, verkündete sie mit kühlem Blick, »und zwar allein. Und dann werde ich das Frühstück machen. Später dann – wenn du willst und kannst, woran ich nach deinem Durchhaltevermögen der letzten Nacht keinen Zweifel habe – würde ich gern in der heißen Quelle Sex mit dir haben.«

Mac starrte sie mit offenem Mund an.

Gott, was für eine Frau!

Reid McNeil erreichte das *Close Bay Motel* früher als erwartet. Er prüfte das Gewehr und die Munition, die Borg ihm besorgt hatte, bekam von ihm einen detaillierten Lageplan der Hütte und eine Beschreibung, wie man am besten zu dem Grundstück gelangte. Während Borg aus dem Hotel auscheckte, wartete er und spendierte ihm dann ein üppiges Bauernfrühstück als Abschiedsgeschenk.

Es war ein glücklicher Borg, der zustimmte, Reid zu seinem Wagen zurückzufahren, der »ein Stück die Straße hinauf geparkt war«.

Und es war ein toter Borg, der kurz darauf in einen tiefen, mit Schlamm und Wasser gefüllten Graben neben der verlassenen Holzabfuhrstraße geworfen wurde.

Reid ging zurück zu seinem leistungsstarken schwarzen Ford Expedition. Borgs Wegbeschreibung und seine grob skizzierte Karte, die auf dem Beifahrersitz ausgebreitet lag, waren gut – aber noch besser war eine persönliche Erkundung des Gebietes. Also entschied er sich, den ersten Teil des Tages damit zu verbringen, alles auszukundschaften.

Da sein Vater schon am nächsten Tag wiederkommen würde, hatte er keine Zeit, Fehler zu machen. Alles musste wie ein Uhrwerk funktionieren.

Er würde diese Frau fertigmachen – und ihren neuen Freund gleich mit – und dann nach Seattle zurückkehren, bevor überhaupt irgendjemand bemerkte, dass er fort gewesen war.

Tommi trat aus der Dusche, schlang sich eines von Macs Badelaken um den Körper und ging zurück ins Schlafzimmer.

Er saß noch immer im Bett, den Kopf gegen das Betthaupt aus Eiche gelehnt. Sein Oberkörper war nackt, die untere Hälfte seines Körpers mit einer Steppdecke zugedeckt. Einen Unterarm hatte er auf sein angewinkeltes Knie gelegt. Mit seinem zerzausten Haar und den Bartstoppeln im Gesicht war er sündhaft anziehend.

Seine Augen leuchteten wie zwei grüne Kristalle, hell, aber unergründlich, als er sie nun anblickte. »Mein Handtuch hat noch nie so gut ausgesehen.«
Sie achtete darauf, dem Bett nicht zu nahe zu kommen. »Ich bin fertig da drin.« Mit einem Kopfnicken wies sie auf die Dusche, und ihre Bewegungen wirkten so unsicher und verkrampft, wie sie sich fühlte.
»Komm her.« Er klopfte auf den freien Platz neben sich im Bett.
Zögerlich schaute sie ihn an.
»Reden, Tommi. Das ist alles.«
Wieder schüttelte sie den Kopf, dieses Mal entschiedener. »Lass uns bei dem bleiben, worin wir gut sind, okay?«
»Du meinst Sex.« Er wirkte angewidert.
»Genau.« Sie hatte nicht vor, sich weiter verbal mit Mac auseinanderzusetzen, denn sie befürchtete, dass sie Dinge sagen könnte, die sie bereuen würde. So etwas wie: *»Es war nicht nur Sex für mich, Mac. Letzte Nacht ist etwas passiert, etwas Großartiges und Besonderes und Wundervolles und Verrücktes und …«*
Sie schloss die Augen, verdrängte den Gedanken, denn sie war gefährlich nahe daran, einen Schritt zu viel zu machen und zu fallen – tief und verhängnisvoll. Wenn sie Mac verfiel, wäre sie ihm emotional ausgeliefert und vollkommen schutzlos. Schlimm genug, dass sie Reid gedatet hatte und – schon wieder – Hoffnung in ihrem Herzen aufgekeimt war wie eine böse Saat, die Wasser bekommen hatte. Doch diese … *Sexkapade* mit Mac, ihr Versuch, sich selbst einzureden, dass sie mit ihm schlafen und dann einfach gehen könnte, ohne sich mehr zu erhoffen, war noch schlimmer. Es tat ihr in der Seele weh, es zugeben zu müs-

sen, aber Mac hatte recht damit, vorsichtig zu sein und sich vor ihr zu schützen. Verflucht, wenn sie sich selbst nicht trauen konnte, wieso sollte jemand anders es dann tun?

Sie ging zur Tür. Macs Stimme hielt sie auf.

»Und was dann? Was passiert nach dem Sex?« Seine Stimme klang leise, seltsam weit weg, als würde er eher mit sich selbst reden als mit ihr.

Vielleicht hatte sie sogar einen Hauch von Bedauern darin bemerkt, aber sie drehte sich nicht um, um ihn anzuschauen, konnte der Versuchung nicht ins Gesicht blicken. »Komisch, dass du derjenige bist, der diese Frage stellt, wenn man bedenkt, dass du am Anfang die Regel festgelegt hast.«

»Ja, vielleicht. Doch ich frage dich trotzdem.«

»Okay … Wir sagen danke für die schöne Zeit und werfen uns ein Küsschen zu«, sagte sie, und ihre Stimme war genauso ruhig wie seine. »Und dann leben wir unser Leben weiter. Es könnte nicht einfacher sein.« Das Herz schlug ihr bis zum Hals, als sie die Hand auf den Türknauf legte. »Ich gehe in mein Zimmer, um mich anzuziehen. Wir sehen uns dann unten.«

Mac war schon in der Küche, als sie hinterherkam – vierzig Minuten später. Sie hatte darüber nachgedacht, eine Weile zu verschwinden und einen langen Spaziergang zu machen, doch der tiefe Wald um die Hütte herum machte sie nervös. Dann hatte sie darüber nachgedacht, in ihren Wagen zu steigen und so weit weg zu fahren, wie es nur ging, aber sie wusste, dass es emotional gesehen feige wäre und außerdem dumm. Schließlich befand Reid sich immer noch irgendwo da draußen. Und er war wütend und gefährlich. Sie wusste nicht, wozu er fähig war, und sie wollte es auch nicht herausfinden. Zu warten, bis Paul zurückkehrte, war ihre einzige Chance. Nur noch ein paar Tage. Sie würde schon damit klarkommen. Sie würde mit Mac klarkommen.

Und sie würde ganz sicher damit klarkommen, mit ihm zu schlafen … für immer.

Sie straffte die Schultern, setzte sich auf einen Hocker am Tresen und stellte sich ihrer größten Herausforderung. Tapferkeit würde erreichen müssen, was ihr sehnsüchtiges Herz nicht konnte.

»Hey«, sagte Mac, als er sie erblickte. Neben dem Herd stand eine Schüssel, in der sich offenbar Pancake-Teig befand, und er hatte frischen Kaffee gekocht. Er schenkte ihr eine Tasse ein, stellte sie ihr hin und ging zurück zum Herd.

»Danke.« Sie nahm einen stärkenden Schluck Kaffee und beobachtete Mac. Sie war erstaunt, wie locker und sicher er in der Küche werkelte, die Bewegungen fließend und effizient. Als wäre dieser Morgen danach wie jeder andere Morgen danach. Mit beiden Händen umklammerte Tommi ihre Tasse und schürzte die Lippen. Mac nahm die Schüssel, rührte den Teig um und schaffte es, dabei aufreizend und erregend männlich auszusehen. »Multiple Orgasmen und er kocht auch noch. Was könnte sich eine Frau noch mehr wünschen?«

Finster blickte er sie an. »Tu das nicht.«

»Was soll ich nicht tun? Auf nüchternen Magen über Sex reden?« Eingehend musterte sie ihn über den Rand ihrer Tasse hinweg und beachtete nicht die Art, wie ihr Herz bei diesem Anblick flatterte. Sein Haar war noch nass vom Duschen, er trug eine locker sitzende, abgetragene Jeans und einen weichen schwarzen Baumwollpullover. Selbst mit der steilen, zornigen Falte auf der Stirn raubte er ihr den Atem.

»Spiel nicht das harte, abgebrühte Mädchen. Das steht dir nicht.«

»Ach? Was steht mir denn, Mac? Außer meinem Evakostüm natürlich.«

Beinahe sah er so aus, als hätte er den Mund voller Reißzwecken. Er öffnete den Mund und schloss ihn wieder. Bevor er sprach, atmete er tief durch. »Kann ich dir außer den Pancakes noch etwas anbieten?«

Sie lachte, um nicht in Tränen auszubrechen. »Aha … die geschickte, männliche Methode, einem emotional aufgeladenen Moment zu begegnen: einfach das Thema wechseln.«

Im Bruchteil einer Sekunde war er um den Tresen herumgekommen und hatte sie im nächsten Augenblick vom Hocker gezogen. »Ich wechsele das Thema nicht. Ich habe nur keine Ahnung, was ich sagen soll.« Er wandte den Blick ab, und als er sie kurz darauf wieder ansah, war der Ausdruck in seinen Augen ernst und klar. »Weil ich verdammt noch mal nicht weiß, was ich empfinde. Okay?«

8. Kapitel

Sprachlos sah Tommi in das frustrierte Gesicht des Mannes, der sie an seine Brust gezogen hatte, so nah an sich, dass sie die Pfefferminze in seinem Atem riechen konnte.

Er lockerte seine Umarmung ein wenig, hielt sie aber immer noch fest. Seine Stimme klang etwas weicher, als er nun sagte: »Und dein jämmerlicher Versuch, die Hexe zu spielen, hilft nicht weiter. Verstanden?« Er wandte sein Gesicht ab und sah aus, als wollte er sich am liebsten seine eigene Zunge herausreißen.

Als ihr Herzschlag sich wieder normalisiert hatte, fand Tommi auch ihre Sprache wieder. »Ich habe es verstanden, Mac. Kann ich jetzt meine Arme zurückbekommen?«

Er ließ ihre Arme los, als hätte er einen Stromschlag bekommen. Sein Blick traf den ihren, heiß, überrascht. »Gott, es tut mir leid. Habe ich dir weh getan?«

»Nein. Reid hat das getan.« Sie rieb sich über ihre Arme, die mit blauen Flecken übersät waren, und sah ihn an, unsicher, was er in ihren Augen las. »Ich glaube nicht, dass du das jemals tun würdest.«

Ihre Blicke trafen sich, und er legte einen Finger unter ihr Kinn und hob es sacht an. »Nein, das würde ich niemals tun.« Mit seinem Daumen strich er über ihre Wange und schaute ihr tief in die Augen.

Sie bemerkte die Hitze, die in seinem Blick stand, hörte, wie sein Atem schneller ging, fühlte das Verlangen, das von seinem Körper ausging. Und sie spürte, wie ihr Körper mit einem Erschauern antwortete.

Nein, Mac würde mir niemals weh tun …

Jedenfalls nicht körperlich.

Sie löste sich aus seiner Umarmung und beachtete das Knistern zwischen ihnen und die unsichtbare Anziehungskraft seiner starken Männlichkeit einfach nicht mehr.

Groß und beeindruckend stand er vor ihr, eine Mauer aus männlicher Energie und Selbstsicherheit. »Wir *werden* darüber reden. Aber nicht jetzt. Jetzt werden wir erst mal etwas essen. Und in den nächsten paar Stunden werden wir die Finger voneinander lassen.« Er verzog das Gesicht. »Was, wie du sicher weißt, nicht ganz leicht wird.«

Sie sah an ihm herunter. Unter dem Stoff seiner Jeanshose zeichnete sich seine Erektion deutlich ab.

»Und wenn dieser verdammte Regen endlich nachlässt«, fuhr er fort, »werden wir zur heißen Quelle gehen.« Als er sich vorbeugte und einen zarten Kuss auf ihre Lippen hauchte, spürte sie, wie ihre Knie weich wurden. »Wo ich meine Bemühungen fortsetzen werde, alles, was bisher war, zu übertreffen.« Er machte eine kleine Pause. »Danach werden wir reden.«

Tommi starrte ihn an und überlegte, dass sie eigentlich hart bleiben und sich nicht unterkriegen lassen sollte. Allerdings war sie sich nicht sicher, wie sie das anstellen sollte. »Wer hat gesagt, dass du für den Ablaufplan verantwortlich bist?«

»Bist du denn nicht einverstanden? Ich hätte schwören können, dass du Sex in der heißen Quelle haben wolltest.

Ich erinnere mich, dass deine Anweisung sehr bestimmt war – und sehr explizit.«

Damit hatte er recht. Trotzdem ... »Das hier ist alles so verwirrend, Mac. Ich weiß nicht, ob ich ...«

Er schüttelte den Kopf und legte einen Finger auf ihre Lippen. »Im Augenblick musst du nichts wissen und über nichts nachdenken – über gar nichts.« Er machte einen Schritt zurück und schob die Hände in die Hosentaschen, ohne den Blick von ihr zu wenden. »Letztendlich sind wir hier gelandet und müssen ein paar Tage zusammen verbringen.« Er hielt inne und wirkte einen Moment lang unsicher. »Und was mich betrifft ... Ich bin mit gewissen Vorgefühlen an diese Abmachung zwischen uns herangegangen. Vielleicht waren sie falsch, vielleicht auch richtig. Ich wette, dass es bei dir genauso gewesen ist. Jetzt schlage ich vor, dass wir den Rest unserer gemeinsamen Zeit damit verbringen, diese Vorgefühle zu prüfen.«

Neugierig und doch wachsam blickte sie ihn an. »Das ist mehr, als du in der gesamten Zeit gesagt hast, seit ich hier bin. Sehr ... überlegt.«

Er lächelte nicht. »Ich gehe Probleme gern logisch an.«

»Und ich bin das Problem?«

Er nahm sich einen Augenblick, um über die Frage nachzudenken. »Ja.«

»Jetzt sollte ich mich wohl geschmeichelt fühlen?«

Ein Lächeln huschte über sein Gesicht. »Ja, ich denke, das solltest du.« Er machte die zwei Schritte, die nötig waren, um direkt vor ihr zu stehen, doch er berührte sie nicht. »Können wir jetzt essen?«

Essen war plötzlich das Letzte, wonach Tommi im Moment war, aber sie nickte.

»Danach würde ich – wenn du nichts dagegen hast – meine Hände gern von dir lassen, indem ich sie mit einigen Telefonanrufen beschäftige und ein paar Akten durcharbeite. Ist das okay für dich?«
»Ich denke, ich kann ein paar Stunden überleben, ohne dass du in mir bist, Mac. Ist das okay für dich?« Sie warf ihm unter ihren Wimpern hervor einen Blick zu.
»Das war ein Tiefschlag, Süße«, sagte er und grinste. »Aber in Anbetracht der Tatsache, dass ich die Auszeit vorgeschlagen habe, werde ich diesen Verlust als einen … zeitlich begrenzten Aufenthalt in der Hölle betrachten. Mit Betonung auf *zeitlich begrenzt.*«

Reid fuhr Stück für Stück die einsame, nahezu unpassierbare Straße hinauf. Borg hatte nicht übertrieben. Es war eine einzige Schlammpfütze, und es wurde schlimmer, je näher er der Hütte kam. Reid hatte zwar nicht geplant, bis vor die Haustür zu fahren, doch er hatte ganz sicher nicht vor, den Wagen abzustellen und die geschätzten drei Kilometer zur Hütte zu Fuß zurückzulegen.
Plötzlich sackte das Vorderrad des Geländewagens in einen verdammten See mitten auf der Straße.
Scheiße! Nach mehreren erfolglosen Versuchen gelang es ihm endlich, rückwärts aus der Riesenpfütze zu fahren. Es bestand allerdings kein Zweifel mehr daran, dass er nicht riskieren konnte, noch näher an das Grundstück heranzufahren.
Frustriert trommelte er mit den Fingern auf den Lederbezug des Lenkrades. Er würde das Fahrzeug hier stehenlassen müssen. Er fuhr zu einer breiteren Stelle zurück und wendete, um in Fahrtrichtung für den Rückweg zu sein.

Dann stellte er den Wagen so tief im Gebüsch am Straßenrand ab, wie es ging. Zufrieden, dass man das Auto von der Straße aus nicht sehen konnte, ging er zurück, um die Reifenspuren zu beseitigen, die der Ford Expedition im Schlamm hinterlassen hatte, und warf sicherheitshalber noch ein paar Zedernzweige darüber.

Wieder am Auto nahm er sich den Rucksack vom Beifahrersitz und griff sich das Gewehr und die Munition von der Rückbank.

Wenn er laufen musste, dann sollte er jetzt besser losgehen. Alles musste haargenau durchdacht und geplant werden. Schließlich musste er sicherstellen, dass er genug Zeit hatte, um zum Wagen zurückzukehren und abzuhauen.

Er konnte sich keinen Fehler leisten.

Entschlossen hängte er sich den Gurt mit dem Gewehr über die Schulter und ging den Pfad entlang. Hoffentlich konnte er Smith' neuen Freund gleich zusammen mit ihr loswerden. Auf keinen Fall wollte er irgendeinen reichen Arsch lange genug am Leben lassen, damit der den Helden spielen und ihm bis zum Auto folgen konnte.

Gegen drei Uhr hörte der Regen endlich auf. Aber als Mac in den dunklen Himmel hinaufblickte und sah, wie die Wolkenfetzen sich über dem Ozean erneut bedrohlich zusammenballten, wusste er, dass es nur eine Pause war. Dieser Regen aus nördlicher Richtung fiel zu dieser Jahreszeit beinahe ununterbrochen.

Er warf die Akte, in der er gelesen hatte, auf den Stapel neben seinem Sessel. Da Tommi ihm gegenüber zusammengerollt auf dem Sofa lag, hatte er verdammte Mühe gehabt, sich länger als sechzig Sekunden am Stück auf die

Arbeit zu konzentrieren. Als sie vor einer halben Stunde schließlich eingenickt war – das Buch aufgeschlagen auf dem Schoß, das goldene Haar über ihr Gesicht gefallen –, hatte er aufgegeben. Er hatte dem Wunsch nachgegeben, sie einfach anzusehen und ihrem leisen Atmen zu lauschen, während er selbst das Gefühl hatte, kaum Luft zu bekommen.

Er wollte sie. Das Verlangen war beinahe schmerzlich, und er kannte sich gut genug, um zu wissen, dass ein paar Tage mit ihr ihm nicht reichen würden. Das Szenario mit dem leichten Abschiedskuss, das sie sich ausgemalt hatte, würde so nicht ablaufen. Vielleicht vertraute er ihr nicht, doch möglicherweise konnte er damit leben. Ja, klar. *Und möglicherweise ist der Papst ein gut getarnter Anhänger der Hare Krishna.*

Aber vielleicht, ganz vielleicht, konnte er sie genug für sie beide lieben.

Mit einem Mal hatte er den Eindruck, als wäre sämtlicher Sauerstoff mit einem Schlag aus seiner Lunge entwichen. Das Wort »Liebe« hatte eine solche Wirkung auf einen Mann – plötzlich und unerwartet tauchte es wie ein geheimes Einsatzkommando in Kampfuniform auf, zerstörte sein Leben und legte seinen Verstand lahm.

Er strich sich über die Brust, erhob sich und dachte über das L-Wort nach. Es gab tausend Gründe, warum Smith nicht die richtige Frau für ihn war, doch im Augenblick wollte ihm kein einziger einfallen. Es musste am Sex liegen.

Der Gedanke an das geheime Einsatzkommando erinnerte Mac daran, dass er noch etwas erledigen musste, bevor er mit Tommi zur heißen Quelle gehen konnte. Er hatte das

Grundstück heute schon zweimal durchstreift und war anschließend die Straße entlanggegangen. Ungefähr drei Kilometer von der Hütte entfernt befand sich ein mit Wasser gefüllter Krater mitten auf der Straße. An den Rändern hatte Mac glücklicherweise keine Reifenspuren entdecken können. Man würde mindestens einen Hummer H2 brauchen, um durch diese Riesenpfütze zu kommen. Da es jedoch nicht gänzlich ausgeschlossen war, dass jemand es mit einem solchen leistungsstarken Geländewagen versuchte, wollte Mac sich bereithalten.

So leise wie möglich schlich er zur Treppe, aber seine Bewegungen weckten Tommi.

Die Augen noch immer geschlossen, streckte sie sich. Ihr T-Shirt spannte sich verlockend über ihren Brüsten. Sie schlug die Augen auf, erblickte Mac, blinzelte träge und fragte: »Wohin gehst du?«

»Siehst du immer so verdammt gut aus, wenn du aufwachst?«

Erneut streckte sie sich, lächelte ein wenig und setzte sich auf. »Beantwortest du eine Frage immer mit einer Gegenfrage?«

»Ich will mein Gewehr holen.« Schließlich würde er das Gewehr auf dem Weg zur heißen Quelle sowieso nicht vor ihr verstecken können.

Sie richtete sich auf und wirkte augenblicklich beunruhigt. »Wozu?«

Mit einem Kopfnicken deutete er Richtung Fenster, das einen Ausblick auf den trüben, grauen Tag bot. »Wenn wir zur Quelle gehen, wäre es besser, wenn ich es mitnehme, denke ich. Immerhin gibt es da draußen wilde Tiere.« Die Lüge ging ihm leicht von den Lippen. Was sie nicht wusste, konnte ihr auch keine Angst machen. Er wollte nicht, dass sie sich Sorgen machte – und er wollte gar nicht darüber nachdenken, warum das so war.

»Gestern hast du das Gewehr aber nicht mitgenommen.«

»Ich hab's vergessen. Das hätte mir eigentlich nicht passieren dürfen. Ich versuche, einen Fehler nicht zweimal zu machen.« Er hielt auf der ersten Treppenstufe an. »Und außerdem nehme ich Handtücher mit. Sofern du deine Meinung nicht geändert hast.« Er hob die Augenbrauen. Wartete.

Tommi zögerte. Vielleicht sollte sie ihre Meinung ändern. Vielleicht sollte sie hierbleiben und die Nase in ein gutes Buch stecken. Dann sah sie Mac an, der ruhig auf der untersten Stufe stand, die Hand auf das Geländer gelegt hatte und sie erwartungsvoll anblickte.

Die heiße Quelle.

Klares, warmes Wasser perlte über nackte Haut, sinnlicher, heißer Dampf erhob sich aus der Quelle, und der Duft von regennassem Zedernholz hing in der Luft. Die Beschaffenheit, die Seidigkeit von Mac, tief, tief in ihr. Vier Tage. Sie hatte vier Tage. Sie hatte sich noch einmal den Tatsachen gestellt, sich noch einmal die Regeln vor Augen geführt – es ging nur um Sex, keine Erwartungen, keine Verpflichtungen. Sie wäre dumm, wenn sie nicht alles von Mac Fleming nehmen würde, was sie bekommen konnte. »Nein. Ich habe meine Meinung nicht geändert.« Sie richtete sich auf. »Ich hole mir einen dickeren Pullover.«

Ein paar Minuten später standen sie auf der Veranda. Mac hielt das Gewehr in der Hand, und sie hatte einen Rucksack dabei, in dem sich Handtücher und ein paar Köstlichkeiten befanden, die sie aus der Küche geholt hatte.

Als er seinen Arm um sie legte und sich vorbeugte, um sie zu küssen, erwiderte sie seinen Kuss begierig, hungrig. Ihr Körper war schon überhitzt, wenn sie nur daran dachte, was sie in weniger als einer halben Stunde tun würden.
Eingehend beobachtete Mac das Gelände um die Hütte herum, hängte sich das Gewehr über die Schulter und ergriff ihre Hand. Sie gingen zum Weg.
Vom anderen Ende der Lichtung aus sah Reid zu, wie sie zwischen den Bäumen verschwanden. Er konnte sein Glück kaum fassen. Sie waren draußen, im Freien – genau dort, wo er sie haben wollte. Er gab ihnen einen fünfminütigen Vorsprung und folgte ihnen dann über das offene Gelände.

Wie schon beim letzten Mal ging Mac voran. Doch diesmal hielt er Tommis Hand. Schweigend liefen sie den Weg entlang – Mac konzentrierte sich darauf, möglichst vielen Baumstümpfen und Pfützen auszuweichen, während Tommis Aufmerksamkeit sich darauf richtete, mit ihm Schritt zu halten.
Ein paar Minuten später hielt Mac mitten auf dem Weg an. Tommi war so überrascht, dass sie mit ihm zusammenstieß. »Was …«
»Schh!« Er schüttelte den Kopf, legte seinen Finger auf ihre Lippen und blickte in die Richtung, aus der sie gekommen waren. Aufmerksam lauschte er.
Tommis Herz pochte heftig, und unwillkürlich legte sie ihre Hand darüber. Sie lauschte ebenfalls, aber sie konnte nichts hören – nicht einmal den Regen.
Plötzlich fluchte Mac leise. »Hier lang!« Er zog sie unsanft vom Weg und in das dichte Unterholz hinein. Dort legte

er seine Hände auf ihre Schultern und zwang sie, sich hinzuknien. Als sie ihren Mund öffnete, um etwas zu sagen, schüttelte er wieder den Kopf und flüsterte: »Bleib unten und verhalte dich ruhig.«

Einige endlos erscheinende Minuten lang hockten sie im Unterholz.

Als Tommi sah, wer den Weg entlangkam, zog sich ihre Lunge schmerzhaft zusammen. Sie schlug die Hand vor den Mund und spürte die Kälte an ihren weit aufgerissenen Augen. Jeder Muskel in ihrem Körper war mit einem Mal angespannt. Als er ein paar Meter von ihrem Versteck entfernt stehen blieb, um sich umzusehen, biss sie die Zähne zusammen, damit sie nicht laut klapperten.

»Ruhig«, murmelte Mac ihr ins Ohr. »Ruhig, Süße.«

Tommi war fassungslos, Reid McNeil gerade hier zu sehen, wo sie ihn am allerwenigsten erwartet hätte, und konnte die Augen nicht von ihm abwenden. Und sie konnte sich vor Angst nicht rühren.

Sie spürte Macs Atem an ihrem Ohr, dann die ersten Regentropfen auf ihren Wangen, beinahe schmerzhaft kalt.

»McNeil?«, flüsterte Mac, dessen Blick auf den Mann auf dem Weg geheftet war.

Es gelang ihr zu nicken. Reid wandte sich um und drehte sich langsam im Kreis, als würde er auf ein geheimes Peilsignal horchen. Sie umklammerte mit den Händen ihre Knie und erstarrte. »Er hat eine Waffe«, wisperte sie panisch.

»Ich weiß.« Mac nahm ihre Hand. »Lass uns gehen. Ich muss dich in ein besseres Versteck bringen.« Noch immer gebückt zog er sie tiefer ins Gebüsch. Seine Bewegungen waren leise, flüssig, heimlich.

Tommis Bewegungen dagegen waren unsicher und steif. Der unebene Boden, abgebrochene Zweige, hinabgefallene Äste und gefährlich rutschige Blätter machten es ihr unmöglich, Fuß zu fassen und ihren Rhythmus zu finden. Plötzlich blieb sie mit dem Fuß an einem abgebrochenen Ast hängen und fiel hart und mit dem Gesicht zuerst auf einen verrotteten, mit Moos bewachsenen Baumstumpf. Mit der Stirn schrammte sie an einem hervorstehenden Zweig entlang. Blut rann neben ihrem Ohr ihren Kopf hinab.

Mac fiel neben ihr auf die Knie. »Geht's dir gut? Kannst du aufstehen? Du musst aufstehen, Tommi!«

Er packte sie an den Armen und zog sie auf die Beine.

Zu spät.

»Ja, trifft sich das nicht gut?« Reid kam hinter einem Baum hervor, hob das Gewehr und richtete es auf Tommi. Belustigt ließ er seinen Blick über die dichten Büsche schweifen. »Ich muss nicht mal die Leichen vergraben.«

Neben ihr verlagerte Mac sein Gewicht. Blitzartig lenkte Reid die Gewehrmündung auf ihn. »Fallen lassen. Sofort.« Reids Miene wirkte hart und unnachgiebig. Ebenso unbarmherzig zeigte sich der Regen, der nun stärker wurde und in schweren Tropfen von den Zweigen auf ihre Köpfe herabfiel.

Macs Augen funkelten entschlossen. »Ich denke nicht, dass ich das tun werde, McNeil. Ich halte mir hiermit in der Hand lieber ein paar Chancen offen.«

Reid hielt den Gewehrlauf wieder auf Tommi gerichtet.

Sie atmete scharf ein, wie gelähmt vom Anblick der fürchterlichen schwarzen Öffnung am Ende des Laufes. Wie gelähmt von dem Gedanken daran zu sterben. »Sie haben keine Chance.« Reid kräuselte die Lippen. »Fallen lassen oder Sie können zusehen, wie die Lady eine Kugel abkriegt.«

Mit ernstem Gesicht ließ Mac die Waffe fallen.

Reid zielte mit dem Gewehr auf Mac. »Während ich hierher lief, habe ich beschlossen, Sie zuerst zu töten.« Er warf einen Blick auf Tommi. »Ich bin nie so weit gekommen, mit dieser Schlampe zu schlafen. Aber ich denke, hier draußen … Warum nicht?« Finster betrachtete er Mac. »Das Problem ist nur, dass Sie vermutlich nicht tatenlos zusehen würden.« Er hob das Gewehr und richtete es auf Macs Brust.

»Nein!« Tommi wollte nach der Waffe greifen – die Macht über Macs Leben und Tod lag in Reids Händen. Sie schaffte es beinahe …

Ein schneidender Schmerz durchzuckte ihre Schulter, und sie hörte Mac brüllen: »Du verdammter Hurensohn!« Dann nahm sie wahr, wie Knochen auf Knochen prallte, bevor sie auf das nasse Moos unter ihren Füßen sackte. Sie versuchte, wieder aufzustehen, fiel wieder … alles wirkte seltsam farblos, verschwommen … dunkel.

Muss Mac helfen.

Sie zwang sich, die Augen zu öffnen – Sekunden später? Minuten später? Sie wollte sich hinknien. Blut versickerte im Moos wie roter Regen. Von ihrem … Gesicht? Ihrer Schulter?

»Mac!« Durch das Blut, das ihr über das Gesicht, über die Augen rann, konnte sie nichts erkennen. Verzweifelt wischte sie es ab. »Mac, wo bist du?«

»Ich bin hier, Tommi. Genau hier.«

Dann spürte sie seine Hände auf sich, die sie überall anfassten und prüften, ob sie in Ordnung war. »Gott, wenn du nicht verletzt wärst, würde ich dich höchstpersönlich umbringen. Das war verrückt!«

Seine Stimme klang tief, ärgerlich und unglaublich besorgt. Er riss ihr den Jackenärmel ab, untersuchte ihren verwundeten Arm und atmete tief durch. »Nur ein Kratzer – doch es blutet ziemlich stark.« Er nahm sie hoch, hielt sie in den Armen.

»Reid?«, krächzte sie mit schwacher Stimme.

»Bewusstlos. Sein Kopf ist mit meinem Gewehrkolben kollidiert. Ich habe ihn an einen Baum gefesselt.« Er legte sie in eine bequemere Position an seine breite Brust. »Zur Hölle mit ihm. Er kann dort verrotten, bis die Cops kommen. Ich bringe dich zurück in die Hütte.« Er küsste ihre blutige Stirn. »Aber du musst über die Unterschlagung auspacken, Süße. Du hast keine andere Wahl.«

Als sie nickte, spürte sie, wie schwindelig ihr war. »Keine Wahl«, wiederholte sie und wurde an seiner Schulter ohnmächtig.

Nach knapp einer Stunde tauchte in der Hütte ein Polizist auf, der aussah, als wäre er nicht älter als achtzehn. Er war mit dem Boot gekommen, weil Mac ihm geraten hatte, es nicht über die überflutete Straße zu versuchen. Mac führte ihn den Waldweg entlang zu der Stelle, an der er McNeil zurückgelassen hatte – fest an eine Zeder gefesselt. Der junge Cop arbeitete schnell und effizient. Mit Macs Hilfe legte er dem fluchenden, drohenden McNeil Handschellen an, verfrachtete ihn ins Heck des Polizeibootes und war innerhalb weniger Minuten zurück in der Hütte, um Tommis Aussage aufzunehmen.

»Tommasea Violetta. Interessanter Name.« Er klappte seinen Notizblock zu. »Habe ich noch nie gehört.«
Angesichts seines Alters nahm Tommi an, dass es eine Menge Namen gab, die er noch nie gehört hatte. In Macs Bett an ein paar Kissen gelehnt, eine Bandage um den Kopf und den verletzten Arm verbunden und auf den Bauch gelegt, lächelte sie ihn an. »Ich denke, meine Eltern haben versucht, den Namen ›Smith‹ irgendwie auszugleichen.«
Mit ernster Miene nickte er. »Doktor Kenning wird bald hier sein und einen Blick darauf werfen. Aber ich glaube, dass Sie viel Glück gehabt haben, junge Frau. Es ist nur eine Fleischwunde, mehr nicht.«
Tommis Lächeln vertiefte sich, als jemand, der sich vermutlich vor einem Monat zum ersten Mal rasiert hatte, sie »junge Frau« nannte.
Ein paar Minuten später hörte sie, wie sich das Polizeiboot mit dem gefesselten Reid McNeil im Heck von Macs Bootsanleger entfernte.
Tommi legte den Kopf zurück, schloss die Augen und tastete behutsam nach der Beule unter der Bandage an ihrer Stirn.
Eine starke, warme Hand legte sich auf die ihre. Sie schlug die Augen auf, als Mac sich neben sie auf das Bett legte. »Wahrscheinlich wirst du ein anständiges Veilchen bekommen.« Er zog das Knie an und spielte versonnen mit ihrer Hand, die er noch immer festhielt.
»Zum Glück gibt es Make-up.« Trotz dieser unbeschwert klingenden Bemerkung verspürte sie eine tiefe Furcht davor, ihn anzublicken und zu sehen, was in seinen Augen stand.

Ihre gemeinsame Zeit war vorbei. Da Reid eingesperrt war, gab es keinen Grund, länger zu bleiben. Von jetzt an hieß es Abschied nehmen. Bei dem Gedanken daran wurde ihr das Herz schwer.

»Warum hast du das getan? Warum hast du dich in solche Gefahr begeben?« Seine Stimme war leise und beunruhigt. »Was zur Hölle hast du dir nur dabei gedacht? Ich hätte dich verlieren können.« Seine Augen wirkten wütend, verwirrt. Und in ihnen stand etwas, das sie nicht deuten konnte … Angst?

Sie wandte das Gesicht ab und suchte nach den Worten, die gesagt werden mussten. Diese Worte auszusprechen fiel ihr schwerer, als ihm ihren Körper zu schenken. »Ich habe es getan, weil … Ich konnte mir nicht vorstellen, in einer Welt aufzuwachen, in der es dich nicht gibt.« Ihre Augen waren trocken, ihr Herz schwer, ihr Magen hatte sich zusammengezogen.

Schweigen.

Macs Hals arbeitete, als würde er versuchen, Steine zu schlucken. Schließlich hob er ihre Hand an seinen Mund, küsste ihre Finger und sagte: »Was den Sex angeht …«

Tommis Herz stockte, und ihre Kehle war wie zugeschnürt. Es ging immer nur um Sex.

»Was zwischen uns war, ging über Sex hinaus.« Seine Augen begannen zu strahlen, und er lächelte sie an, wie er sie noch nie zuvor angelächelt hatte. »Die Wahrheit ist, Smith, dass ich dir verfallen bin, als ich dich zum ersten Mal gesehen habe. Und das Problem war, dass ich dreizehn war und du achtzehn und dass ich verdammt noch mal nichts dagegen tun konnte.«

Sie hielt den Atem an. »Und jetzt?«

»Jetzt kann ich es.« Er ließ sie los und stützte sich mit den Händen neben ihr ab. Dieselbe Position hatte er eingenommen, als er nach ihrem Alptraum zu ihr gekommen war. »Ich will nicht, dass das hier aufhört. Ich will nicht, dass das zwischen uns aufhört. Ich will auf dem, was zwischen uns ist, aufbauen. Bist du damit einverstanden?«

Tommis Herz schlug ihr bis zum Hals. Sie schloss die Augen, um die Tränen zurückzudrängen, und spürte die Erleichterung. *Ich bin wie Wachs in seinen Händen.* »Ja, damit bin ich mehr als einverstanden.«

»Es gibt noch etwas, das ich dir sagen muss.« Sein Blick verfinsterte sich. »Ich hätte dir vertrauen müssen, Tommi. Ich hätte meinen Gefühlen für dich trauen sollen.« Er machte eine Pause. »Als du heute vor mich getreten bist, stand mein ganzes verdammtes Leben still. Ich habe nur daran gedacht, was passiert, wenn ich dich verliere – nachdem ich dich doch gerade erst gefunden habe.«

»Denke nicht länger darüber nach.« Sie berührte ihn sacht. »Küss mich einfach, Mac. Küss mich einfach.«

Er deutete auf ihren verletzten Arm. »Ich werde dir weh tun.«

Sie schüttelte den Kopf und zog ihn mit dem gesunden Arm näher zu sich heran. »Halt mich, Mac, halt mich für immer fest und liebe mich.« Sie hielt inne, und die Worte, die sie so lange zurückgehalten hatte, brannten ihr auf der Zunge. »So wie ich dich liebe.«

Bevor er etwas erwidern konnte, presste sie ihre Lippen auf seine. Behutsam schloss er sie in seine Arme und vertiefte den Kuss.

Tommi gab sich dem Zauber seines Mundes hin, der Wärme seines Körpers, während tief in ihr ein Lächeln erblühte.

Sie hatte Geheimnisse. Kostbare Geheimnisse.
Sie fragte sich, was Mac sagen würde, wenn sie ihm offenbarte, dass er der erste Mann war, den sie wirklich liebte – und dass sie an diesem Tag zum ersten Mal die Worte ausgesprochen hatte. *Ich liebe dich.*

SHANNON MCKENNA

Ein echter Kerl

1. Kapitel

Die Telefone schienen verrücktzuspielen, und sie stand kurz davor, ebenfalls durchzudrehen. Robin MacNamara drückte die Knöpfe der Telefonanlage und zwitscherte immer wieder: »*Crowne Royale Group,* bitte haben Sie einen Moment Geduld!«, bis sie den ganzen nervtötenden Haufen Anrufer in die Warteschlange umgeleitet hatte.
Mit einem tiefen Seufzen blickte sie auf die Reihe blinkender Lichter. Eine Frau brauchte einen kühlen Kopf, Konzentration und Nerven aus Stahl, um in einer so aberwitzig hektischen Telefonzentrale zu arbeiten. Und sie besaß keine dieser Voraussetzungen. Eine Tatsache, auf die sie ihre sturköpfigen Brüder ständig hinwies, um endlich ihr lang ersehntes Ziel zu erreichen und ehrlich gefeuert zu werden. Oder genauer gesagt: befreit zu werden.
Bisher ignorierten sie sie, und sie hatte bis jetzt noch nicht den Mut gefunden, ihnen zu sagen, dass sie endgültig gehen würde. Schon bald. Danny und Mac konnten sehr einschüchternd sein. Besonders, wenn sie sich gegen sie zusammentaten – was sie genau genommen immer machten. Und noch schlimmer wurde es, wenn sie sich auch noch einig waren – was allerdings ziemlich selten vorkam.
In diesem Fall waren sie jedoch einer Meinung. Sie wollten, dass ihre kleine Schwester ihre Berufung für die Hotelbranche entdeckte. Bis sie diesen Ruf vernahm, waren sie

bereit, sie zu drangsalieren und ihr ohne Unterlass in den Ohren zu liegen. Wenn es sein musste, für immer.

Sie würden niemals akzeptieren, was sie wirklich mit ihrem Leben anfangen wollte. Nein: was sie *beschlossen* hatte, zu tun. Sie hielten es für einen Scherz, professioneller Clown sein zu wollen. *Haha*. Die exzentrische Robin. Was würde sie sich als Nächstes einfallen lassen?

Sie musste noch den Mut finden, ihnen von ihren phantastischen, überwältigenden Neuigkeiten zu berichten, die sie *so* nicht verstehen würden. Vor sechs Monaten hatte sie in San Francisco an einem Vorsprechen teilgenommen – und, hurra: Sie war vom *Circo della Luna Rossa* angenommen worden. Der *Circo della Luna Rossa* war eine neue heiße, sexy Zirkusshow aus Italien, die überschwengliche Kritiken bekam und überall auf der Welt ausverkaufte Vorstellungen gab. Und sie würde in weniger als einem Monat in San Francisco das Ausbildungsprogramm für den Zirkus beginnen. Für sie war es ein Hauptgewinn, eine unglaubliche Leistung, eine großartige Chance. Ihre Brüder sollten stolz auf sie sein.

Ja, genau. Als ob die beiden es jemals so sehen würden. Aber trotzdem. Bis sie es ihren Brüdern nicht erzählt hatte, erschien es geradezu irreal. *War* es geradezu irreal.

Sie atmete tief durch und drückte den Knopf für Leitung eins. »Vielen Dank für Ihre Geduld. Wohin darf ich Sie durchstellen?« Sie säuselte höfliche Floskeln. *»Es tut mir leid, er ist zurzeit nicht im Haus. Möchten Sie ihm auf die Mailbox sprechen? – Es tut mir leid, sie ist in einer Besprechung. Kann ich etwas ausrichten?«*

Sie war nicht für diesen Job geschaffen. Lieber hätte sie sich als Kellnerin verdingt, Teller gespült, Hunde ausgeführt oder Hundekot eingesammelt, um die Zeit zu überbrücken, bis sie als Clown genug verdiente, um davon leben zu können. Alles, nur das hier nicht. Alles.

Sie kämpfte sich durch die einzelnen Leitungen, bis sie bei Leitung zehn angelangt war, und drückte den Knopf. »Vielen Dank für Ihre Geduld«, schnurrte sie. »Wen möchten Sie sprechen?«

»Danny MacNamara, bitte. Hier ist Jon Amendola.«

Robin erstarrte. Ihr Magen zog sich zusammen, und sie fühlte sich plötzlich, als würde sie sich im freien Fall befinden. *Jon. O Gott.* Seine tiefe Stimme jagte ihr erregende Schauer durch den Körper. »Einen Moment, bitte«, quiekte sie und schickte ihn wieder in die Warteschlange.

Benimm dich nicht wie die Empfangsdame aus der Hölle – er wartet schon seit geschlagenen fünf Minuten, ermahnte sie sich. Doch sie war so nervös, dass sie erst einmal die Arme um sich schlingen musste, um die aufgeregten, atemlosen Empfindungen in den Griff zu bekommen, die sie jedes Mal erfassten, wenn sie diesen Mann sprach. Eins … zwei … drei Atemzüge. *Okay. Reiß dich zusammen.* Sie war ein großes Mädchen. Sie wählte Dannys Büro an.

»Was ist, Robin?« Dannys Stimme klang mürrisch – wie immer.

»Jon ist am Apparat.«

»Stell ihn durch«, bellte Danny, wie sie erwartet hatte.

Danny ließ Jon niemals warten. Sie hatten sich im ersten Jahr am College ein Zimmer geteilt und waren seitdem die besten Freunde. In den Weihnachts- und Frühlingsferien hatte Danny Jon mit nach Hause gebracht, weil er Waise war – genau wie die MacNamaras. Sie war damals elf gewesen und total verliebt.

Jon war tough, zynisch, unflätig, lustig und umwerfend schön. Seine Kindheit hatte er in verschiedenen Kinderheimen in den ärmlichen Straßen von North Portland verbracht. Doch er war klug und ehrgeizig. Er hatte sich ein Stipendium an der Uni in Seattle, der *U-Dub*, erarbeitet, Kriminalpsychologie studiert und war nun Detective Amendola beim PPD, dem Portland Police Department.

Und sie war, seit sie ihn zum ersten Mal gesehen hatte, verliebt in ihn.

Es war eine hoffnungslose Schwärmerei, die kaum zu verbergen war. Noch nie hatte sie ihre Gefühle besonders gut verstecken können. Sie wurde schnell rot. Das machte allerdings keinen Unterschied, denn sie hatten sie sowieso nie ernst genommen. Für sie war sie eben die exzentrische kleine Robin, der Clown.

Aber das war sie nicht. Nicht mehr. Auch wenn ihre Brüder das nicht begreifen konnten.

Sie war neun Jahre jünger als Jon. Fünfundzwanzig und erwachsen. Doch vermutlich sah er in ihr noch immer die schlaksige Jugendliche mit der Brille und den kieferorthopädischen Problemen. Die feste Zahnspange, die sie erst im Erwachsenenalter bekommen hatte, hatte eine echte modische Herausforderung für sie dargestellt. Als sie ihr im vergangenen Jahr endlich entfernt worden war, war sie *so* glücklich gewesen. Und der Lohn der Strapazen waren wunderschöne, gerade Zähne.

Das flatterige, aufgeregte Gefühl im Bauch ließ nicht nach – nicht, solange Leitung zehn noch aufblinkte. Und eigentlich wollte sie auch gar nicht, dass das Gefühl abflaute. Sie beschwor es bewusst herauf, indem sie sooft wie möglich in Dannys Büro schlich, um das Foto zu betrachten, das Jon, Danny und sie selbst zeigte. Das Bild war vor ein paar Jahren aufgenommen worden, als die beiden Männer wieder einmal den Mount Rainier hinaufgestiegen waren. Auf dem Foto lachten sie alle. Sonnenstrahlen spiegelten sich in ihrer Zahnspange. Doch bis auf dieses winzige, ärgerliche Detail rockte das Foto.

Und wenn sie keine Lust hatte, in Dannys Büro zu gehen, konnte sie ihr Portemonnaie aufmachen und die Farbkopie hervorholen, die sie von dem Bild gemacht hatte. Sie hatte sich selbst und Danny ausgeschnitten und den Teil des Fotos, auf dem Jon zu sehen war, in Folie eingeschweißt. Nur sein Gesicht, herzhaft lachend. Die perfekten weißen Zähne schienen in der Sonne zu funkeln, und um seine elektrisierenden blauen Augen bildeten sich beim Lachen kleine Fältchen. Dieser Mann war umwerfend.

Sie konnte sich dieses Bild stundenlang anschauen. Und manchmal tat sie es auch.

Sie starrte auf das blinkende Licht auf Leitung zehn. Ihr Finger schwebte über dem Knopf.

O nein. Selbstverständlich würde sie das nicht tun. Sie *konnte* das nicht tun. Zu lauschen war in höchstem Maße unmoralisch und verabscheuungswürdig. Dass sie überhaupt in Versuchung war, so etwas Dummes, Abscheuliches zu tun, zeigte nur, wie fertig sie war. Für diese albernen Kindereien war sie einfach schon zu alt, und niemals würde sie …

Ihr Finger senkte sich langsam – ganz gegen ihren Willen. Und er drückte den Knopf. *Tipp.*

»… wäre großartig«, sagte Jon soeben. »Dieser Fall, den ich gerade abgeschlossen habe, hat mich echt mitgenommen.

Ich habe bis zum Hals in der Scheiße gesteckt. Meine Chefin will mich die nächsten zwei Wochen nicht sehen. Mindestens. Ich soll meinen Arsch irgendwo parken, wo ich nicht in Schwierigkeiten kommen kann. Bist du sicher, dass du oder Mac sie nicht braucht?«

»Ganz sicher«, entgegnete Danny. »Mac und Jane müssen sich um die Zwillinge kümmern, und ich muss bei der Arbeit die Lücke ausfüllen. Ich werde frühestens im Juli wieder rauffahren können. Also tust du uns sogar einen Gefallen, wenn du die Hütte lüftest und die Tiere verscheuchst, die sich eingenistet haben. Sonst versinken wir bei unserem nächsten Besuch in Waschbärenscheiße.«

»Also gut.« Jons Stimme klang dumpf und schwer. Die Energie, die sonst mitschwang, fehlte. »Ich weiß das zu schätzen.«

»Du hast doch noch die Schlüssel zu meiner Wohnung, oder? Ich habe bis neun Uhr Meetings. Die Schlüssel für die Hütte hängen an einem roten Segeltuchband am Bord neben der Küchentür. Und ich kann dich nicht überreden, heute Abend noch mit mir abzustürzen und erst morgen früh zu fahren? Wir könnten uns was zu essen kommen lassen und ein bisschen quatschen.«

»Nein, sorry. Diesmal muss ich passen. Mir geht's im Augenblick ziemlich beschissen. Ich wäre also kein besonders unterhaltsamer Gesprächspartner«, sagte Jon. »Vielleicht, wenn ich zurückkomme.«

Mary Ann aus der Buchhaltung lief vorbei. Robin drückte hastig den Knopf für Leitung zehn und warf der Frau ein breites, schuldbewusstes Lächeln zu.

Mit einem Mal kam eine weitere Welle von Anrufen, und Robin leitete sie mit einer gut organisierten Schnelligkeit, die sie selbst überraschte, an die richtigen Partner weiter. Als sie fertig war, hatte das Blinken auf Leitung zehn aufgehört.

Doch die neue Information ließ sie nicht mehr los. Ihr Herz hämmerte wild. Jon würde zu Dannys Hütte in Kerrigan Creek fahren. Und zwar ganz allein … praktisch wehrlos.

Die Idee, die ihr kam, war verrückt. Ein todsicheres Rezept, um sich vollkommen zu erniedrigen und demütigen. Aber trotzdem …

Sie wollte einen doppelten Rückwärtssalto über den Empfangstresen machen, wenn sie diese Chance nicht ergriff.

Also klingelte sie bei Eliza durch, der Sekretärin, die ab und an für sie einsprang, wenn sie eine kleine Pause brauchte. »Eliza? Würdest du mich vertreten, damit ich schnell zur Toilette kann?«

»Sicher, Rob. Bin in einer Sekunde da«, versprach Eliza.

Befreit von der riesigen Telefonanlage rannte Robin zur Damentoilette und schloss sich in einer der Kabinen ein. *O Gott, o Gott.* Das hier war vielleicht ihre Chance. Konnte sie … wirklich?

Seit sie vierzehn war, hatte Jon ihr immer, wenn er sie sah, das Haar zerzaust und sie vergnügt über ihren Freund ausgefragt. Ihr Freund. *Ha.* Was für ein Witz.

Es war ihr wunder Punkt. Als »Spätzünderin« und mit zwei überfürsorglichen älteren Brüdern hatte sie nur wenige Freunde gehabt. Solange sie noch zu Hause gewohnt hatte, waren die einzigen Typen, die sich ihr nähern durften, diejenigen gewesen, die Danny und Mac für »sicher« befunden hatten. Was stets totale Langweiler gewesen waren. Männer mit dem erotischen Potenzial, den Weg in ihren

Schlüpfer zu finden, waren mit Androhungen von Tod und Verlust von Körperteilen zuverlässig verjagt worden.
Fairerweise musste sie gestehen, dass sie wegen des Turnens, das sie neben dem College betrieben hatte, auch nach ihrem Auszug nicht viel Zeit für Männer gehabt hatte. Wenn sie nicht gerade studiert oder Auftritte als Clown gehabt hatte, hatte sie wie eine Wahnsinnige trainiert. Außerdem interessierten sie primitive Männer, die sich nicht artikulieren konnten, herzlich wenig. Genauso wenig gefielen ihr weltfremde Intellektuelle mit Ziegenbärtchen. Und alle übrigen Männer waren schwul. Oder liebten sich selbst mehr als alles andere.
Die Wahrheit war, dass sie mit ihrer Schwärmerei für Jon die Latte unerreichbar hoch gelegt hatte und irrsinnig wählerisch war. Das Resultat war entsetzlich. Zu fürchterlich, um darüber nachzudenken. Zu beschämend, um es zuzugeben.
Sie war Jungfrau. Mit fünfundzwanzig. Und sie hatte es allmählich satt.
Sie war sich nicht sicher, wie es dazu gekommen war. Denn eigentlich war sie nicht der jungfräuliche Typ. Und es war weder eine Entscheidung aus moralischen Gründen noch aus einer Lebenseinstellung heraus. Soweit sie wusste, hatte sie auch keine Komplexe. Sie besaß stapelweise romantische und erotische Bücher. Und sie wusste, wie sie sich selbst verwöhnen konnte.
Es war eher eine Sache von schlechtem Timing, zu viel sportlichem Training und dem guten alten Pech. Ein paar Mal hatte sie schon kurz davorgestanden – doch jedes Mal hatte sie in letzter Sekunde einen Rückzieher gemacht. Sie war nicht sicher gewesen, ob es der richtige Moment, der

richtige Mann war. So hatte sie nie das Eis gebrochen, und das Eis wurde langsam immer dicker und ... tja, Mist. Der Zustand war unhaltbar.

Wie sie annahm, lag ihre Jungfräulichkeit auch zu einem großen Teil daran, dass sie sich immer vorgestellt hatte, ihr erstes Mal mit Jon zu erleben. Zwar machte sie sich keine Illusionen darüber, dass er sich in sie verlieben könnte oder etwas ähnlich Albernes, aber trotzdem. Es wäre toll, wenn der Mann, von dem sie seit der Pubertät träumte, ihr die Ehre erweisen würde.

Also sollte sie sich besser beeilen, bevor er sich noch eine andere Freundin nahm. Was nie lange dauerte ... Jon hatte ständig eine Frau an seiner Seite. Er vernaschte die Frauen wie Popcorn. Was jedoch noch schlimmer wäre: Er könnte wieder heiraten. Seine Hochzeit mit Vicki, der blonden Sexbombe, hatte Robin das Herz gebrochen. Die darauf folgende schmutzige Scheidung hatte es allerdings sofort wieder repariert.

Sie verließ die Kabine und betrachtete ihr Spiegelbild. Danny und Mac gefiel es gar nicht, wenn sie ihren Nabel zeigte, und deshalb legte sie großen Wert darauf, genau das zu tun. Trotzdem waren die Bluse und der Minirock, die sie trug, bei weitem nicht glamourös genug – nackter Bauchnabel hin oder her. Sie musste sich etwas Besseres einfallen lassen als das.

Außerdem war sie heute Morgen zu sehr in Eile gewesen, um etwas Interessantes mit ihren Haaren anzustellen, das ihre Brüder störte. Sie hatte ihr braunes Haar lediglich zu einem Pferdeschwanz zusammengebunden. Für das, was sie vorhatte, würde sie ihr Haar allerdings offen tragen – sexy ...

Kritisch betrachtete sie ihre Figur im Spiegel. Sie hatte sich wie eine Verrückte geschunden, um fit für das *Circo-della-Luna-Rossa*-Ausbildungsprogramm zu werden, also gab es körperlich gesehen nichts auszusetzen. Sie war rank und schlank und achtete auf sich. Glücklicherweise hatte sich das Training positiv auf ihren straffen Bauch und die Brüste ausgewirkt. Ihre Brüste waren vielleicht nicht besonders groß, aber sie waren fest und aufgerichtet und taten ihre Pflicht, den BH auszufüllen und die Blicke der Männer auf sich zu lenken. Jon hatte bisher jedoch noch keinen Blick auf ihren Busen riskiert. Also würde sie etwas Durchscheinendes tragen und ihre Brüste einsetzen. Es war auch an der Zeit, dass sie sich endlich auszahlten.

Probehalber lächelte sie und versuchte sich vorzustellen, was Jon sehen würde. *Hm.* Sie wusste, dass sie objektiv gesehen ziemlich süß war – vor allem, wenn sie noch etwas Make-up auflegte. Doch noch immer sah sie über ihrem jetzigen Gesicht ihr plumpes, altes Gesicht – trotz aller Veränderungen. Sie sah die Brille, die sie durch Kontaktlinsen ersetzt hatte. Die buschigen, zusammengewachsenen Augenbrauen, die mittlerweile in Form gezupft waren. Die schiefen Zähne, die jetzt glücklicherweise gerade waren. Und sie sah ihre peinlichen Gefühle – die sich auf ihrem Gesicht widerspiegelten, damit jeder sie sehen und bestaunen konnte.

Das war einer der Gründe, warum sie Clown hatte werden wollen. Emotionen mit einem Gesichtsausdruck transportieren zu können war dabei ein echter Gewinn. Mienen konnten nicht übertrieben genug ausfallen und mussten eindeutig zu lesen sein. Sobald sie die rote Nase aufsetzte, veränderte sich etwas in ihr und machte sie frei wie einen

Vogel. Sie gab ihr Bestes, und die Leute lachten. Wundervoll.

Danny und Mac verstanden das jedoch nicht. Ob Jon es könnte?

Schließlich war er Polizist. Es war ein düsterer, tougher, ernster Job. Vermutlich kam es ihm dumm und albern vor, dass jemand ein Clown sein wollte.

Aber hey. Es war ja nicht so, als bräuchte sie Jon Amendolas Zustimmung, was ihre Berufswahl anging. Von ihm brauchte sie etwas ganz anderes. Etwas ganz Besonderes.

Wieder lächelte sie sich im Spiegel zu. Es wirkte angespannt, falsch. Ängstlich. Ihr Lächeln erstarb, und in diesem nackten, schwachen Moment sah sie etwas anderes in dem Spiegel aufblitzen. Ihre Zukunft. Das Gesicht einer Frau. Älter, erfahrener. Auch verletzbarer, doch auf eine andere Art und Weise – auf eine tiefere, echtere Art.

Ihr wurde klar, wie anders ihr Leben sein würde, wenn sie die schützende Hülle, in der sie bisher gelebt hatte, verlassen würde. Normalerweise machte sie ihre Brüder für diese Schutzmauern verantwortlich, aber sie selbst hatte genauso dazu beigetragen, sie zu errichten und aufrechtzuerhalten. Sicherlich hatte sie sich – unbedroht von der Außenwelt – sehr gut auf ihre Ziele konzentrieren können. Und sie war geborgen gewesen.

Doch inzwischen war ihr diese Hülle zu klein geworden. Sie scheuerte und kniff. Sie verspürte Druck von innen, wie sie auch Druck von außen wahrnahm. Und dieser Druck zerstörte sie.

Sie wollte eine Herausforderung wie den *Circo della Luna Rossa* nicht mit einer Last wie diesem innerlichen Kampf beginnen, der sie behinderte.

Wenn sie jedoch erst einmal den Bann gebrochen und die Schutzmauern eingerissen hätte, wäre alles anders. Es gäbe kein Zurück mehr. Sie wäre draußen in der Kälte, wo der Wind peitschte und die Wölfe heulten. Wo alles passieren konnte. *Brrr.*

Es schauderte sie. Aber sie atmete tief durch und straffte entschlossen die Schultern. Das hier war nicht die Zeit, um zu kneifen. Abgesehen davon war Jon vielleicht ein Wolf, ja – aber ganz sicher kein typischer. Er war haargenau der richtige Wolf für diese Aufgabe. Und diese günstige Gelegenheit, einen Versuch bei ihm zu wagen, würde so schnell nicht wiederkommen. Sie und Jon, ganz allein mitten in der Ungestörtheit der Cascade Mountains …

Der Schauer, der sie nun durchzuckte, war anders – es war ein aufregendes, erwartungsvolles Prickeln.

Genug jetzt. Diese »kleine« Pause zog sich mittlerweile so lange hin, dass es schon unprofessionell war. Sie musste sich schleunigst wieder an ihren Arbeitsplatz begeben, bevor Eliza wütend wurde.

Danny kam vorbei, als sie sich gerade wieder gesetzt hatte. Seine Miene war wie immer grimmig und entschlossen. »Kommst du heute Abend zu Mac und Jane zum Dinner?«, bellte er.

Sie blinzelte. »Äh … nein. Sorry. Keine Zeit«, schwindelte sie. »Ich habe heute Nachmittag einen Kindergeburtstag nach dem anderen und am Abend einen *Commedia-dell'Arte*-Kurs. Das wird spät. Sehr spät.«

Danny schnaubte und widmete sich wieder seinen wichtigen Geschäften als leitender Finanzmanager der Firma. Beide Brüder waren so. Der Begriff »Alphatier« konnte sie nicht einmal ansatzweise beschreiben.

Sie lehnte sich zurück und merkte, dass sie zitterte. Zweifel stürmten auf sie ein. Jon hatte am Telefon erklärt, dass er im Augenblick kein unterhaltsamer Gesprächspartner sei. Und er hatte gesagt, dass er bis zum Hals in der Scheiße gesteckt habe. Er hatte furchtbar niedergeschlagen geklungen. Vielleicht wäre er gar nicht so begeistert, sie zu sehen.
Ja, das war genau die Art von feigem, mutlosem Grübeln und Zaudern, das fünfundzwanzigjährige Jungfrauen hervorbrachte.
Es hieß: jetzt oder nie. Wenn er sie davonjagte, würde sie damit fertig werden. Möglicherweise würde sie zunächst in ein tiefes Loch fallen und wäre am Boden zerstört. Aber dann würde sie die rote Nase wieder aufsetzen und weitermachen.

Jon zog die Handbremse seines Pick-ups an und lehnte sich auf dem Fahrersitz zurück. Er fühlte sich leer. Draußen dämmerte es bereits. Er sollte sich beeilen, wenn er nicht im Dunkeln auspacken wollte. Aber er hatte verdammt noch mal nicht die Energie dazu.
Der Geddes-Fall war ihm nahegegangen. Warum, wusste er nicht. Über die Jahre hatte er schon an einigen entsetzlichen Mordfällen gearbeitet, doch dieser Fall hatte ihn beinahe zerstört. Sich in das kranke Hirn dieses Täters zu versetzen hatte ihn vollkommen zerrüttet.
William Geddes, der »Vogelei-Mann«. Man hatte ihm diesen Namen gegeben, weil er seinen Opfern das bläuliche Ei eines Rotkehlchens in den Mund gelegt hatte – nachdem er sie so quälend langsam ermordet hatte, dass es die Vorstellungskraft eines normalen Menschen überstieg. Soweit sie wussten, hatte er fünf Mädchen im Alter von acht-

zehn bis zweiundzwanzig umgebracht. Allein der Gedanke an die undurchdringliche Miene und die starren Augen des Mannes im Gerichtssaal jagte ihm ein Schaudern über den Rücken. Verfluchter Psychopath. Und Jon hatte schon Unmengen an kranker Scheiße gesehen.

Schließlich war es ihm gelungen, den Mistkerl zur Strecke zu bringen – jedoch erst, als bereits fünf Mädchen gestorben waren. Und er konnte nur hoffen, dass es tatsächlich »nur« fünf Mädchen gewesen waren. Das Gerichtsverfahren war vor einigen Wochen zu Ende gegangen.

Geddes würde für immer hinter Gittern bleiben. Fünf Mal »lebenslänglich«, in einem Hochsicherheitsgefängnis, in dem die hübschen nordischen Züge dieses aufgeblasenen blonden Scheißkerls nicht unbeachtet bleiben würden. Diese Vorstellung verschaffte Jon ein Gefühl tiefer Befriedigung. Die Gerechtigkeit hatte gesiegt – soweit das möglich war.

Für die Familien der Mädchen war das allerdings ein schwacher Trost.

Also? Er sollte zufrieden sein, dass es vorbei war. Er sollte eigentlich sogar stolz auf seine Leistung sein.

Doch er fühlte sich beschissen. Nervös, zerrissen, ungeduldig. Er konnte nicht schlafen, hatte Alpträume über Blut und Vögel. Details, für die er auch jetzt noch keine Erklärung hatte, quälten ihn. Er hatte ein ungutes Gefühl, was die ganze Angelegenheit betraf. Zwar konnte er nicht genau sagen, was ihn störte, aber er spürte ganz deutlich, dass es noch nicht vorüber war.

Seiner Chefin hatte das nicht gefallen. Sie hatte ihm einen Zwangsurlaub verschrieben, nachdem er nach dem Urteilsspruch ein paar Mal zu oft dabei erwischt worden war, wie er über der Geddes-Akte gebrütet hatte. Das hatte weh getan. Er war ein guter Polizist – das war das Einzige, das er seiner Meinung nach wirklich gut beherrschte. Er mochte ein fürchterlicher Ehemann gewesen sein, ein schlechter Freund, und über seine Fähigkeiten als Vater – falls es einmal so weit kommen sollte – wollte er lieber erst gar nicht nachdenken. Doch wenn ihn jemand nicht für einen guten Cop hielt, machte ihn das wütend.

Schon während seiner Kindheit und Jugend in verschiedenen Heimen hatte er zu viele missbrauchte Kinder gesehen. Und wenn er nun von unschuldigen Kindern hörte, die misshandelt wurden, löste das in ihm einen Zorn aus, den er kaum kontrollieren konnte. An Schlaf war nicht zu denken. Er legte Sechsunddreißig-Stunden-Schichten ein, ohne müde zu werden.

Vielleicht hatte er es diesmal übertrieben. Er musste sich doch nur einmal selbst im Spiegel ansehen. Es ging ihm so was von dreckig. Eine unwillkommene Erinnerung an Vicki überfiel ihn, und er musste daran denken, wie sie ständig genörgelt und gemeckert hatte, dass er emotional verschlossen wäre. Aber wie konnte ein Mann sich emotional auf eine Frau einlassen, die andauernd jammerte?

Scheiße. Der Gedanke an seine Ex-Frau war nicht gerade aufmunternd.

Er zwang seinen bleiernen Körper dazu, sich zu bewegen. Müde schob er die Tür des Trucks auf und griff seine Sachen und die Tüte mit Lebensmitteln. Mit schweren, schlurfenden Schritten legte er den gewundenen Weg bis zur Hütte zurück, die an einem Hang lag. Als er dort ankam, erstarrte er.

Fußabdrücke neben der Hütte. Irgendjemand ging durch

das Laub. Er hörte das reibende Geräusch, das eine Jeanshose beim Laufen machte, hörte, wie Zweige von Büschen zur Seite geschoben wurden. Jedes Geräusch hallte so laut in seinen Ohren wider, als wäre es durch einen Lautsprecher verstärkt.

Jon ließ den Seesack und die Tüte mit den Lebensmitteln fallen. Im nächsten Moment hatte er seine Waffe in der Hand, ohne sich bewusst zu sein, sie aus dem Halfter gezogen zu haben. Genauso automatisch drückte er sich mit dem Rücken an die Wand und rückte Stück für Stück vor bis zur Ecke … Abwartend …

Ein Griff, eine Drehung, und er hatte den Mistkerl im Polizeigriff, das Handgelenk in einem schmerzhaften Winkel verdreht, die Waffe an den Hals gesetzt. Ein erstickter Aufschrei erklang.

Weiblich. Lange Haare, die ihn am nackten Arm kitzelten. Ein schmales Handgelenk, das sich anfühlte, als würde es unter dem Druck seiner Finger brechen. Was zum Teufel war hier los?

»Jon! Hör auf! Lass mich los! Ich bin's!«

Das Mädchen kannte ihn? Sein Körper und sein Verstand sagten ihm, dass sie physisch keine Gefahr darstellte. Also löste er seinen Griff und schob sie ein Stück zurück, um sie besser betrachten zu können.

Ihm fiel die Kinnlade herunter, als sie sich aufrichtete und sich das Handgelenk rieb. Er versuchte, Sauerstoff in seinen Körper zu pumpen, doch seine Lunge schien blockiert zu sein. *Heilige Scheiße*. Er war sich sicher, dieses Mädchen noch nie zuvor getroffen zu haben. Daran hätte er sich erinnert. *Wow.*

Ihre langen Haare reichten ihr beinahe bis zur Taille. Sie

hatte große, dunkle, leicht schräg stehende Augen, mit denen sie ihn wütend anfunkelte, hohe Wangenknochen, makellose Haut und ein spitzes Kinn. Dieser volle, pinkfarbene Mund mit dem schimmernden Lipgloss schien einen Mann geradezu dazu aufzufordern, an das eine zu denken und umgehend die körperlichen Konsequenzen aushalten zu müssen.

Und ihr Körper. *Himmel.* Sie war von einer katzenhaften Eleganz, hatte lange Beine, eine schlanke Taille, sanft geschwungene Hüften. Ihre Brüste waren fest und schienen sich nach Küssen zu sehnen. Sie trug keinen BH, so dass die Nippel sich unter dem dünnen Stoff der Baumwollbluse deutlich abzeichneten. Ihre Hüftjeans schmiegte sich an ihren perfekten, runden Po. *Wer zur Hölle …?* Das hier war ein Privatgrundstück, mitten im Nirgendwo. Seine Erregung wuchs …

Es sah nicht so aus, als wäre sie bewaffnet. Er schob seine *Glock* zurück in sein Schulterhalfter. »Du hast mir einen Schrecken eingejagt«, knurrte er. »Wer zum Teufel bist du?«

Wütend starrte sie ihn an. »Was meinst du damit? Ich bin's. Robin!«

Robin? Sein Gehirn versuchte, das eigentlich Unbegreifliche zu begreifen.

Dies war Dannys kleine Schwester? *Robin?* Die Robin mit der albernen Brille und dem Mund voller Metall?

Die unvereinbar scheinenden Bilder prallten in seinem Kopf zusammen.

Es *war* Robin. *Heilige Scheiße.*

In Gedanken hatte er dieses Mädchen gerade in allen möglichen Stellungen genommen. Danny würde ihn umbringen, wenn er wüsste, dass Jon in pornografischen Phantasien über seine Schwester geschwelgt hatte. »Sorry«, murmelte er lahm. »Ich habe dich nicht erkannt. Du siehst … anders aus, als ich dich in Erinnerung habe. Wissen deine Brüder, dass du so angezogen auf die Straße gehst?«

Sie straffte die Schultern und funkelte ihn aus leicht zusammengekniffenen Augen an. »Mac und Danny haben mir nichts zu sagen, was meine Klamotten angeht.«

»Vielleicht sollten sie das aber.« Mit einem Kopfnicken deutete er auf ihre aufgerichteten, bräunlichen Nippel, die sich in der Kälte sehr deutlich abzeichneten, und wandte kurz das Gesicht ab.

»Warum sollten sie das?« Sie verschränkte ihre schlanken Arme unter ihren Brüsten und hob sie dadurch an, wie er zu seiner Qual bemerkte. »Ich bin *fünfundzwanzig,* Jon. Ich muss mich vor niemandem rechtfertigen.«

Die ganze Situation war unwirklich. Mühsam löste er seinen Blick von ihren pinkfarbenen Lippen und riss sich zusammen. »Äh, ich will ja nicht unhöflich sein, doch was hat dein Alter mit der ganzen Sache zu tun? Und was willst du eigentlich hier oben?«

Sie schürzte die schimmernden Lippen. »Ich könnte dich dasselbe fragen.«

»Das könntest du. Aber es geht dich nichts an. Dein Bruder hat mir die Schlüssel gegeben. Ich bleibe ein paar Wochen hier, um zu angeln oder mit offenem Mund an die Decke zu starren. Und? Du bist dran. Warum bist du hergekommen?«

Sie senkte den Blick. Ihre Hand hatte sie auf den Bauch gelegt. »Äh … deinetwegen.«

2. Kapitel

Jon blickte sie an und räusperte sich. »Könntest du mir bitte erklären, was du damit meinst?«

Robin hob den Kopf und sah ihn an. »Ich muss nichts erklären. Du hast mich schon sehr gut verstanden.«

»Du meinst …« Er hielt inne. Er konnte es einfach nicht aussprechen. Es war eine offensichtlich zu entsetzliche Vorstellung für ihn, zu schockierend, um sie in Worte zu fassen.

Sie nickte. »Ja.«

Finster starrte er sie an. »Du machst Scherze.«

Die Hoffnung in ihr schwand. »Mir war noch nie in meinem Leben etwas so ernst.«

Allmählich wirkte er verärgert, als würde sich jemand mit ihm einen Spaß erlauben, den er ganz und gar nicht lustig fand. »Und wie kommst du auf diesen verrückten Gedanken?«

»Diesen ›Gedanken‹ habe ich seit mehr als zehn Jahren.«

Er konnte nicht aufhören, den Kopf zu schütteln. »Ich kann es nicht glauben«, murmelte er. »Ich kann es verdammt noch mal nicht glauben. Auch das noch. Komm, lass uns reingehen.« Sie folgte ihm um die Hütte herum. Als er die offene Tür bemerkte, drehte er sich zu ihr um. »Was ist das?«

»Ich habe einen Schlüssel«, entgegnete sie schlicht. »Ich bin schon seit einer Weile hier.«
Eindringlich musterte er sie. »Hat Danny dir gesagt, dass ich vorhabe, zur Hütte zu fahren?«
Sie biss sich auf die Unterlippe. »Nicht ganz.«
»Warte mal. Du hast heute in der Telefonzentrale gesessen, stimmt's? Hast du uns belauscht?«
Sie wurde rot. »Äh …«
»Schlecht.« Er betrachtete sie missmutig und schüttelte den Kopf. »Ganz schlechtes Karma.«
Sie hob ihr Kinn. »Ein Mädchen muss tun, was ein Mädchen tun muss.«
»Ja. Tja, du wirst es auf jeden Fall nicht mit mir tun. Schieb deinen Arsch hier rein. Und setz dich. *Sofort.*«
Seine Stimme klang wie ein Peitschenknall und löste in ihr etwas aus, so dass ihr Körper gehorchte, ehe sie überhaupt wusste, was sie tat. Plötzlich saß sie stocksteif am Tisch in der dämmrigen Küche. Sie bereute es, das enge, durchscheinende Top angezogen zu haben. Jon war so groß und strahlte so viel starke männliche Energie aus.
»Starr mich nicht so wütend an«, sagte sie sauer.
»Was ist los? Willst du dich über eine Enttäuschung hinwegtrösten? Willst du irgendeinen Typ eifersüchtig machen? Was ist los?«
»Nichts ist los.« Sie versuchte, sich über die Lippen zu lecken, und schmeckte das Erdbeeraroma von ihrem Lipgloss. »Und ich habe keinen Freund.«
»Warum bist du verdammt noch mal dann hier?«
Beim harten Klang seiner Stimme zuckte sie zusammen. Die Wahrheit platzte aus ihr heraus – wie immer, wenn sie in Verlegenheit gebracht wurde. »Weil ich nicht länger

warten will, dass es endlich passiert! Und ich will, dass du der Erste bist!«

»Der Erste?« Skeptisch blickte er sie an. »Du willst damit sagen, dass du noch nie ... heilige Scheiße. Du hast noch nie ...« Er schien sich zu fürchten, es auszusprechen.

»Ja! Genau das will ich damit sagen! Ich will, dass du das Eis für mich brichst, okay? Das ist alles! Du sollst es einfach ... tun. Damit ich durchatmen und weitermachen kann! Ich werde nicht klammern. Ich erwarte auch nicht, dass du dich in mich verliebst oder ...«

»Zum Glück.«

Sein knapper Tonfall entmutigte sie, aber es war sowieso zu spät. Also konnte sie genauso gut weiterreden. »Es geht nur um diese kleine Sache. Darum, den Bann zu brechen.«

»Kleine Sache? Du nennst es eine kleine Sache? Das ist es nicht. Und es ist gegen meine Prinzipien. Also kannst du es verflucht noch mal vergessen.«

»Prinzipien?« Sie starrte ihn an. »Du hast Prinzipien beim Sex?«

»Ja. Das habe ich. Lass es mich klarstellen. Du willst, dass ich dich entjungfere und dann abhaue und so tue, als hätte ich nicht gerade mit der kleinen Schwester meines besten Freundes geschlafen? Nein, streich das – mit der *unberührten* kleinen Schwester meines besten Freundes. Für was für ein charakterloses Arschloch hältst du mich?«

»Ich bin keine Kleine!« Sie sprang auf. »Sehe ich aus wie ein Kind?«

»Du benimmst dich jedenfalls so. Wenn Danny wüsste, dass ich diese Unterhaltung mit dir führe, würde er mich umbringen.«

»Aber er weiß es nicht! Und er wird es niemals erfahren! Verstanden?«

»Großartig. Noch besser. Jetzt willst du auch noch, dass ich meinen besten Freund belüge.«

»Nein, das will ich nicht!«, stieß sie hervor. »Seine Privatangelegenheiten für sich zu behalten ist keine Lüge. Es geht Danny nichts an!«

Jon schnaubte verächtlich. »Ich bezweifle, dass er das so sieht.«

»Danny und Mac sind doch der eigentliche Grund für mein Problem! Während der gesamten Schulzeit! Sobald mir ein Typ ein bisschen näherkam, folgte ›Das Gespräch‹. Wenn er auch nur etwas mehr tat, als meine Hand zu halten, drohten sie ihm, ihm jeden Knochen im Leib mit einem Hammer zu brechen.«

Er versuchte, ein Lächeln zu unterdrücken, dieser Mistkerl. »Also soll ich der Idiot sein, der die komplizierten Frakturen erleidet? Wow. Ich fühle mich geehrt.«

»Das ist nicht komisch.« Robin spuckte die Worte beinahe aus. »Ich lache nicht.«

»Das sehe ich. Aber es gibt einen guten Grund, warum deine Brüder dich beschützen. Männer sind Schweine. Die beiden sind Männer, also wissen sie das. Ich mache ihnen keine Vorwürfe, dass sie es tun – und du solltest das auch nicht.«

»Tja, ich habe aber die Nase voll! Jetzt ist Schluss, so oder so. Ich gehe. Tschüs, Jon. Tut mir leid, dich gestört zu haben.«

Sie versuchte, an ihm vorbei hinauszugehen, doch er packte sie am Arm und drehte sie zu sich herum. Mit einem Ächzen landete sie wieder auf dem Stuhl.

»Wohin willst du?«

»Ich will meine Jungfräulichkeit verlieren«, erwiderte sie.

»O ja?« Er verengte die Augen zu schmalen Schlitzen. »An wen?«

Sie zuckte die Schultern. »Das weiß ich noch nicht. Ich dachte, ich hätte einen Plan, aber der hat sich leider in Wohlgefallen aufgelöst. Zeit für Plan B.«

»Und wie sieht Plan B aus?«

»Oh, das Übliche. Bars. Klubs. Enge Klamotten, Highheels, zu viel Alkohol. Was immer auch erforderlich ist.«

Sie erhob sich vom Stuhl und wurde sofort zurückgedrückt. Mit eisernem Griff hielt er sie fest. »Das wirst du nicht tun.«

»Lass mich los!« Sie wand sich und schlug um sich. »Du magst keine Jungfrauen? Fein. Wenn wir uns das nächste Mal sehen, bin ich eine Ex-Jungfrau. Versprochen.«

Er packte sie an den Oberarmen und hob sie hoch, so dass ihre Füße den Boden kaum noch berührten. Mit dem Rücken drückte er sie an die Wand. »Auf keinen Fall. Ich werde nicht zulassen, dass du losgehst und irgendein Arschloch dich benutzt.«

»Pech gehabt«, zischte sie und stützte sich auf seiner Brust ab. »Das liegt nicht in deiner Hand.«

»Jetzt schon.« Seine Stimme klang grimmig.

Tränen der Beschämung stiegen ihr in die Augen. »Lass mich los.«

Als er seinen Griff lockerte, sank sie von den Zehenspitzen auf die Füße.

Finster ragte er über ihr auf. »Robin.« Seine Stimme klang ein wenig weicher. »Hör mir zu. Du solltest dein erstes Mal mit jemandem haben, der dich vergöttert. Der diese Ehre zu schätzen weiß. Nicht mit einem Mistkerl aus irgendeiner Bar, der nur zum Schuss kommen will. Tut mir leid, aber das kann ich nicht zulassen.«

Sie sahen einander an, und in diesem Moment geschah etwas. Die Luft vibrierte plötzlich, und die Temperatur schien anzusteigen. Das Atmen fiel ihnen schwer. Jon wirkte beinahe verängstigt. Er löste seine Hände von ihr und wich zwei Schritte zurück.

»Ich bin nicht dieser Mann«, sagte er behutsam. »Ich bin ein selbstsüchtiger Kerl. Ich habe eine Ex-Frau und einige Ex-Freundinnen, die mich hassen wie die Pest. Ich bin nicht nett, ich bin nicht einfühlsam, und ich bete nichts und niemanden an.«

»Zu mir warst du immer nett«, flüsterte sie.

»Das war ein großer Fehler. Einer, den ich nie wieder machen würde.« Er zog sein Handy hervor und tippte eine Nummer ein.

Alarmiert packte sie ihn am Arm. »Wen rufst du an?«

»Danny.« Er hielt sich das Telefon ans Ohr.

»Auf keinen Fall!« Sie wollte nach dem Handy greifen. »Er und Mac werden mich umbringen!«

»Das hättest du dir früher überlegen sollen.« Er blickte aufs Display. »Scheiße. Er ist noch immer in der Besprechung. Sein Handy ist abgestellt. Dein Glück.«

»Du Arschloch!«, stieß sie mit tränenerstickter Stimme hervor.

»Gott sei Dank. Endlich sieht sie der Realität ins Gesicht!«

Robin drehte sich um und wollte zur Tür gehen, doch er schlang von hinten seinen Arm um ihren Bauch und hob sie hoch. »Nein. Du gehst nirgendwohin, bis einer deiner

Brüder hier ist, um dich zu begleiten. Ich übernehme keine Verantwortung.«

»Ich bin mit dem Auto hier. Ich muss damit zurückfahren.«

»Dann werde ich Danny bitten, Mac mitzubringen. Er kann deinen Wagen fahren.«

Sie wand sich, schlug um sich. »Das kannst du mir nicht antun!«

»Wart's ab«, entgegnete er unbarmherzig.

»Ich bin kein Kind mehr! Meine Brüder haben mir gar nichts zu sagen!«

»Das ist zum Glück ihr Problem. Nicht meins. Nicke, wenn du jetzt nett sein willst. Wenn du dich mit mir anlegst, fessele ich dich mit Handschellen an den Ofen. Verstanden?«

Sie nickte. Er drückte sie auf den Stuhl und wandte sich um. Sie schätzte den Abstand zur Tür ein, stand auf und schlich …

»Denk nicht mal daran. Setz dich wieder hin!«

Genervt drehte sie sich um. Jon warf ihr ein altes graues Sweatshirt zu. »Es riecht ein bisschen schimmelig, aber es ist besser als … das.« Er wies mit einem Kopfnicken auf ihr Top.

Herrschsüchtiger Kontrollfreak. Er war schlimmer als ihre zwei Brüder zusammen. Ihre Wut machte sie mutig. Sie atmete tief ein und schob ihre Brüste vor, so dass sich das Top spannte. »Machen meine Brüste dir Angst, Jon?«

Er presste die Lippen aufeinander und starrte auf ihre Brust.

Ein ungewohntes Gefühl von Macht erfasste sie. Das Bedürfnis, ihn zu drängen und zu sehen, wohin es führte. Sie

hob die Hand und öffnete den obersten Knopf ihres Hemdchens.
»Wage es nicht.« Seine Stimme klang heiser und drohend.
»Was willst du dagegen tun?«, reizte sie ihn und machte den zweiten Knopf auf. »Willst du mich übers Knie legen?«
Er ging auf sie zu, bis er nur noch Zentimeter von ihr entfernt war, und starrte sie an. »Leg dich nicht mit mir an, Robin«, warnte er sie. »Tu es … einfach nicht.«
»Warum nicht? Du hast schließlich nichts zu befürchten, oder? Du willst mich nicht. Du hast deine Prinzipien. Ich bin tabu. Warum sollte ich also nicht meinen Spaß mit dir haben?«
Er hob ihr Kinn an. »Sieh mir in die Augen. Weißt du, wohin es führt, wenn du mich bedrängst? Bist du dir sicher, dass du so weit gehen willst?«
Als sie seinen Blick erwiderte, wurde ihr mit einem Mal klar, dass sie nicht dazu bereit war. Sie hatte geglaubt, es zu sein, aber sie hatte sich eine zärtliche Verführung ausgemalt, bei der sie sich, nun ja, sicher gefühlt hätte. Doch das raubtierhafte Funkeln in seinen Augen vermittelte ihr alles andere als das.
Nein. Sie hatte nicht den Mut. Er war so zornig. So groß. So … unnachgiebig. Sie senkte den Blick. *Feigling.* Tränen schossen ihr in die Augen.
Nun besaß er auch noch die Unverfrorenheit, erleichtert zu wirken, weil sie einen Rückzieher machte. *Mistkerl.*
»Wir können was essen, während wir auf Dannys Rückruf warten«, erklärte er. »Zieh das verfluchte Sweatshirt an.«
Robin seufzte und zog den klammen, modrig riechenden Stoff über. Als ihr Kopf aus dem ausgefransten Halsaus-

schnitt hervorkam, hielt Jon ihr mit herausforderndem Blick eine Tüte mit Tomaten und Gurken entgegen.
»Mach dich nützlich«, sagte er. »Übernimm den Salat.«

Jon konzentrierte sich auf den Knoblauch. Er schnitt ihn in Stifte, die er mit unnötiger Heftigkeit in die Steaks drückte, um sie anschließend zu braten. Er war erleichtert, dass er sein Jeanshemd angelassen hatte. Denn sonst hätte sie nur einen Blick auf seine Erektion werfen müssen und hätte gewusst, dass sie ihn kalt erwischt hatte. Dass er nur Millimeter davon entfernt war, auf die Knie zu fallen und sie anzuflehen, sie nehmen zu dürfen …
Er riss sich zusammen und rechnete im Kopf noch einmal nach. Sie war zehn oder elf Jahre alt gewesen, als er sie zum ersten Mal getroffen hatte. Damals war er zwanzig gewesen. Ein besserwisserischer, angeberischer Rowdy. *Ja.* Es passte. Fünfundzwanzig. Er war vierunddreißig. Das war noch immer ein ziemlich auffälliger Altersunterschied, auch wenn er sich nicht an einer Minderjährigen vergriff. Hey, was dachte er sich überhaupt? War er gerade dabei, sich zu rechtfertigen?
Auf keinen Fall. Ruhig, Junge. Sie war Macs und Dannys kostbare Prinzessin. Für die beiden würde sie immer die »Kleine« bleiben, und das hier würde unvermeidlich zur Katastrophe führen. Er spürte es. Die Freundschaft zu Danny bedeutete ihm viel. Und er würde sie nicht aufs Spiel setzen.
Er streute Salz und Pfeffer über das mit Knoblauch gespickte Fleisch, legte es in die Steakpfanne und stellte den Reis auf den Herd. Ein seltsames Geräusch brachte ihn dazu, sich umzudrehen.

Sie jonglierte. Fünf dicke Tomaten flogen durch die Luft.
»Robin«, beschwerte er sich. »Was soll das?«
»Ich bin angespannt«, entgegnete sie konzentriert. »Jonglieren beruhigt mich. Ich kann noch eine Tomate mehr jonglieren. Wirf mir eine zu. Los. Mach schon.«
»Das ist mein Abendessen«, erwiderte er anklagend. »Kannst du dich nicht beruhigen, indem du mit etwas anderem herumwirfst? Wie wäre es mit Toilettenpapierrollen?«
»Halt den Mund. Schmeiß mir noch eine Tomate zu.« Ihre Konzentration ließ nicht nach.
Er stöhnte, nahm eine Tomate, passte sich ihrem Rhythmus an und warf.
Robin tänzelte zurück und beobachtete die sechste Tomate, die gefährlich nah an die Decke flog. Ihr Haar hüpfte, die Hände bewegten sich unermüdlich, und sie hielt die sechs Tomaten perfekt in der Luft. Sie war gut.
Und umwerfend. Ein bisschen verrückt vielleicht, aber eine echte Augenweide. Wie hatte ihm das so lange nicht auffallen können? Eine Weile beobachtete er beinahe ehrfürchtig das erregende Schauspiel.
»Wie konntest du fünfundzwanzig werden und Jungfrau bleiben?«, wollte er wissen.
Platsch. Eine Tomate landete zu seinen Füßen, und der Saft und die Kerne verteilten sich auf seinen Schuhen. Robin fing die anderen im Arm auf und blickte ihn verlegen an.
»Wie kannst du einer Frau, die gerade mit sechs Tomaten jongliert, eine solche Frage stellen?« Sie legte sie auf die Anrichte und ergriff ein Stück Küchenrolle. »Entschuldige«, sagte sie. »Kann ich …«
»Ich mache das.« Er bückte sich. »Du hast meine Frage nicht beantwortet.«

Robin presste die Lippen aufeinander. Sie schnitt eine Gurke in Scheiben und warf sie in die Schüssel. »Es ist einfach so geschehen«, erklärte sie leise. »In der Highschool waren vor allem Mac und Danny und ›Das Gespräch‹ schuld. Und auf dem College war ich zu beschäftigt mit dem Training, Wettbewerben und meinen Auftritten als Clown. Es hat sich nie ergeben. Und dann … Ich denke, ich wollte …« Ihre Stimme erstarb.

Jon stand auf. »Ja?«, hakte er nach. »Was wolltest du?«

»Ich wollte nicht, dass es mit irgendwem passiert.«

»Richtig. Du hast auf jemand Besonderen gewartet. Der verrückt nach dir ist. Und das solltest du auch. Das solltest du.«

Sie hackte eine Tomate in zwei Hälften. »Fang nicht wieder davon an. Glaube mir, ich habe dich verstanden. Es war schon beim ersten Mal schlimm genug.«

»Hey. Du hast damit angefangen, Vögelchen, und ich …«

»Nenn mich nie wieder so. *Nie* mehr, verstanden?«

Überrascht starrte er sie an. Ihre Wangen glühten, ihre Augen blitzten zornig. »Was? Warum? Deine Brüder haben immer …«

»Ja. Als ich ein *Kleinkind* war. Jetzt nicht mehr. Sie haben es gelernt – ich habe es ihnen unmissverständlich klargemacht. Ich habe einen Namen, Jon. Also benutze ihn auch.«

Lächelnd zuckte er mit den Schultern. »Wie du willst.« Er gab Reis, Salat und ein saftiges Stück gebratenes Filet auf einen Teller und stellte ihn vor ihr auf den Tisch. Dann holte er ein Bier aus der Tasche und sah sie skeptisch an.

Sie erwiderte seinen Blick. »Ja. Falls du dich gefragt hast: Mit fünfundzwanzig ist man definitiv alt genug, um Bier zu trinken. Danke, gern. Ich nehme eins.«

Er öffnete die Flasche und reichte sie ihr.

»Jetzt bin ich dran, dir peinliche, provokative Fragen zu stellen«, sagte sie.

Er schnitt ein Stück von seinem Steak ab. »Was willst du wissen?«

»Was hast du gegen Jungfrauen?«

Er verschluckte sich an seinem Fleisch und hustete. »Jungfrauen bedeuten nichts Gutes. Das habe ich auf die harte Tour gelernt.«

»Aber jeder war doch mal Jungfrau. Sogar du!«

»War ich das? Echt? Ich kann mich kaum erinnern«, entgegnete er trocken.

»Warum?«, beharrte sie. »Wenn es nur um die Erfahrungen geht ...«

»Nein. Das ist es nicht. Jungfrauen sind wandelnde emotionale Zeitbomben. Nach dem ersten Sex verlieben sie sich in dich – wenn du alles richtig machst. Und das ist nicht gut.«

Sie verdrehte die Augen. »Oh, bitte. Das ist lächerlich.«

»Und außerdem: Wenn du dumm genug bist, etwas für die Tussi zu empfinden, die du gerade entjungfert hast, macht sie dich kaputt. Das passiert, sobald sie sich zu fragen beginnt, was sie eventuell mit anderen Typen verpasst.«

»Tja.« Sie räusperte sich. »Das ist in diesem Fall irrelevant ...«

»Sie können nichts dafür«, fuhr er fort. »Und ich mache ihnen gar keinen Vorwurf. Es ist natürliche Neugierde. Jeder muss seine sexuellen Erfahrungen sammeln, um zu wissen, was ihm gefällt. Was bei ihm funktioniert. Und da steht Typ Nummer eins schön blöd da. Pech für ihn.«

Robin machte eine kleine Pause. »Ich habe das Gefühl,

dass du allein schon eine ganze Reihe sexueller Erfahrungen weitergeben kannst«, murmelte sie.

Stur schüttelte er den Kopf. »Wenn ein Typ dumm genug ist, es mit einer Jungfrau zu machen, sollte er sehr berechnend handeln. Kalt. *Du kannst sie knallen, dann lass sie fallen.*«

Sie lachte überrascht auf. »Das ist so krass.«

»Klar. Verstehst du jetzt, warum es nicht in deinem Interesse sein kann?«

»Nein, das verstehe ich nicht, Jon. Das war praktisch wortwörtlich das, worum ich dich gebeten habe!«

»Dich zu nehmen und dann fallen zu lassen? Bist du komplett verrückt geworden?« Er sah sie an, bis sie den Blick senkte. »Du weißt verdammt genau, dass ich das nicht tun kann.«

»Du musst es mir nicht noch ein zehntes Mal sagen«, stieß sie hervor. »Ich habe dich schon die letzten neun Male verstanden. Du willst mich nicht. Gut. Dann lass mich endlich gehen!«

»Nein, Robin.« Seine Stimme klang ruhig und sachlich. »Die Frage ist nicht, ob ich mit dir schlafen will. Natürlich will ich mit dir schlafen. Jeder Mann, der einen Puls hat, will mit dir schlafen.« Er blickte sie eindringlich an.

Für einen Moment blinzelte sie überrascht. Dann schlug sie die Augen nieder und nahm einen Schluck Bier. Ihre Wangen glühten. »Äh. Tatsächlich? Das konnte ich bisher noch nicht so feststellen, aber danke.«

»Die Frage lautet, ob ich mich mit der Katastrophe auseinandersetzen will, die danach über mich hereinbrechen wird«, fuhr er fort.

Sie seufzte hörbar. »Tja, dann. Kein Wunder, dass ich so

lange Jungfrau geblieben bin. Bei mir ziehen Männer aus Angst den Schwanz ein, weil ich so katastrophal …«

»Nein. Den Schwanz einzuziehen ist sicherlich nicht mein Problem.«

Aufregung erfasste sie. Jetzt war bestimmt der richtige Zeitpunkt, um ihn zu reizen, zu verführen oder mit ein paar Tricks dazu zu bringen, das zu tun, was sie wollte. Doch sie war keine Frau, die solche Tricks verwendete. Sie war der »Was-du-siehst-bekommst-du-auch«-Typ. Sie schob den leeren Teller von sich. »Bedeutet das, dass du mit dem Gedanken spielst? Oder willst du mich quälen?«

»Keines von beidem«, erwiderte er behutsam. »Ich sage dir nur, wie es ist. Nichts hat sich geändert.«

Ihr Herz stockte. Es war entmutigend, aber sie entschloss sich, vorsichtig optimistisch zu sein. Schließlich hatte Danny bisher noch nicht zurückgerufen. Und bis zu diesem Anruf hatte sie Zeit, Jon dazu zu bringen, seine Meinung zu ändern.

»Bist du satt?« Während er den Rest des Steaksaftes mit einem Stückchen Brot aufnahm, blickte er auf ihren leeren Teller. »Möchtest du noch etwas?«

»Nein danke. Du bist ein guter Koch.«

»Ja, wenn es einfache Gerichte sind. Willst du spülen oder das Feuer im Kamin anmachen?«

Ha. Das verstand sich doch von selbst. Sie grinste ihn an. »Ich mache das Feuer.«

Als Jon einige Zeit später ins Wohnzimmer kam, hatte Robin im Kamin ein hübsches Feuer entfacht.

»Jon?« Sie kniete vorm Kamin und starrte in die Flammen. »Was ich vorhin gesagt habe … ich meine, in einen Klub zu gehen und einen Mann aufzureißen … Ich wollte nur, dass du weißt ... dass ich das nicht tun würde. Ich habe das nur gesagt, weil ich wütend war. Also gibt es keinen Grund, Danny und Mac unnötig aufzuregen. Mac schläft seit der Geburt der Zwillinge sowieso viel zu wenig. Ich werde einfach ...«

»Du gehst nirgendwohin. Es ist stockdunkel, der Weg runter führt über eine schlecht befestigte Serpentinenstraße, und du hast ein Bier getrunken. Du schläfst hier.«

Sie stand auf und wischte sich den Staub der Holzscheite von den Händen. »Kommandier mich nicht rum. Das tun Mac und Danny schon zur Genüge. Ich brauche das nicht auch noch von dir.«

»Dann hast du dir den Falschen ausgesucht, um dich ihm an den Hals zu werfen«, versetzte er knapp. »Setz dich hin. Du bleibst heute Nacht hier.«

Missmutig ließ sie sich auf die Couch fallen und zupfte an ihrem Sweatshirt herum. Er setzte sich neben sie und legte die Hände auf seine Oberschenkel. »Eines würde ich gern wissen«, begann er langsam.

»Wenn es was mit Sex zu tun hat, werde ich nichts dazu sagen«, erwiderte sie schnell.

Er warf einen Seitenblick auf sie. »Du bist diejenige, die dem Gesprächsverlauf des Abends eine eindeutige Richtung gegeben hat, als du mich gebeten hast, dich zu entjungfern.«

»Erinnere mich nicht daran. Das ist geschmacklos. Im Übrigen hast du mich abgewiesen. Reite also bitte nicht länger darauf herum.«

»Wie viel Jungfrau bist du genau?«, fragte er unumwunden.

Verständnislos blinzelte sie ihn an. »Willst du damit sagen, dass es da Abstufungen gibt? Das ist keine mengenmäßige Entscheidung, Jon. Man ist es, oder man ist es nicht.«

»Es gibt immer Abstufungen. Was ist zum Beispiel mit Oralsex? Hast du das je getan?«

Sie zog die Knie an die Brust, und ihre Muskeln zogen sich zusammen, als eine kleine Welle überraschender Erregung sie durchströmte. »Nein.«

»Meinst du, dass du nie jemandem einen geblasen hast oder dass du nie mit dem Mund verwöhnt wurdest?«

»Beides nicht. Klingt komisch, ist aber so.«

Er pfiff leise durch die Zähne. »Hast du schon mal jemandem einen runtergeholt?«

Sie legte eine Hand vor ihr errötetes Gesicht. »Äh, nein.«

»Wurdest du mit den Fingern befriedigt? Hat dir jemals ein Typ einen Orgasmus verschafft?«

Wortlos schüttelte sie den Kopf.

Das Feuer im Kamin prasselte. Eine flackernde Petroleumlampe warf Schatten an die Wände. Sie betrachtete das Licht und die Schatten auf seinem Gesicht. Im Stillen fragte sie sich, ob all diese Fragen, die sich um Sex drehten, möglicherweise darauf hindeuteten, dass er seine Meinung überdachte. Sie kannte ihn nicht gut, obwohl sie seit vierzehn Jahren in ihn verknallt war.

Egal. Er hatte ein wenig Zeit gehabt, um sich an den Gedanken zu gewöhnen. Und er stellte ihr Fragen, die ein Prickeln zwischen ihren Schenkeln verursachten und sie erröten ließen. Was hatte sie zu verlieren? Warum sollte sie es nicht … einfach noch mal versuchen?

Herrgott noch mal! Sie wollte ihn schließlich nicht heiraten. Sie wollte nur das, was er sowieso jede Woche einer anderen Frau gab.

Entschieden erhob sie sich, zog das Sweatshirt aus und spürte, wie seine Spannung wuchs.

»Zieh das sofort wieder an«, sagte er sanft.

Mit grimmiger Entschlossenheit drehte sie sich um, plazierte ihr Knie neben ihm und schwang das andere Bein über seine Schenkel. Er stieß einen schockierten Laut aus und versuchte, sie abzuwehren. Doch sie reagierte darauf, indem sie sich auf seinen Schoß sinken ließ. Sein Griff um ihren Arm verstärkte sich. »Was machst du da, verdammt noch mal?«

»Ich will dich nur davon überzeugen, dass es die Katastrophe wert wäre.«

Er hielt den Atem an, als sie sich auf seinem Schoß bewegte. »O Gott.«

»Es ist nicht deine Schuld«, flüsterte sie. »Keine Sorge. Du bist von aller Schuld freigesprochen. Ich habe mich auf dich gestürzt. Du konntest nichts tun.«

»Blödsinn! Ich bin ungefähr achtzig Pfund schwerer als du! Geh von mir runter!«

Sie atmete tief ein, drückte den Rücken durch und öffnete die Knöpfe ihres Hemdchens. Eins … dann zwei … drei. Im nächsten Moment war das Top offen.

Als er sie betrachtete, ging sein Atem schneller. »O Gott.«

Sie zog das Hemdchen aus. »Du musst es ja nicht bis zum Ende bringen, wenn du nicht sicher bist. Aber könntest du meinen Status als Jungfrau nicht um ein paar klitzekleine, unerhebliche Prozentpunkte verringern? Ist das zu viel verlangt?«

Seine Hände zitterten. »So funktioniert das nicht.«

»Nein? Warum nicht?« Sie schmiegte sich noch enger an ihn. »Berühre mich einfach. Bitte, Jon.«

Sie löste seine Hand von ihrem Arm. Seine Finger hatten Male hinterlassen. Zärtlich hauchte sie Küsse auf seine Hand, streichelte die verkrampften Finger und legte sie auf ihre Brust. Er keuchte rauh, atemlos auf.

Und auch sie hielt den Atem an und wurde still. Sie hatte sich so sehr darauf konzentriert, so weit zu kommen, dass sie ihre eigenen Empfindungen aus den Augen verloren hatte. Die Angst, das Verlangen. Die elektrisierende Berührung seiner starken Hand brachten sie ihr wieder ins Bewusstsein. Und die Bewegungen, die sie nun auf seinem Schoß machte, waren weit entfernt von jeder Berechnung. Sie waren unwillkürlich.

Jon legte beide Hände auf ihre Brüste, hielt sie fest. Mit seinen Daumen umkreiste er die festen Nippel und gab leise, gequälte Laute von sich.

Dann beugte er sich vor und berührte ihre Haut mit seinen Lippen.

3. Kapitel

Ihre Brüste waren perfekt – aufgerichtet und doch zart, dazu die festen Nippel. Und die Art, wie sie sich bewegte. *O Gott.* So sexy. So sanft und geschmeidig und umwerfend. Zu viel. Es war mehr, als er aushalten konnte.

Sie hielt seinen Kopf in ihren Armen und stöhnte leise. Ihr Körper erzitterte unter jeder hungrigen Berührung seiner Zunge. Und er konnte nur daran denken, wie sehr er sich wünschte, ihr die Jeans auszuziehen, ihre Beine zu spreizen und ihr zu zeigen, wie groß der Ärger wirklich war, in dem sie steckte.

Aber zu so etwas Wildem war sie nicht bereit. Selbst wenn er nachgeben würde. Was er natürlich nicht tun würde. Sie war noch Jungfrau. Und sie war voller Erwartungen – träumerischer, rosaroter, unrealistischer Erwartungen. Es war fast unvermeidlich, dass sie rührselig werden und klammern würde. Ganz zu schweigen davon, dass sie zu eng war. So scharf, wie er war, würde er nicht so vorsichtig sein können, wie er sollte. Eine solche Sache erforderte Selbstbeherrschung. *Ha.* Und er lief Gefahr, in seiner Hose zu kommen wie ein unerfahrener Junge.

Mit seinen Händen umfasste er ihren nackten Oberkörper, der so schmal war, dass sich seine Finger beinahe berührten. Er konnte das Spiel der schlanken, festen Muskeln unter ihrer Haut spüren. Seine Hände glitten gierig über ihren

Körper, erkundeten ihre Kurven bis hinunter zu ihrer Jeans, die sich an ihre Hüften schmiegte.

Ihr Haar auf seinem Gesicht fühlte sich seidig an. Ihre Lippen auf seiner heißen Stirn waren so weich. Das Lipgloss duftete süßlich, fruchtig. Bei dem Gedanken, es zu schmecken, abzulecken und diese zarten, vollen, schimmernden Lippen zu kosten, lief ihm das Wasser im Mund zusammen. Er wollte ihre Zunge spüren und sie leidenschaftlich küssen. Robin legte mit geschlossenen Augen den Kopf in den Nacken, und ihr Atem ging schneller.

O Mann. Sie stand kurz davor, zu ihrem ersten Höhepunkt zu kommen. Mit einem tiefen Atemzug fasste er sie an den Hüften und zog sie näher zu sich heran.

Sie bog sich ihm entgegen, er hielt sie, nahm das heftige Pulsieren in ihrem Körper wahr, das sich allmählich zu einem süßen und lustvollen, anhaltenden Zittern abschwächte.

Wow. Dabei hatte er eigentlich nichts dazu beigetragen, dass sie gekommen war. Sie hatte alles allein gemacht. Und jetzt war er noch schlimmer dran als zuvor. Jetzt war er in eine Welt des Schmerzes eingetaucht. Rastlos, verzweifelt. Verdammt wütend auf sich selbst, auf sie.

Robin hob den Kopf. Auf ihrem Gesicht schimmerten Schweißperlen. Ihre Lippen waren rot, glänzend. Sie zitterten. »Küss mich«, flüsterte sie.

Sein Körper schrie danach, ihr zu gehorchen. »Nein«, stieß er schroff hervor.

Erschrocken blickte sie ihn an. »Aber du … aber wir …«

»Vergiss es.« Wenn sie sich küssten, würde er die Beherrschung verlieren – noch sicherer, als wenn sie nur miteinander schlafen würden. Er konnte es nicht riskieren. Wenn er in sich ging, fand er dort nur Dürre und Dunkelheit – die Auswirkungen des »Vogelei-Mannes«.

»Du bist noch immer böse«, sagte sie.

»Ja. Ich mag es nicht, wenn man Spielchen mit mir spielt.«

Sie blickte ihn verletzt an. »Spielchen? Ich spiele keine Spielchen! Ich will dir alles schenken, was Gott mir gegeben hat! Dir hat offensichtlich gefallen, was du gesehen hast. Also nimm es dir!«

Er legte sie mit dem Rücken auf das Sofa und kniete sich vor der Couch vor Robin. Verstohlen rückte er seinen harten Schwanz in der engen Jeans zurecht und starrte auf ihren Körper, ausgestreckt auf dem Sofa. Ängstlich blickte sie auf.

Er legte seine Hand auf ihren Bauch. Die Haut war zart wie ein Rosenblatt. Langsam strich er weiter hinauf und berührte die Unterseite ihrer Brüste. Irgendetwas in seinem Innern gab nach.

Ein Kompromiss. Der rettete vermutlich nicht seine Ehre oder seine Integrität, doch es war eine Maßnahme zur Schadensbegrenzung. Und es war das Beste, was er tun konnte.

»Okay. Du hast gewonnen«, stieß er rauh hervor. »Bis zu einem bestimmten Punkt.«

Sie riss die Augen auf, richtete sich auf und saß halb.

»Ich sage dir jetzt, wie es laufen wird«, erklärte er. »Ich werde dir einen Orgasmus verschaffen, sooft du willst. Und ich werde dir beibringen, wie man es mit dem Mund macht – denn wenn ich nicht auch komme, werde ich vermutlich einen Arzt brauchen. Aber ich werde dich nicht küssen. Und ich werde nicht mit dir schlafen. Keine Penetration.«

Im flackernden Schein des Feuers glühten ihre Augen goldbraun. »Wow«, flüsterte sie. »Äh, warum nicht?«
»Schadensbegrenzung. Erstens habe ich kein Gummi …«
»Aber ich!«, versetzte sie strahlend.
»Keine Penetration. Und das ist mein letztes Wort. Verstanden?«
Robin rollte mit den Augen. »Das ist albern. Der Rest deiner Vorschläge ist genauso gefährlich und intim – wenn nicht sogar noch mehr …«
»Glaube mir. Du willst nicht, dass ich dein erster Liebhaber bin.«
Sie stützte sich auf den Ellbogen ab und musterte ihn fasziniert. »Und warum, um alles in der Welt, sollte ich das nicht wollen? Seit Jahren träume ich davon. Du bist umwerfend. Also?«
Er errötete wie ein dummer Junge. »Weil … ich bestückt bin wie ein Hengst. Darum. Das mag für einige Frauen, die entsprechend gebaut sind, großartig sein. Für andere ist es eine Last. Und Jungfrauen fallen eindeutig in die zweite Kategorie.«
Mit offenem Mund und großen Augen sah sie ihn an. Ihr Blick wanderte zu seinem Schoß. »Ich will ihn sehen«, sagte sie und streckte die Hand aus.
Er hielt sie fest und drückte sie auf das Sofakissen. »Nein. Lass die Bestie nicht aus ihrem Käfig«, presste er zwischen zusammengebissenen Zähnen hervor.
»Aber die arme, eingesperrte Bestie hat erst dann Spaß, wenn du sie rauslässt.«
»Glaubst du, dass das hier nur Spaß ist?«, knurrte er.
Mühsam richtete sie sich auf. »Ja, das hatte ich eigentlich gehofft«, gab sie sanft zurück. »Ich wollte dich nicht quä-

len. Ich wünschte, du könntest dich ein bisschen entspannen.«

Sein Lachen klang bitter. Entspannen? Nachdem er sich monatelang durch das kranke Hirn von Geddes gearbeitet hatte? Doch er wollte Robin nicht mit diesem quälenden Mist belasten.

»Ich bin, wer ich bin«, entgegnete er grimmig. »Wenn dir meine Art nicht gefällt, können wir auch aufhören. Dann werde ich mich im Bad einschließen und mir einen runterholen.«

Sie schaute ihn an und wirkte unsicher. »Ich will nicht aufhören«, flüsterte sie. »Was immer du bereit bist, mir zu geben … ich werde es akzeptieren und annehmen.«

Er legte seinen Kopf auf ihren Bauch und knabberte an ihrem Bauchnabel. Sie erzitterte und vergrub ihre Finger in seinem Haar, als er seine Hand in ihre Jeans schob. Seine suchenden Finger fanden ihre seidigen Löckchen.

Bedächtig strich er weiter nach unten, wo er ihre vollen, weichen Lippen spürte. Heiß und feucht.

Sie keuchte auf und umklammerte sein Handgelenk. Sie war mehr als scharf.

Er musste sie sehen. Schmecken. Er wollte fühlen, wie sie kam, während er mit seinem Mund ihre Lustperle umschloss. Er zog seine Hand aus ihrer Hose und leckte seine feucht schimmernden Finger ab. Süß wie Schokolade. Das Rauschen in seinen Ohren wurde lauter. »Zieh die Jeans aus.«

Sie war zu langsam. Sie bekam die Knoten ihrer Sneakers nicht auf und schlüpfte kurzerhand so hinaus. Ungeduldig zog und zerrte er an den Knöpfen und streifte ihr dann die Jeans und ihr Höschen zusammen vom Körper.

Es ging alles so schnell. Gerade hatten sie noch gestritten, und jetzt lag sie splitterfasernackt bis auf ihre Söckchen vor ihm. »Davon habe ich geträumt …«

»Du träumst von mir?«, brummte er.

Sie lachte auf. »Blöde Frage.«

Er schob seine Hand ihre Schenkel hinauf. »Was habe ich in deinen Träumen getan?«

Robins Lachen erstarb, als eine Welle des Verlangens sie durchströmte.

»Du … du wolltest mich«, flüsterte sie.

Jons Miene wurde ernst. »Ich warne dich noch einmal. Entwickle keine Gefühle für mich«, erinnerte er sie scharf. »Schau mich gar nicht erst so an.«

Sie senkte den Blick. *Scheiße.* Sie vergraulte ihn, vermasselte die Sache. »Entschuldige. Ich kann nicht anders.«

Einen Moment lang schwieg er. »Versuch es«, erwiderte er. »Vielleicht ist das hier doch keine so gute Idee. Was für eine verdammte Überraschung.«

Oh, nein, nein, nein. Sie hatte die paar Trümpfe, die sie im Ärmel gehabt hatte, miserabel ausgespielt. »Mach dir keine Sorgen.« Sie zwang sich dazu, locker zu klingen. »Meine Absichten sind vollkommen unehrenhaft. Außerdem werde ich demnächst aus dem Nordwesten verschwinden.«

»Tatsächlich? Wohin ziehst du?«

»Nach San Francisco«, entgegnete sie. »Vor ein paar Monaten bin ich für das Ausbildungsprogramm des *Circo della Luna Rossa* angenommen worden. Ich kann es kaum erwarten. Ich bin schon so gut wie weg hier.«

Er wirkte beeindruckt. »Wow. Ich habe von der Show gehört. Das ist toll. Was sagen Mac und Danny dazu?«

Sie schlug die Augen nieder. »Sie, äh, wissen es im Grunde genommen noch gar nicht.«
Es folgte ein vielsagendes Schweigen. »Ah«, sagte er.
»Sie werden nicht begeistert sein«, gab sie zu. »Aber es ist nicht ihre Entscheidung. Wie auch immer. Denk nicht über meine Brüder nach. Fakt ist: Ich will keine Verpflichtungen. Ich muss jederzeit meine Sachen packen und gehen können. Um zum Beispiel ein paar Monate lang um die Welt zu reisen. Also entspann dich. Ich brauche dich nur für Sex.«
»Ich verstehe.« Seine Stimme klang samtig. »Doch wenn du so eine abgebrühte, toughe Frau bist, die mich nur für ein bisschen Sex braucht, warum presst du dann die Beine zusammen?«
Tatsächlich hatte er recht. Mit seinen Händen übte er sanften, stetigen Druck aus, um sie zu spreizen – und ihre Beine zitterten vor Anstrengung, diesem Druck zu widerstehen. Sie lachte, und die Spannung fiel von ihr ab. Fast wie von selbst öffneten sich ihre Schenkel seinen schmeichelnden Händen.
Versunken betrachtete er sie. In seiner Wange zuckte ein Muskel.
Sie fühlte sich schutzlos, ausgeliefert.
Jon wirkte wie hypnotisiert. In seinen Augen glühte Verlangen – dieser Ausdruck war stärker als jede körperliche Berührung. Mit seinen Fingerspitzen reizte er sie. Sie zuckte zusammen, als wäre sie erschrocken. Plötzlich packte er sie an den Hüften und zog sie zur Kante der Couch. Beinahe verzweifelt kämpfte sie um ihr Gleichgewicht – und verlor. Mit gespreizten Beinen kippte sie nach hinten. Er beugte sich herunter und legte seine Lippen auf sie.

Oh. Es fühlte sich so gut an, dass es ihr Angst machte. Da sie viele erotische Bücher gelesen hatte und sich selbst gern verwöhnte, hatte sie naiverweise angenommen, sie wüsste, wie wundervoll sich diese Berührung anfühlen würde. Sie hatte keine Ahnung gehabt.

Sie hatte nicht das Zittern mit einkalkuliert, das Erschauern, das berauschende Gefühl, die kühle Luft, die über ihre erhitzte Haut strich, den flackernden Schein des Kaminfeuers. Und sie hatte nicht mit diesen wilden, leuchtenden Augen gerechnet, die sie anblickten, um ihre Reaktion zu sehen.

Sie erschauerte und stöhnte. Jede kreisende Bewegung seiner Zunge, seines Mundes war überraschend und steigerte ihre Lust. Sie konnte nicht aufhören, sich zu bewegen, zu zucken, aber nur weil es so ... verdammt ... gut war ... *O Gott.*

Die Explosion war atemberaubend. Robin ließ sich fallen und verlor sich in ihren Empfindungen.

Als sie wieder zu sich kam, hatte er seinen Mund wieder auf sie gepresst, doch sie versuchte, seinen Kopf fortzuschieben. »Gönn mir eine Pause«, flehte sie. »Nur einen Moment.«

»Ich werde nicht aufhören, solange du noch mehr willst. Ich werde dich erst in Ruhe lassen, wenn du zu müde bist, um dich zu bewegen. Wenn wir das hier schon tun, dann will ich es unvergesslich machen.«

Dieses Mal ließ er sich mehr Zeit, steigerte ihre Lust Stück für Stück und ließ sie warten. Sie stand kurz davor, wieder zu kommen, als er unvermittelt mit einem Finger in sie drang. »So eng«, murmelte er. »Ich liebe es, wie du mich umschließt.«

Sie drängte sich seiner Hand entgegen, bettelte darum, dass er tiefer ging, schneller machte. Sie wollte *mehr*, brauchte es so sehr. Behutsam berührte er einen Punkt in ihr, von dessen Existenz sie nichts geahnt hatte, während er sie mit seiner Zunge reizte. Dann schloss er seine Lippen um ihre Lustperle, übte leichten Druck aus – perfekt – und strich mit der Zunge weiter über sie …

Der Orgasmus war so intensiv, riss sie mit, dass sie das Gefühl hatte, ein paar Sekunden lang ohnmächtig zu sein.

Als sie die Augen wieder aufschlug, betrachtete er sie mit glühendem Blick. Die Stärke seines Verlangens zog sie in ihren Bann. Sie schlang ihre Arme um seinen Nacken und zog ihn an sich heran. »Schlaf mit mir«, flüsterte sie.

Er schüttelte den Kopf. Vor Anspannung zuckte ein Muskel an seinem Kinn.

Sie schob ihn von sich. »Du bist so verflucht stur!«

Langsam erhob er sich. »Das sagt man über mich.«

Als sie bemerkte, dass er gehen wollte, hielt sie ihn am Gürtel fest. »Nicht so schnell. Du hast gesagt, dass du mir beibringst, wie man … dass wir …« Sie konnte die Worte nicht über die Lippen bringen.

»Hab's mir anders überlegt. Ich denke, es wäre nicht ratsam.«

»Du kannst nicht einfach die Regeln ändern, nachdem du das hier mit mir gemacht hast.«

»Ich kann machen, was ich will.«

Sie öffnete die Gürtelschnalle. »Und was ist mit der Bestie?«

»Ich kann mich sehr gut allein um die Bestie kümmern.«

»Aber das arme Ding ist da eingesperrt und bettelt geradezu um Erlösung«, sagte sie und versuchte, ihn zu einem Lächeln zu bewegen.

Keine Chance. Er hielt seine Lippen grimmig aufeinandergepresst. Dennoch tat er nichts, als sie die Knöpfe seiner Hose aufmachte. »Vergeude kein Mitleid an die Bestie«, knurrte er. »Sie bekommt regelmäßig, was sie braucht.«

Das war nicht gerade das, was sie hatte hören wollen, aber sie dachte nicht weiter darüber nach und zerrte ihm die Jeans vom Körper. Seine Erektion sprang ihr entgegen, praktisch mitten ins Gesicht.

Er hatte nicht übertrieben. Sein Schwanz war weitaus dicker und länger und … tja, wütender aussehend, als sie es sich ausgemalt hatte. Der bloße Anblick ließ sie feucht werden.

Sie ergriff ihn und umschloss ihn mit den Fingern, damit er es sich nicht doch noch anders überlegte und ging. Die Berührung ließ ihre Handfläche prickeln. Die Haut war so zart, und darunter fühlte er sich hart und heiß und pulsierend an. Noch nie hatte sie einen Schwanz aus nächster Nähe gesehen oder damit gespielt. Und sie hatte sich nie vorgestellt, wie es sein musste, ein Mann zu sein und alles so offen zur Schau zu stellen.

Furchteinflößend, aber auch … verletzlich. Auf Jons Gesicht konnte sie – trotz der schwelenden Anspannung – diese Verletzlichkeit sehen.

»Wow«, murmelte sie. »Was für ein außerordentliches Spielzeug.«

Er lachte auf. Und das war ihr Zeichen zu handeln – bevor er sich wieder zurückzog oder sie den Mut verlor. Wenn ihm nicht gefiel, was sie machte, konnte er ihr währenddessen den einen oder anderen Hinweis geben.

Und wie kompliziert konnte das hier schon sein?

Jon warf den Kopf in den Nacken und stöhnte vor Lust und Qual auf. *Gott.* Was ihr an Erfahrung fehlte, machte sie durch Intensität und – wie er vermutete – angeborenes Talent mehr als wett.

Für gewöhnlich gab es immer eine Frau, die ihn mit dem Mund befriedigte, wenn ihm danach war. Und er genoss es auch sehr. Aber die fast verzweifelten Empfindungen, die er bei ihr verspürte, machten es jetzt zu etwas beinahe … Gefährlichem.

Vermutlich war er so erregbar und stand so kurz davor zu kommen, weil ihn der Geddes-Fall so beschäftigt hatte. Seit Monaten hatte er keinen Sex mehr gehabt. Das war ziemlich außergewöhnlich für ihn. Er hatte einiges nachzuholen. Das war alles.

Aber das und alles andere, was er über sich zu wissen glaubte, war belanglos, als sie ihn nun verwöhnte …

Es dauerte eine Weile, bis sie sich eine Art Choreographie erdacht hatte – doch eine Frau, die fähig war, Tomaten zu jonglieren, war ohne Probleme in der Lage, Zunge, Lippen und Hände so zu koordinieren, dass sie ihn damit um den Verstand bringen konnte. Sie hielt ihn mit der Hand fest umschlossen, streichelte ihn, reizte einen Punkt an seiner Spitze, was ihn beinahe verrückt machte, saugte in einem perfekten Rhythmus …

Einen Moment geriet er in Zweifel, als er darüber nachdachte, was passieren würde, wenn Danny jetzt hereinplatzte. Aber seine Spannung stieg unaufhaltsam und lenkte ihn von diesen Gedanken ab. Nicht mehr lange und er würde explodieren.

In dem Augenblick fing das Handy in der Brusttasche seines Hemdes an zu klingeln.

Sie erstarrten und blickten sich an. Er holte das vibrierende Telefon aus seiner Tasche. Es klingelte zum zweiten Mal. Zum dritten Mal. Tatsächlich. Es war Danny. Scheiße. *Scheiße.*

Es klingelte zum vierten Mal. Robin streichelte ihn weiter, als könnte sie es nicht ertragen, ihn loszulassen. Sie sah ihn erwartungsvoll an. Fragend.

Und herausfordernd. Seine Schuldgefühle machten ihn wütend.

Danny ließ es zehn Mal klingeln, bevor er aufgab. Gereizt schleuderte Jon das Telefon auf die Couch. Er war angeekelt von sich selbst. Gefesselt vom Mund einer Frau. Sie hatte ihn ganz leicht bezwungen. All sein Zorn und all seine Entschlossenheit hatten ihn hierhin gebracht – ihr Saft in seinem Gesicht und er in ihrem Mund.

»Also«, knurrte er. »Du hast gewonnen. Bring es zu Ende.«

Überrascht von seinem schroffen Tonfall blinzelte sie, konzentrierte sich dann jedoch wieder voll und ganz auf ihn. Mit ihrem Mund entfesselte sie wieder den Strudel weißglühender Leidenschaft, der ihn mit sich riss.

Er hätte sie fragen sollen, ob es für sie in Ordnung war, dass er in ihrem Mund kam, doch als ihm das einfiel, war es schon zu spät. Der Höhepunkt überkam ihn, und er verlor sich darin.

Er konnte kaum glauben, dass er sich noch immer auf den Beinen hielt. Als er nach unten sah, bemerkte er, wie sie sich den Mund abwischte und ihm dann einen Kuss auf den Streifen Haar an seinem Bauch hauchte. Er fühlte sich beschissen. Auch wenn sie nicht die kleine Schwester seines besten Freundes gewesen wäre, so war sie doch ein süßes, verletzliches Mädchen. Sie hätte sich nicht mit ihm einlassen dürfen. Und er hätte sich zusammenreißen und bremsen können – und müssen. Spätestens jetzt sollte er aufhören. Denn als er nun ihren Körper betrachtete und die großen, leuchtenden Augen, wusste er, dass er alles noch schlimmer machen könnte. Er könnte bis zum Äußersten gehen. *O ja.*

Er löste sich aus ihrer Umarmung, schob seinen noch immer harten Schwanz zurück in seine Hose und machte sie zu. »Der Unterricht ist beendet.«

Sie wirkte enttäuscht. »Aber ich ... Hat es dir nicht gefallen?«

»Sicher hat es das. Doch es ist vorbei. Zieh deine verdammten Klamotten wieder an.«

Er ging aus der Küche, trat aus der Tür und hinein in die dunkle, mondlose Nacht.

Er musste etwas gegen das kalte, tote Gefühl tun, das der Geddes-Fall in ihm hinterlassen hatte. Das Gefühl, das wie ein Stein in seiner Brust lag.

Als er zwischen Robins Schenkeln gelegen hatte, hatte er diese Leere nicht empfunden, erinnerte ihn eine Stimme in seinem Kopf. Und als sie es ihm mit dem Mund gemacht hatte, hatte er es ebenfalls nicht gespürt.

Aber es war keine beständige Erlösung. Sobald die sexuelle Erregung nachließ, kam das Gefühl der Leere mit aller Macht zurück. Noch mal so stark.

Jon seufzte. Das Klingeln seines Handys riss ihn aus seinen Grübeleien. Die Tür ging auf, und Robin erschien – glücklicherweise angezogen – im Türrahmen. Im Schein der Petroleumlampe blickte sie auf das Display seines Handys in ihrer Hand.

»Ich will nicht mit ihm reden«, knurrte er.

»Es ist nicht Danny. Es ist jemand namens Mendez.«

Constance Mendez, die Kollegin, die ihn vertrat. Sie würde nicht anrufen, wenn sie keinen guten Grund hätte. Also ging er zur Tür, griff sich das Telefon aus Robins ausgestreckter Hand und nahm das Gespräch an. »Ja?«

»Amendola. Entschuldigen Sie die Störung, aber ich dachte, dass es Sie vielleicht interessiert.« Ihre für gewöhnlich kühle, herbe Stimme klang gedämpft. »Geddes ist tot.«

Von allen Gefühlen, die eine solche Nachricht in einem Menschen auslösen konnte, war die unerklärliche Angst, die er verspürte, wohl am wenigsten angemessen.

»Was?«

»Er hat im Waschraum vom Desinfektionsmittel für die Hände getrunken. Es ist heute Nachmittag passiert. Es dauerte eine Weile, bis er gestorben ist. Ich habe es gerade erst erfahren.«

Sein Magen zog sich zusammen. Ein galliger Geschmack breitete sich auf seiner Zunge aus. »Danke, dass Sie mir Bescheid gesagt haben.«

»Vielleicht … hilft es Ihnen, sich zu entspannen?«

»Darauf sollten Sie nicht warten«, entgegnete er. »Bis dann, Mendez.«

Er beendete das Gespräch, starrte einen Moment lang das Handy an und stellte es dann ganz aus. Keine Anrufe mehr. Er hatte genug.

Spätestens jetzt sollte er den Fall zu den Akten legen, die Endgültigkeit akzeptieren. Geddes lag im Leichenschauhaus des Gefängnisses. Endgültiger ging es kaum. Richtig? Er horchte in seine Seele, auf der Suche nach dem Gefühl, dass es zu Ende war. Doch er fand es nicht.

Robin verschränkte die Arme vor der Brust. »Schlechte Neuigkeiten?«
Er öffnete den Mund, um ihr zu sagen, dass es sie nichts anging. »Der Typ, den ich vor kurzem hinter Gitter gebracht habe«, platzte er stattdessen heraus. »Der Mistkerl hat Selbstmord begangen. Er hat einen Weg gefunden, um sich nach ein paar Tagen im Knast umzubringen.«
Sie biss sich auf die Unterlippe und sah ihn mit großen Augen an, als wollte sie etwas sagen und traute sich nicht. »Und, äh ... das ist nicht gut?«
»Zu leicht!« Sein Atem ging schwer. »Viel zu leicht. Der Bastard hätte es verdient, gevierteilt zu werden! Kein verdammtes Desinfektionsmittel für die Hände, das er schluckt und sich damit ins verfluchte Jenseits verabschiedet! Scheiße! *Scheiße!*«
Robin blickte ihn an, ergriff seine Hand und zog ihn mit sich. Widerstandslos folgte er ihr in die Hütte. Er fühlte sich müde.
In der Küche holte sie zwei Bierflaschen aus dem Kühlschrank. Eine stellte sie vor ihn hin. Dankbar nahm er einen Schluck.
Das Schweigen war drückend. Er schämte sich wegen des wilden Oralsexes, seiner unangemessenen Grobheit, seines Ausbruchs – wegen all dem zusammen.
»Ich kann mich nicht erinnern, schon mal erlebt zu haben, dass du deinen Mund so lange hältst«, sagte er, nur um irgendetwas zu sagen.
Robin stützte ihren Kopf in die Hand und malte Linien auf die kalte, beschlagene Bierflasche. Gedankenverloren starrte sie vor sich hin. »Normalerweise reagiere ich übertrieben und spiele den Clown«, erklärte sie. »Es ist meine

Art, Witze über Dinge zu machen, die mir Angst einjagen. Aber über so etwas kann ich keine Witze machen. Es tut mir leid, dass das passiert ist.«

Er quittierte ihre Worte mit einem knappen Nicken.

»Wer war der Kerl?«, fragte sie. »Was hat er getan?«

»Das willst du nicht wissen«, erwiderte er schroff.

»Eigentlich möchte ich es schon wissen«, entgegnete sie stur.

Er nahm einen Schluck von seinem Bier. »Er hat gern junge Frauen umgebracht. Langsam.«

»Der ›Vogelei-Mann‹?«

Überrascht schaute er sie an. »Du hast von ihm gehört?«

»Ich habe die Nachrichten gesehen. Du hast recht. Er hat keinen leichten Tod verdient.«

Robin wagte es, ihre Hand auf die seine zu legen. Sie berührte ihn kaum. Die Wärme ihrer zarten Fingerspitzen fühlte sich gut an. Mehr als gut.

Er zog seine Hand unter ihrer hervor. »Du solltest ein bisschen schlafen. Es ist schon spät.«

Sie nahm ihre Hand zurück. »Das einzige brauchbare Bett ist das Schlafsofa im Wohnzimmer. Ich habe mir die Schlafzimmer angesehen. Im ersten Zimmer ist ein Leck über dem Bett. Die Matratze ist feucht und total verschimmelt. Und im anderen Schlafzimmer hat sich irgendein Tier durch die Wand gekratzt und auf dem Bett Junge bekommen. Also nehme ich die Sofakissen und schlafe auf dem Fußboden.«

»Nein«, entgegnete er. »Sei nicht albern.«

»Hey. Wach auf. Du bist derjenige, der einen Serienkiller gejagt hat«, sagte Robin. »Und ich bin ohne Einladung hierhergekommen. Im Übrigen …«

»Halt den Mund, Robin. Du nimmst die Schlafcouch. Hol die Schlafsäcke.«

Nachdem sie davongeeilt war, ging er ins Wohnzimmer und mühte sich mit der Couch ab, bis er sie ausgeklappt hatte. Kurz darauf kam Robin mit Kissen und Schlafsäcken zurück. Ohne ihn anzusehen, reichte sie ihm eines der Kissen und einen Schlafsack. Er hatte sie zum Schweigen gebracht.

Er hätte froh sein sollen. Es war die einzige Möglichkeit, das alles zu überstehen.

Regungslos saß Julia auf dem Stuhl neben dem Telefontischchen. Benommen starrte sie auf den Anrufbeantworter.

Sie konnte es nicht begreifen. Es war unmöglich. Nicht William. Sie hatte ihn doch gerade erst gesehen, mit ihm gesprochen. An diesem Nachmittag, im Gefängnis. Die verhängnisvolle Nachricht war auf dem Anrufbeantworter gewesen, als sie nach der langen Heimfahrt das Luxusanwesen in der Wüste betreten hatte, in dem sie mit William gelebt hatte. William hatte sehr viel Geld gehabt.

Wie in Trance streckte sie den Arm aus und drückte den Play-Knopf des Anrufbeantworters.

Klick. Wieder ertönte die Aufzeichnung. Die Worte prasselten auf sie ein wie Steine, rissen Wunden, brachen Knochen. *»Hallo, dies ist eine Nachricht für Ms. Julia Kirkland«*, erklang die sachliche, nasale Männerstimme. *»Ich bin Bob Bruckner, Mitarbeiter im juristischen Team von William Geddes. Ich habe leider schlechte Neuigkeiten. Mr. Geddes ist heute Nachmittag gestorben. Es tut mir leid, Ihnen mitteilen zu müssen, dass er sich das Leben genommen hat. Er hat eine*

Flasche mit desinfizierender Handseife aus dem Spender im Waschraum getrunken. Das Ethanol hat seine Atemorgane gelähmt. Mr. Geddes hat eine Notiz hinterlassen, in der er darum gebeten hat, Sie zu informieren. Deshalb rufe ich an. Mein herzliches Beileid, Ms. Kirkland. Wenn Sie irgendwelche Fragen haben, rufen Sie mich unter folgender Nummer an.« Bruckner leierte eine Telefonnummer herunter und zögerte, als wollte er noch etwas sagen. Stattdessen ließ er ein verlegenes Grunzen hören. *Klick*.

Julia presste die Hand an die schwere Seide ihrer weißen Kostümjacke von *Gucci*, presste sie fest an die wunde, leere Stelle in ihrem Innern. *Tot*. Ihr William war tot. Ihre Finger umklammerten den Stoff der Jacke, und sie ballte die Hand zu einer blassen, zitternden Faust. Sie hätte niemals gedacht, dass er ihr das antun würde. Sie war sich so sicher gewesen, dass er einen Weg finden würde, um zu fliehen. Er war so klug, so unbezwingbar.

Sie schloss die Augen und sah wieder alles vor sich. Jedes Detail des Nachmittags. Von dem Moment an, als sie ihn in die Kabine mit der Glasscheibe geführt hatten. Er hatte so bleich ausgesehen. Eingefallene Wangen, Schatten unter den Augen. Die orangefarbene Anstaltskleidung und die hellen Neonröhren hatten seiner Haut einen bläulichen Schimmer verliehen. Und die Blutergüsse und Wunden! Irgendjemand hatte ihn *verprügelt!* Es machte sie so zornig, dass ihr schlecht wurde.

Nur in seinen Augen war noch immer das Feuer gewesen. Er hatte sie mit seinem Blick fixiert.

Er war so mutig und edel gewesen und hatte für alles, was sie gemeinsam getan hatten, den Preis gezahlt. Er hatte ihr verboten, sich einzumischen oder ein Geständnis abzulegen. Er hatte darauf bestanden, dass sie der Gerichtsverhandlung fernblieb. Es hatte sie beinahe umgebracht.

Sie wäre für ihn gestorben. Sie hätte alles für ihn getan.

»Du musst weitermachen«, hatte er gesagt. *»Du musst jetzt für uns beide fliegen.«*

Bei dem Gedanken daran musste sie weinen. Doch William hatte Tränen verabscheut, also drängte sie sie zurück. Sie hatten die Telefonhörer in die Hand genommen, aber keiner von ihnen hatte gesprochen. So viele Dinge konnte man in Worten nicht ausdrücken – vor allem nicht, wenn andere Menschen zuhörten. Andere Dinge waren zu offensichtlich, als dass man sie hätte aussprechen müssen. Wie sehr es ihr das Herz zerriss, ihn so zu sehen, zum Beispiel. Oder wie sehr sie sich wünschte, an seiner Stelle zu leiden und ihn zu erlösen. Der schlimmste Schmerz war süß, wenn man ihn für die Liebe erduldete.

William hatte ihr das in den acht Jahren, die sie zusammen gewesen waren, beigebracht.

Sie war gerade siebzehn Jahre alt gewesen, als er sie gefunden hatte. Damals war sie Cheerleaderin bei einem Football-Spiel ihrer Highschool gewesen. Er hatte ihre E-Mail-Adresse herausgefunden und sich schnell zu dem Lichtblick in ihrem trostlosen Leben entwickelt. Er war der einzige Mensch auf der Welt gewesen, der sie verstanden hatte. Ihr wahrer Seelenverwandter.

Es hatte monatelang gedauert, bis sie endlich den Mut gefasst hatte, doch schließlich hatte sie sich von ihm aus dem Wahnsinn retten lassen. Hatte sich von ihrer kalten, gefühllosen Mutter befreien lassen und von dem reichen, aufgeschwemmten Lustmolch von Stiefvater mit den gierigen Augen und den wandernden Händen.

William hatte ihr eine vollkommen neue Welt, ein anderes Universum gezeigt. Seine innere Kraft hatte sie elektrisiert. Er hatte ihr einen neuen Namen, ein neues Gesicht gegeben. Ein neues Leben.

Sie hatte ihm gehört. Ganz und gar. Er war ihr Leben.

»Was kann ich tun?«, hatte sie gefragt. »Mein Geliebter.«

Er hatte sie angeblickt. Seine Augen waren düster gewesen.

»Nur eine Sache, Jule«, hatte er geflüstert. »Alles, worum ich dich je bitten werde.«

»Ich tue alles für dich«, hatte sie versprochen. »Alles, William.«

Er hatte seine Hand gehoben und die Handfläche gegen die kühle Scheibe gepresst. AMENDOLA hatte er in seine Haut geritzt, in gezackten, blutigen Buchstaben. Sein Blut hatte an der Glasscheibe geklebt.

Aufregung hatte sie ergriffen, als sie es gesehen hatte. Sie hatte sich so sehr gewünscht, diesen Polizisten zu bestrafen, der ihr Leben zerstört hatte. Doch William hatte ihr verboten, das Risiko einzugehen, entlarvt zu werden.

Jon Amendola vom PPD war der Grund, warum sie nicht mit William zusammen ihre sechste Bewerberin befreien konnte. Sie hatten das Mädchen sorgsam ausgewählt. Blond, hübsch und klug wie Julia. Sie war im College von Party zu Party getanzt. Und sie hatte keine Ahnung gehabt, dass sie ihren Körper hinter sich lassen und mit dem Engel des Todes fliegen sollte.

Sie hatte langsam genickt. *»Ja. Gern.«* Sie hatte es kaum erwarten können.

Williams unergründliche blaue Augen hatten aufgeleuchtet. *»Mach es langsam.«* Er hatte die Worte mit den Lippen geformt. *»Und schmerzhaft.«*

Wieder hatte sie genickt, ohne den Blick von ihm zu wenden. Sie war eins mit ihm gewesen. Und dann war die Besuchszeit zu Ende gegangen. Sie hatten sich die ganze Zeit nur angesehen.
Bis sie ihn abgeführt hatten, waren ihre Blicke miteinander verwoben geblieben.
Also hatte sie eine Aufgabe zu erledigen. Die enorme Verantwortung hatte sie elektrisiert und die lange Fahrt nach Hause über wach gehalten. Aber er hatte ihr nicht gesagt, dass er sie für immer alleinlassen würde. Das war grausam.
Julia schloss die Augen, um den blinkenden Anrufbeantworter nicht mehr sehen zu müssen. Die blutigen Buchstaben hatten sich ihr ins Gedächtnis gebrannt. AMENDOLA.
Sie ging in ihr Schlafzimmer und zog sich aus. Langsam schritt sie in das Zimmer, das William und sie für ihre Rituale benutzt hatten. Sie machte den Kronleuchter an und betrachtete ihren nackten Körper im Spiegel. Still bewunderte sie die Schönheit der aufwendig ineinander verschlungenen Narben. Sie war ein lebendiges Kunstwerk. William hatte sie erschaffen – mit Messern und Feuer. Sie war sein Vermächtnis, sein Meisterwerk.
Amendola würde bezahlen. Zuerst würde sie seine Frau oder seine Freundin umbringen. Dann würde sie ihm den schlaffen, zerstörten Körper wie Müll vor die Füße werfen. Und wenn sie ihn schließlich tötete, wäre er innerlich schon längst gestorben.
Williams Gesicht nahm vor ihrem inneren Auge Gestalt an. Freude erfüllte sie. Mit einem Mal kam ihr die Erkenntnis, dass er jetzt frei war. Wahrhaftig frei.

Befreit von der Last seines Körpers. Frei, um sie zu führen.

»Mach es schmerzhaft.« Sie war von einem Meister gelehrt worden, der die Komplexität des Schmerzes kannte. Stufe um Stufe der Qual, die die Seele veränderte.

»Mach es schmerzhaft.«

O ja. Das würde sie tun. Und in ihrem Kopf lächelte William ihr zu.

4. Kapitel

Flügel schlugen. Leuchtende Augen, ein gebogener Schnabel, ein Schrei, der ihm das Blut in den Adern gefrieren ließ. Messerscharfe Krallen, im Sturzflug auf die Erde …

Und er blickte auf die junge Frau hinab, am Boden gefesselt, der nackte Körper kaum noch als menschlich zu erkennen. Ihr Mund stand offen. Darin das verräterische Funkeln eines zartblauen Eis. Das Ei des Rotkehlchens.

Das Mädchen schlug die Augen auf. Entsetzen ließ sein Herz einen Schlag lang aussetzen.

Robins große braune Augen. Weit aufgerissen, weiß um die Iris. Sie starrten ins Nichts, weinten blutige Tränen, die über ihr verzerrtes Gesicht rannen …

Jon schreckte hoch, unterdrückte einen Aufschrei. Hektisch blickte er sich um und versuchte, sich zu orientieren. Die Hütte. Die Küche. Robin. Geddes und das Desinfektionsmittel. *Gott.* Nur ein Traum. Einer der schlimmeren.

Es wurde nicht besser, und das verstand er nicht. Normalerweise hatte er ein dickes Fell. Beinahe alles, was ihm zu nahegehen könnte, ließ er an sich abprallen. In Kinderheimen aufzuwachsen hatte ihn tough gemacht, belastbar. Er wusste, wie er sich schützte. Er ließ nichts und niemanden an sich heran – er wusste es besser. Aus Gewohnheit hielt er den Rest der Welt auf Abstand. Für ihn hatte das funktioniert. Immer.

Und auch in seinem Job als Polizist hatte diese Strategie Erfolg gehabt. Er war nicht kalt oder gefühllos. Er war nur abgeklärt. Die Opfer hatten Psychologen, die ihnen Mitgefühl entgegenbrachten. Einfühlungsvermögen war nicht sein Job – zum Glück. Sein Job war es, die Mistkerle zu jagen, zu stellen und einzusperren. Er musste sie daran hindern, weiterzumachen.

Also wie gelang es dem »Vogelei-Mann«, noch vom Grab aus auf ihn einzuwirken? Er fühlte sich verletzt. Hilflos. Ein Gefühl, das er von ganzem Herzen hasste.

Er zwang sich, alle Möglichkeiten in Betracht zu ziehen – egal, wie abwegig sie auch waren. Vielleicht hatte er einen Nervenzusammenbruch. Stress. Ihm war nie in den Sinn gekommen, dass es einem Kerl wie ihm passieren könnte, aber wie sonst hatte er sich dazu hinreißen lassen, mit Robin rumzumachen? Er verlor den Verstand. Das war die einzige Erklärung.

Sein Herz raste nach diesem Alptraum noch immer. Er versuchte, tief durchzuatmen, sich zu beruhigen, doch es gelang ihm nicht. Er drehte sich um und blickte zum Schlafsofa, das im Schein des langsam erlöschenden Feuers kaum zu erkennen war. Das jungfräuliche Opfer.

Zum Teufel. Sie würde nicht merken, dass er sie anstarrte. Er schlich sich ins Nebenzimmer und betrachtete sie. Eingekuschelt in den Schlafsack lag sie auf der Couch. Das Sweatshirt war ihr über die Schulter gerutscht. Ihre Haut war so zart, so hübsch. Sie war süßer als süß. Das machte alles nur noch schlimmer.

Er ging zurück in die Küche, holte sich einen Stuhl und trug ihn ins Wohnzimmer. Leise setzte er sich neben die Couch. Verdammt, er konnte sowieso nicht schlafen.

Und hier zu sitzen beruhigte ihn. Solange er sie beobachtete, konnte niemand ihr etwas antun.

Der Traum war wundervoll sinnlich. Lustvolle Schauer durchzuckten sie, als sie sich an Jons Körper schmiegte. Aber sie wusste, dass es nur ein Traum war. Irgendetwas schien von außen an ihr zu zerren, schien sie auf etwas aufmerksam machen zu wollen. Es war eine drängende, angstvolle Ahnung. Jemand brauchte sie.

Ihr Schlaf wurde leichter, sie kam langsam an die Oberfläche und nahm den Geruch von Mottenkugeln und Schimmel, von Rauch und Kiefernharz wahr. Und das Gefühl zwischen ihren Beinen. *O Mann.*

Alles stürzte wieder auf sie ein. Sie schlug die Augen auf, und mit einem Mal wurde klar, was der Grund für ihre Ahnung war.

Jon saß auf einem Stuhl neben der Schlafcouch. Er trug nur eine Jeans und ein kleines, goldenes Medaillon, das um seinen Hals baumelte. Ein Schauer überlief sie, als sie seinen intensiven Blick auffing. Kein Lächeln. Im Gegenteil. Er wirkte angespannt.

Robin setzte sich auf. »Jon? Geht's dir gut?«

Er schüttelte den Kopf.

Robin betrachtete ihn. Sie sehnte sich danach, die Hand nach ihm auszustrecken, aber sie erinnerte sich nur zu gut an seine Zurückweisungen. Und trotzdem schien er endlich nachzugeben. Nicht auf eine leichte, spielerische Art – so viel war sicher. Doch er sah aus, als bräuchte er etwas. Und sie brauchte es auch.

Sie ahnte, dass es anders werden würde als in ihren mädchenhaften Phantasien. Wie auch immer. Sie war flexibel.

Sie schwang die Beine vom Sofa, öffnete den Reißverschluss des Schlafsackes und breitete ihn über die Matratze. Dann ging sie zu dem Sessel, auf dem sie ihre Tasche abgelegt hatte, und wühlte darin herum, bis sie das Beutelchen mit den Kondomen gefunden hatte. Sie öffnete es, nahm eines der Kondome heraus, hielt es zufrieden hoch und ging zurück. Jetzt war sie vorbereitet.

Er sagte kein Wort. Seine Miene war undurchdringlich.

Mit einem tiefen Atemzug legte sie es auf das Schlafsofa neben das Kissen. Das Schweigen nahm sie als eine stumme Zustimmung – sie wusste, wie sich ein Nein anhörte.

Als sie ihr Sweatshirt auszog, lag sein Blick auf ihren nackten Brüsten. Er bat sie nicht, aufzuhören. Dadurch ermutigt schlüpfte sie aus ihrer Jeans, ihrem Slip und ihren Söckchen. Und dann stand sie einfach vor ihm. *Komm und nimm mich.*

Er verhielt sich nicht so, wie Männer sich – laut ihren Freundinnen – für gewöhnlich verhielten. Was musste sie tun, damit er den ersten Schritt tat? Ihm eine Pistole an den Kopf setzen? Sie ging auf ihn zu. Ein Muskel an seinem Kinn zuckte. Seine Erektion blitzte aus dem Bündchen seiner Jeans hervor, und sie sah einen Lusttropfen schimmern.

Sie ging vor ihm in die Knie, umschloss ihn mit dem Mund und fuhr mit der Zunge über seine Spitze. Lustvoll leckte sie auch den salzigen Tropfen von seinem Bauch.

Aufkeuchend zuckte er zusammen. »Himmel, Robin.« Der Stuhl wippte zurück.

Sie blickte ihn an. »Tja … Du sitzt ja nur da wie ein verdammter Felsbrocken.« Mit der Fingerspitze umkreiste sie seine Erektion. »Was muss ich tun, um dich in Fahrt zu bringen? Eine Bombe unter deinem Stuhl zünden?«

»O Gott«, murmelte er, protestierte jedoch nicht, als sie seinen Gürtel öffnete und ihn auf die Beine zog. Behutsam ging sie in die Hocke und schob die Jeans herunter.

Sein Schwanz sprang ihr entgegen, und sie ergriff ihn und streichelte ihn. Doch Jon packte sie an den Oberarmen und richtete sie auf.

»Wenn ich einmal anfange, höre ich nicht mehr auf«, warnte er sie.

Sie schnaubte verächtlich. »Das will ich hoffen. Bisher warst du so verdammt zurückhaltend. Man könnte denken, du wärst derjenige, der noch nie Sex hatte.«

»Zurückhaltend?« Er lachte, und sie war glücklich. Als er seine Hand zwischen ihre Beine schob, stockte ihr der Atem.

Oh, er war so gut. Besser als sie selbst es konnte. Zuerst streichelte er sie nur ganz leicht, bis ihr die Luft wegblieb und sie keuchend nach Atem rang. Dann ging er mit seinem Finger tiefer, erkundete sie genauer.

Sie stöhnte auf, als er ihre Lustperle fand und reizte.

Schließlich drang er in sie ein. Mit zwei Fingern dehnte er sie. Es tat weh, aber fühlte sich gleichzeitig auch so gut an. Sein Körper verbrannte sie. Sie spürte seine glühend heiße Haut überall. Und er roch so gut. Sie klammerte sich an seine Schultern und legte ihre Wange an seine Brust.

»Umschließe meine Finger … Komm noch einmal für mich.«

Verwirrt hob sie den Kopf und sah ihn an. »Aber ich dachte, wir … Ich dachte …«

»Das werde ich auch. Doch je öfter du vorher kommst, desto besser wird es.«

Die Empfindungen steigerten sich mit jeder Berührung,

mit jeder erforschenden Liebkosung. Die Spannung wuchs, schwoll an, schmerzhaft, bis etwas in ihr nachgab und wilde Lust sie durchzuckte. Riesige, süße Wellen der Lust. Er hielt sie auf ihren wackeligen Knien fest, als sie allmählich wieder zu sich kam. Stumm deutete er mit dem Kinn auf die Schlafcouch. Seine Augen funkelten mit grimmiger Entschlossenheit.

Sie taumelte zurück und setzte sich. Rückwärts kroch sie auf die Matratze, bis sie schließlich ausgestreckt auf dem Rücken lag. Sie fühlte sich so verletzlich, so nackt unter dem Blick dieses Mannes, der über ihr aufragte. Sie griff sich ein Kissen, stopfte es sich hinter den Kopf und beobachtete, wie er das Kondom aus der Packung nahm und es sich überstreifte. Während er sie ansah, strich er hart über seinen Schwanz.

»Öffne dich für mich. Zeig mir alles«, forderte er sie auf.

Sie stützte sich auf die Ellbogen und spreizte die Beine. Ihre Wangen waren gerötet, und ihr Atem ging schnell. Sie fühlte sich hilflos und seltsam. So, als könnte sie jeden Moment in Tränen ausbrechen. Gott bewahre. Wenn irgendetwas ihn abschrecken konnte, dann vermutlich das.

»Weiter«, knurrte er.

Sie spreizte ihre zitternden Schenkel so weit, wie es ging. Jon kletterte auf die Schlafcouch. Als er sich auf sie legte, blieb ihr die Luft weg.

Er schmiegte sich an sie. Robin stützte sich mit den Händen an seiner Brust ab und vergrub ihre Fingernägel in seiner Haut, damit er nicht glaubte, dass sie ihn wegschieben wollte. Sie genoss das Spiel seiner starken Muskeln unter ihren Fingerspitzen, die Haare auf seiner Brust, den nicht unangenehmen Duft nach Schweiß. Er fuhr mit seiner Erektion zwischen ihren Schenkeln entlang, blickte ihr dann in die Augen und begann, in sie einzudringen. Unwillkürlich hielt sie den Atem an und vergrub ihre Nägel noch tiefer in seinem Fleisch.

Die Kiefer aufeinandergepresst, hielt er inne. »Ich habe es dir gesagt. Ich habe dich verdammt noch mal *gewarnt.*«

»Hast du gehört, dass ich mich beschwert habe? Habe ich dir gesagt, dass du aufhören sollst? Nein! Also halt den Mund und mach deinen Job!«

Er unterdrückte ein Lächeln und machte weiter. Der Druck wurde stärker. Sie streckte die Arme aus, fuhr mit ihren Händen gierig über die Konturen seines Rückens, die Muskeln, die Knochen. Sie packte seinen Hintern und zwang ihn dazu, noch tiefer in sie zu gleiten. *Aua.*

Jetzt war er an der Reihe, aufzukeuchen. »Immer mit der Ruhe.«

»Ich will nur sichergehen, dass du nicht doch noch einen Rückzieher machst.«

»Auf keinen Fall«, versprach er. »Es ist sowieso schon zu spät.«

Sie wand sich unter ihm und versuchte, den Druck für sie etwas erträglicher zu machen. Doch unter seinem Gewicht war sie bewegungsunfähig. Er stöhnte auf, als er ihre Unruhe verspürte. »Um Himmels willen. Rühr dich nicht. Ich will das hier langsam und vorsichtig machen.«

»Ich dachte, die ganze Sache wäre ein wenig … dynamischer«, versetzte sie.

»Noch nicht.« Er verlagerte sein Gewicht auf die Seite. So war es besser. Mit den Fingern suchte er ihre Lustperle und streichelte sie. Er bewegte sich kaum in ihr, während er sie mit dem Daumen reizte. Seine Lippen fanden einen ihrer Nippel und umschlossen ihn. Allmählich fing ihr Körper an, sein Eindringen wahrzunehmen.

Es tat zwar noch immer weh, aber gleichzeitig baute sich ein seltsamer unwiderstehlicher Drang in ihr auf. Sie wand sich, um das pochende Gefühl zu erkunden, um die Berührungen intensiver zu spüren. Er legte sich wieder auf sie, begann sich zu bewegen und drang immer tiefer in sie.

Sie blickte ihn an. Seine Stöße wurden kraftvoller. Das Gefühl war so stark. Robin fühlte sich hilflos, jede Faser des Körpers war angespannt. Ihr Herz schien zerspringen zu wollen. Dabei wollte er nicht, dass sie sich in ihn verliebte – doch was sollte sie dagegen tun?

Sie wollte seine Schutzmauern durchbrechen. Und sie wusste auch schon wie … Kurzerhand schlang sie die Arme um seinen Nacken, zog seinen Kopf zu sich heran und küsste ihn. Überrascht öffnete er die Augen, und nach einem kurzen Zögern erwiderte er ihren Kuss, forderte mehr. Als hätte sie ihm nicht schon alles gegeben.

Sogar das, was er nicht wollte. *Wie zum Beispiel mein Herz.* Sie schob den Gedanken beiseite. Das hier machte sie nur um des Vergnügens willen und um sich für all die Möglichkeiten, die ihr das Leben bot, zu öffnen. Das hier war ein Geschenk an sich selbst, und sie würde es genießen, ohne sich zu sehr hineinziehen zu lassen.

Der Kuss berührte sie tief, löste ein Meer von unbekannten, beängstigenden Gefühlen in ihr aus. Sie nahm ihn weiter in sich auf, umschloss ihn, und es fühlte sich so gut, so süß, so schön an. Der kleine Schmerz war vergessen, als ein immer stärker werdendes Glücksgefühl sie erfasste.

Sie hätte ihn beinahe mit sich zum Höhepunkt gebracht. Aber Jon biss die Zähne zusammen und zwang sich zu warten, während sie kam.

Er wollte es fühlen. Ihre Lust quoll über, ihre Muskeln schlossen sich um ihn. Seinen eigenen Orgasmus verschob er auf später. Das hier war etwas Besonderes. Er war noch nie mit einer Frau zusammen gewesen, die so stark auf ihn reagiert hatte.

Nachdem ihr Höhepunkt allmählich abgeebbt war, schlug sie die Augen auf und blickte ihn benommen an. Die pinkfarbene Spitze ihrer Zunge kam hervor, um über ihre Lippen zu lecken.

»Entschuldige«, flüsterte sie. »Ich stehe wohl irgendwie … unter Spannung.«

»Du entschuldigst dich?«, fragte er ungläubig. »Es gibt nichts Besseres auf der Welt, als eine Frau kommen zu spüren, wenn man in ihr ist.«

Diese allgemeine Aussage war bestimmt nicht das, was sie hören wollte, doch zu Selbstzensur oder Zartgefühl war er nicht mehr in der Lage. Tatsächlich brachte ihn der Versuch, den Orgasmus zurückzuhalten, fast zum Explodieren. »Ich bin noch nicht fertig.«

Sie bog unter ihm ihren Rücken durch und drängte ihm in einer süßen, sinnlichen Geste der Unterwerfung ihre Hüften entgegen. Das zu sehen, raubte ihm den Atem. »Tu es«, sagte sie. »Alles.«

Er hob ihre Beine ein Stück an. Ihr Lächeln war so süß, dass er kaum ertragen konnte, es zu sehen. Irgendetwas in seinem Innern schwoll an, spannte sich und gab dann nach. Er nahm sie härter, als er eigentlich wollte. Aber einmal angefangen, konnte er nicht mehr aufhören. Es gab nur einen Weg – und der führte direkt zum ekstatischen Höhepunkt. Er konnte nur hoffen, dass die Laute, die sie ausstieß, Laute der Lust waren.

Sein Orgasmus riss ihn mit sich …

Eine Ewigkeit lagen sie verschwitzt und keuchend nebeneinander. Er wäre von sich selbst entsetzt gewesen, wenn sie es nicht offensichtlich genossen hätte.

Wild und rauh. Wenn er sich wirklich einmal gehenließ, was selten vorkam, war er wie im Rausch. Das war für manche Frauen zu viel. »Geht es dir gut?«

Sie legte ihren Kopf an seine Schulter. »*Gut* ist nicht das Wort, das mir als Erstes in den Sinn kommt.«

»Hat es dir gefallen?« Er fühlte sich idiotisch, so darauf herumzureiten, aber wie auch immer.

Sie blickte ihn an. »Du meinst, es ist dir nicht aufgefallen?«

»O ja. Du hattest einen wahnsinnigen Orgasmus.« Er lächelte. »Das war kaum zu übersehen.«

Er rollte auf die Seite und löste sich von ihr. Noch einmal schloss sie sich fest um ihn, als er sich aus ihr zurückzog. Er griff nach dem Kondom und bemerkte Blut an seiner Hand. Erschrocken zuckte er zusammen. Es war nicht viel, seine Finger waren nur leicht benetzt, aber trotzdem. Es erschütterte ihn. Sie hatte ihm vertraut. Und er war so … grob gewesen.

»Ich muss das Kondom loswerden«, sagte er und stand auf. Hastig floh er ins Badezimmer und säuberte seinen Bauch und seinen Schwanz, der noch immer keine Ruhe geben wollte. Er wusch sich so lange, bis das Wasser, das gurgelnd den Abfluss hinunterrann, nicht länger rötlich war. Gedankenverloren starrte er in den Spiegel und erkannte erstaunt, dass er frei durchatmen konnte. Kein bitteres, leeres Gefühl. Keine Beklemmungen. Er atmete ein und aus. Ruhig, natürlich. So, wie es sein sollte.

Als er das Bad verließ, begegnete er Robin. Ihre Wangen waren gerötet, den Blick hielt sie gesenkt. »Ich bin dran«, murmelte sie und verschwand im Bad.

Sie blieb lange im Bad, und er betrachtete derweil die rötlichen Spuren im Schlafsack. Am nächsten Tag würde er einen neuen Schlafsack kaufen. Das Gefühl in seinem Innern war seltsam. Heiß und sanft. Unsicher.

Er holte den zweiten Schlafsack, zog den Reißverschluss auf und breitete ihn auf der Couch aus. Als Robin aus dem Bad kam, war sie verwundert, ihn im Bett zu sehen. Wie eine stumme Einladung hob er den Schlafsack an.

Irgendetwas in ihm löste sich, als ein Lächeln über ihr Gesicht huschte.

Sie schmiegte sich an ihn. Kühl, zart, seidig weich. Er zog sie an sich, damit er das Gefühl am ganzen Körper spüren konnte. Vielleicht konnte er sogar schlafen – wenn sein Schwanz endlich Ruhe gab …

»Katastrophe – Verderben – Apokalypse«, riefen die Stimmen in seinem Kopf.

»Scheiß auf euch«, antwortete er stumm. Solange er zurückdenken konnte, hatte er sich nicht so gut gefühlt. Zum Teufel mit den warnenden Stimmen, den Prinzipien, Danny.

Er wollte atmen, und er wollte schlafen. Er wollte dieses warme, gelöste Gefühl genießen, nachdem er so lange Zeit so angespannt gewesen war. Er wollte das hier.

Sie hatte es ihm freiwillig angeboten, und er nahm es verdammt noch mal an.

Julia hielt mit ihrem Wagen in der Nähe von Amendolas Haus und versuchte, sich zu beruhigen. Sie zitterte vor Aufregung. Es ging alles so reibungslos, so schnell. Amendolas Kollegin hatte arglos erzählt, dass er Urlaub machte. Sie hatte seine Adresse in einem öffentlichen Telefonbuch gefunden und war die ganze Nacht lang gefahren, um in die heruntergekommene Gegend in North Portland zu kommen, wo er wohnte.

Bis jetzt hatte sie noch keinen Plan, aber das machte ihr nichts aus. Sie hatte William in ihrem Kopf. Und das war besser als jeder Plan.

Die Vorbereitungen hatten nicht viel Zeit in Anspruch genommen. Ihr Koffer war voller Designerklamotten, die alle hochgeschlossen und langärmelig waren, um Williams Kunst auf ihrem Körper zu verbergen. Sie fuhr einen technisch voll ausgestatteten Van. Hinter dem Fahrersitz befand sich etwas ganz Besonderes: ein Kästchen aus Ebenholz, in dem sich die Werkzeuge befanden, die sie für ihre Befreiungsrituale verwendet hatten.

Stets hatte Julia die Ehre gehabt, jede Klinge, Schere, jeden Bohrer, jeden Haken und jede Zange zu polieren, bis sie glänzten, und sie behutsam in das mit blutrotem Samt ausgeschlagene Kästchen zurückzulegen, wenn sie fertig waren.

Und auf dem Beifahrersitz lag das letzte Element, das sie in eine Styropor-Box gelegt hatte. Es war das letzte Ei aus dem Gelege eines Rotkehlchens. Empfindlich und wunderschön. Sie malte sich aus, wie sie es in den geöffneten, blutigen Mund von Amendolas Frau legen würde. Das wäre der ultimative Stich in sein Herz.

Sie stieg aus und ging den unebenen Bürgersteig entlang,

als hätte sie jedes Recht, dort zu sein. Glücklicherweise war die Eingangstür zu dem Haus, in dem Amendola lebte, nicht auf der der Straße zugewandten Vorderseite des Hauses, sondern ging zur Seite raus.

Minuten später hatte sie das Schloss der Eingangstür geknackt und machte sie einen Spaltbreit auf. Julia bereitete sich darauf vor, dass die Alarmanlage erklingen würde, aber alles blieb still.

Als sie die Tür weiter aufschob und das bescheidene Häuschen betrat, konnte sie sich denken, warum er keine Alarmanlage hatte. Die Wohnung war glanzlos und spärlich eingerichtet. Eine Couch, ein Fernseher. Keine persönlichen Gegenstände. Nichts, das es wert gewesen wäre, es zu beschützen. Die Nacktheit der Wohnung dieses Mannes musste die Leere seiner Seele widerspiegeln.

Unglücklicherweise zeigte diese Wohnung auch, dass es in seinem Leben keine wichtige Frau gab. Denn in einer solch nichtssagenden Umgebung lebte sicherlich keine Frau.

Die Küche war unauffällig. In den Küchenschränken standen Whiskey- und Bourbonflaschen. Im Kühlschrank fand sie Gewürze und Bier. So. Er trank offenbar viel. Keine große Überraschung.

Sie ging ins Badezimmer, um nach weiblichen Hygieneartikeln zu suchen, und fand nur Kondome. Offenbar blieb sein Damenbesuch nie lange. Vermutlich nahm er die Frauen einfach gleich vornübergebeugt auf dem Tisch, vögelte sie und drückte dann die Kurzwahltaste an seinem Telefon, damit ein Taxifahrer die Frauen abholte, sobald er kam. Das Mitgefühl für die Frauen, die er so missbraucht hatte, schnürte ihr die Kehle zu.

Im Internet hatte sie einen Eintrag über eine kurze Ehe

gefunden. Sie fragte sich, ob er seine Frau geschlagen hatte. Wahrscheinlich hatte er sie vergewaltigt und misshandelt.

Sein Schlafzimmer war schlicht. Ein großes Bett mit einer silbergrauen Tagesdecke. In seinem Schrank hing eine bescheidene Sammlung von Hemden, Anzügen und Jacken. Keine Designerstücke.

William dagegen hatte nur das Beste getragen.

Noch zwei Schlafzimmer. Eines diente als eine Art Allzweckzimmer, das andere war ein Büro mit riesigem Schreibtisch, Aktenschrank und einem Laptop. Hier fand sie einen zweiteiligen Bilderrahmen, in dem zwei Fotos prangten. Eines zeigte Amendola mit einem gutaussehenden Mann, der ungefähr in seinem Alter war, und einem jüngeren Mädchen in den Bergen. Die Männer hatten eine Kletterausrüstung angelegt und lachten breit über ihre leicht von der Sonne verbrannten Gesichter. Das Mädchen wäre hübsch gewesen, hätte sie nicht diese dicke Brille und die Zahnspange getragen. Ihr Gesicht hatte Ähnlichkeit mit dem von Amendolas Freund. Möglicherweise war sie seine kleine Schwester. Amendola hatte seinen Arm um ihre Schultern gelegt. Julia starrte auf die Stelle, an der die beiden sich berührten.

Das andere Foto war an einem See aufgenommen worden. Dieselben zwei Männer saßen in einem Boot. Amendola hielt eine riesige Forelle hoch und wirkte absurd zufrieden mit sich selbst. Im Wasser des Sees spiegelte sich unverkennbar der Mount Rainier, der im Licht der untergehenden Sonne rot glühte.

Endlich ein winziger Einblick in das Privatleben dieses Mannes. Sie schloss die Augen und beschwor Williams Gesicht herauf. Er lächelte geheimnisvoll. Sie verstand das Lächeln, wie es immer gemeint gewesen war: Die Antworten lagen vor ihr, und sie musste ihr Köpfchen benutzen, um sie zu entschlüsseln. Williams strenge Haltung tröstete sie. Obwohl sie sich auf unterschiedlichen Ebenen befanden, hatte sich nichts geändert. William war noch immer William.

Amendolas Computer war durch ein Passwort geschützt. In seinem Aktenschrank hing eine Reihe von Mappen mit Steuerangelegenheiten. Sie begann, den Müll auf seinem Schreibtisch zu durchsuchen. Rechnungen, Kontoauszüge, Werbebriefe.

Und dann, ganz unten in dem Stapel, fand sie etwas.

Es war ein Umschlag mit einem Zeitungsausschnitt, der zwei Jahre alt war. Ein Lokalblatt aus Olympia erzählte die Geschichte von Jon Amendola und Daniel MacNamara, die auf dem Weg zum Gipfel des Mount Rainier einen verunglückten Kletterer gerettet hatten. Eine körnige Fotografie bestätigte Julia, dass Amendolas Kletterpartner derselbe Mann wie auf den anderen Fotos war. Ein Post-it klebte auf dem Ausschnitt. Auf dem Zettel war zu lesen: *Du bist berühmt. Hoffe, du arbeitest nicht mehr undercover, denn Robin hat die Tür zu ihrem Wohnheimzimmer damit tapeziert.* Unterzeichnet war die Nachricht mit »Danny«.

Julia starrte auf den quadratischen grünen Zettel. Sie zitterte.

Robin? War das möglich? »Robin« war der englische Name für »Rotkehlchen«. Das Mädchen auf dem Foto – offenbar Daniel MacNamaras Schwester – hieß Robin. Unglaublich.

Das Ei des Rotkehlchens war Julias Idee gewesen. Sie hatte

sich so geehrt gefühlt, als William diesen Vorschlag angenommen hatte. Das Ei stand für die allumfassende Energie, die Kraft in jedem Mädchen. Die Farbe beschwor beides: den blauen Himmel und Williams stechend blaue Augen. Die Zartheit des kleinen Vogeleis, die Weiblichkeit symbolisierten die Fürsorge, mit der sie jede Seele zu fliegen lehrten.

Robin. Es war ein Zeichen. Sie sah jung aus. William hatte es gefallen, wenn sie jung waren. Meistens hatten sie auf dem College-Campus gejagt.

Julia schloss die Augen. Williams zufriedenes Lächeln strahlte. Sie sonnte sich darin. Unvermittelt erstarb sein Lächeln, und er machte eine Geste, die besagte: *»Und? Genug der Selbstbeweihräucherung.«* Ein Ruck ging durch ihren Körper. Hastig steckte sie die Fotos ein. Der Umschlag hatte einen Adressaufdruck: *Crowne Royale Group,* ansässig in Seattle. Sie schob auch den Umschlag in ihre Tasche.

Sie schloss gerade die Tür hinter sich, als die Eingangstür zum Nachbarhaus aufging.

Eine alte Dame, runzelig und gebeugt, stand im Türrahmen. Sie hatte eine Brille auf, die ihre wässrigen, farblosen Augen grotesk vergrößerte. »Sind Sie Joanna?«, fragte sie. Ihre Stimme war laut, was typisch für schwerhörige Menschen war.

Julia öffnete den Mund, doch die alte Dame fuhr fort: »Jonny hat mir gesagt, dass jemand vom Sozialdienst kommen würde, um mir beim Sortieren meiner Medikamente zu helfen. Normalerweise macht Jonny das für mich, aber er ist beim Angeln, also hat er eine junge Frau herbestellt. Sind Sie die junge Frau? Sind Sie diese Joanna?«

Julia lächelte. »Tja, äh, ja. Ich bin Joanna. Entschuldigen

Sie bitte, doch als Jon mir Ihren Namen genannt hat, habe ich vergessen, ihn mir in den Unterlagen zu notieren. Mrs. …«

»Oh, nennen Sie mich Molly. Kommen Sie rein und probieren Sie meine Zitronenkekse.«

Julia folgte der Frau in die überladene Wohnung. »Danke. Ich liebe Zitronenkekse«, säuselte sie.

Robin fühlte eine wundervolle Wärme. Es war eine herrliche Wärme, die sie in der heißen Umarmung eines anderen Menschen empfand, der ihr über das Haar strich. Langsame, federleichte Berührungen. Als sie sich des Streichelns bewusst wurde, löste jede zärtliche Liebkosung ein zartes, warmes Prickeln auf ihrer Haut aus.

Hm. Sie wollte nicht aufwachen. Sie sog das Gefühl in sich auf. Aber sie kam unaufhaltsam an die Oberfläche und bereitete sich auf den Augenblick vor, in dem alles dahinschmolz und sie allein zurückblieb.

Sie schlug die Augen auf, und ihr Blick traf Jons strahlend blaue Augen, die so klar wie der Augusthimmel waren. Der ersten Überraschung folgte freudige Erregung. Lust durchströmte sie – erst prickelte und pulsierte sie an strategisch wichtigen Punkten in ihrem Körper und schließlich überall. Es war echt. *Er* war echt.

O mein Gott. Es war alles wirklich und wahrhaftig geschehen.

Es war intensiver gewesen, als sie es sich vorgestellt hatte. Und es war die Anstrengungen, diesen Mann dazu zu überreden, sich zu ergeben, auf jeden Fall wert gewesen. Obwohl man das, was er letzte Nacht getan hatte, nicht unbedingt als unterwürfiges Verhalten bezeichnen konnte. Sie presste ihre Schenkel zusammen und biss sich unwillkürlich auf die Lippen, als sie das Feuer und den Schmerz spürte. In ihrer Erinnerung kam es ihr beinahe wie ein Fiebertraum vor, als wäre sie inmitten eines wütenden Sturms gefangen gewesen.

Jon betrachtete sie so schonungslos offen, dass es sie tief berührte. Tränen stiegen ihr in die Augen. Sie wischte sie ungeduldig fort und lächelte zitternd. Der Kloß in ihrem Hals hinderte sie daran, auch nur ein Wort herauszubringen.

Ihre Gefühle für ihn standen ihr ins Gesicht geschrieben. Er hatte gesagt: *»Nach dem ersten Sex verlieben Jungfrauen sich in dich – wenn du alles richtig machst.«* Tja, er hatte alles richtig gemacht. Sie würde nie mehr dieselbe sein. Und dabei hatte sie vorher schon gedacht, es hätte sie voll erwischt.

Ihre mädchenhaften Phantasien waren geradezu verblasst gegen die lustvolle Realität, als sie seinen Körper an ihrem gespürt hatte, seinen harten Schwanz, seine Wildheit beim Sex. Beim bloßen Gedanken daran zuckte sie unbewusst zusammen.

Ihre Wangen begannen zu glühen, aber sie konnte den Blick nicht von Jon wenden. Er sah aus, als würde er wortlos um etwas bitten – diese Bitte war in ihm, hinter dicken, schalldichten Mauern gefangen und tobte, um gehört zu werden.

Doch sie konnte ihn hören, laut und klar. In ihrem Herzen.

Sie schmiegte sich an ihn, bis ihre Nasen sich beinahe berührten, und verlor sich in diesen strahlenden Augen mit diesen langen schwarzen Wimpern.

Er war ihr so nahe. Es geschah langsam, Stück für Stück, nicht erzwungen von einem von beiden. Es war eine nahtlose, unvermeidliche Verschmelzung. Gerade blickten sie sich noch an, und im nächsten Moment küssten sie sich, als hätten sie es immer getan und als wären sie nicht imstande, jemals aufzuhören.

Es war ein süßer, zärtlicher Kuss. Ihre Lippen trafen sich, erkundeten, knabberten und streichelten. Seine Zunge berührte ihre. Flüssige Lust strömte durch ihren Körper, brannte auf ihren Nippeln, erblühte zwischen ihren Schenkeln, und ihre Knie wurden weich.

Er legte seine Hand zwischen ihre Beine, tauchte mit einem Finger in sie ein, und sein leises Aufstöhnen vibrierte in ihrem ganzen Körper.

In einer fließenden Bewegung rollte er auf sie und spreizte ihre Beine. Behutsam begann er, in sie zu dringen. Sie war noch wund und erschöpft von den Abenteuern der letzten Nacht, doch das Keuchen und die kleinen Aufschreie, als er in sie stieß, waren Laute der Lust.

Er hielt inne, als er so tief in ihr war, wie er konnte. Sie spürte seinen Herzschlag in ihrem Innern, als er sie vollkommen erfüllte.

»Tue ich dir weh?«, fragte er.

Atemlos lachte sie auf und vergrub ihre Fingernägel in seiner Brust. »Oh, sicher. Frag mich ruhig, wenn du sowieso schon so weit in mir bist, wie es nur geht.«

Er drehte seine Hüften leicht, und sie keuchte auf und drängte sich ihm entgegen.

»Du weißt, wie es ist. Es ist einfacher, um Vergebung zu bitten als um Erlaubnis. Aber du hast meine Frage nicht beantwortet.«

»Hör nicht auf.« Ungeduldig wand sie sich unter ihm. »Mir gefällt es.«

»Beantworte meine Frage.« Er stoppte, und seine Augen wirkten beherrscht.

Sie seufzte. »Ich habe nicht geantwortet, weil es eine dumme Frage ist. Natürlich tut es weh. Aber es ist mir egal. Also hör auf, mich damit zu nerven.«

»Ich kann aufhören. Wenn du zu …«

»Halt den Mund!« Sie bewegte die Hüften, damit er weitermachte.

»Ich werde vorsichtig sein.«

»Meinetwegen musst du das nicht.« Doch der Rest ihrer Worte ging unter, als er ihren Kopf in seine Hände nahm und sie küsste.

Diesmal war es anders. Er war zärtlicher, viel zärtlicher. In der vergangenen Nacht war es verzweifelt, drängend, bedeutungsschwer gewesen. An diesem Morgen waren die Bewegungen seines Körpers spielerisch und sinnlich. Ein langsames Gleiten, keine Eile. Ein suchender, wirbelnder, erfahrener Rhythmus, reizvoll und verlockend, der sie beinahe um den Verstand brachte.

Sie schloss die Augen, umfasste seine Schultern und erwiderte jeden Stoß. Die Spannung wuchs an, bis die Welle kurz davorstand zu brechen. Plötzlich fiel ihr siedend heiß etwas ein. »Jon? Wir haben das Kondom vergessen«, sagte sie mit zitternder Stimme.

Er wirkte zufrieden. »Nein. Haben wir nicht. Es ist an Ort und Stelle.«

Sie war verdutzt. »Aber wie hast du … wann hast du …«

»Ich hatte es längst übergezogen«, gab er zu. »Schließlich warte ich schon eine Weile. Ewig.«

Sie lachte, doch ihr Lachen ging in Stöhnen über, als er ihre Lust immer weiter steigerte. Sie verlor sich in den unfassbaren Wellen von Hitze und Licht.

Als sie sich zwang, die Augen wieder aufzumachen, war er über ihr und rührte sich nicht. Er blickte sie beinahe verwundert an. »Du bist unglaublich«, sagte er.

»Ich?« Sie lachte hilflos. »Ich soll diejenige sein, die unglaublich ist? Ha!«

»Ich habe so etwas noch nie empfunden«, fuhr er fort.

Mit der Zungenspitze fuhr sie sich über die trockenen Lippen und räusperte sich. »Was meinst du mit ›so etwas‹?«

»Na, die Art, wie du kommst. Deine Muskeln umschließen mich wie eine Faust – es macht mich verrückt. Ich habe das Gefühl, ein Feuerwerk zu erleben, laute Musik zu hören, Lichtblitze zu sehen. Es ist verflucht noch mal unfassbar.«

Unsicher, was sie sagen sollte, blinzelte sie ihn an. Ihre Stimme klang rauh. »Das ist cool. Ich bin froh, dass es dir gefallen hat. Aber ich glaube, du kannst dir dafür ruhig auch selbst auf die Schulter klopfen.«

Sie bewegte sich unter ihm. Er war groß, und sie spürte, dass er in ihr noch immer hart war. »Bist du nicht gekommen?«

Er schüttelte den Kopf. »Ich wollte fühlen, wie du kommst«, entgegnete er schlicht. »Vom Anfang bis zum Ende. Keine Ablenkung.«

»Möchtest du denn nicht kommen?«, fragte sie.

Er runzelte die Stirn. »Wenn ich mich gehenlasse, verliere ich die Beherrschung und bin wieder so unsanft wie gestern Nacht. Du bist wund und erschöpft. Es wird mich nicht umbringen, wenn ich nicht in dir komme. Du kannst mir den Orgasmus auch anders verschaffen, wenn du magst.«

»Auf keinen Fall.« Sie schlang ihre Beine um seine und hielt ihn in sich fest. »Du stiehlst dich nicht davon, ohne es zu Ende gebracht zu haben.«

Frustriert stöhnte er auf. »Ich will mich nicht davonstehlen …«

»Auf keinen Fall. Das ist nur gerecht. Ich habe dir meinen Orgasmus gezeigt, und jetzt zeigst du mir deinen. Ich will auch das Feuerwerk erleben, die Musik hören, die Lichtblitze sehen.«

Mit leicht zusammengekniffenen Augen blickte er sie an und richtete seinen Oberkörper auf, ohne sich aus ihr zurückzuziehen. Er klappte den Schlafsack auf, so dass kühle Luft die Wärme ersetzte. Gänsehaut überlief ihn, obwohl sie ihn warm umschloss. Er schob seine Arme unter ihre Beine, hob ihre Schenkel auf seine Ellbogen und spreizte sie so weit, dass sie erschrocken aufkeuchte. »Schön«, murmelte er. »Du hast mich darum gebeten. Also mach dich auf etwas gefasst.«

Sie hatte die Zärtlichkeit genossen, doch ihr gefiel auch der harte Ritt. Gebeugt lag er über ihr und stieß in sie. Schweißperlen glitzerten auf seiner Stirn, und seine Augen leuchteten in seinem dunklen Gesicht. Rhythmisch bewegte er die Hüften und stöhnte bei jedem Stoß laut auf. Das Medaillon an seinem Hals blitzte und schwang hin und her. Robin vergrub die Finger in seinem Brusthaar, gab sich ihm hin und ließ sich von ihm näher und näher dem Höhepunkt entgegenbringen.

Sie versuchte, ihren Orgasmus zurückzuhalten, zu warten, damit sie beobachten konnte, wie er kam. Aber er machte sie einfach verrückt. Unaufhaltsam zog er sie mit sich und führte sie über die Schwelle hinweg …

Schließlich lagen sie eng umschlungen und verschwitzt nebeneinander. Robin streichelte seine Schultern und spürte das wilde Schlagen seines Herzens. Der Schweiß auf ihrer Haut kühlte sie. Jon zog den Schlafsack über sie und deckte sie zu. »Geht es dir gut?«

»Hör auf, mich das zu fragen«, entgegnete sie träge. »Es wird allmählich albern.«

»Du machst mich verrückt. Ich kann nicht glauben, dass ich dir das angetan habe. Schon wieder.«

»Entspann dich. Ich habe dich darum gebeten«, murmelte sie.

Er streckte den Arm aus, hielt das Kondom fest und zog sich mit einem Aufstöhnen aus ihr zurück. Erschöpft lag er neben ihr. »Ich muss das Kondom loswerden.«

»Okay. Ich habe den Wink schon verstanden.« Vorsichtig streifte sie es ihm ab.

Lächelnd ging sie in die Küche und entsorgte das Kondom. Als sie zurückkam, betrachtete sie seinen ausgestreckten Körper.

Sie hatte nicht jeden Tag den Mann ihrer Träume im Bett. Und sie wusste, dass es nicht für immer war. Doch im Augenblick verdrängte sie diesen Gedanken.

Es fiel ihr nicht leicht, aber sie war entschlossen, das zu würdigen, was sie schon bekommen hatte. Und das war mehr, als sie zu hoffen gewagt hatte.

Sie kletterte ins Bett und kuschelte sich neben ihm in den warmen Schlafsack ein. Er schlang die Arme um sie. »Also?«, sagte er, und seine Stimme klang beinahe ängstlich.

Sie legte ihr Bein auf seinen starken Schenkel. Die Berührung jagte ihr ein Prickeln über die Haut. »Was ›also‹?«
»Also, wie lautet das Urteil? Reichen diese ersten sexuellen Erfahrungen an deine Phantasien heran?«
Während sie über ihre Antwort nachdachte, spürte sie, wie ihre Wangen zu glühen begannen. »Ich habe mich gefragt, wie jemand, der das Glück hat, einen Liebhaber zu haben, überhaupt irgendetwas geregelt bekommt. Warum schlafen sie nicht dauernd miteinander?«
Er lachte, und zum ersten Mal wirkte dieses Lachen entspannt und ungezwungen und nicht hart und zynisch. »Es ist nicht immer so wie jetzt.«
»Ist es nicht?« Eingehend musterte sie sein trauriges Gesicht.
Er schüttelte den Kopf. »Fast nie. Manchmal ist es heiß, manchmal ist es lustig. Aber häufig ist es nur stoßen und schwitzen und dann … ein schnelles Erzittern. Und danach siehst du dir die Frau an und weißt verflucht noch mal nicht, was du ihr sagen sollst.«
Robin wusste nicht, was sie darauf erwidern sollte. Sie spürte, dass es eine Art Beichte war, die er sonst nicht machte. Es klang trostlos und verlassen.
Sie strich mit den Fingern durch sein Haar und streichelte seine Wange. »Hast du bei mir auch dieses Gefühl?«
Schockiert blickte er sie an. »Scheiße, nein! Überhaupt nicht.«
»Gut«, flüsterte sie erleichtert.
»Im Gegenteil. So guter Sex ist … nicht normal«, sagte er zögerlich. »Ich weiß nicht, ob ich jemals so heißen Sex hatte.«
Für diese Übertreibung knuffte sie ihn in die Schulter.

»Oh, du machst wohl Witze. Mit einer Anfängerin? Erzähl mir doch nichts.«

»Ich schwöre es. Es ist, als wären wir im Geist des anderen. Ich dachte, so intensiven Sex kann man nur miteinander erleben, wenn man sich …«

Liebt. Er unterbrach sich, bevor ihm das Wort über die Lippen kam. Doch sie konnte es hören, wie es unausgesprochen im Raum hing. Sie spürte, wie seine Spannung wuchs.

»Äh, ich …«

»Mach dir nichts draus«, sagte sie sanft.

Er wirkte unglücklich. »Robin, ich …«

»Schh.« Sie legte einen Finger auf seine Lippen. »Ich habe dir gestern gesagt, dass es keine Verpflichtungen gibt. Und das meinte ich so. Ich war darauf vorbereitet, heute Morgen zu verschwinden.«

»Robin, es ist nicht so, dass …«

»Hör mir zu. Ich habe eine wundervolle Zeit mit dir, und ich möchte gern bleiben – wenigstens bis morgen Nachmittag. Ich habe morgen einen Auftritt. Also lass uns die Seifenblase nicht zerstören. Wir erwähnen das L-Wort nicht und sprechen auch nicht über die Zukunft. Wir genießen das, was ist. Und wenn es vorbei ist, ist es vorbei. Du hast dein Leben und deine Karriere, und ich habe meine. Was in Vegas passiert, bleibt in Vegas.«

Er sah missmutig aus. »Für eine Jungfrau bist du ganz schön abgeklärt.«

Sie blinzelte.

»Ich bin keine Jungfrau mehr. Oder ist dir das nicht aufgefallen?«

»Es ist mir aufgefallen.« Er verengte die Augen ein wenig. »Ich warne dich. Du hast die Bestie entfesselt. Es gibt kein

Zurück mehr. Wenn du bleibst, bin ich die ganze Zeit über bei dir.«

»Das habe ich gehofft.«

Ein vielsagendes Schweigen herrschte, und seine Augen begannen wieder zu funkeln. Er streckte die Arme nach ihr aus. Lachend wich Robin zurück und erhob sich aus dem Bett.

»Nicht, bevor du mir nicht ein Frühstück gemacht hast. Ich habe Hunger.«

Er sprang aus dem Bett. »Da du gerade davon sprichst: Ich habe auch Hunger. Was hältst du von einem Omelett mit Käse, Pfeffer und Tomaten und etwas Bacon?«

»Fabelhaft. Hast du jemals eine nackte Frau gesehen, die rohe Eier jongliert?«

»O Gott. Ich kann es kaum erwarten.«

5. Kapitel

Julia knabberte an ihrem dritten Zitronenkeks. Für gewöhnlich hätte sie sich nicht so gehenlassen. William hatte Maßlosigkeit missbilligt und verlangt, dass sie ganz besonders auf ihr Äußeres achtete. Doch sie hatte seit sechsunddreißig Stunden nichts mehr gegessen. Bis sie irgendwann mit William auf einer höheren Ebene vereint war, war sie immer noch Sklave ihrer körperlichen Bedürfnisse. Anhand einer komplizierten Tabelle hatte sie Mollys Medikamente sortiert. Ihr war der Gedanke gekommen, damit anzufangen, ihren finsteren Plan in die Tat umzusetzen, indem sie die Medikamente der Alten vertauschte. Immerhin schien Molly Jon viel zu bedeuten. Aber Julia kannte sich mit den Arzneimitteln einfach nicht gut genug aus, um eine tödliche Mischung zusammenzustellen. Es waren zu viele unkalkulierbare Risiken, zu viele unbekannte Komponenten.

»Wohin ist Jon eigentlich zum Angeln gefahren?«, fragte sie möglichst beiläufig. »Ist er wieder zum Rogue River gefahren?«

»O nein«, entgegnete die alte Dame. »Er ist in Dannys Hütte, nehme ich an.«

Julia blinzelte. »Dannys Hütte? Wo ist die?«

»Irgendeine Hütte am See, in den Bergen. Jonny angelt so gern.«

»Welche Berge?« Es war schwierig, nicht zu eifrig zu klingen.

»Oh, das weiß ich nicht mehr, falls ich es überhaupt je wusste. Ich muss sagen, dass es höchste Zeit war, dass er eine Pause macht. Er hat keine Rücksicht auf sich selbst genommen, als er dieses Monster, diesen furchtbaren ›Vogelei-Mann‹, gejagt hat. Der arme Jonny verdient ein bisschen Abwechslung und Spaß.«

Augenblicklich überdachte Julia noch einmal die Möglichkeit, Molly umzubringen, doch vor ihrem inneren Auge schüttelte William den Kopf und blickte auf sein Handgelenk. Das alte Weib war dem Tod sowieso schon so nahe, dass es überflüssig wäre.

»Es tut mir leid, Molly, aber ich muss allmählich gehen.«

»Sie kommen doch bald wieder, oder?«, fragte die alte Dame. »Jonny sagte, dass Sie alle zwei Tage nach mir sehen, solange er nicht da ist.«

»Natürlich«, entgegnete Julia. »Ich freue mich schon darauf.«

Sie trat aus der Tür. Es bedurfte ihrer ganzen Willenskraft, um die arthritische Hand der alten Frau nicht zu brechen, als sie sie schüttelte.

Auf dem Weg zum Auto begegnete Julia eine rundliche Frau mit krausem Haar und einer weißen Uniform, die um die Hüften unvorteilhaft spannte. Zielstrebig ging die Frau den Weg zu Mollys Haus hinauf. Auf ihrem Namensschild stand *Joanna Hirsch*.

Julia schlüpfte in den Van und fuhr los. Das war knapp gewesen, aber William hatte ihr geholfen. Es war an der Zeit, sich ein Hotel zu suchen, die paar Strohhalme zu nehmen, die sie gesammelt hatte, und sie zu Gold zu spinnen.

Erstaunlicherweise frühstückten Robin und Jon tatsächlich – obwohl sie nackt Eier jongliert hatte.
Genüsslich verspeisten sie ein Omelett, Toast, frisch gepressten Orangensaft und knusprigen Bacon.
Mit einem zufriedenen Lächeln auf den Lippen sah Robin Jon schließlich an. Ihr Blick fiel auf das Medaillon, das an seinem Hals hing. Sie erhob sich, lehnte sich über den Tisch und berührte es. Sie musste die Augen leicht zusammenkneifen, um das kleine Relief auf der goldenen Oberfläche erkennen zu können. Es waren zwei Engel, die sich über ein Kind in einer Wiege beugten. »Was ist das?«
Er rieb das Medaillon zwischen Zeigefinger und Daumen. Das war eine typische Angewohnheit, wenn er nachdachte. »Das ist ein Taufmedaillon. Das ist alles, was ich von meiner Mutter habe. Sie starb kurz nach meiner Geburt.« Er befühlte es. »Zwar glaube ich nicht an Engel oder so etwas, doch trotzdem nehme ich es nie ab«, gab er zu. »Weiß auch nicht, warum.«
»Ich weiß es.« Robin ging um seinen Stuhl herum, schmiegte sich an ihn und legte ihr Gesicht auf seinen Kopf. Ihre Wärme zu spüren, fühlte sich phantastisch an. »An was glaubst du, Jon?«, fragte sie leise.
Er zuckte die Achseln. Robins aufgerichtete Brustspitzen so intensiv und prickelnd am Rücken zu spüren, machte es nicht gerade leicht, sich zu konzentrieren. »Ich glaube nicht an besonders vieles. Außer vielleicht an die Gerechtigkeit.«
»Gerechtigkeit?« Sie klang überrascht, aber neugierig. »Du glaubst daran? Wie?«
Er schüttelte den Kopf. »Es ist eher so, dass ich gern daran glauben möchte«, entgegnete er langsam. »An die Mög-

lichkeit, dass die Gerechtigkeit siegt. Denn das ist alles, was man den Menschen sagen kann, die Opfer von solchen Mistkerlen geworden sind, die nur an Geld oder sich selbst denken. Oder Menschen, die an Monster geraten sind, die Spaß daran haben, anderen Schmerzen zuzufügen. Es gibt einem nicht das zurück, was man verloren hat. Doch es ist alles, was man bekommen kann. Wenn es irgendetwas gibt, für das ich einstehen möchte, dann für die Gerechtigkeit.«

Sie setzte sich auf seinen Schoß. Ihr zarter, perfekt gerundeter Po schmiegte sich an seine Erektion. Sie schlang ihre Arme um seinen Nacken und gab ihm einen sanften Kuss – teils Segen einer lieblichen Madonna, teils pure, rotglühende Verführung. »Jon Amendola, du bist ein rechtschaffener Kerl.«

Ihm versagte beinahe die Stimme. »Lass dich nicht täuschen. Meistens bin ich ein abscheuliches Arschloch. Frag meine Ex-Freundinnen.«

Sie legte einen Finger an seine Lippen und küsste ihn wieder. Es sah definitiv so aus, als würde er gleich Sex haben. Aber zuerst – bevor sein Gehirn sich verabschiedete – musste er seine Fragen stellen.

»Wie alt warst du, als deine Mutter starb?«, fragte er.

Ihr plötzlich leerer Blick verunsicherte ihn. »Hat Danny es dir nie erzählt?«

»Was soll er mir erzählt haben?« Seine Verunsicherung wuchs.

Sie senkte den Blick. »Sie ist nicht tot. Sie hat uns verlassen, nachdem Daddy Selbstmord begangen hat. Ich war damals ein Jahr alt. Ich kann mich nicht mehr an sie erinnern. Komisch, dass Danny dir nie davon erzählt hat.«

Er versuchte, sich zu erinnern. »Ich dachte, er hätte mir gesagt, dass er Waise wäre. Vielleicht habe ich das aber auch nur angenommen und er hat mich in dem Glauben gelassen.«

»Hat er dir von unserem Vater erzählt?«, fragte Robin.

»Dass er ein Trickbetrüger war? Ja, das hat er mir gesagt. Er hat auch erzählt, dass euer Vater ihn für seine Betrügereien eingespannt hat. Und dass er sich ziemlich gut angestellt hat.«

»Ja, Danny ist der Raffinierteste von uns. Ich und Mac sind hoffnungslose Fälle, was das angeht. – Unsere Eltern waren beide nicht ganz unproblematisch. Vielleicht sind wir ohne sie besser dran. Ich weiß es nicht.« Robins Stimme wurde leiser. »Als ich jünger war, habe ich versucht, Mac und Danny über sie auszufragen. Aber sie sind nur wütend geworden. Irgendwann habe ich es kapiert und sie damit in Ruhe gelassen.«

»Du hast sie nie ...« Seine Stimme erstarb, als Robin den Kopf schüttelte.

»Nie. Sie hat nie angerufen oder geschrieben. Mein Onkel hat sie vor ungefähr zehn Jahren ausfindig gemacht. Damals lebte sie in Texas, war verheiratet und hatte eine neue Familie. Meine Halbbrüder und -schwestern.« Sie zuckte die Schultern. »Ich denke, sie mochte sie lieber als uns.«

Der Zorn auf diese selbstsüchtige Frau verschlug ihm die Sprache. Ein Baby im Stich zu lassen – ganz zu schweigen von den zwei älteren Söhnen – und sich nie wieder zu melden ...

Das war verdammt kaltherzig. Er zog sie näher zu sich heran. Sie legte ihren Kopf an seine Schulter, und ihr seidiges Haar floss über seine Schulter und seine Brust.

»Wir haben Bilder«, sagte sie nachdenklich. »Ich sehe ihr sehr ähnlich.«

Er drückte sie, und sie kuschelte sich an ihn.

»Als ich klein war, träumte ich davon, eine umwerfende Frau zu werden, sie zu finden und vor ihr damit anzugeben, wie großartig ich wäre. Um ihr Schuldgefühle zu machen, denke ich. Um ihr zu zeigen, wie viel sie verpasst hat. Dann wurde ich älter. Und meine Vorstellungen wurden realistischer.«

»Du *bist* großartig und umwerfend«, hörte er sich selbst sagen. »Du brauchst ihre Bestätigung dafür nicht.«

»Süß von dir, das zu sagen. Aber ich komme damit zurecht. Ich glaube, wenn die eigene Mutter einen im Stich lässt, gibt es immer eine Stimme in einem, die fragt: Warum werde ich ignoriert? Doch der größte Teil von mir weiß, dass ich liebenswert bin. Mac und Danny machen mich verrückt, aber ich habe nie daran gezweifelt, dass ich ihnen wichtig bin. Und das ist mehr, als so mancher von sich behaupten kann.«

Sie strich mit der Hand über seine Brust und berührte mit den Fingerspitzen sein Medaillon. »Trotzdem. Du kannst froh sein, das hier zu haben. Auch wenn es nur eine Kleinigkeit ist.«

Er wollte etwas tun, etwas sagen, aber Scheiße. Normalerweise überließ er die Gefühlsangelegenheiten Menschen, die sich damit auskannten. Er kannte sich nicht damit aus. Es brachte ihn durcheinander, und er fühlte sich dumm und albern.

Unvermeidlich wurde er an seine lange in Vergessenheit geratenen »Mom-kommt-zurück«-Träume erinnert. Er hatte sie irgendwann verdrängt und sie durch die knallharte Realität ersetzt. Aber Robin hätte das erspart bleiben sollen.

Kein süßes, unschuldiges Kind sollte so etwas erleben müssen. *O Mann.* Das war der Grund, warum er Gefühlsangelegenheiten anderen überließ. Es ging einem nahe. Es tat weh.

Er nahm ihr Gesicht in seine Hände und drehte sie zu sich. »Ich bin glücklich, dass ich *das hier* habe«, sagte er rauh.

Er legte alles in seinen Kuss – alles, was er aus Angst nicht sagen, alles, was er nicht in Worte fassen konnte. Sie verdiente eine Mutter, die sich kümmerte und die ihre Persönlichkeit zu schätzen wusste. Sie verdiente das Beste.

Es war kein Plan, der in seinem Kopf entstand. Es war nicht einmal ein richtiger Gedanke. Es war eher ein ursprünglicher Impuls. Doch als er die Entscheidung im Bruchteil einer Sekunde getroffen hatte, stand sie für ihn unumstößlich fest. Solange er diese wundervolle Frau in seiner Nähe hatte, sollte sie sich angemessen geachtet fühlen. Er würde verdammt noch mal dafür sorgen, dass sich dieses Abenteuer für sie lohnte.

Noch immer konnte er nicht glauben, dass sie einen Kerl wie ihn gewählt hatte, um sich entjungfern zu lassen. Was für ein Geschenk. Es verwirrte ihn, machte ihn benommen vor Lust.

Und Lust war zumindest eine Emotion, mit der er sich auskannte.

Er richtete sich auf, wobei sie von seinem Schoß rutschte, und schob mit einer ausholenden Handbewegung alle Teller, Gläser und Tassen auf dem Tisch zur Seite. Dann hob er sie hoch, setzte sie auf den Rand des Tisches und rückte mit seinem Stuhl näher an diese perfekten Schenkel.

Als sie ahnte, was er vorhatte, schrie sie unterdrückt auf. Doch bevor sie etwas tun konnte, spreizte er ihre Beine und küsste ihren Bauch. Mit seiner Zunge erkundete er ihren Bauchnabel.

»Ich bin noch immer hungrig«, murmelte er. »Und du hast das letzte Stück Bacon genommen.«

»Aber ich habe nicht ... ich muss duschen ...«

»Und deinen köstlichen Saft abwaschen? Was für eine Verschwendung.« Er presste sein Gesicht zwischen ihre Beine und küsste sacht die Löckchen über ihrer Lustperle, bis Robins leises Lachen in atemlose Spannung überging.

Erst jetzt erlaubte er es sich, mit der Zunge in sie zu dringen. Sie schmeckte nach Latex, doch es dauerte nicht lange, bis ihr eigener süßer Geschmack nach Meer hervortrat. Er genoss es, sie mit der Zunge zu erkunden und sie mit Zärtlichkeit zu überschütten. Sie vergrub ihre Fingernägel in seinen Schultern, versuchte, sich an ihm festzuhalten, und ihr Zittern wurde stärker.

Ihren Höhepunkt konnte er an seinem Mund, seiner Zunge, seinen Lippen spüren. Sie klammerte sich an seinen Schultern fest, und es fühlte sich gut an.

Er griff nach dem Kondom, das er auf dem Tisch liegen gelassen hatte. Eilig streifte er es über, stellte sich zwischen ihre Schenkel und drang in sie ein.

Robin stützte sich auf ihre Ellbogen und bog mit der Anmut einer Tänzerin ihren Rücken durch. Sie spreizte ihre Beine noch weiter und gab sich ihm hin. Und sie schloss sich um seine Erektion, bewegte ihn, erregte ihn. Er stieß in sie, immer tiefer. Ihre Muskeln schienen ihn zu umarmen.

Schnell fanden sie einen gemeinsamen Rhythmus. Er verlor jedes Zeitgefühl. Jeder Stoß in ihre feuchte Hitze war

wie eine Frage, und jede Umarmung, jedes Aufstöhnen von ihr war wie die befriedigende Antwort darauf.
Ihre Blicke trafen sich, und dieser rauhe, elektrisierende Kontakt war so innig, dass es ihn erschreckte. Keine Scherze, kein Lächeln, nur gemeinsames Keuchen, sanftes Aufstöhnen. Und das Gefühl, dass in ihm etwas Großartiges erwacht war, das sein altes, vertrautes Ich ersetzte. Etwas, das dieses alte Ich wie eine Hülle abstreifte. Er blieb zurück mit einem neuen Ich, das er nicht kannte, das für ihn unberechenbar war und das er nicht unter Kontrolle hatte. Oder schützen konnte. Er fühlte sich vollkommen entblößt. Nackt im gleißenden Licht.
Du bist verloren. Furcht durchflutete ihn wie eine eisige Welle.
Robin veränderte ihn. Jedes Mal, wenn er sie berührte, sie küsste, mit ihr schlief. Sogar seine Höhepunkte fühlten sich anders an. Bisher hatte er sich immer gehenlassen, um schnell zum Orgasmus zu kommen. Doch jetzt verschmolz er mit ihr zu einer Einheit und kostete mit ihr die Wellen der Lust aus – eine nach der anderen. Ein Teil von ihm stand neben ihm und betrachtete ihn wie betäubt. Das hier war nicht mehr normal.
Aber es war schön. Bis zum Ende folgte er ihr und ließ ihren Höhepunkt seinen auslösen: Er explodierte, ergoss sich in sie. Erschöpft sank er auf sie und verbarg seine feuchten Augen.
Er zog sich aus ihr zurück, drehte sich um und vergrub sein Gesicht in die Hände, bis er sich etwas beruhigt hatte.
Das Schweigen machte ihm Angst. Sie wartete offenbar darauf, dass er den nächsten Schritt machte, den Bann

brach. Aber er tat nichts. Er fühlte sich zu nackt. Und er konnte nicht damit umgehen.
»Warum gehst du nicht zuerst ins Bad und duschst?«, schlug er schroff vor.
Sie sprang vom Tisch und ging ins Badezimmer. Er bemerkte, wie gerade sie den Rücken durchgestreckt hatte. Sie war offensichtlich wütend auf ihn, weil er sich wortlos zurückgezogen hatte. *Scheiße.*
Es war nicht so, als wäre das etwas Neues für ihn: Er hatte schon öfter erlebt, dass eine Frau wütend auf ihn war. Trotzdem. Er hasste es. Und dieses Mal prallte es nicht an ihm ab wie sonst. Seine Schutzmauern bröckelten.
Die Dusche ging zischend an. Es blieb ihm ein wenig Zeit, um sich zu sammeln und zusammenzureißen. Er räumte die Teller vom Tisch und stellte sie in die Spüle. Sein Blick fiel auf sein Handy, das auf dem Tisch lag und noch immer ausgeschaltet war. Er schaltete es ein, um zu sehen, ob in der Zwischenzeit irgendetwas passiert war.
Sechs Anrufe. Alle Anrufe waren von Jo Hirsch, seiner Freundin vom Sozialdienst, die er gebeten hatte, sich um Molly zu kümmern. Dass der süßen, exzentrischen alten Molly, die für ihn wie eine Großmutter war, etwas zugestoßen sein könnte, schnürte ihm das Herz zusammen. Er wollte gerade Jos Nummer aufrufen, als das Handy in seiner Hand zu klingeln begann. Er nahm das Gespräch an.
»Ja? Jo? Ist was mit Molly?«
»Gott sei Dank. Endlich hast du dein Telefon eingeschaltet«, entgegnete Joanna.
»Ich weiß«, brummte er ungeduldig. »Was ist mit Molly? Ist sie krank? Ist sie hingefallen? Ist etwas passiert?«
»Molly geht es gut. Aber es ist etwas Seltsames passiert.

Vor dem Haus habe ich eine Frau gesehen. Jung, hübsch, blond, elegante Kleidung. Es hat sich herausgestellt, dass sie eine halbe Stunde bei Molly war, Zitronenkekse gegessen und die Medikamente sortiert hat! Sie hat Molly gegenüber behauptet, sie wäre ich!«

»Scheiße«, erwiderte er langsam. »Das ist wirklich seltsam.«

»Allerdings«, stieß Joanna hervor. »Vor allem, da ich zwanzig Minuten durch die geschlossene Tür auf Molly einreden und meinen Chef anrufen musste, bis ich sie überzeugt hatte, dass ich keine Schwindlerin bin. Und jetzt ist Molly sehr angespannt. Ich bin bei ihr geblieben, so lange es ging. Aber ich habe noch andere Dinge zu erledigen.«

»Ja. Danke, dass du angerufen hast.« In seinem Kopf überschlugen sich die Gedanken. Er fragte sich, wen er kannte, der so etwas Wahnsinniges tun würde. Doch ihm fiel niemand ein.

»Hast du in letzter Zeit vielleicht eine deiner Freundinnen enttäuscht, Jon?«

Ja, klar. Er schnaubte verächtlich. Jo hatte Spaß daran zu sticheln. »Mir fällt keine heiße Blondine ein außer Vicki. Und Molly kennt Vicki – und hasst sie genauso sehr wie ich.«

»Das kann ich ihr nicht verübeln«, entgegnete Joanna. »Ich habe Mollys Medikamente noch einmal geprüft, und sie waren richtig einsortiert. Trotzdem. Das verursacht mir Gänsehaut.«

»Jo, ich weiß, dass du viel zu tun hast, aber könntest du morgen noch einmal nach ihr schauen?«

»Ja, sicher. Ich habe sie schon dazwischengeschoben. Mach dir keine Sorgen.«

Gute alte Jo. Erleichtert seufzte er auf. »Ich schulde dir was. Ich rufe dich morgen wieder an.«

»Okay. Bis dann. Einen schönen Tag noch.«

Er beendete das Gespräch und starrte das Telefon an. Ein ungutes Gefühl beschlich ihn.

Er wählte Mollys Nummer und ließ es zehn Mal klingeln, um der arthritischen alten Dame die Zeit zu geben, zum Telefon zu humpeln. »Hallo?«, erklang ihre zittrige Stimme.

»Hey, Molly. Ich bin es, Jon.«

»Jonny! Mir ist was ganz Komisches passiert. Heute Morgen standen zwei Joannas vor der Tür!«

»Ja, ich weiß. Joanna Nummer zwei war die richtige. Wenn du jemals Joanna Nummer eins wiedersehen solltest, schließ die Tür ab und wähle den Notruf. Und dann drück die Kurzwahltaste auf deinem Telefon, okay? Damit erreichst du eine Mrs. Mendez. Sie ist eine Kollegin von mir. Sprich mit ihr. Verstanden?«

Es dauerte geschlagene fünfzehn Minuten, in denen er beschwichtigend auf sie einredete, bis die verwirrte Molly sich beruhigt und ihn verstanden hatte. Als er das Telefonat schließlich beendete, stand Robin hinter ihm. Feucht, nackt und umwerfend. Sie trocknete ihr langes, nasses Haar ab und blickte ihn besorgt an. »Gibt es Probleme?«

Er legte sein Handy zur Seite. »Ich habe eine Freundin gebeten, nach meiner Nachbarin zu schauen, solange ich weg bin. Molly ist neunzig Jahre alt. Sie kommt allein nicht mehr so gut zurecht. Und heute Morgen stand eine blonde Frau vor Mollys Tür und hat sich als meine Freundin Jo ausgegeben. Sie hat Mollys Medikamente sortiert. Und sie hat Zitronenkekse gegessen. Was zum Teufel hat das zu bedeuten?«

Robin sah ihn mit großen Augen an. »Oje. Das klingt echt gruselig.«

»Ja«, stimmte er ihr zu. »O ja.«

»Denkst du … äh …« Sie biss sich auf die Unterlippe. »Denkst du darüber nach, früher nach Hause zu fahren?«

»Ja, das tue ich. Das gefällt mir nicht. Überhaupt nicht.«

»Ich kann es dir nicht verdenken. Wann fährst du?«

Er zögerte. »Nicht vor morgen früh. Ich will unsere Seifenblase noch nicht zum Zerplatzen bringen. Nicht, solange es nicht unbedingt notwendig ist.«

Ihre Miene hellte sich auf. »Was machen wir heute?«

»Du meinst, außer …« Vielsagend hob er die Augenbrauen.

Sie lachte leise. »Abgesehen davon.«

Er blickte aus dem Fenster. »Es ist ein wunderschöner Tag. Lass uns rausgehen und im Wald spielen.«

Strahlend lachte sie ihn an. »Das hört sich gut an.«

»Ich werde Molly alle paar Stunden anrufen«, erklärte er. »Wenn irgendetwas Seltsames passiert, lasse ich Mendez jemanden schicken, der sich mal umsieht.«

Mit diesen Worten versuchte er, seine egoistische Entscheidung vor allem vor sich selbst zu rechtfertigen. Aber, Gott, man musste sich diese Frau doch nur ansehen. Splitterfasernackt und mit diesem Lächeln auf den Lippen. Sie glühte. Wie sollte ein Mann da widerstehen?

Die Business-Suite war mit einem Internetzugang ausgestattet, den Julia ausgiebig nutzte. Die Website der *Crowne Royale Group* war gepflegt und wirkte professionell. Genauso gepflegt und professionell wirkte das Foto von Danny MacNamara, Finanzmanager der Firma. Julia las seine Biographie, hakte ihn ab und schaute weiter.

Sie gab »Robin MacNamara« in die Suchmaschine ein. Nach einer halben Stunde stieß sie auf die Website der *Ace Entertainment Agency* und entdeckte ein Foto und eine Biographie von Wiggles, dem Clown. Wiggles bot seine Dienste für verschiedenste Veranstaltungen an. Die Angaben belegten, dass der Clown in der Umgebung von Seattle auftrat und seit sechs Jahren ein Lächeln auf die Gesichter von Kindern und Erwachsenen zauberte.

In einer weiteren Passage stand zu lesen, dass es sich bei dem Clown um Robin MacNamara handelte. Julia betrachtete die großen braunen Augen und das breite Lächeln des grellbunt geschminkten Clowns, der eine riesige grüne Perücke und eine dicke rote Nase trug. Wiggles war Robin.

Seit sechs Jahren spielte sie den Clown? Entweder war sie älter, als sie aussah, oder sie trat schon als Clown auf, seit sie ein kleines Kind war.

Sie fand eine Telefonnummer und rief bei der Agentur an, um unter einem Vorwand die Privatnummer von Robin MacNamara herauszufinden. Doch der Versuch schlug fehl …

Julia seufzte leise. So leicht gab sie sich aber nicht geschlagen. Immerhin hatte sie noch die Passwörter, die William besorgt hatte, um an die Daten der Kraftfahrzeugbehörde zu kommen. Sie klickte sich in das System für Washington ein und fand unter »Robin MacNamara« das Gesicht des Mädchens. Große braune Augen. Fünfundzwanzig Jahre. Ein bisschen zu alt, doch als sie die Augen schloss, nickte William zustimmend.

Sie tippte die angegebene Adresse in ein Verzeichnis, fand eine Telefonnummer und wählte sie.

»Hi, spreche ich mit Robin?«, fragte Julia, als sich eine Frau meldete.
»Nein, hier spricht Esther. Ich bin ihre Mitbewohnerin. Möchten Sie eine Nachricht hinterlassen?«
»Ich möchte eine Geburtstagsparty für meinen Sohn ausrichten, und der Clown hat in letzter Minute abgesagt. Ich suche händeringend nach einem Ersatz.« Julia täuschte den gehetzten Tonfall einer vielbeschäftigten Mutter vor. »Wissen Sie, ob sie heute Abend um sechs Zeit hätte?«
»Es tut mir leid, aber das bezweifle ich«, entgegnete Esther bedauernd. »Sie ist nicht in der Stadt. Sie ist ein paar Tage in die Berge gefahren.«
In die Berge? Ein Schauer überlief Julias Rücken.
Sicher, Robin war vielleicht nicht unbedingt am selben Ort ... aber möglicherweise doch. Das wäre einfach perfekt.
»Na schön«, sagte sie. »Vielen Dank für Ihre Hilfe.«
See. Hütte. Berge. Alles deutete darauf hin – der Zeitungsausschnitt, Molly, Esther, ihre prickelnde Haut. Amendola und Robin waren gemeinsam dort und trafen sich zu einem geheimen Rendezvous. Ein Mistkerl wie Amendola war durchaus dazu fähig, seinen Freund zu hintergehen, indem er dessen unschuldige kleine Schwester schändete. Dass dieser Kerl alles außer seinem eigenen Vergnügen derart missachtete, machte sie krank.
Aber wo waren sie? Sie zog die Fotos aus ihrer Tasche. Sie konnte sich nicht sicher sein, dass es sich um denselben Ort handelte, aber Molly hatte erzählt, dass er oft dort war. MacNamara war auch auf dem Bild zu sehen. Und wenn er eine eigene Hütte am See in den Bergen besaß, warum sollte er dann zum Angeln woandershin fahren?

Sie betrachtete das Bild mit dem Mount Rainier darauf. Konzentriert tippte sie »Mount Rainier Wanderrouten« in die Suchmaschine ein und kam auf eine Website, die die aktuellen Bedingungen für jede Route zum Gipfel des Berges anzeigte. Und jeder dieser Wege war mit einer Fotogalerie beschrieben. Fotos aus allen nur erdenklichen Perspektiven. Außerdem gab es detaillierte topographische Karten. *Perfekt.*

Sie prüfte jede der Routen, verglich sie mit dem Foto vom See und fand ein sehr ähnliches Bild – sie war sich sicher: Die Hütte musste im Südwesten liegen.

Aufmerksam studierte sie die Karte von Washington und konnte schließlich ein Gebiet eingrenzen. Mit einem kleinen Spielraum zu allen Seiten hin stellte sie eine Liste mit elf in Frage kommenden Städtchen zusammen.

Gut und schön. Und jetzt? Der Mangel an Schlaf und Essen hatte sie erschöpft. Ihr Kopf schmerzte. Aber bei jedem Herzschlag sah sie Williams blutverschmierte Hand vor sich, die er an die Scheibe gedrückt hatte. Sie sah die schrecklichen Buchstaben, die in sein Fleisch geritzt gewesen waren.

Denk nach, Julia. Denk nach.

Sie starrte auf die beiden Männer im Boot. Amendola hielt einen Fisch in die Höhe und freute sich wie ein kleiner Junge. *Angeln.* Man brauchte eine Lizenz zum Angeln. Einen Angelschein. Sportgeschäfte. *O ja. Natürlich.*

Sie stieß ein erleichtertes Seufzen aus und bestellte sich beim Zimmerservice etwas zu essen. Dann tauchte sie wieder in den digitalen Sumpf aus Telefonverzeichnissen ein, um eine Liste von Sportgeschäften in dem eingegrenzten Gebiet zu machen.

Stunden später war sie müde und ihre Euphorie längst verflogen. Sie hatte siebenundzwanzig Sportgeschäfte gefunden und bereits fast alle angerufen. Nur zwei Telefonate standen noch aus.

Sie schluckte. Vielleicht hatte sie ein Geschäft übersehen. Oder sie hatte sich verrechnet, was die Entfernung, was den Winkel und somit den von ihr eingegrenzten Bereich anging. Waren alle Anstrengungen umsonst gewesen?

William wirkte ungeduldig und ernst. Julia wurde unsicher.

Sie ging die Liste weiter durch. Kerrigan Creek stand als Nächstes auf dem Papier. *Chad's Sporting Goods*. Sie wählte die Nummer.

»Hi, Sie sind verbunden mit *Chad's*«, meldete sich eine vergnügt klingende, junge weibliche Stimme.

»Hi«, antwortete Julia gutgelaunt. »Mein Name ist Kelly, und ich rufe im Auftrag meines Chefs an, Daniel MacNamara. Er ist vor kurzem umgezogen und möchte sichergehen, dass die neue Adresse auch in seinen Angel-Unterlagen auftaucht. Könnten Sie die Adresse für mich überprüfen?«

Das Mädchen zögerte. »Ich glaube nicht, dass es einen großen Unterschied macht …«

»Könnten Sie bitte trotzdem für mich nachsehen?«, sagte Julia vertraulich. »In der Vergangenheit gab es ein paar Probleme damit, und er ist ein Perfektionist. Es muss alles stimmen, verstehen Sie? Er ist eben so. Könnten Sie nachsehen? Mir zuliebe?«

»Warten Sie einen Augenblick.« In der Leitung knackte es. Julia wartete ein paar Minuten. »Sind Sie noch dran, Kelly?«, fragte die junge Frau.

»Ja, sicher«, antwortete Julia freundlich.

»Auf der Lizenz steht als Anschrift Mercer Island, Seattle. Ist das die aktuelle Adresse?«

Aufregung durchströmte Julias Körper. Das war besser als Essen. »Das stimmt. Sie müssen nichts ändern. Vielen Dank!«

Sie legte auf und schlang froh und erleichtert die Arme um sich. Es war beinahe geschafft.

Ein Anruf im örtlichen Finanzamt genügte, und sie hatte die Adresse von Daniel MacNamaras Hütte am See.

Julia lächelte. Es war an der Zeit, aufzubrechen und nach Kerrigan Creek zu fahren …

Der Wald war atemberaubend. Robin war immer gern gewandert, aber heute verbarg sich hinter jeder Wegbiegung ein neuer Schatz und jede Blume war eine Entdeckung.

Sie war mit Jon die Steine an dem Gebirgsbach entlanggehüpft, der in den See mündete. Schließlich hatten sie sich auf einen großen Felsen inmitten des Baches gesetzt, um Sandwiches und Früchte zu genießen, um in der Sonne zu liegen, sich zu küssen und zu streicheln. Entweder hatte er damit begonnen oder sie – jedenfalls hatte einer von ihnen den Ball ins Rollen gebracht. *Und wow …*

Dieser Ort war ausgesprochen verführerisch. Eng umschlungen lagen sie unter freiem Himmel auf einem warmen Felsen. Weiß schäumendes Wasser umspülte gurgelnd die Steine in dem Bach. Robin saß auf Jons Schoß und küsste ihn leidenschaftlich. Ihre Jeanshose stand offen, und er hatte seine Hand in ihr Höschen geschoben und berührte sie mit einer Geschicklichkeit, die ihr den Atem raubte. Es war ein Wunder, dass sie überhaupt genügend

Sauerstoff bekam, um nicht ohnmächtig zu werden. Er reizte sie, bis sie kurz vor dem Höhepunkt stand, und zog ein Kondom aus seiner Tasche. »Das letzte.«

Wortlos nahm sie ihm die kleine Verpackung aus der Hand und kletterte von seinem Schoß.

Mit glänzenden Augen beobachtete er, wie sie sich erhob, aus ihren Schuhe schlüpfte, ihr Sweatshirt auszog, ihre Jeans und ihr Höschen abstreifte. Sie streckte die Arme in die Luft, drehte sich langsam und zeigte sich ihm.

»Ich stand noch nie nackt draußen«, sagte sie. »Fühlt sich gut an.«

Er ließ seinen Blick über ihren Körper schweifen. »Ja. Da bin ich mir sicher.«

Robin kniete sich hin und öffnete mit einem Mut, den sie sich selbst am Tag zuvor noch nicht zugetraut hätte, seine Jeans. Sie fühlte sich so wohl in seiner Nähe, als wären sie schon seit Ewigkeiten ein Liebespaar. Zwei Seelen, die entzweit waren und sich nach Vollendung sehnten.

Sie schob den Gedanken beiseite, als sie seine Jeans herunterstreifte und seine heiße, harte Erektion mit der Hand umschloss.

Als er sich das Kondom überziehen wollte, schlug sie seine Hand zur Seite und nahm ihn begierig in den Mund. Bei ihm war sie öfter gekommen, als sie zählen konnte. Es war nur gerecht. Im Übrigen schien sie ein gewisses Talent zu entwickeln. Und sie war definitiv auf den Geschmack gekommen.

Zumindest was Jon betraf. Ihr gefiel, wie er schmeckte, und sie mochte den Druck seines festen, harten Fleisches in ihrem Mund, an ihrer Zunge. Vor Erregung begann sie zu zittern. Es war beinahe, als würde ihr Mund selbst die

Lust empfinden und sie nicht nur spenden. Es fühlte sich an, als wäre er überall in ihr, um sie zu berühren, zu reizen. Zu lieben.

Hör auf. Hör auf, so zu denken. Bleib unbeschwert, locker.

Er legte seine Hand auf ihren Kopf und streichelte über ihr Haar. »Warte. Ich will noch nicht kommen. Ich will in dir sein.«

Bereitwillig ging sie auf die Knie, während er sich im Schneidersitz auf den Felsen setzte und die Arme nach ihr ausstreckte. Mit gespreizten Beinen setzte sie sich auf ihn, ließ sich langsam auf ihn sinken und nahm ihn in sich auf. Es tat weh, denn sie hatten es definitiv übertrieben, doch es war ihr egal. Sie hatte den Rest ihres Lebens, um sich zu erholen. Und um sich zu erinnern.

Dieses Mal war es anders als die vorherigen Male. Er bewegte sich kaum in ihr und überließ ihr die Führung. Sie umschloss ihn. Eng umschlungen von seinen Armen, hatte sie die Beine um seine Taille gelegt. Sie waren verbunden, schwelgten gemeinsam in sich ständig verändernden Empfindungen. Bedächtig und endlos. Zeitlos.

Sie konnte nicht sagen, wie lange sie sich liebten. Die Schatten veränderten sich, die Sonne zog den Himmel entlang. Es mochten Stunden oder ganze Jahrhunderte verzauberter Zeit gewesen sein. Süße, berauschende Magie.

Die Vollkommenheit fand ihren Höhepunkt, hob sie in ungeahnte Höhen und brachte sie sanft wieder herunter, zärtlich wie ein Kuss. Aber er schien seine feste, zitternde Umarmung nicht lösen zu können. Er konnte nicht aufhören, sie zu küssen. Als könnte er niemals genug bekommen.

Schließlich murmelte er, dass er sich um das Kondom kümmern müsse.

Er hob sie hoch, und sie sank erschöpft in sich zusammen. Jon legte sie behutsam auf den Rücken, auf die warme Oberfläche des Felsens. Ihre Beine lagen ausgestreckt neben ihm. Die Arme hatte sie weit ausgebreitet, voller Vertrauen zum freien Himmel.

»Tu das nicht.« Jon zog sie hoch und drückte sie an seine nackte Brust. Sie spürte, wie sein Herz hämmerte.

»Tu was nicht?«, fragte sie und legte ihren Kopf an seinen Hals.

Seine Umarmung verstärkte sich. »Die Position, in der du dagelegen hast«, murmelte er. »So ausgestreckt. Mir fiel wieder ein … Das ist für mich mit schlechten Erinnerungen verbunden.«

»Schon gut.« Sie küsste seinen Hals. »Hat es mit dem ›Vogelei-Mann‹ zu tun?«

Sein Körper versteifte sich. »Ich will nicht, dass du mit dieser kranken Scheiße in Berührung kommst.«

Sie liebkoste seine Wange. »Wenn es dich betrifft, betrifft es auch mich.«

»Lass es.« Er wandte sein Gesicht ab. »Zieh dich an.«

Verwirrt zog sie ihre Kleider wieder an. Seine heitere, glückliche Stimmung war mit einem Mal verflogen.

Während sie noch mit ihren Schuhen kämpfte, nahm er sein Handy und wählte eine Nummer. Kein Netz. Wütend und ungeduldig sah er sich um. »Wir müssen aus dieser verfluchten Schlucht, um Handyempfang zu bekommen. Zieh deine Schuhe an. Schnell.«

Sie gehorchte und folgte ihm schweigend. Der Bann war gebrochen, die Mauern wieder errichtet. Er war unantastbar.

Es war zwar dumm,doch sie musste kämpfen, um nicht in Tränen auszubrechen.

6. Kapitel

Es dauerte den ganzen Nachmittag und den Abend, bis die beiden wieder einigermaßen ungezwungen miteinander umgehen konnten. Robin duschte, während Jon Fisch briet und mit eher bescheidenem Erfolg versuchte, sich zu entspannen.

Er gab sich große Mühe, sich anständig zu benehmen. Robin verdiente es nicht, so schlecht behandelt zu werden. Sie war immer nett zu ihm gewesen. Sie war ein fleischgewordener feuchter Traum gewesen. Es gab keinen Grund, nicht im Glück zu schwelgen.

Er wusste genau, was ihn ins Reich des Glücks befördern konnte – doch sie hatten keine Kondome mehr. *Aber hey.* Sie hatten bisher noch nicht die Neunundsechzig ausprobiert. Bei dem bloßen Gedanken daran pulsierte sein Schwanz begierig.

Robin hatte an diesem Nachmittag Sonne bekommen, und so strahlte ihr Gesicht rosig in dem weißen Bademantel, als sie aus dem Bad kam. Mit gesundem Appetit verspeiste sie den gebratenen Fisch, doch ihre Augen wanderten immer wieder nervös zu Jons. Sie errötete noch ein wenig mehr und schlug die Augen nieder.

Wieder schwiegen die beiden sich verlegen an.

»In der Küchenschublade liegen ein paar Spiele«, wagte sie

einen Vorstoß. »Weißt du, wie man Backgammon spielt? Oder Poker? Oder Mau-Mau?«

»Nein. Ich habe an ein anderes Spiel gedacht.« Er gab Butter, Salz und Pfeffer auf eine weitere gebackene Kartoffel.

»Tja. Tatsächlich«, murmelte sie mit gesenktem Blick. »Das ist eine gute Überleitung zu dem, was ich sagen wollte.«

Die Gabel stoppte auf halbem Weg zu seinem Mund. »Dann leg mal los.«

»Vor ein paar Monaten, als ich den Anruf vom *Circo* bekam, bin ich zu meinem Frauenarzt gegangen und habe mir ein Implantat zur Verhütung einsetzen lassen.«

Jon hörte auf zu kauen – und zu atmen.

»Also kann ich praktisch nicht schwanger werden«, fuhr sie hastig fort. »Für die nächsten paar Jahre.«

Er räusperte sich. »Ich dachte, du wärst ...«

»Das war ich auch, aber ich habe gehofft, dass sich das ändern würde. Ich wollte dieses Thema vorher vom Tisch haben – wobei ich natürlich alle nötigen Vorsichtsmaßnahmen für sicheren Sex getroffen hätte.«

Er wusste nicht, was er sagen sollte. Mit einem ermunternden Lächeln blickte sie ihn an. »Also? Jetzt kennst du alle Details meines Sexuallebens.«

»Was genau willst du mir damit sagen?«, fragte er langsam.

Irritiert zog sie die Augenbrauen zusammen. »Ist das nicht offensichtlich?«

Sie starrten einander an. Robin wirkte verwirrt. Der Gedanke, dass Robin Vorsichtsmaßnahmen getroffen hatte, um sich von irgendeinem Typ aus dem verdammten Zirkus abschleppen zu lassen, machte ihn rasend.

Verdammt. Er wollte seine Bierflasche zerschlagen und

seinem imaginären Rivalen den abgebrochenen Flaschenhals an die Kehle drücken. »Du lädst mich ein, ohne Kondom mit dir zu vögeln.«

Angesichts seines schroffen Tonfalls zuckte sie zusammen. »Nein. Ich frage dich nur, ob es einen Grund gibt, es nicht zu tun. Weil es wunderschön werden würde.«

Wunderschön. Ha. Bei dem bloßen Gedanken daran brach ihm der Schweiß aus. Und er wurde wütend.

Eine schlechte Kombination. Er schluckte und legte seine Gabel zur Seite. Ihm war der Appetit vergangen. »Seit ich denken kann, habe ich Safer Sex praktiziert. Bei meiner letzten Routineuntersuchung war ich rundum gesund.« Seine Stimme klang blechern. »Und seitdem habe ich mit keiner Frau mehr geschlafen. Der Fall hat mich zu sehr beschäftigt.«

Ihre Miene hellte sich auf. »Oh. Großartig. Also dann?«

»Was meinst du mit ›Also dann‹?«, fragte er in schärferem Ton.

Hilflos rang sie die Hände. »Ich verstehe dich nicht. Ich dachte, es würde dir gefallen. Ich dachte, Typen mögen es …«

»Selbstverständlich stehen Typen darauf«, knurrte er.

»Warum bist du dann so sauer?«

Gute Frage. Und er hatte keine Antwort darauf – jedenfalls keine, die er vor ihr zugeben konnte. Alles, was er fühlte, ging in seinem Zorn unter.

Er schlug mit der Hand auf den Tisch, dass die Teller klirrten.

Robin fuhr zusammen. Ihm tat der Schmerz seltsam gut.

»Die Tatsache, dass Typen darauf stehen, ist genau das Problem«, sagte er schroff. »Warum glaubst du mir, wenn ich behaupte, keine Geschlechtskrankheit zu haben? Was macht dich da verdammt noch mal so sicher?«

Sie biss sich auf die zitternde Unterlippe und schluckte. »Weil ich dir vertraue.«

»Du vertraust mir? Auf welcher Basis denn? Auf vierundzwanzig Stunden heißem Sex?«

Sie schien in sich zusammenzusinken. »Ich dachte, es wäre mehr als nur das gewesen.«

»Dein Fehler.« Er konnte die Bosheit nicht mehr stoppen, nachdem sie aus ihm herausgebrochen war. Ein Teil von ihm schrie: *»Hör auf, alles zu zerstören! Hör auf, ihr weh zu tun!«* Doch er hatte nicht die Kraft aufzuhören. »Sex ohne Gummi kannst du einem Kerl anbieten, der dir versprochen hat, dir für den Rest seines Lebens treu zu sein. Und das auch erst, nachdem er einen Bluttest gemacht hat und du seine Geschichte gecheckt hast.«

»Ach komm. Sei nicht albern …«

»Ich meine es todernst! Mir solltest du das nicht anbieten!«

Sie hob ihr Kinn an. »Tja, nenn mich dumm, aber es ist meine Entscheidung, wem ich es anbiete«, entgegnete sie ruhig. »Und ich biete es dir an. Ätschibätsch. Was nun?«

»In meinen Augen bist du tatsächlich dumm. Willst du dich so den Kerlen gegenüber verhalten, wenn du in die richtige Welt hinausgehst? Es ist eine verdammte Wildnis da draußen. Ein Haufen dampfender Scheiße. Du musst dich schützen. Fang jetzt damit an. Schütze dich vor mir. Hast du gehört?«

Sie lehnte sich auf ihrem Stuhl zurück und verschränkte die Arme vor der Brust. »Ich weiß nicht, wovon du sprichst …«

»Vertrau mir nicht!«, schrie er. »Ich könnte dich anlügen. Ich könnte dir einen Bären aufbinden. Jeder Typ würde das tun, wenn du dich ihm so anbieten würdest, wie du dich mir angeboten hast. Oh, bitte, bitte, entjungfere mich. Oh, bitte, bitte, lass mich dir einen blasen. Oh, bitte, bitte, würdest du ohne Gummi mit mir vögeln ...«

»Halt einfach den Mund.« Sie sprang auf, wobei der Stuhl rückwärts gegen die Wand fiel. »Du *Arschloch!*«

»Behandele mich nicht wie deinen Freund. Oder deinen Verlobten.«

»Keine Sorge. Das werde ich nicht«, erwiderte sie knapp. »Und du solltest mich nicht kritisieren, wenn es um Sex geht, Jon. Denn immerhin bist du mein einziger Lehrer. Bis jetzt.«

Er ballte die Hände zu Fäusten. »Was soll das verflucht noch mal heißen?«

Sie zuckte die Achseln. »Ich bin nur realistisch. Würdest du dich besser fühlen, wenn ich dir feierlich versprechen würde, nur mit Gummi mit meinem nächsten Freund zu schlafen? Oder besser: mit meinen nächsten Freunden? Ich muss meine eigenen Erfahrungen machen, wie du schon ganz richtig gesagt hast. Und einen anständigen Freund zu finden ist eine ziemlich ungenaue Wissenschaft.«

»Versuchst du gerade, mich eifersüchtig zu machen?« Er klang angespannt.

»Überhaupt nicht, Jon. Warum, um alles in der Welt, sollte es dich interessieren? Wenn du mich jetzt entschuldigen würdest? Das war mein Stichwort, um mich anzuziehen und zu gehen. Danke für die fachgerechte Entjungferung. Wirklich sehr geschickt. Du hast den Startschuss für ein fabelhaftes zukünftiges Sexleben gegeben. Wünsch mir Glück.«

Er war aufgestanden und hatte sich ihr in den Weg gestellt, bevor sie zu Ende gesprochen hatte. »Mach mich nicht wahnsinnig, Robin«, knurrte er.

»Du hast mich dazu gezwungen. Ich habe einfach nur versucht, so nett zu dir zu sein, wie eine Frau zu einem Mann sein kann, und du machst mich dafür fertig. Also ändere ich meine Taktik. Ich bin kalt. Ich lerne schnell. Es gibt noch Hoffnung für mich. Und jetzt geh endlich zur Seite. Ich bin weg.«

»Nein.« Er schob sich vor ihr in die Tür zum Wohnzimmer.

»Wage es ja nicht.« Sie drängte sich an ihm vorbei. »Ich will mich allein und in Ruhe anziehen.«

»Pech gehabt!«

Sie schnaubte verächtlich und ließ den Bademantel von ihren schmalen Schultern gleiten. »Gut. Guck zu, wenn es sein muss. Ich werde trotzdem verschwinden.«

Ihre atemberaubende Rückansicht, als sie sich nun über ihre Tasche beugte, um nach ihrer Unterwäsche zu suchen, war eine offensichtliche Provokation. Ohne ein Geräusch zu machen, trat er von hinten an sie heran. Sie spürte seine Anwesenheit und erstarrte.

»Du wirst nicht gehen«, sagte er sanft. »Ich bin noch nicht fertig mit dir.«

»Natürlich werde ich gehen«, erwiderte sie. »Du bist unerträglich.«

Er schlang einen Arm um ihre Taille, und die Spannung – ernster und gefährlicher als zuvor – wuchs spürbar.

»Tu es nicht«, flüsterte sie. »Wage es nicht. Sonst verlierst du unter Umständen deinen … kleinen Freund. Schnipp, schnapp.«

»Danke für die Warnung. Ich werde aufpassen.«

»Lass mich los!« Sie kämpfte, aber er konterte jede ihrer Bewegungen.

Das ist ein Fehler. Lass sie in Ruhe, du Schweinehund. Die Stimme der Vernunft schrie in seinem Innern, doch er war nicht mehr Herr seiner Sinne. Er hatte das Gefühl, dass das, was er ihr zu sagen hatte, nur körperlich ausgedrückt werden konnte. Er trug sie zum Sofa, formte den Schlafsack zu einem weichen Haufen und legte sie vornübergebeugt darauf. Sie schlug um sich, aber er war stärker. Er ergriff ihre Hände und hielt sie fest. »Schh.«

»Verbiete mir nicht den Mund, du arroganter Scheißkerl!«

Er hielt sie auf der Couch fest, rutschte auf den Boden und begann, ihren Po zu küssen. Sie schrie auf und fing an zu zittern, als er mit seiner Zunge langsam weiter runterfuhr, bis hin zu ihren Lippen. Er leckte sie, tauchte immer wieder mit der Zunge in sie und reizte ihre Lustperle.

»O … mein … Gott …« Ihre Stimme brach. Die Muskeln in ihren Schenkeln zitterten, verkrampften sich, und sie gab einen überraschten, schluchzenden Laut von sich, als sie nachgaben und sich beinahe von selbst weiter spreizten. Sie hob den Po an, damit er sie besser erreichen konnte. Mit einem zufriedenen Lächeln bemerkte er, dass sie schon feucht glänzte. Ungeduldig öffnete er seine Hose und befreite seine schmerzende Erektion.

»Sieht so aus, als würde es dich echt anmachen, von einem arroganten Mistkerl herumkommandiert zu werden. Wer konnte das ahnen? Die unbezwingbare Robin wird gern beherrscht.«

Ihr Körper zuckte unter seinen Händen. »Verdammt«, zischte sie. »Glaub nicht eine Sekunde daran, dass du mich beherrschen kannst, indem du mir einen Orgasmus verschaffst. Wenn ich fertig bin, werde ich dir trotzdem ins Gesicht spucken und dich verlassen, du Arschloch. Also, wenn es dir darum geht, klarzustellen, wer hier das Sagen hat, vergiss es.«

Er war beeindruckt. »Wow. Du hältst wohl nie die Klappe, oder?«

»Niemals.« Ihre Stimme klang atemlos, bebend. »Schwein.«

Er machte weiter und dachte, dass er vermutlich weniger Ärger bekommen würde, wenn er mit seiner Zunge so tief in sie stieß, wie es ging. Aber er wollte sie nicht länger nur mit der Zunge befriedigen. Er hob den Kopf. »Willst du meinen Schwanz spüren?«

»Was für eine blöde Frage ist das?«

Er unterdrückte ein Lachen – denn wenn er in dieser Situation lachte, hätte sie ihn bestimmt kastriert. Oder Schlimmeres. »Sie erschien mir nur fair.«

»Bisher hast du auch nicht um Erlaubnis gebeten. Warum also jetzt?«

»Ja, es würde dir gefallen, einfach hingelegt und ohne Erlaubnis genommen zu werden, stimmt's? Das würde genau deiner Stimmung entsprechen …«

Sie lachte bitter auf. »O Gott. Ich verstehe dich einfach nicht.«

»Du bekommst von mir, was du willst. Sag einfach das Zauberwort.«

»*Zauberwort*. Würde es dich anmachen, wenn ich dich bitte?«

»Nein. Du kannst sagen, dass ich dich verarscht habe, dass ich dich verführt oder manipuliert oder aufgezogen habe. Aber du kannst nicht sagen, dass ich dich zu irgendetwas gezwungen habe.«

»Wortspiele«, erwiderte sie. »Bedeutungslos.«

»Vielleicht. Doch es sind meine Spiele.« Er strich mit seiner Zunge zwischen ihren Schenkeln entlang, umkreiste ihre Lustperle, reizte sie und leckte ihren süßen Saft auf. Keuchend zog er sich zurück. »Sag es.«

Frustriert stöhnte sie auf. »Tu es.«

Er wartete. »Ja? Und?«

»Ich werde nicht ›bitte‹ sagen. Lieber sterbe ich. Tu es einfach. Oder hau ab und lass mich in Ruhe.«

Ach, zum Teufel. Von der »Queen of the Universe« angewiesen zu werden, mit ihr zu schlafen, hatte genau denselben Effekt auf seinen Schwanz wie einschmeichelndes Bitten.

Er packte sie an der Taille. Sie schrie auf, als er sie anhob und sie mit dem Gesicht auf dem Bett landete. Er zog ihre Hüften zu sich heran, bis sie mit dem Po voran vor ihm kniete, vor Aufregung schwitzend und bebend. Seine Hand zitterte, als er sich selbst in Position brachte.

Er atmete tief ein und drang in sie. Heiß, glühend heiß. Unfassbar intensiv. Er kam schon fast, als er sich in ihre Enge schob. Den Kopf in den Nacken gelegt, biss er die Zähne zusammen und kämpfte gegen den Orgasmus an. Dann packte er sie am Po und begann sich gleitend, kreisend in ihr zu bewegen – das aufregende Spiel, bei dem sie dahinschmelzen und in sorgloser Lust schwelgen würde. Dies würde ein Ritt werden, den sie nie vergessen sollte.

Egal, wie viele verdammte Liebhaber sie nach ihm noch haben würde.

Robin umklammerte den Schlafsack und versuchte ohne großen Erfolg, die Laute zu unterdrücken, die ihr unwillkürlich aus dem Mund drangen. Ihr Stöhnen klang verlangend, ihr Körper bewegte sich wie von allein. Sie war viel zu verliebt, um sich besser schützen zu können. Zwar fühlte sie sich in diesem Moment schwach und dumm, aber dennoch erwiderte sie seine Stöße und flehte um mehr.
Es ging alles so schnell. Anhand seines ungeduldigen Drängens konnte sie spüren, dass er ihren Orgasmus nicht abwarten und sich erst dann um sich kümmern würde, wie er es so oft getan hatte. Das war's. *Das letzte Mal.* Die Erkenntnis tat weh, als alle anderen Gedanken sich auflösten.
Wenn das hier vorbei war, musste sie so weit von ihm weg, wie es nur ging.
Schneller, tiefer. Sie schrie, verloren im Rausch, als er sich in sie ergoss. Er sackte über ihr zusammen und drückte sie auf die Schlafcouch. Sie rang nach Luft. Weinte wieder. Zornig zu sein wäre besser gewesen, doch ihre Wut war längst verraucht.
Als sie sich wieder bewegen konnte, wand sie sich unter ihm, bis er von ihr herunterrollte. Sie floh ins Badezimmer. Das hier war gefährlicher, als sie es sich je erträumt hätte.

Julia ließ den Feldstecher sinken. Sie konnte kaum glauben, was sie gerade gesehen hatte. Vor Entsetzen zitterten ihre Hände.
Nur mit Mühe konnte sie sich aus ihrer Erstarrung lösen.

Sie stand auf und ging den Abhang hinunter zu Robins Auto. Das Mädchen hatte sich nicht die Mühe gemacht, es abzuschließen. Wie praktisch. Es war ein Leichtes, sich einen kleinen Trick einfallen zu lassen, um auch ins Auto eindringen zu können, falls sie es doch abschließen sollte. Julia zog ein Stück Angelschnur aus ihrer Tasche, band eine Schlaufe und legte sie um das Knöpfchen an der Tür auf der Beifahrerseite. Dann führte sie die Schnur durch das Fenster, schloss es und ließ ein beinahe unsichtbares Stück des Fadens mit einem Knoten aus dem Fenster hervorblicken. Behutsam zog sie daran, um ihre Konstruktion zu testen. Das Knöpfchen ging hoch, und die Tür ließ sich öffnen. Ein in seiner Einfachheit brillanter Plan. William wäre stolz auf sie. Es würde nicht auffallen, wenn sie sich vor die Tür stellte, so tat, als wollte sie sie aufschließen, und dabei an dem Faden zog. Et voilà – freier Zugang zum Wagen.

Scheinwerferlicht durchdrang den Wald. Sie kletterte zurück in ihr Versteck, zog die Kapuze über ihr blondes Haar und beobachtete durch das Fernglas wieder die Fenster der Hütte. Diesmal sah sie nur Amendola, der auf dem Sofa saß. Er wirkte stark und brutal.

Sie fühlte sich so schlecht, als wäre sie selbst vergewaltigt worden. Das arme Mädchen. Sie musste am Boden zerstört sein. Aber Schmerz erfüllte einen Zweck. Immer.

Julia hatte diese Lektion gelernt. Es war ihr Leitsatz geworden. William hatte das sichergestellt.

Jon saß auf dem Schlafsofa und ließ den Kopf hängen. Erschöpft. Eine Entschuldigung erschien ihm nach dem Drama ungenügend. Robin würde ihm trotzdem ins Gesicht spucken.

Es machte ihn verrückt. Sie hasste ihn bestimmt. Seine Brust schmerzte.

Er ging zum Badezimmer, obwohl er keine Ahnung hatte, was er tun sollte. Was sollte er ihr sagen? *»Geh nicht. Hör nicht auf das dumme Zeug, das ich sage. Glaube mir kein einziges Wort. Verschwinde nicht in die Dunkelheit.«*

Und in sich spürte er, wie die Angst an ihm nagte. Er hatte Angst, dass da draußen etwas Böses auf sie wartete, das nach ihrem süßen Fleisch lechzte. Vermutlich war er paranoid. Noch nie zuvor war er in solch einer Verfassung gewesen.

Eine Weile stand er unschlüssig vor der Badezimmertür, bis er den Mut aufbrachte zu sprechen. »Hey. Robin.«

»Ich rede nicht mehr mit dir.« Ihre Stimme drang durch die Tür. Sie hatte sie verriegelt, doch ein kleiner Stoß mit seiner Schulter genügte, und der Riegel sprang auf.

Robin stand in der Badewanne und schaute ihn mit großen Augen an. Sie hielt die Handbrause fest umklammert. Seifenschaum glitt ihre langen, perfekten, glänzenden Schenkel hinab.

»Jon! Verdammt noch mal!« Sie klang aufgebracht.

Er schluckte und hatte komplett vergessen, was er ihr eigentlich hatte sagen wollen. Er war fasziniert, wie wunderschön ihr Körper so nass aussah.

Sie verdrehte die Augen und duschte zu Ende. »Pack dein Ding ein, bevor es dich noch weiter in Schwierigkeiten bringt«, sagte sie mit einem vielsagenden Blick.

Er sah hinunter auf seine offensichtliche Erregung, trat ins Bad und ließ die Tür hinter sich ins Schloss fallen. Was gesagt werden musste, musste *jetzt* gesagt werden – bevor er wieder erstarren würde.

Er öffnete den Mund – und schloss ihn wieder, als er ein

Geräusch hörte, das ihm das Blut in den Adern gefrieren ließ. Die verzogene Eingangstür gab einen kratzenden Laut von sich, als sie über den verschrammten Linoleumfußboden schleifte. »Hey? Jon? Bist du da?«

Verfluchte Scheiße. Es war Danny! Jon und Robin wechselten einen panischen Blick. Gehetzt sah er sich im Bad um.

»Hier sind keine Handtücher«, flüsterte Robin. »Und ich habe den Bademantel draußen liegenlassen.«

Großartig. Sie war nackt und ihm hing sein bestes Stück praktisch aus der Hose – es war mehr als offensichtlich, was los war. Er atmete tief durch. »Yo, Danny«, rief er. »Ich bin auf dem Klo.«

»Du hast Abendessen für zwei hier stehen«, stellte Danny argwöhnisch fest. »Hast du Besuch?«

»Wir können es genauso gut jetzt hinter uns bringen«, sagte Robin. Sie kletterte aus der Wanne, ging zur Tür und stieß sie auf. Mit durchgedrücktem Rücken, das Kinn angehoben, die Brust rausgestreckt, trat sie aus dem Bad.

Man sollte meinen, dass es nicht so schlimm wäre, nackt vor dem großen Bruder zu stehen, der einem schon die Windeln gewechselt hatte, als man noch ein Baby war. Aber das war falsch.

Der Ausdruck auf dem Gesicht ihres Bruders wechselte von Überraschung zu Wut, als er an ihr vorbei ins Bad spähte und Jon dort erblickte. »Was ist hier verdammt noch mal los, Robin?«

Beim harten Klang seiner Stimme zuckte sie zusammen. »Vertrau deinem Instinkt, Danny. Es ist genau das, wonach es aussieht.«

Jon trat zu Robin. Seine Miene war angespannt und unglücklich. Danny musterte ihn von oben bis unten und versetzte ihm dann einen Kinnhaken, der ihn von den Füßen riss. Jon landete auf dem Küchentisch.

Er hatte nicht einmal versucht, den Schlag abzuwehren. Und sie wusste, dass er dazu in der Lage gewesen wäre.

Jon erhob sich und stand abwartend vor Danny.

»Wehr dich, du Idiot!«, schrie sie. »Steh nicht einfach so da!«

Wortlos schüttelte er den Kopf.

Danny ging auf ihn zu und wollte ihm einen weiteren Schlag versetzen, doch Robin fiel ihm in den Arm. »Rühr ihn nicht an!«

Danny schüttelte sie ab. »Zieh dich an. Um dich kümmere ich mich später.«

»Nein. Du verstehst es nicht.« Wieder griff sie nach seinem Arm. »Ich habe euer Telefongespräch belauscht. Ich wusste, dass er hier ist. Er hatte keine Ahnung. Ich wollte das hier, also bin ich hergefahren und habe es mir genommen. Ende der Geschichte.«

»Darauf kannst du Gift nehmen«, knurrte Danny.

»Ich habe ihn darum gebeten, du hirnloser Idiot!«, rief sie. »Ich habe mir buchstäblich die Kleider vom Leib gerissen und ihn überrumpelt.«

Danny musterte erst sie und dann Jons großen, muskulösen Körper. »O ja. Ich bin mir sicher, dass er sich wie ein Wahnsinniger gewehrt hat«, sagte er bitter.

»Das hat er, verdammt noch mal! Es war meine Entscheidung!«, brüllte sie.

»Das ist es jetzt nicht mehr. Zieh dir was an. Ich bringe dich nach Hause.«

Sie schluckte. »Nein, Danny. Das wirst du nicht.«

Ihr Bruder warf ihr einen eiskalten Blick zu. »Das ist ein Befehl, Robin.«

Eine seltsame Ruhe überkam sie. »Ich nehme keine Befehle mehr an. Nicht von dir oder von Mac oder von sonst irgendwem. Und von dir auch nicht.« Die letzten Worte hatte sie an Jon gerichtet.

»Das habe ich mir schon gedacht«, erwiderte Jon.

»Du«, bellte Danny. »Halt dein verdammtes Maul!«

»Und wenn ich gerade dabei bin, kann ich dir auch gleich alles sagen«, fuhr Robin fort. »Ich werde die *Crowne Royale Group* verlassen. Ich werde keinen Abschluss im Hotelgewerbe machen. Ich bin für das Ausbildungsprogramm des *Circo della Luna Rossa* angenommen worden und werde in drei Wochen abreisen. Jetzt weißt du es.«

Danny schnaubte verächtlich. »Robin, das haben wir schon besprochen. Jetzt ist nicht der richtige Zeitpunkt, um einen Streit über deine lächerliche …«

»Ich streite nicht«, unterbrach sie ihn. »Ich informiere dich. Wenn ihr beide mich jetzt entschuldigen würdet? Ich habe nämlich genug von euch.«

Damit verließ sie das Zimmer und zog sich an.

So. Sie hatte es getan. Sie hatte auf ihren Lebensunterhalt verzichtet, ihre Brüder verärgert, ihre Jungfräulichkeit verloren, sich das Herz brechen lassen – alles in einem Rundumschlag. Von ihrem Leben war nicht mehr viel übrig, das noch zerstört werden konnte.

Jon und Danny vermieden es in der Zeit, die Robin brauchte, um ihre Jeans und ein T-Shirt anzuziehen und die Tasche über ihre Schulter zu hängen, sich anzusehen. Robin warf Jon einen Blick zu, als sie zur Tür ging.

»Ich denke, das war's dann wohl. Ein schönes Leben noch, Jon. Es war richtig so.«
Danny runzelte fassungslos die Stirn. »Was soll das?«
»Ich habe es nicht auf ihn abgesehen, Danny. Ich brauchte ihn nur für Sex. Mädchen haben auch Bedürfnisse. Komm damit klar.«
Als die Tür hinter ihr ins Schloss gefallen war, herrschte Schweigen. Robins Auto hustete, protestierte, sprang schließlich jedoch an, und sie fuhr davon.
Danny räusperte sich. »Zieh dich an und verpiss dich. Ich will dich nie mehr wiedersehen.«
Ohne ein Wort wandte Jon sich ab und tat, worum er gebeten worden war.
Er fühlte sich seltsam betäubt, als er seine Sachen zusammensuchte. Verdammt, eigentlich war er Schlimmeres gewohnt. Immerhin war er inmitten eines weitaus schlimmeren Szenarios aufgewachsen.
Und das machte es nicht leichter zu ertragen.

Julia blickte durch die Infrarotbrille, als sie im Leerlauf langsam den Serpentinenweg hinunterrollte. Hinter der nächsten Kurve könnte sie die Scheinwerfer anschalten.
Robin setzte an einem Mini-Markt den Blinker, und Julias gesamter Körper begann zu prickeln. Vielleicht bekam sie ihre Chance früher, als sie geglaubt hatte. Sie bog auf den Parkplatz neben dem Gebäude und wartete, während Robin ausstieg und tankte.
Schließlich stellte Robin ihren Wagen vor dem Geschäft ab und ging hinein. *Ja.* Diesmal hatte sie abgeschlossen.
Jetzt musste Julia schnell und entschlossen handeln. Zwar waren Menschen auf dem Parkplatz, aber sie hatte die Er-

fahrung gemacht, dass eine hübsche Frau, die sich selbstbewusst verhielt, praktisch mit allem durchkam. William hatte diesen Trick häufig benutzt. Julia war der perfekte Köder gewesen. Sehr oft.

Sie ging zur Beifahrertür von Robins Wagen und tat so, als würde sie aufschließen, während sie an der Schnur zog, die das Schloss öffnete. Sie glitt in das Auto und machte die Motorhaube auf. Nachdem sie sich vergewissert hatte, dass Robin noch immer auf der Toilette war, öffnete sie die Kühlerhaube, zog eine Schere hervor, griff in den Motorraum und durchtrennte die Kabel zur Batterie. Dann schloss sie die Motorhaube wieder und ging in den Laden, um sich einen Kaffee zu holen. Niemandem war etwas aufgefallen.

Julia gab vor, das furchtbare Gebräu zu trinken und beobachtete aus dem Augenwinkel, wie Robin aus dem Waschraum kam. Die junge Frau eilte mit rotgeränderten Augen zu ihrem Wagen. Das Auto sprang nicht an.

Unauffällig sah Julia zu, wie Robin fluchte, schrie, auf das Lenkrad trommelte und in Tränen ausbrach.

Unsicher stieg sie aus dem Wagen, warf einen Blick unter die Kühlerhaube, konnte die durchtrennten Drähte, die Julia versteckt hatte, jedoch nicht entdecken.

Schließlich kam sie zurück in den kleinen Laden. »Entschuldigen Sie«, wandte sie sich an die schmallippige Dame hinter der Kasse, die laut Namensschild »Ruby« hieß. »Kennen Sie einen Mechaniker in der Gegend, den ich um diese Zeit noch anrufen kann?«

Skeptisch schaute Ruby auf die Uhr. »Ich weiß nicht. Robbie ist um diese Uhrzeit meistens schon betrunken.«

»Wer ist Robbie? Und wo kann ich ihn finden?«

»Sie könnten Earl fragen. Er ist Wirt in der Bar nebenan. Robbie ist sein Halbbruder. Wenn Robbie da ist, können Sie selbst sehen, ob er noch zu irgendetwas zu gebrauchen ist. Was anderes fällt mir nicht ein, Herzchen.«

»Danke.« Robin ging hinaus und starrte verloren auf ihr Auto.

Julia folgte ihr. »Probleme mit dem Wagen?«, fragte sie freundlich.

Robin lachte bitter auf. »Wohl eher Probleme mit dem Leben an sich.«

»Brauchen Sie ein Handy? Soll ich jemanden für Sie anrufen?«

»Nein danke«, entgegnete Robin. »Ich habe ein Handy. Ich könnte meinen Bruder anrufen, aber im Moment würde ich mir lieber die Hand abhacken, als seine Nummer zu wählen.«

»Autsch. Also, versuchen Sie es in der Bar? Entschuldigen Sie, dass ich mich einmische, doch der Laden sieht nicht sehr vertrauenerweckend aus. Soll ich mitkommen?«

Erst jetzt schien Robin sie wahrzunehmen. »Danke. Das ist nett, aber ich will Ihnen keine Umstände machen. Es geht schon.«

»Oh, das macht keine Umstände. Ich bestehe darauf. Mein Name ist Kelly. Und wie heißen Sie?«

Julia ging neben Robin her und unterhielt sich mit ihr. Als sie die Bar erreicht hatten, war in ihr ein perfekter Plan gereift.

7. Kapitel

Als Robins Augen sich an das schummrige Licht gewöhnt hatten, war sie dankbar, dass Kelly darauf bestanden hatte, sie zu begleiten. Es war nett von ihr. Tatsächlich war die junge Frau beinahe ein wenig *zu* nett. Ihre Nettigkeit wirkte so zielgerichtet. Es war eher ein Verhalten und kein Wesenszug. Es kam Robin so vor, als könnte die Frau einen Schalter umlegen und die Nettigkeit wäre verschwunden – vielleicht interpretierte sie aber auch einfach zu viel Negatives in eine hilfsbereite, freundliche Frau.

Auf dem Tresen standen in einigem Abstand zueinander ein paar Schalen mit buntgefärbten Ostereiern. Robin hatte ganz vergessen, dass Ostern war. Sie setzte sich auf einen der Barhocker und versuchte, Blickkontakt zu dem bärtigen Typ mit dem dicken Bauch aufzunehmen, der hinter der Bar stand.

Mit mürrischer Miene kam er zu ihnen. »Was kann ich euch bringen?«

»Sind Sie Earl?«, fragte Robin.

»Wer will das wissen?«

»Ruby aus dem Laden hat mir gesagt, dass Sie wissen könnten, wo Robbie ist«, erklärte Robin. »Mein Wagen springt nicht an. Ich brauche einen Mechaniker.«

Earl grunzte. »Ist nicht da.«

»Kommt er denn noch? Hat er vielleicht ein Telefon?«
»Nö. Der Versager zahlt die Rechnungen nicht.«
Robin atmete tief durch. »Kann ich auf ihn warten?«
»Ihr müsst was bestellen, wenn ihr hier sitzen wollt.«
»Ich nehme ein Diät-Cola«, sagte Robin.
Earl verdrehte die Augen und blickte Kelly an.
»Ein Wasser mit einem Spritzer Zitrone«, sagte sie strahlend.
Kurz darauf knallte Earl die Getränke auf die Theke und wandte sich ab.
»Service geht ihnen hier über alles«, murmelte Kelly.
Robin versuchte zu lächeln, doch es gelang ihr nicht. »Scheint so.«
»Ich hätte es vielleicht erzählen sollen, aber ich bin selbst eine ziemlich gute Mechanikerin«, sagte Kelly. »Für ältere Modelle. Mein Vater war Mechaniker. Wenn Sie möchten, kann ich mir den Wagen mal ansehen.«
Überrascht musterte Robin sie. Die Frau war hübsch, mit dem wippenden blonden Pferdeschwanz, den feinen Zügen. Sie sah nicht aus wie eine Mechanikerin. Sie wirkte eher wie eine Porzellanpuppe – in Jeanshose und Fleecepullover.
Kelly lachte. »Ja, aus dem Grund bin ich in den Verkauf gewechselt. Niemand hat mich als Mechanikerin ernst genommen. Aber ich bin wirklich gut. Nur eines ...«
»Ja? Das wäre?«
»Mein Werkzeugkoffer ist in meinem Van«, erklärte Kelly. »Und ich habe eine Schulterverletzung. Könnten Sie mir behilflich sein, den Koffer zu Ihrem Wagen zu tragen?«
»Oh, sicher. Was für eine Frage.«
Kelly strahlte. »Großartig. Dann lassen Sie uns ...«

»Was zur Hölle machst du in einer Spelunke wie dieser?« Robin fuhr herum, als sie die barsche Stimme hörte. Es war Jon, der sie finster anblickte.

Der Impuls, Robin vom Barhocker zu zerren, sie unter den Arm zu klemmen und aus der stickigen Bar zu schleppen, war beinahe überwältigend.

»Wie hast du mich gefunden?« Ihre Stimme klang anklagend.

»Hab dein Auto gesehen. Und die Kassiererin hat mir einen Tipp gegeben. Hast du den Motor abgewürgt?«

»Mach dir keine Gedanken«, entgegnete Robin kühl. »Es kümmert sich schon jemand darum.«

Verdammt. Was er ihr hatte sagen wollen, brachte er nicht heraus.

Er musste mit ihr allein sein, um es irgendwie über die Lippen zu bringen. Damit sie ihn verstand.

»Ich helfe ihr mit dem Wagen«, sagte die Frau, die neben ihr saß.

Widerstrebend richtete Jon seine Aufmerksamkeit auf die hübsche, blasse Blondine. »Sie? Wie wollen Sie ihr helfen?«

»Sie ist Automechanikerin«, sagte Robin.

Ein geheimnisvolles Lächeln umspielte die Lippen der blonden Frau. »Kaum zu glauben, aber wahr.«

Die Fähigkeiten der Frau waren ihm scheißegal. Er wollte mit Robin reden. Allerdings machte die Frau nicht den Anschein, als würde sie bald gehen. Sie nahm sich ein Osterei, klopfte es gegen den Tresen und pellte die Schale ab.

»Vergiss das Auto, Robin«, sagte er. »Lass uns irgendwo ein Bier trinken gehen. Nicht hier. Wir müssen reden.«

»Es ist alles gesagt. Ich denke, wir sollten beim ursprünglichen Plan bleiben.«

Er runzelte die Stirn. »Wir hatten einen Plan?«

»Schon vergessen? Wenn es aus ist, ist es aus. Was in Vegas passiert …«

»Das war doch kein Plan«, polterte er. »Das war ein Ausgangspunkt.«

»Und jetzt ist es der Schlusspunkt. Der Kreis schließt sich.«

Verzweiflung stieg in ihm auf und kratzte an seinen Schutzmauern.

Robin schlug die Augen nieder. »Verdammt«, flüsterte sie. »Tu das nicht, Jon.«

»Soll ich jemanden zu Hilfe rufen?«, fragte die blonde Frau. Sie gab Salz auf das Ei, biss ab und beobachtete die beiden begierig, während sie kaute.

Robin schüttelte den Kopf. »Ich gehe nach draußen und warte beim Wagen.« Sie funkelte Jon an. »Komm nicht hinterher. Oder ich schreie und mache dir eine Szene, die sich gewaschen hat.«

Sie eilte hinaus. Jon stand da und fühlte sich leer und enttäuscht. Die blonde Frau streckte den Arm aus, um sich eine Scheibe Zitrone aus der Schale hinter der Theke zu nehmen. Ihr Ärmel rutschte ein Stück hoch und gab den Blick frei auf … Was war das? Auf den ersten Blick sah es aus wie ein gehäkeltes Armband. Punkte und Linien, Spiralen … Aber es waren Schnitte und Brandwunden.

Dekorative Narben. Ein seltsamer Schauer überlief seinen Rücken.

Als sie die Zitronenscheibe in ihr Glas warf, rutschte der Ärmel wieder herunter. Unwirklich. Er konnte sich solche

Narben bei einem Punk oder einem Grufti vorstellen. Doch nicht bei ihr.

»Sie scheint etwas Besonderes zu sein.« Die Stimme der Frau klang süßlich, voll geheuchelter Sympathie. »Ich verstehe, warum es Ihnen schwerfällt, sie gehen zu lassen.«

Kalt betrachtete er ihr falsches Lächeln. *Das geht dich nichts an, neugierige Zicke.* Er ließ seinen Körper für sich sprechen. Durch seinen Beruf hatte er gelernt, seinen natürlichen Hang zur Direktheit ein wenig zu zügeln.

»Einen schönen Abend noch.« Sie legte einen Zwanziger auf den Tresen und ging.

Missmutig blickte er ihr hinterher. Jeder Kerl in der Bar starrte auf ihren Hintern in der engen Jeans. Er wandte sich ab und betrachtete die Flaschen im Regal, zog die Möglichkeit in Betracht und verwarf sie wieder. Das hatte keinen Sinn.

Alles an der falschen, hochnäsigen Blondine stand im krassen Gegensatz zu dem, was Robin so besonders machte. Sie war natürlich. Ehrlich und direkt und echt. Er war noch nie mit einer Frau zusammen gewesen, die so süß und lustig war. Einer Frau, bei der er sich lebendig fühlte.

Und dieses Gefühl würde er nie wieder erleben.

Die Erkenntnis elektrisierte ihn, und eine eisige Welle durchflutete ihn. Eine Vorahnung des Verlustes, ein prickelnder Schauer nackter Angst.

Scheiße. Jetzt verfolgten ihn wieder die unberechenbaren Panikattacken. Vielleicht musste er einfach eine Pille schlucken und sich verdammt noch mal beruhigen.

Als er vom Barhocker rutschte, fiel sein Blick auf die Eierschalen, die die blonde Frau auf der Theke zurückgelassen hatte. Blau. Zartblau wie das Ei eines Rotkehlchens …

Rotkehlchen … Ei … *Heilige Scheiße.* Angst durchzuckte ihn wie ein Stromschlag. Er rannte los.

Robin stolperte über den Bordstein, suchte nach einem Taschentuch und schneuzte sich.

Sie fuhr sich über die Augen und hielt Ausschau nach Kelly. Es war fast zu schön, um wahr zu sein, dass diese Frau aus dem Nichts aufgetaucht war und ihr helfen wollte, den Wagen zu reparieren.

»Mein Van steht um die Ecke«, erklang Kellys melodiöse Stimme.

Ihr Lächeln war strahlend. Als wäre es das Beste auf der Welt, mitten in der Nacht auf dem Parkplatz eines Mini-Marktes am Auto einer Wildfremden herumzuschrauben. Egal. Möglicherweise war Kelly nur eine sehr freundliche Person, und sie, Robin, musste ganz dringend an ihrer Einstellung arbeiten.

»Sind Sie sich sicher, dass Sie sich darum kümmern wollen? Ich meine, ich kann mir ein Zimmer nehmen und …«

»Das macht keine Umstände. Helfen Sie mir nur mit dem Werkzeugkoffer, und der Rest ist ein Klacks!«

Robin folgte ihr. Einen Augenblick lang dachte sie darüber nach, Kelly zu bitten, den Van neben ihrem Auto zu parken. Aber der Vorschlag kam ihr undankbar vor, also verwarf sie den Gedanken wieder.

Der Parkplatz neben dem Mini-Markt war verlassen. Ununterbrochen redend ging Kelly auf einen Van zu, der dort stand. Sie schob die Seitentür auf und kletterte behende in den dunklen Innenraum.

Robin warf einen Blick hinein. Offenbar war der Van mit

einer Reihe elektronischer Geräte ausgestattet. »Was ist das alles? Ist das ein Überwachungswagen?«

»Das braucht mein Freund für seinen Job«, log Kelly. »Er arbeitet für den Staat. Gesetzesvollzug. Sind Sie bereit, den Koffer anzunehmen?«

»Soll ich das nicht besser machen? Sie sollten Ihre Schulter schonen.«

»Das geht schon. Packen Sie nur die Seite an und ziehen …«

»Sicher.« Robin griff nach dem Koffer und bemerkte, dass Kelly einen Schritt nach vorn machte. Sie blickte auf und sah in das wilde, grinsende Gesicht der Frau.

Verrückt, schoss es ihr durch den Kopf, und der Knüppel sauste nieder …

Ein Krachen, weiße Sterne, Ungläubigkeit. Ein langer Fall. Dann nichts mehr.

Jon kam neben Robins Auto zum Stehen und sah sich gehetzt um. Gott, wo war sie? Es war doch erst ein paar Minuten her!

Scheinwerferlicht blitzte neben dem Mini-Markt auf. Ein Van steuerte auf die Ausfahrt zu. Er konnte die blonde Frau hinter dem Steuer kaum erkennen. Aber sie sah ihn. Reifen quietschten. Er rannte dem Wagen hinterher, prägte sich die Nummernschilder ein. Den Gesetzen der Physik zufolge konnte er den Van nicht einholen. Trotzdem verfolgte er ihn und schrie. Er bekam seine Chance, als der Van abrupt halten musste, um nicht in einen Lkw-Anhänger voller Baumstämme zu rasen. Ein Adrenalinstoß mobilisierte seine letzten Kräfte.

Er packte den Gepäckhalter des Vans und fasste den Griff, um die Tür zu öffnen. Doch sie war abgeschlossen. Der

Van geriet ins Schlingern, bremste ab, schleuderte, versuchte, ihn abzuschütteln. Er klammerte sich fest. Hastig zog er seine Waffe aus dem Schulterhalfter hervor und schlug das Fenster ein. Blut spritzte. Ein Pistolenschuss krachte. *Scheiße*. Das verrückte Weib schoss auf ihn.

Sie schrie. Noch immer hielt er sich am Wagen fest und presste seine Beine so gut es ging gegen das Fahrzeug.

»Halten Sie an oder ich schieße!«

»Dreckiges Schwein!«, kreischte sie. »Schwein! Schwein!«

Sie riss das Steuer herum. Sie schlitterten von der Straße und rutschten die Böschung hinab. Eine Wand aus dichtem Gebüsch und Bäumen tauchte vor ihnen auf. Furchtbar schnell, in Zeitlupe, der sichere Tod.

Sie schlugen auf. Er wurde weggeschleudert, fiel ins Dunkel, in die Büsche, in die Dornen.

Der Gedanke an sein Ziel hielt ihn wach. Er kämpfte sich zurück ins Bewusstsein und blinzelte das Blut aus seinen Augen fort. Mühsam arbeitete er sich an die Luft, aus der Enge heraus. Zweige kratzten und stachen ihn. Die Straßenlaternen an der Straßenkreuzung spendeten fahles Licht – gerade genug, um die Szene zu überschauen.

Der Van war halb auf die Seite gekippt. Eine Gruppe junger Fichten hatte den kompletten Umsturz verhindert. Die Windschutzscheibe war zerborsten. Der Aufprall hatte ihm die Waffe aus der Hand geschlagen. Er schleppte sich zum Van. Seine Knie knickten unter ihm ein.

Halt suchend stützte er sich an der Seite des Vans ab und hinterließ blutige Spuren auf dem Lack. Die Seitentür war nicht abgeschlossen, doch durch den Aufprall war sie verzogen. Mit aller Kraft schob er sie auf. Aber im Dunkel des Wageninneren konnte er nichts erkennen.

Die kalte Klinge des Selbstzweifels schnitt tief, als er sich die Schlagzeilen vorstellte: Detective Jon Amendola, angeklagt wegen eines tödlichen Angriffs auf eine unschuldige Blondine auf einem Parkplatz. Was für ein krönender Abschluss seiner Karriere.

Um sicherzugehen, dass er nichts übersehen hatte, zog er seine Wagenschlüssel hervor und leuchtete mit der kleinen Taschenlampe am Schlüsselanhänger ins Wageninnere. Und da entdeckte er Robin, die zusammengekauert in der hintersten Ecke des Fahrzeugs lag.

Sein Herzschlag setzte einen Moment lang aus. Blut lief ihr über das Gesicht. Sie war mit Handschellen gefesselt. Um sie herum verstreut lagen verschiedenste Werkzeuge: Skalpelle, ein Eispickel, ein Beil, Scheren und Zangen.

Er kletterte in den Van. Das Fahrzeug neigte sich gefährlich zur Seite und drohte umzukippen. Vorsichtig kroch er zu Robin. Ihr Pulsschlag war kräftig. Er hob sie hoch, als wäre sie aus zerbrechlichem Glas, rutschte auf kaputten Knien über die verstreuten Folterwerkzeuge und stieg aus der Tür nach draußen. Der Van federte und schwankte.

Behutsam drückte er sie an seine Brust und benutzte seine Schultern, um sich einen Weg aus dem Gewirr der Nadelbäume hinaus zu bahnen. Tränen rannen ihm über die Wangen. Zärtlich legte er Robin auf dem Boden ab und tastete nach seinem Handy …

Krach. Der Schuss riss ihn um. Er fiel über Robins Körper und landete hart auf seinem Gesicht. Seine Schulter war taub, brannte, eiskalt. *Gott.* Jetzt ließ er sich wie ein dummer Anfänger von dieser blonden Psychopathin mit dem verfluchten Pferdeschwanz erschießen. Er war so gut wie tot, doch der eigenwillige Mistkerl in seinem Innern, der nie wusste, wann er geschlagen war, erhob sich schwankend.

Die Augen der blonden Frau funkelten wild. Sie grinste. Ihre Zähne waren blutig und schief. Zitternd hielt sie mit beiden Händen die Pistole auf ihn gerichtet.

»Sind Sie Geddes' Frau?« Seine Stimme klang hart und höhnisch. »Waren Sie seine kleine Handlangerin?«

»Ich habe nicht damit gerechnet, dass ein Schwein wie Sie das versteht.« Ihre Stimme war schrill und zitterte. »Ich war sein ultimatives Kunstwerk. Verstehen Sie?«

Sie hob ihren Pullover an. Ihr Oberkörper war übersät mit Narben. Es war ein flirrendes, hypnotisierendes Muster, das entsetzliche Ähnlichkeit mit den blutigen Striemen und Schnitten auf den Körpern von Geddes' anderen Opfern hatte. Ihre Nippel waren abgetrennt. Glänzende flache Narben waren zurückgeblieben. Er wollte sich den Zustand ihrer unteren Körperhälfte nicht vorstellen.

Ihm wurde übel. Er hatte das erste Opfer des »Vogelei-Mannes« vor sich. Lebendig, vollkommen wahnsinnig geworden – und mit einer Waffe in der Hand.

»Hat er Ihnen auch weh getan?«, fragte er. »Wann hat er Sie entführt?«

»Er hat mir nicht weh getan!«, schrie sie. »Er hat mich gerettet. Er hat mich geliebt! Er hat mich verwandelt, so wie ich sie verwandeln wollte.« Sie deutete mit einem blutigen Finger auf Robins reglosen Körper. Die Mündung der Pistole zitterte in ihrer Hand. »Sie können verbluten, während Sie mir dabei zusehen.«

Als hätte sie sie gehört, begann Robin, sich zu rühren und zu stöhnen. In dem Moment, als die Blicke der blonden Frau zu ihr wanderten, handelte Jon: Mit einem Tritt griff er Julia an. Die Pistole flog ihr aus der Hand. Sie kreischte auf.

Jon packte ihr Handgelenk, drehte, zog und riss daran. Sie schrie. Ihr Arm war ausgekugelt und gebrochen. Ein Kinnhaken beendete den Kampf. Sie sackte auf den Boden. Jon schwankte auf seinen Beinen.

Also hat mein Instinkt mich nicht getrogen, dachte er benommen. Der »Vogelei-Mann« hatte seine Braut zurückgelassen, die sein grausames Werk vollenden sollte.

Er konnte nicht glauben, dass ihm das entgangen war. Jetzt war alles so offensichtlich. Das letzte Puzzleteil, das Fragment, durch das das ganze kranke, blutige Chaos schließlich einen Sinn bekam. Geddes hatte die ganze Zeit eine Komplizin gehabt. Ein klassisches Szenario – und ihm war es nicht aufgefallen.

Und Robin hatte für diese Dummheit beinahe mit dem Leben bezahlt. Wenn es nicht schon zu spät war.

Er stolperte zu ihr und fiel auf die Knie. Mit zitternden Fingern wählte er den Notruf, alarmierte die Cops, den Rettungswagen.

Dann schloss er sie in seine Arme, hielt sie fest und weinte wie ein Kind, während er auf das Rettungsteam wartete.

8. Kapitel

San Francisco, zwei Wochen später …

Jon blickte auf seine Uhr. Vier Uhr zwanzig morgens. Eigentlich zu spät für ein hübsches Mädchen, um die zweite Schicht als Kellnerin an diesem Tag zu beenden und in einem beschissenen Auto in ein beschissenes Apartment zu fahren.

Das machte ihn nervös. Genau wie über etwas nachzudenken, in dem er nicht gerade herausragend war – wie zum Beispiel sich zu entschuldigen, zu schmeicheln, zärtliche Gefühle auszudrücken. Charmant und verführerisch zu sein, wenn er sich wie ein Stück Dreck fühlte.

Sie zu finden war kein Problem gewesen. Er hatte seinen längst überfälligen Urlaub genommen und war vor ein paar Tagen losgefahren. Und er hatte ihren Dienstplan studiert.

Stalking, dachte er. Ein anderes Wort gab es dafür nicht.

Ein Auto mit kaputtem Auspuff bog auf den Parkplatz. Adrenalin schoss durch Jons Körper. Er hörte, wie Absätze auf dem Boden klapperten. Sie würde sich zu Tode erschrecken, wenn er ihr ohne sich bemerkbar zu machen vor ihrem Apartment auflauern würde.

»Hey, Robin«, rief er durchs Treppenhaus. »Ich bin es.«

Das Klappern erstarb, und er zählte seine Herzschläge.

Er räusperte sich. »Bitte. Komm hoch und lass uns reden.«
Erleichtert atmete er auf, als das Klappern wieder einsetzte. Sie hielt auf dem Treppenabsatz unter ihm an und sah zu ihm hinauf.
»Was machst du hier?«, fragte sie leise.
Dazu hatte er so viel zu sagen, dass er kein Wort herausbrachte. »Kann ich reinkommen?«, stieß er hervor.
Sie lief an ihm vorbei, darauf bedacht, ihn nicht zu berühren, und öffnete das klappernde, altmodische Schloss. Sie trat ein.
Er wartete darauf, dass sie die Tür zuwarf. Doch sie tat es nicht. Langsam ging er auf das Licht zu, das aus der Wohnung drang, und schob die Tür auf.
Angespannt stand sie mit dem Rücken zu ihm da. Eine billige Schreibtischlampe spendete spärliches Licht. Robin sah heiß aus. Sie trug einen schwarzen Minirock, keine Strumpfhose, und ihre schlanken Beine reichten bis zum Himmel. Die knappe Bluse war viel zu sexy für eine Arbeitsuniform.
»Hast du schon mit der Zirkusausbildung begonnen?«
»Nein«, entgegnete sie kühl. »Nächste Woche beginnt die Orientierungsphase. Ich wollte bis dahin nur ein bisschen Geld verdienen. Was ist mit … ihr passiert?«
»Der Prozess wird vorbereitet. Es kann Jahre dauern. Ich bin sicher, dass ihre Anwälte auf Unzurechnungsfähigkeit plädieren, was ich normalerweise nicht gut finde, aber in diesem Fall … Die Frau wurde von diesem Psycho gequält, seit sie siebzehn war. Sie ist psychisch schwer krank. Und sie muss eingesperrt werden – doch nicht in ein Gefängnis.«

Robin schlang die Arme um sich. »Das ist so furchtbar.«
»Denk nicht an sie. Hake es einfach ab.«
»Als wenn das so leicht wäre. Wie geht's deiner Schulter?«
»Verheilt.« Er wollte gerade mit seinem einstudierten Text beginnen, als ihm etwas anderes einfiel. »Du warst nicht bei mir im Krankenhaus.«
»Danny hat mich auf dem Laufenden gehalten.«
»Trotzdem. Es wäre nett gewesen, dich zu sehen.«
Sie zögerte. »Ich wollte dir eine Nachricht schreiben. Um dir zu danken.«
»Eine verdammte *Nachricht*?« Seine Stimme brach.
Sie hob die Hand. »Ich dachte, wenn ich persönlich vorbeikomme, hätte es peinlich werden können. Nach allem, was war.«
»Ach, das hast du also gedacht.« Auch wenn sie ihm den Rücken zuwandte, konnte er ihr ansehen, dass sie weinte. *Toller Schachzug, Jon.*
»Das ist nicht fair«, sagte sie leise. Ihre Stimme zitterte. »Als wir uns das letzte Mal sahen, hast du mich angeschrien, beleidigt, mir geraten, dir nicht zu vertrauen. Dann hast du mich aufs Sofa geworfen und mich zu seltsamem Sex gezwungen …«
»Ich habe dich nicht gezwungen …«
»Halt den Mund. Keine Haarspaltereien. Du weißt, was ich meine.«
Er hielt den Mund. Es war nicht der richtige Zeitpunkt, um ihr zu widersprechen.
»Dann wurde ich von einer psychisch gestörten Serienkillerin angegriffen, die dich quälen wollte. Du hast mich vor einem grausamen Schicksal bewahrt, was sehr nett

von dir war. Aber, Jon! Wenn wir schon dabei sind: Meine Telefondrähte sind auch nicht gerade heiß gelaufen!«

»Es tut mir leid«, stieß er hervor.

Argwöhnisch blickte sie ihn über die Schulter an. »Was?«

Er zögerte. »Dass ich ausgeflippt bin. Dass ich all die furchtbaren Dinge zu dir gesagt habe. Ich hatte Angst. Ich hatte den Schritt noch nicht gemacht.«

»Welchen Schritt?«

»Ich hatte mir noch nicht eingestanden …« Seine Stimme erstarb.

Robin stampfte mit dem Fuß auf. *»Was?«*

Der Kälte folgte Hitze und strömte durch seinen Körper. Die Spannung wuchs, und schließlich platzte es aus ihm heraus. »Dass ich dich liebe!«

Mit großen Augen sah sie ihn an. Ihre Knie wurden weich.

Das war's. Er hatte ihr sein Herz geöffnet. Jetzt konnte er nur die Zähne zusammenbeißen und auf das Urteil warten.

Ich liebe dich.

Die Worte hallten wider, lösten all das auf, was sie nach dem niederschmetternden Wochenende getan hatte, um ihr Leben wieder zusammenzusetzen.

Sie fühlte sich noch immer zerbrechlich, auch nach all den psychologischen Gesprächen, den aufmunternden Worten, der Schokolade. Macs und Dannys Missfallen hatte ein Übriges getan. Überstürzt zu packen, zu verschwinden, eine Bleibe zu suchen und einen Job als Kellnerin zu finden hatte geholfen. Trotzdem. Wann immer sie zur Ruhe kam, brach alles wieder über sie herein. Also vermied sie es, zur Ruhe zu kommen. Und zu essen. Sie lebte praktisch von Kaffee, Adrenalin und Selbstverleugnung. Das offene *Ich liebe dich* war ein Angriff auf die Tiefen ihres Ichs. Und es zog sie runter …

»O Gott. Du verdrehter, sadistischer Mistkerl«, flüsterte sie.

Er zögerte. »Tja. Das ist nicht die Reaktion, die ich mir erhofft hatte.«

»Verarsch mich nicht.« Sie schlug die Hände vors Gesicht. »Du willst Sex, nehme ich an. Zuerst bist du lieb und nett, um mich zu vögeln, und wenn ich es am wenigsten erwarte, beschimpfst du mich wieder, bringst mich dazu, mich klein zu fühlen.«

Er schloss die Augen. »Nein. Nie mehr.«

»Warum hast du es überhaupt getan?«

»Weil ich Angst hatte! Ich war ein Idiot!«, schrie er. »Ich habe noch nie so empfunden. Ich habe mich noch nie um jemanden gesorgt. Ich hatte Panik. Es tut mir leid!«

»Es tut dir leid«, wiederholte sie. »Es tut ihm leid. Du hattest also Panik, ja? Hast du jetzt auch Angst? Denn das solltest du, Jon. Du solltest Angst haben!«

Die Wahrheit schnürte ihm die Kehle zu. »Sicher habe ich Angst. Angst, dass du mich abweist. Dass du mir keine zweite Chance gibst. Angst, dass ich alles zwischen uns zerstört habe.«

Seine letzten Worte hingen im Raum, fast wie eine Frage.

Sie presste ihre Handballen auf ihre feuchten Augen. Siedend heiß fiel ihr die Wimperntusche wieder ein. *Verdammt.* »Und wann hat diese wundersame Wandlung stattgefunden?« Ihre Stimme klang in ihren Ohren gleichzeitig zittrig und frech.

»Es hat angefangen, als wir uns zum letzten Mal liebten …«

»Nein, Jon. Wir haben uns nicht geliebt. Du hast mich *gefickt.* Nenn es beim Namen, bitte.«

Er fuhr beharrlich fort. »Wie auch immer. Dann bist du aus der Hütte verschwunden und hast die Luft zum Atmen mitgenommen. Das war das zweite Zeichen für mich.«

Tränen rannen ihr wieder über die Wangen. Sie wandte sich ab, fuhr sich über die Augen und schniefte.

»Und als das verrückte Miststück dich in seiner Gewalt hatte, bin ich fast durchgedreht. Ich wusste, dass ich dann auch sterben würde. Und dass du das Wichtigste in meinem Leben bist.«

»Es tut mir leid, dass ich nicht bei dir im Krankenhaus war«, flüsterte sie. »Ich wollte nicht riskieren, mich schlechter zu fühlen, als es mir sowieso schon ging. Noch ein Schlag, und ich wäre nicht mehr aufgestanden.«

Er gab einen ungläubigen Laut von sich. »Ich bin auf einen fahrenden Van gesprungen, gegen einen Baum geprallt, angeschossen worden, und du hast geglaubt, ich würde dich abweisen?«

Sie schüttelte den Kopf. »Du würdest das alles für jeden anderen auch tun. Ich wäre dumm, das persönlich zu nehmen.«

»Was für ein himmelschreiender Unsinn.«

Plötzlich hatte er die Arme um sie geschlungen. Er duftete so gut und fühlte sich wunderbar an. Verlässlich, stark. Er hob ihr tränenüberströmtes Gesicht an. »Also? Was ist? Bedeutet das, dass du doch etwas für mich empfindest?«

»Ich bin noch nicht bereit, auch nur einen Zentimeter nachzugeben, also geh weg.«

Seine Miene wirkte verhalten optimistisch. »Okay. Heißt das, dass du in absehbarer Zukunft bereit sein wirst? Vielleicht?«

Sie erhob den Finger. »Nicht mal einen Zentimeter!«

Er lächelte. »Wie auch immer. All meine … Zentimeter sind jedenfalls aufgeregt und bereit, sobald du bereit bist, sie zu nehmen. Sag nur ein Wort. Es gehört alles dir.«

Sie stieß ihn an. »Wag es nicht, mich anzumachen.«

»Tut mir leid. Ist mir so rausgerutscht. Du machst mich scharf.«

»Davon sind wir im Augenblick noch meilenweit entfernt.«

Er unterdrückte ein Lachen. »Wie weit genau?«

»Nach dem letzten Mal in der Hütte …« Ihre Stimme erstarb, und ihre Wangen glühten. »Verdammt weit.«

Ernst sah er sie an. »Es tut mir leid, dass du dich meinetwegen schlecht gefühlt hast.«

Sie schniefte und warf ihm von der Seite einen Blick zu. »Hm.«

»Ich entschuldige mich aber nicht dafür, dass du einen Orgasmus hattest«, fügte er unverblümt hinzu.

Sie wollte ihn wegschieben, doch er hielt sie nur noch enger umschlungen. Sie starrte in sein Gesicht, in dem von Reue keine Spur war. »Du entschuldigst dich nicht oft, oder?«

Er hob die Augenbrauen. »Merkt man das? Ich bin nur ehrlich. Wenn ich dich im Bett habe, denke ich nicht daran, höflich zu sein. Ich greife direkt nach dem Gold. Zu beobachten, wie du so intensiv kommst, dass du ohnmächtig wirst – das gefällt mir.«

Seine Stimme erregte sie. Seine Erektion presste sich gegen

ihren Bauch. »Du bedrängst mich. Zehn Minuten in meiner Nähe und du drückst deinen Schwanz gegen mich und sagst schmutzige Dinge.«

Er ließ die Arme sinken und wich zurück. Kalte Luft umhüllte sie, nachdem er sie losgelassen hatte. Sie vermisste ihn.

»Ich werde dich nicht drängen.« Die ruhigen Worte klangen feierlich.

Sie wusste nicht mehr weiter, schwankte ohne seine stärkende Umarmung.

Jon sah sich in dem kargen Apartment um. Es gab einen Klappstuhl und eine einfache Liege. »Das ist ein verdammt schmales Bett.«

»Ist das deine raffinierte Art, mich zu fragen, ob ich mich nach dir schon mit Dutzenden von Liebhabern hier vergnügt habe?«

Er blickte sie an. Etwas Gefährliches funkelte in seinen Augen. »Nein, es war nur eine Feststellung.«

Das Schweigen war drückend.

»Also?«, fragte er scharf. »Hast du?«

Sie schluckte. »Und wenn es so wäre?«

Er presste die Kiefer aufeinander. »Es würde mir nicht gefallen. Doch ich würde verdammt noch mal darüber hinwegkommen.«

»Es würde dir nichts ausmachen?«

»Das kann ich nicht sagen. Aber es würde mich nicht abschrecken. Ich liebe dich, Robin.«

Zu ihrer Bestürzung füllten sich ihre Augen wieder mit Tränen. »Jon, ich …«

»Ich habe das noch nie zu jemandem gesagt. Noch nie. Nicht einmal zu meiner Frau Vicki. Aber ich sage es jetzt.

Und ich hoffe, du hörst mir zu. Ich liebe dich, Robin MacNamara.«

»Ich höre dir zu. Ich höre dich. Und ich, äh … habe es nicht getan.«

»Du hast was nicht getan?«

»Mich mit anderen Männern vergnügt. Mit keinem.«

Jon strich sich über die Stirn und atmete langsam aus. »Das ist gut. Himmel, Robin. Für eine Anfängerin weißt du, wie man Männer in die Mangel nimmt.«

»Es tut mir leid.« Die Worte lagen ihr auf der Zunge. *»Ich liebe dich auch.«* Aber keines der Worte kam ihr über die Lippen. Noch nicht. Die Hoffnung war zu frisch, zu zart. Ein blassgrünes Pflänzchen, so leicht zu zerstören.

»Ich wünschte, ich könnte mich etwas blumiger und geschliffener ausdrücken«, sagte er. Er schloss sie in seine Arme. Zärtlich liebkoste er ihre Schulter und strich ihr über den Rücken. »Lass mich dich anbeten. Die Bestie bleibt eingesperrt, bis du sie selbst befreist. Es geht nur um dich. Ich will dir zeigen, wie viel Lust und Freude ich dir bereiten kann. Ich will dir zeigen, wie sehr ich dich liebe, wie sehr ich dich lieben werde. Für immer.«

»Oh. Wow«, flüsterte sie. Sie schmiegte ihren Kopf in seine Hand und schmolz bei seinem Kuss dahin. Alles um sich herum könnte sie vergessen – wenn sie es zuließ.

Sie zog sich zurück, um ihn ansehen zu können. »Ich will nicht, dass du irgendetwas von dir zurückhältst. Ich habe keine Angst davor. Ich will alles. Keine Spielchen mehr.«

Lange blickte er sie an. »Damit bin ich einverstanden.«

Sie sahen einander in die Augen. Die Worte *Ich liebe dich* versuchten tausendfach, sich an dem Kloß in ihrem Hals vorbeizudrängen, doch die Schwelle hielt. Nur mit ihrem

Körper konnte sie ihm zeigen, was sie empfand. Und so begann sie, ihre Bluse zu öffnen. Jon half ihr mit einer unbeholfenen Ungeduld, der einige Knöpfe zum Opfer fielen. Er zerrte ihr die Bluse von den Schultern und fummelte am Reißverschluss ihres Minirockes herum, während er die andere Hand auf ihr Top gelegt hatte. »Kein BH?« Er klang entrüstet.
Ein Lachen löste den Kloß in ihrem Hals. »Ich brauche keinen.«
Er schob den Minirock herunter und hielt den Atem an, als er merkte, dass sie nur einen winzigen schwarzen Spitzenstring trug. »Ein String unter einem Minirock? Arbeitest du in einem Striplokal?«
Wieder lachte sie. »So habe ich keine Abdrücke vom Höschen, du begriffsstutziger Kerl. Machst du jetzt weiter?«
Er zog ihr das Höschen über den Po. »Gott, ja. Aber ich glaube, du solltest den Job wechseln. Ich komme mit der Uniform nicht klar.«
Er legte sie auf die Liege und schob das Top über ihre Brüste. Sie trug nur noch das Hemdchen und die verdammt unpraktischen Highheels. Vollkommen unbrauchbar, um zu kellnern, aber im Bett mit Jon genau richtig.
Voller Leidenschaft blickte er sie an und zog sein T-Shirt aus. Er war so schön. Der Hunger in seinem Blick lenkte sie beinahe von der Narbe auf seiner Schulter ab. Sie streckte den Arm aus und strich mit den Fingerspitzen zärtlich darüber, als er neben der Liege auf die Knie sank. »Tut es noch weh?«, fragte sie sanft.
»Im Moment spüre ich überhaupt keine Schmerzen.« Er beugte sich herunter, als wollte er sein Versprechen wahr machen, sie anzubeten, doch sie griff nach seinem Gürtel.

Sie wollte ihn ganz spüren, vom Kopf bis zu den Zehenspitzen, wollte jeden harten, heißen Zentimeter von ihm in sich fühlen. Sie wollte seinen Mund auf dem ihren, seine Bartstoppeln auf ihrer Haut spüren und merken, wie die Liege unter seinem Gewicht erzitterte.

»Zieh die Jeans aus«, befahl sie. »Jetzt.«

»Aber ich wollte doch …«

»Keine Widerrede. Hast du nicht gesagt, dass es nur um mich geht?«

»Ja. Und deshalb wollte ich ja auch …«

»Ich sage dir, was ich will. Ich will, dass du die Jeans ausziehst. *Jetzt.*«

Er schob die Jeans runter. »Aber ich will, dass du bereit bist.«

»Um feucht zu werden, reicht schon deine Stimme.«

Seine Augen funkelten. »O ja? Zeig es mir.«

Sie spreizte die Beine und zeigte ihm, wie erregt sie war.

Fasziniert betrachtete er sie. »Gott, du bist so schön.«

»Ich liebe dich.« Mit einem Mal sprudelten die Worte nur so aus ihr hervor. »Ich liebe dich, Jon.«

Er schloss die Augen und seufzte. »Es fühlt sich so gut an, das zu hören.«

Sie umschloss ihn mit den Fingern und spürte seinen Herzschlag in ihrer Hand. Er legte seine Hand auf ihre und führte sie, strich mit seiner Erektion an ihrer Lustperle entlang.

»Ich gehe noch immer zum *Circo*«, platzte sie heraus, als er sich zwischen ihre Schenkel legte. »Ich will es mehr als alles andere.«

»Natürlich. Das bist du. Und deshalb liebe ich dich.«

»Oh«, brachte sie zitternd hervor, als er in sie drang.

»Wir werden eine Fernbeziehung führen, wenn es nötig ist. Aber ich weiß nicht, wie lange ich das durchhalte. Ich will jeden verdammten Tag bei dir sein.«

»Ich auch.« Sie hielt sich an seinen Schultern fest, als er tiefer in sie glitt. »Vielleicht … vielleicht habe ich Glück und kann in einer festen Show auftreten, zum Beispiel in New York oder Chicago. Oder hier, in San Francisco.«

Er küsste sie mit ehrfürchtiger Zärtlichkeit. »Wir finden eine Lösung. Mir gefällt es, dass du nackt Eier jonglierst und dass du eine rote Nase trägst und Kinder zum Lachen bringst. Mir gefällt es, dass du mutig genug bist, deinen Traum zu leben. Ich will den Rest meines Lebens damit verbringen, das zu genießen. Und zu würdigen.«

Sie zog ihn näher zu sich heran und nahm ihn ganz in sich auf. »Oh, Jon. Wie süß«, sagte sie atemlos. »Wer behauptet, dass du nicht wortgewandt bist?«

»Ich glaube, du inspirierst mich.«

»Tja, dann lass mich dich für den Rest deines Lebens inspirieren. Was hältst du davon?«

Ein Lächeln purer Freude erstrahlte auf seinem Gesicht. »Abgemacht.«

FIONA MITCHELL

Feuerwellen

EIN EROTISCHER ROMAN

Phoebe ist Geschäftsführerin einer Berliner Galerie und lebt ihr Singleleben in erotischer Hinsicht voll aus. Als sie Dariuz, einem jungen Künstler, begegnet, erkennt sie sofort sein Talent – und Dariuz ihren Hunger nach Sex. Sie werden ein gutes Team, in der Galerie genauso wie im Bett. Bis Phoebes größter Konkurrent Falk versucht, ihren Shootingstar abzuwerben. Phoebe ist jedes Mittel recht, um Dariuz zu halten – was Falk schamlos ausnutzt …

KNAUR TASCHENBUCH VERLAG